Christoph Lindenmeyer

Teufelsgasse

Christoph Lindenmeyer

Teufelsgasse

Roman

VERLAG ANTON PUSTET

Impressum

Bibliografische Information der Deutschen Nationalbibliothek
Die Deutsche Nationalbibliothek verzeichnet diese Publikation in der Deutschen Nationalbibliografie; detaillierte bibliografische Daten sind im Internet über http://dnb.d-nb.de abrufbar.

Umschlagfoto: © Thomas Schauer/shutterstock.com
Autorenfoto S. 317: ©Jan Linnartz

Grafik, Satz und Produktion: Tanja Kühnel
Lektorat: Martina Schneider
Druck: Těšínská tiskárna, Tschechien
Gedruckt in der EU

ISBN 978-3-7025-0999-6

Auch als eBook erhältlich
eISBN 978-3-7025-8080-3

www.pustet.at

Meiner Tochter Mareike Malina gewidmet,
die mir Mut machte,
endlich mit dem Schreiben zu beginnen.

1

Es ist gut, einen freien Blick zu haben.

Auf die Welt. Auf die Nachbarn. Auch auf die Straßenkreuzung, 60 Meter vom Beobachtungsplatz entfernt. Ein zu enger Horizont schränkt die Wahrnehmung ein. Das Interesse. Das Denken.

Der Mann steht auf seinem Balkon. Tiefe Nacht.

Was sieht er?

Die Zahl der geparkten Autos hat rasant zugenommen. Früher gab es immer Parkmöglichkeiten auf beiden Straßenseiten. Ankommen, Lichter ausschalten. Aussteigen. Abschließen. Schnell in das Haus. Jetzt muss man oft dreimal um den Block fahren, bis sich in der Nebenstraße ein freier Parkplatz findet.

Die Farbe Weiß hat sich bei der Lackierung durchgesetzt. Als der Mann sich ein weißes Auto kaufen wollte, hatte ihm der Autohändler davon abgeraten. Weiß verkauft sich nicht, wenn Sie einmal den Wagen in Zahlung geben wollen. In Indien, das hatte der Mann vor Jahren festgestellt, waren alle Regierungsfahrzeuge weiß lackiert. Und davon gab es viele. Die Sonnenstrahlung ist auf dem Subkontinent stärker als bei ihm zu Hause. Das hatte er schnell verstanden. Jetzt aber entscheiden sich Käufer nicht mehr für schwarze Limousinen und SUVs, sondern für die besser reflektierende Farbe, obwohl Klimaanlagen in den meisten Fahrzeugen zur Serienausstattung zählen.

Die Dunkelheit der Nacht wird alle drei Fahrzeuge von hellen Flächen unterbrochen. Jedes vierte Auto ist weiß. Der Mann sieht genau hin. Seine Zählung ist richtig. Er sieht, dass die meisten Autofahrer jetzt, um diese Zeit, beim Abbiegen nicht blinken. Nachts sparen sie sich diese Mühe. Einige Autos auf den Parkstreifen halten einen zu großen Abstand. Der Mann ärgert sich darüber. Oft ist deshalb ein Stellplatz verschenkt, nur weil jemand nicht einparken konnte.

Was hört er?

Es ist still. Fast still. Von Freilassing drüben dringen immer wieder Rollgeräusche der Güterzüge zu ihm herauf, hörbar durch den Filter der Entfernung nur für den, der darauf achtet. Wie Morsesignale die Pressluft-Signalhörner der Rangierloks. Die Heizung des Seniorenheims gegenüber springt an. Der Kamin brummt dann wie ein weit entfernter Schiffsmotor. Dezent. Gleichmäßig. Ein leises Atmen. Aber das Geräusch ist immer da. Für ihn. Er horcht auf, wenn das Grundrauschen verstummt. Dann hat ein Thermostat die Atmung unterbrochen. Die Nacht transportiert in akustischen Scherben das Quietschen eines Güterzuges herüber, der in der Ferne eine Kurve nimmt. In einem der Außenviertel Salzburgs.

Jetzt läuten keine Kirchenglocken. Gegenüber im Seniorenheim sind nur wenige Fenster erleuchtet. Lange Zeit schallten Hilferufe einer demenzkranken alten Patientin aus einem der Fenster, die sich wie ein verlassenes Kind in ihrem Zimmer von allem Menschlichen vergessen fühlte. Irgendwann hatten die Schreie aufgehört. In der Morgendämmerung war der Kleintransporter eines Bestattungsunternehmers vorgefahren. Wenige Tage später waren neue Schreie zu hören.

Seit einigen Monaten werden fast täglich Verstorbene abgeholt. Mit der Bahre verlassen die dezent gekleideten grauen Männer inzwischen das Haus durch den Haupteingang. Früher fuhren die Bestatter noch am Hintereingang vor. Jetzt verstecken sie sich nicht mehr, sie kommen am helllichten Tag, die kommunalen Bestatter und die Angestellten der privaten Trauerhäuser. In solchen Augenblicken verlässt der Mann seinen Balkon. Sie sollen in Frieden ruhen und bedürfen nicht der Gaffer – die unbekannten Toten aus der Nachbarschaft, denkt der Mann. Öfter als in den letzten Jahren schleichen sich mit Blaulicht, aber ohne Martinshorn die Rettungswagen und der Notarzt durch die Straße zum Seniorenheim heran. Nein, sie fahren weiter. Ganz hinten in der Straße stehen zwei Wohnblöcke, die Stadt hat zahlreiche Wohnungen angemietet.

Was fühlt er?

Er tritt vom Geländer zurück. Er will nicht gesehen werden, obwohl es zu dieser nächtlichen Stunde kaum jemanden gibt, der ihn auf dem Balkon entdecken könnte.

Er ist zufrieden. Eine Kiste mit Frühlingsblumen für seinen Kleingarten steht im Flur. Im Kofferraum seines Autos warten zwei kiloschwere Säcke mit Gartenerde, ein Sack Pflanzendünger und zwei neue Gießkannen mit größerem Fassungsvermögen als seine bisherigen, dazu noch einige Spraydosen zur Schädlingsbekämpfung. Seine Gartengeräte hat er vor dem Winter im Gartenhaus sorgfältig eingepackt und in ein schmales Regal, gerade groß genug für den Raum, gelegt. Dort warten sie auf ihn, geschützt vor Rost. Eines neben dem anderen. Penibel parallel gelagert. Auch zwei Tüten mit Tonkügelchen und 10 Kilogramm Quarzsand hat der Mann gekauft, um die Blumentöpfe und das Beet mit den Sukkulenten in seinem Garten feucht zu halten. Seine Pflanzen mögen das. Blaue Hortensien wie sie entlang der Steinmauern in der Bretagne wachsen, Farne, winterfeste Kakteen und *Clematis montana*, die sich in jedem Jahr am Zaun entlangrankten. In den letzten beiden Jahren hatten sie nur dürftig geblüht, vor Kurzem aber hat er so viele Knospen wie nie zuvor an der Pflanze entdeckt.

Primeln kann jeder pflanzen, Narzissen, Tulpen, Stiefmütterchen und Fette Henne. Sein Garten soll von solchem Kleinwuchs, solchem Kleingeist, wie er in den Nachbar-Parzellen herrscht, verschont bleiben. Seine Holzhütte verzieren nicht wie nebenan Hirschgeweihe und das Gehörn von Gamsböcken. Gartenzwerge verabscheut er. Er hasst leidenschaftlich die Bambis aus Gips und die weißen Kopien der Davidstatue von Michelangelo.

In einer Ecke seiner Hütte lagert er einige Rollen Dachpappe. Nach jedem Winter rollt sich der Dachbelag auf, die Nägel sind verrostet. Ganze Stücke sind schon mit dem Eis herausgebrochen. In jedem Jahr muss er auf die Leiter steigen, das Dach neu mit der Pappe abdecken. Er hat Stahlnägel gekauft. Aber nach dem nächsten Winter wird er das Dach sicher wieder abdichten müssen. Es wäre nicht gut, wenn Feuchtigkeit in die Holzhütte eindringen könnte.

Seine Parzelle hat er nach den Gesetzen einer harmonischen Choreographie des Raums geplant und angelegt. Kein Kies, keine Betonsteine als Eingrenzung der Beete, kein Fahnenmast mit der österreichischen Flagge oder der des Landes Salzburg, nichts Rustikales.

Die schmalen Wege zwischen den Parzellen der Kleingärtner sind nach dem Watzmann benannt, nach Alpenrosen, nach dem Untersberg, dem Kapuzinerberg, dem Dachsteinmassiv, oder sie heißen Edelweißgasse, Alpenveilchenweg oder Maiglöckchenpfad.

Seine Parzelle aber liegt an der Teufelsgasse. Ihm gefällt der Name des Weges. Im Kaisergebirge gibt es gleich unterhalb des Prostkogels und der Prostalm auf knapp 1200 Metern Seehöhe, eine schmale Schlucht, passierbar nur im Sommer für Wanderer. Im Mai liegen in dieser Schlucht noch Schneereste auf feuchtem Laub. Er hat diese Teufelsgasse mehrfach durchquert, weil er die Almen des Kaisergebirges liebt. Er mag den leicht modrigen Geruch der faulenden Blätter dort. Er weiß, wo und wann die Gebirgsenziane blühen, die Schusternägel und die Orchideen. Einmal konnte er einen balzenden Auerhahn beobachten, aber als er vom pensionierten Dorfschullehrer gefragt wurde, ob er Auerhähne gesehen habe, schickte er ihn in ein anderes Wald- und Almgebiet, weil er nicht wollte, dass der kurzsichtige Schulmeister den Vogel abschoss. *Teufelsgasse* ist ein guter Name.

Er ist noch nie abergläubisch gewesen, dazu fehlt ihm jede Begabung, und er kennt auch nicht die geringste Anmutung metaphysischer oder religiöser Gefühle. Er hat sein Leben bisher sorgfältig durchmessen, es geplant, analysiert, darüber nachgedacht, seine Möglichkeiten, Begrenzungen und Verlockungen ausgelotet und im Übrigen seinem Verstand vertraut, der jeden Anflug von Angst oder übersinnlichen Perspektiven verbietet. Das hat sich bis heute nicht geändert.

Es ist spät. Bald beginnt die Morgendämmerung. Diesen Zwischenzustand liebt er mittlerweile. Da ist er allein mit sich, ungestört. Doch nicht, weil er sich dies so gewünscht hätte, sondern weil sich sein Alleinsein ereignet hat. Es war ihm zugestoßen. Es war über ihn gekommen wie eine Heimsuchung bei Nacht. Auch war er auf das Alleinsein nicht richtig vorbereitet gewesen. Es war damals eine Katastrophe. Jetzt hat er sich daran gewöhnt.

Gewiss doch: Es war absehbar, dass es auf ihn zukäme, einige Jahre schon, aber in dieser Zeit bedurfte es seines ganz starken Lebenswillens, um die Vorstufe des Alleinseins zu ertragen und anzunehmen. Dann war es so weit. Er musste sich daran gewöhnen, allein zu sein. Er erlaubte es sich nicht, am neuen, am radikal neuen Alleinsein zu zerbrechen. Der Mensch hat zwei Ebenen. Auf der einen bewegt er sich im Alltag, auf der anderen in seiner psychischen Dimension. Es gibt ein Über-Ich und ein Unter-Ich. Es ist ihm bisher gelungen, die Tür zwischen beiden Ebenen geschlossen zu halten. Eine logische Konsequenz seines starken Willens. Aber täglich öffnet er die Tür einen Spaltbreit. Und er schließt sie wieder. Ganz schnell. Was hinter der Tür verborgen ist, bleibt immer existent. Das Märchen von der Sehnsucht, das Geheimnis hinter verschlossenen Türen zu erforschen, gilt für ihn nicht. Nein, einsam fühlt er sich nicht. Er hat ja seinen Garten. Er liebt seinen Garten.

Er schaut noch einmal zur Straßenkreuzung. Ein Marder huscht vorbei. Ein langgezogener Schatten. Kein Geräusch. Kein Knistern. Kein Kratzen. Kaum gesichtet verschwindet er unter einem Auto. Ein Vogel zwitschert. Viel zu früh in dieser Nacht. Vielleicht hatte er einen Albtraum, aber der Mann weiß nicht, ob Vögel Albträume haben. Entweder ist der einzelne Vogel im Geäst durch ein anderes Tier gestört worden oder er kann den bald anbrechenden Morgen nicht abwarten. Bald suchen sie sich geeignete Nistplätze. Oft auch werden sie von Autos überfahren oder von den im bürgerlichen Viertel herumstreunenden Katzen gefangen. Das ist nicht in Ordnung, denkt der Mann, dass sich in unserem Viertel die Nachbarn erlauben, ihre Katzen frei herumlaufen zu lassen. Diese Raubtiere, diese fetten Haustiere mit ihrem Katzenhalsband, die nur scharf darauf sind, alles zu töten, was sich bewegt, alles, was lebt. Sie maunzen, wenn sie nachts einem Heimkehrer begegnen. Sie schmiegen sich an. Dabei sind sie, ihrer Veranlagung entsprechend, falsch und gefährlich. Für Katzenliebe hat der Mann nicht viel übrig. Aber er ist da nicht radikal. Der eine liebt seinen Dackel, der andere seine Katze. Sollen sie. Aber sie sollen ihre Lieblinge nicht allein herumstreunen lassen.

Der Mann schließt die Balkontür, behutsam und leise. Gegenüber im Seniorenheim fällt ein Rollladen wie ein Fallbeil. Dieses Geräusch ist brutal. Aber als ebenso brutal empfindet der Mann es, wenn morgens die Rollläden hochgezogen werden bis zum Anschlag. Da hört er den Knall. Wer sein Fenster so öffnet, dem fehlt jede Sensibilität, denkt er. Aber wahrscheinlich hören diese Leute den Knall nicht mehr, den sie zweimal am Tag erzeugen.

Er geht in sein Wohnzimmer. Schlafen kann er später. Er hat Zeit. Jetzt will er noch auf dem Garderobenschränkchen seine Stifte ordentlich in das Glas stecken: Grau neben Lila, dann Blau, Grün, Braun, Rot, Pink und Schwarz. Pink. Er ist sich nicht sicher, ob er die Nachbarschaft der Regenbogenfarben richtig zusammenstellt, aber so, wie er es macht, ergibt es einen Sinn für ihn.

In der Küche stellt er einen Teller für das Frühstück, eine Untertasse und eine Tasse für den Morgentee auf den Tisch. Dazu das Bambusbrett, das Brotmesser. Das Besteck natürlich. Butter und Zitrone wird er erst am Morgen aus dem Kühlschrank holen. Was nicht in der Geschirrspülmaschine Platz gefunden hat, hat er abgewaschen, abgetrocknet und weggeräumt. Wäre er morgen nicht mehr am Leben, dann könnte sich niemand über seinen Lebensstil beklagen. Er ist kein Messie. Verwahrlosung im Alter ist für ihn keine akzeptable Option. Ordnung ist das halbe Leben. Nein, denkt der Mann, sie ist das *ganze* Leben.

Als er aus dem Bad zurückkommt, um sein Bett aufzudecken, stellt er seine Hausschuhe am Fußende ab, einen neben dem anderen. Auch das Paar Schuhe vor dem Bett unterliegt den Gesetzmäßigkeiten jener Choreographie des Raums. Es geht doch nicht, dass der linke Schuh seine Spitze vorne hat und der andere hinten. Er schlägt die türkische Bettabdeckung zurück. Diese mit vielen eingenähten Spiegelscherben geschmückte indische Tagesdecke hatten sie einst nahe dem Suk in Istanbul gekauft, weil die Patchwork-Technik der einzelnen

Textilquadrate und die tiefrot, orangegefärbte Ästhetik sie damals so angesprochen hatten. »Das ist lange her«, murmelt der Mann.

Wovor fürchtet er sich?

Seit er dem Alleinsein ausgesetzt ist, mag er es nicht, sich abends oder nachts in seinem Bett abzuliefern, in dieser Abwesenheit jeder anderen Lebensenergie. Sich der Dunkelheit, der Stille des Zimmers, dem Schweigen der Umwelt, der Nachbarn über ihm in der Dachterrassenwohnung und der erzwungenen Blindheit im unsichtbaren Raum seines Zimmers auszuliefern, das noch nicht Schlafzimmer ist, wenn das Licht erlischt. Nachts wird es zum Verließ.

Tagsüber ist es ein freundlicher Raum. Ein großes Fenster zum Innenhof mit Kiefern, Tannen, Büschen, Terrassen, einer Sitzbank für die Eltern neben einem Sandkasten, der nach der Havarie des Kernkraftwerks in Tschernobyl mit neuem Sand aufgefüllt wurde. Eine Abdeckung schützt vor Verunreinigung, aber oft ziehen die Eltern abends die Plane nicht über den Sandkasten.

Ein Weihnachtskaktus steht auf dem Fensterbrett, schläft, sieht wie tot aus, wächst dann aber plötzlich weiter, schläft, und blüht zu unerwarteten Zeiten. Er hatte nicht gehofft, diese Pflanze über die schweren Jahre hinweg zu erhalten, aber der Kaktus blieb. Treu. Langsam in seiner Reaktion auf die Pflege. Der Mann spricht manchmal mit seinen Pflanzen. Das kann ja nicht schaden. Und niemand weiß, ob die Pflanzen diese Zuwendung verstehen. Immer wieder überraschend antwortet der Weihnachtskaktus, wenn der Mann mit keiner Antwort mehr rechnet. Plötzlich eine Knospe, dann eine, zwei, viele weiße Blüten. Ein Wunder. Nicht nur in der Weihnachtszeit.

Der Mann kümmert sich um diesen Weihnachtskaktus, den er sich selbst nie gekauft hätte. Das war damals unvermeidlich, als sie darauf bestand, zur Sammlung ihrer Kakteen auch diesen zu erwerben. Er fand das in Ordnung. Auch kannte er damals noch nicht Cees Nootebooms Annäherungen an Kakteen und die Entdeckung ihrer unterschiedlichen Charaktere, ihre Personalität und ihren Zauber in seinem Garten hinter der Finca auf Menorca. Nur zufällig hat er in einer Buchhandlung den Band des großen Reiseschriftstellers mitgenommen. Kakteen sind widerborstig, störrisch, verweigernd, und sie sind voller Zuneigung, blühen, überraschen durch ihre Triebe und ihr unerwartetes Wachstum, machen eigentlich, was sie wollen. Sie sind wehrhaft und strecken sich dem Himmel entgegen, den der Schriftsteller nicht in seiner ganzen Spannbreite überblicken kann. Denn es gibt Nachbarhäuser, die den Blick versperren. Nooteboom saß, wie er schreibt, in seinem Garten und blickte zum nächtlichen Himmel auf. Da kam ihm die Idee, entsprechend dem Boden- und Pachtrecht ein Stück freien Himmels für sich zu verlangen. Grund und Boden senkrecht über ihm. Ein Stück garantierter freier Sicht auf den Himmel, entsprechend dem Grundriss seines eigenen Besitztums. Die Idee gefällt dem Mann. Ein Himmelsrecht neben dem Bodenrecht.

Anders als früher, als der Mann den Schlaf herbeisehnte, weicht er ihm jetzt aus, so lange, wie es ihm irgend möglich ist. Trinkt er zu viel, will er nicht torkeln, obwohl es keine Beobachter gibt. Er will die Selbstkontrolle behalten. Manchmal nickt er vor dem Fernseher ein, nicht lang, aber für ihn erschreckend in der Tiefe seiner Bewusstlosigkeit. Dann schüttelt sich der Mann, und er reißt sich zusammen, um sich nicht aufzugeben. Der Weihnachtskaktus zeigt eine neue Blüte, der Frühling kommt bald. Das wird ein Kaktus wohl spüren. Aber er hat sich gewaltig verspätet.

Für morgen ist alles vorbereitet.

Morgen ist ein neuer Tag. Die Nacht ist kurz. Jetzt wird der Mann wohl schlafen können. Er hat alles in Ordnung gebracht.

2

Es ist seltsam, wie selektiv die Wahrnehmungen der Menschen sind. Es gibt Leute, die noch nie auf das Getschilpe der Mauersegler geachtet haben, auf ihre rasanten Flugmanöver hoch über der Stadt. Auf ihre in die Wolken gezeichneten Schleifen, ihre Sturzflüge und ihr Sirren voller Lebensfreude. Ihn berührte es, wenn er in den ersten Maitagen noch vereinzelte Mauersegler entdeckte, die aus dem Süden über die Alpen gekommen waren. Jetzt war der Mai wirklich da, und Wolffs Seele spürte Freiheit und grenzenloses Glück. Bald würde sich der Himmel füllen mit den Vögeln, die während des Fluges schlafen können. Aber viele seiner Bekannten hatten sie noch nie wahrgenommen, bevor sie Wolff auf das Getümmel über den Dächern aufmerksam machte. Vielleicht können ältere Menschen die Frequenz der Glücksrufe auch nicht mehr hören.

Es war der 12. Mai, sein Handy zeigte die Uhrzeit an: 8.30 Uhr. München leuchtete an diesem Tag. So blau war der Himmel der nördlichsten Stadt Italiens nur an Föhntagen. Vor dem einstigen Krankenhaus an der Ecke zur Blutenburgstraße blühte der Baum: die linke Hälfte weiß, die rechte Hälfte rosa. Da waren wohl irgendwann Zweige aufgepfropft worden. Ein Baum, zwei Existenzformen. Jedes Jahr wartete Wolff auf dieses kleine Wunder.

Er hatte es nicht eilig, in seine Redaktion zu kommen. Sein Tagesprogramm stand fest: Besprechung mit den Programmassistentinnen, Redaktionskonferenz, Programmplanung mit den Kolleginnen und Kollegen in seiner Redaktion, Honorare für die gestrige Sendung festsetzen und veranlassen, Briefe unterschreiben, die er gestern verfasst und in das Redaktionssekretariat gelegt hatte, damit Kopien für die Ablage gemacht und in den Korrespondenzordnern intern oder extern abgelegt werden konnten. Drüben auf dem Gelände des Augustinerkellers warfen die Kastanienbäume erste Schatten auf Bänke und Tische. Wie so viele aus seinem Sender zur Mittagszeit würde auch er bald in diesem Biergarten sitzen. Für den Nachmittag hatte er, nach der täglichen kurzen Pause in der Kantine, einige Autorengespräche eingeplant. Und wenn sich die Dämmerung von Osten her heranschliche, wollte er sich an sein Manuskript für eine Moderation und einen Kommentar setzen. In dieser blauen Stunde, wenn das Licht heruntergedimmt und ganz weich wurde, während sich das Abendrot in den Westen zurückzog und dem Dunkelblau mit seinen dunstigen Grauschattierungen Platz machte, wenn sich die ersten Leuchtpunkte in der Silhouette der Stadt entzündeten, war Wolff besonders kreativ. Im Hochhaus wurde es stiller, die Telefonanrufe hörten auf. Er hätte aber auch nicht abgehoben, denn Wichtiges erreichte ihn ohnehin über eine im Haus verdeckte und nur seinen Vorgesetzten bekannte Nebenstellennummer. So also hatte Wolff seinen Tag geplant.

Stadteinwärts vor dem Hauptbahnhof leuchteten die Fenster in den 18 Stockwerken des Hochhauses, in dem viele Redaktionen, die Verwaltung, das Historische Archiv und andere Organisationseinheiten untergebracht waren. Wolff dachte an Nicolas Borns Roman »Die Fälschung«. Der Sendemast auf dem Hochhaus war kein Sendemast, sondern eine Empfangsantenne. Der symbolische Akt, ein Funkhaus mit einem Antennenmast auszustatten, schien ihm aber zum Charakter seiner öffentlich-rechtlichen Rundfunkanstalt zu passen. Vor Jahren hatte er seine Kolleginnen und Kollegen des österreichischen Programms »Ö3« besucht. Die Redaktionen waren kreisförmig um die Sendestudios herum angelegt. Alles war transparent. »Sitzungen« fanden im Stehen statt, eindeutig orientiert am Vorbild der französischen Tageszeitung *Le Monde.* Auch musste am Mikrofon stehen, wer die Sendung moderierte. Die Redaktionen und Sendestudios waren in einem gesichtslosen Industriebau untergebracht, einem Kubus ohne jeden architektonischen Einfall, einem industriellen Zweckbau. Es hätte sich dort genauso gut ein Warenlager befinden können.

Funkhäuser aber bedurften laut Wolffs Meinung in ihrer Architektur repräsentativer Signale. Da macht es ja nichts, dachte Wolff, wenn diese Signale eine Attrappe sind. Auf dem Dach eines Fernsehgebäudes in Berlin, gleich gegenüber dem alten Funkturm auf dem Messegelände, thronte ein Baukörper, der dem Tower eines Flughafens glich. Funkhäuser sollten sich nicht verstecken.

In den Sendestudios galt das Prinzip des Funktionalen: man konnte stehen oder sitzen, die Ablage für die Manuskripte konnte herunter- und hinaufgekurbelt werden. Mobilität war angesagt. Dynamik. Tempo. Die Bearbeitungszeit zwischen Input und Output der Informationen wurde immer kürzer. Niemand konnte sich dieser Entwicklung widersetzen, und die Sprache in Berichterstattung und Moderation wurde flüchtiger, fehlerhafter, gewöhnlicher, hin und wieder sogar infantil. Als würden sich Kinder beschweren: »Der Bundespräsident, der hat dies und das gesagt. Die Bundeskanzlerin, die hat … Mein Kollege war in Paris. Der hat dort …« Es wurde wenig Mühe darauf verwendet, originell und sorgfältig zu formulieren. Dieses Manko, dachte Wolff, wurde durch eine betriebsame Heiterkeit am Mikrofon überspielt, vom frühen Morgen bis in den späten Abend hinein. Das System macht high, dachte er. Vor allem die Moderatorinnen und Moderatoren der Morgenmagazine wirkten, als hätten sie sich gedopt. Er mochte das nicht. In den Verkehrsmeldungen wurde nicht mehr vor Pannenfahrzeugen auf einer Fahrspur der Autobahn gewarnt, sondern vor kaputten LKW.

Wolff hatte sich früher oft über die monatlichen Analysen eines vom Intendanten beauftragten Sprachpflegers in seinem Sender geärgert, der grammatikalisch stets korrekt Fehler katalogisierte und kommentierte, dabei aber nie Rücksicht auf die Umstände nahm, unter denen solche Livesendungen entstanden und ausgestrahlt wurden. Jetzt war Wolff selbst zum Beobachter der sprachlichen Trivialisierung geworden. Das war ihm unangenehm. Er verstand sich ja nicht als ewig Gestriger. Wenn er Kollegen traf, die längst im Ruhestand waren, hörte er sich ihre Klagen über die Verwahrlosung der Sprache am Mikrofon an und musste dabei lächeln.

Er nahm sich vor, heiter in den Arbeitstag zu gehen. Seinen morgendlichen Cappuccino hatte er wie so oft in einer seiner beiden

Cappuccino-Oasen genossen. In München-Gern gab es einen Kaffee-, Wein- und Süßwarenladen, der sich finanziell nicht rechnete; sein Besitzer, von den Stammgästen liebevoll »der Philosoph« genannt, hatte mehr Interesse daran, in seiner Ruhestandszeit einen Ort für Kommunikation und Nachbarschaft anzubieten, als Profit zu erwirtschaften. Sein Laden glich einer Schatzkammer: übereinandergestapelte Kartons mit Waren, tiefhängende Tiffany-Leuchten, ein Regal, gefüllt mit Behältern für die unterschiedlichen Kaffeebohnen-Sorten, ein schmaler Tresen, meist vollgestellt mit Gläsern, Flaschen und Tassen. Man traf sich in einem Zeltvorbau, der bis nachts für Freunde geöffnet war, weil er auf privatem Grund lag. Und der Philosoph hatte Freunde, die ihm seit Jahren, manche seit Jahrzehnten, treu geblieben waren: einen Antiquitätenhändler, einen Versicherungsmakler, einen Klavierbauer, eine Bankerin, eine Journalistin, den Inhaber eines großen Sportartikelgeschäfts, einen ehemaligen leitenden Beamten des Personenschutzes für hohe Politiker, Anwälte, Ärzte und Menschen aus der Nachbarschaft. Auf der Terrasse kamen sie zusammen, über ihnen hingen Weinranken, die der Philosoph sorgfältig gepflanzt, beschnitten und gepflegt hatte. Nur die Buchsbäume waren von dem sich in den letzten Jahren massenhaft verbreitenden Zünsler vernichtet worden. Wolff saß, wann immer er Zeit hatte, beim Philosophen. Oft schwiegen beide, wenn sie allein waren. Ohne seinen breitkrempigen Hut hatte Wolff den Philosophen noch nie gesehen.

Die andere Cappuccino- und Wein-Oase lag am Kurfürstenplatz in Schwabing. Ein Laden, der nur exquisite Waren verkaufte, Nudeln aus Italien, Gewürze, Öl, Essig,

Cantuccini und anderes Gebäck, Schinken und Käse aus Parma und den Marken, und natürlich Weine, deren Hersteller der Ladeninhaber mehrmals im Jahr besuchte. Er kannte die Familien der Winzer und deren Geschichten, ihren Alltag wie ihre Rituale, ihre Rezepte und ihre Weinkeller. Es gab in den Regalen erlesene Rosé-Weine und Spumante Brut.

Wolff hatte sich im Lauf der letzten Jahre mit dem Ladeninhaber angefreundet. Man siezte sich und kam sich doch näher durch den Austausch von Buchempfehlungen, schließlich auch durch die gegenseitige Leihgabe von Kriminalromanen. Wolff besaß eine umfangreiche Bibliothek an Krimis. Anders als den Geschäftsmann interessierte ihn weniger die Action- und Thriller-Technik von Romanen als das Milieu, in dem das alltägliche Böse stattfand: in der Normandie, in der Provence, in Triest, in Venedig, in Spanien und in Schweden. Nur die Fülle an Regionalkrimis, fast ständig in den Bestseller-Listen, faszinierte ihn recht wenig: Käsespätzle-Narrative zum Beispiel befremdeten ihn. Sie waren ihm zu spießig. Wolff fuhr oft nach Schwabing, wo er eigentlich nichts zu suchen hatte, aber er schaute gern im Weinladen vorbei, kaufte hin und wieder mehrere Flaschen aus ökologischem Anbau in den Abruzzen, und wenn er zahlte, tippte sein Krimipartner den Endbetrag für Cappuccino und Wein automatisch ein. Wolff brachte die grünen Tragetaschen aus Papier regelmäßig zurück. »Sie müssen ja sparen«, sagte er, und »ich will die Tüten nicht wegwerfen«. Auch so kann Sympathie entstehen.

In der Weihnachtszeit wurde der Olivenbaum im Laden mit goldenen Kugeln geschmückt, später gab es auch Leuchtsterne an der Decke des Ladens, in dem der Inhaber tagsüber auch kleine Gerichte anbot. In den Regalen standen Flaschen mit signifikant gestaffelten Preisen; in den Holzkisten lagerten Weine, die sich Wolff nicht leisten konnte und auch nicht wollte.

Als Wolff, der sich nur Al nannte, weil ihn sein Vorname Alfred an den Nazi-Propagandisten Alfred Rosenberg erinnerte, weiter Richtung Funkhaus schlenderte, erschrak er. Diesem Maimorgen fehlte etwas. Wie hatte er das bisher gar nicht bemerken können? Diesem Maimorgen fehlte etwas ganz Entscheidendes. Am Himmel fehlten die Mauersegler. Wolff blieb abrupt stehen und suchte den Himmel über ihm sorgfältig ab. Nein, kein einziger Mauersegler war zu sehen, nirgends Getschilpe, kein Vogel schwirrte über den Dächern Münchens. Wie ein Schmerz durchzuckte ihn diese Leere am Himmel.

Wolff ging seit mehr als dreißig Jahren gerne in das Funkhaus. Früher war er mit seinem Auto gekommen, schließlich hatte er in der Tiefgarage einen reservierten Platz. Eines Morgens, er war nicht mehr weit entfernt vom Senderareal Richtung Tiefgarage, war die Straße stadteinwärts gesperrt. Feuerwehr, Polizei. Blaulichter. Auf dem Pflaster lag, unter Planen verborgen, ein Mensch. Er musste aus dem

Fenster im siebten Stock des Studiobaus gesprungen sein. Grundsätzlich waren die Fenster im Studiobau nicht zu öffnen, aber eines stand offen. Tage später erfuhr Wolff, dass ein beliebter, immer gut gelaunter Archivar kurze Zeit nach seiner Ruhestandsversetzung in das Haus zurückgekehrt war, sich zu den WCs begeben, mit einem Nachschlüssel das Fenster geöffnet und sich von der Fensterbank einfach nach draußen hatte fallen lassen. Wolff hatte des Öfteren mit ihm zu tun gehabt und seinen pragmatischen Humor sehr geschätzt. Seit diesem Tag mied er diese Straße.

Guten Morgen. Guten Morgen. Wolff nickte den Kolleginnen am Empfang zu. Sie grüßten ihn freundlich zurück. Mit dem Aufzug fuhr er aufwärts in den 13. Stock des Hochhauses. Der Filterkaffee war schon aufgebrüht. Nichts sollte jetzt sein Morgenritual stören: die Sichtung der Post, die schnelle Lektüre der Leitartikel und Titelseiten von sechs Tageszeitungen, das Öffnen der eingegangenen Mails, der Bericht seiner beiden Programmassistentinnen über Terminverschiebungen und die Liste von internen wie externen Anrufen. Er hatte nicht mehr viel Zeit bis zum Beginn der Redaktionskonferenz um 10.30 Uhr.

Meist nahmen zwanzig bis dreißig Kolleginnen und Kollegen an der Konferenz teil, bei dünner Nachrichtenlage oder in Urlaubszeiten auch weniger. Vertreten waren alle Hörfunkprogramme und die meisten Redaktionen des Hörfunks. Man saß um einen überdimensionierten runden Tisch, der seit Jahrzehnten hier stand, so wie seit Jahrzehnten Originallithographien von Oskar Kokoschka an den Wänden des Sitzungszimmers hingen. Damals mussten die öffentlich-rechtlichen Rundfunkanstalten noch Kunstwerke erwerben. Diese gesetzliche Auflage entsprach dem gesellschaftlichen und kulturellen Auftrag für Anstalten des öffentlichen Rechts. Wolff würde in einer Viertelstunde wieder auf der gepolsterten Fensterbank sitzen, leicht erhöht, so hatte er einen besseren Überblick über die Runde. Er mochte es nicht, wenn jemand hinter ihm saß. Er spürte dann die Blicke in seinem Nacken und sie irritierten ihn.

Da war es besser, selbst in der zweiten Reihe zu sitzen. Das Tageslicht hellte die Gesichter der anderen auf, sein Gesicht blieb im Schatten. Jahrzehnte schon saß er hier, er hatte Kolleginnen und Kollegen aus nahezu allen Redaktionen kommen und gehen sehen. Als in Griechenland die Obristen ihre Militärdiktatur eingerichtet hatten und das Land terrorisierten, beobachtete er einen griechischen Kollegen, der mit seinem Redaktionsteam die griechischen Sendungen des Ausländerprogramms gestaltete. Der Kollege wirkte stets gehetzt, immer auf dem Sprung, ein elegant gekleideter, gutaussehender Mann in den besten Jahren, blass im Gesicht. Hatte er, später als die anderen zur Konferenz gekommen, seine Themen für die Abendsendungen vorgestellt, eilte er auch schon wieder davon. Das griechische Regime hatte in ihm einen Feind erkannt, den es zu bekämpfen galt. Er war in höchstem Maß gefährdet. Nicht allen Beobachtern in Bayern gefiel, wie der Grieche ein Oppositionsradio gegen das Militärregime im öffentlich-rechtlichen Rundfunk betrieb. So hatte er an vielen Fronten gekämpft, gelegentlich auch im eigenen Sender: nicht militärisch gedacht, sondern im Sinn einer zivilen Courage. Wolff und der Grieche hatten sich immer sehr geschätzt, sie hatten ihren Draht zueinander gefunden, auch wenn sie sich meist nur flüchtig im Funkhaus begegnet waren. Er hatte doch tatsächlich dessen Namen vergessen.

Wolff wusste nicht, weshalb ihm gerade jetzt diese Geschichten einfielen.

Viele Jahre später, längst war der Spuk des Militärregimes beendet und sein Kollege wieder zurück in Griechenland, war er an einem Morgen vor seiner Haustüre in Athen erschossen worden. Wolff hatte diese Nachricht wie ein Blitz getroffen.

Er holte sich im Vorzimmer eine frische Tasse Kaffee.

Er erinnerte sich an andere Ereignisse in der Redaktionskonferenz. Damals hatte es eine sehr eigenartige, wenig praktizierte Tradition gegeben: Wenn ein besonderes Bonmot von einem der Teilnehmer in die Runde geschleudert wurde, reaktionsschnell und treffsicher, legte jeder einen Pfennig auf den Tisch vor dem Urheber: eine ehrenvolle Anerkennung seiner Schlagfertigkeit. Als er die Themen seiner Jugendredaktion vorgetragen hatte und sie gegen Einwände aus der Runde verteidigte, zischte der Chefredakteur ihm ein »Ihren Kopf möchte ich nicht haben!« entgegen, woraufhin Wolff wie aus der Pistole geschossen, ohne eine Sekunde nachzudenken, zurückgab: »Mut zur Schlichtheit, Herr Kollege!«. Das hatte ihm 34 Pfennige eingebracht.

Als unter dem Vorgänger des Chefredakteurs ein Disput mit dem Hörfunkdirektor darüber entstanden war, ob unter die deutsche Vergangenheit ein Schlussstrich gezogen werden müsse, um nicht ewig über die deutsche Schuld zu lamentieren, entwickelte sich daraus ein heftiger Streit am runden Tisch. Und als sich Direktor und Chefredakteur in immer eisigerem Ton ineinander verhakten, sagte der Chefredakteur plötzlich ganz leise: »Sie waren damals in der Legion Condor, ich in London im Widerstand.« Das war alles. Die Diskussion erstarb. Er stand auf, und mit ihm erhoben sich alle Kolleginnen und Kollegen und verließen den Raum.

Oder als ein freiberuflich tätiger Musikmoderator der Jugendredaktion in seiner Clubsendung einen Musiker mit seinem neuen Song »I am drinking my own sperm« vorstellte und ihn fragte »You did it?« und der ihm geantwortet hatte »I did it, truely!« war am Tag nach der Sendung die Hölle los gewesen in der Redaktionskonferenz. Alle diskutierten über Pornographie und Ethik, die Verantwortungslosigkeit der Redaktion und ihren öffentlich-rechtlichen Programmauftrag, bis der Chefredakteur ganz lakonisch in die Runde blickte: »Wer noch nie onaniert hat, hebe bitte seinen Arm.« Die Diskussion war beendet.

Niemand wusste, was sich in einer kommenden Redaktionskonferenz ereignen würde. Wolff bereitete sich deshalb immer sorgfältig auf diese halbe Stunde vor und überlegte sich, welche Widerstände gegen sensible Themen aus den von ihm geleiteten Redaktionen kommen könnten und wie er den Vorbehalten begegnen konnte. Fiel ihm kein gutes Argument ein, bat er die Redaktion, das Thema noch zurückzustellen.

Sein Telefon mit der verdeckten Nummer klingelte. Hörfunkdirektion. Guten Morgen Al, ich verbinde dich mit dem Chef: »Wir sitzen gerade zusammen«, teilte der Chef ihm mit leicht zitternder Stimme mit, wir haben eben beschlossen, dass du den Nachruf verfassen wirst. Du kanntest ihn gut, und du schaffst es, den Beitrag schnell bis zur Mittagssendung zu schreiben.

»Worum geht es?«, fragte Wolff. »Wovon sprichst du?«.

»Steiger ist tot.«

»Steiger? Was?«

»Ja! Er wurde heute Morgen tot in Salzburg vor seiner Zweitwohnung aufgefunden.«

»Mehr ist nicht bekannt?«

»Nein. Bis jetzt nicht. Also. Du schreibst? Okay? Ich lese dein Manuskript nachher dann gegen. Um 11.50 Uhr musst du den Nachruf sprechen. Du kannst ihn aber auch live in der Sendung lesen.«

»Okay!«, sagte Wolff, »ich schaue mal, wie ich klarkomme«. Er legte auf.

Innerhalb weniger Sekunden war seine Tagesplanung weggefegt. Steiger? Undenkbar. Das kann nicht wahr sein. Die Nachrichten haben nichts gemeldet.

Mich hat vorher auch niemand zu erreichen versucht. Steiger? Wahnsinn. Wolff schaute aus dem Fenster. Aber er konnte nichts erkennen. Ein paar Minuten saß er so, und er sah nicht, dass ein großer Raubvogel und eine Krähe einen Luftkampf in großer Höhe führten. Immer wieder stieß die Krähe von unten gegen den größeren Gegner vor, umkreiste ihn, stürzte sich auf ihn, bis der Raubvogel erst zögernd, dann endgültig abdrehte. Aber Wolff sah nichts. Er sah auch nicht, dass weit oberhalb des Zweikampfs der beiden Vögel ein vereinzelter Mauersegler in Ellipsen den Fönhimmel über München durchschnitt. Endlich, endlich war ein Mauersegler zurückgekommen. Anfang August würde er wieder in den Süden Europas aufbrechen oder nach Afrika.

3

Ich – Steiger.

Ich bin ein Mensch, der einen guten Job macht.

Nein, ich glaube das nicht, ich weiß es.

Chefredakteure müssen über ein eindeutiges Wertesystem verfügen, ohne Ideologie, ohne den Gedankenkrampf der linken Spinner, der Cannabis-Raucher, der Weltverbesserer, der mutlosen liberalen Romantiker, der Alt-68er und der Neu-68er.

Hinzu kommen die Gewerkschafter. Ich kann längst darauf wetten, wer von Ihnen als erster seinen Arm hebt, um die ewig-gleiche Negation gegenüber den von mir vertretenen Programmrichtlinien aufzusagen. In solchen Versammlungen kommt Todessehnsucht auf.

Wir sollten endlich darauf verzichten, in unseren Programmen Musik zu spielen, die meinen Hund zum Jaulen bringt. Weshalb auch so viele Neutöner in unserem Klassikprogramm statt Barockmusik oder auch – in Gottes Namen – Musik der Romantik, wobei ich die privat nicht hören will. Aber keiner hat den Mumm, diese Affenmusik zu stoppen.

Es ist schon notwendig, gelegentlich etwas grob mit den Woodstock-Haschern und den jungen Naiven umzugehen, damit sie endlich kapieren, dass ihnen der Rundfunk nicht gehört. Wir leben in Bayern, und in Bayern gibt es klare Regeln. Wir senden nicht, was uns gefällt: Wir senden, was dem Publikum gefällt.

* * *

Endlich war Steiger Chefredakteur und Leiter des Programmbereichs Politik, Wirtschaft und Aktuelles geworden. Das tat ihm gut. Nun könnte er eigentlich im aufrechten Gang durch die Flure im Funkhaus, im Bayerischen Parlament, in den Parteizentralen und in den Bierzelten gehen, aber er zog seinen Kopf immer noch zwischen seine Schultern, ganz so, als erwarte er einen Hieb auf sein kahlköpfiges Haupt. Der will geprügelt werden, hatte schon früher ein Kollege in einer Sitzung seiner Nachbarin zugeflüstert, der hat eine masochistische Prägung. Tatsächlich wurde Steiger in den Redaktionskonferenzen der Chefredaktion wie auch in den allgemeinen Konferenzen in den Debatten gröber, lauter, direkter attackiert als andere. Er rechnete sich dem um den Ministerpräsidenten gegründeten Verein für deutliche Aussprache zu.

Spitzte sich der Streit über Themen, Programmplätze für Sendungen und politische Entwicklungen im Freistaat Bayern zu, lebte Steiger auf. Er zog dann seinen Kopf noch tiefer ein – wie eine uralte Schildkröte, die mit wachen Augen aus einer halben Sicherheitsposition das Geschehen beobachtet, listig, misstrauisch, auf der Hut, aber ganz anders als junge Schildkröten, die vor jeder Gefahr ihren Kopf blitzschnell komplett in ihren Schutzpanzer zurückziehen.

Steiger fürchtete sich aber nicht. Er ging in Lauerstellung. Hatten sich in der Debatte sichtbare Lager gebildet und sich ineinander verhakt, bellte er dann meist zurück. Teilte aus. Stieß auch mal tumbe Parolen hervor. Er argumentierte selten, er behauptete. Die Welt ist kompliziert. Da bedarf sie solcher Klartext-Denker.

Dabei war er, wie Wolff schon früher festgestellt hatte, intelligent, gut informiert und dennoch Lichtjahre von jeder Intellektualität entfernt. Zudem war der Chefredakteur ein meisterhafter Netzwerker und Mitglied der »einzig-richtigen Partei in Bayern«, was ihn nicht hinderte, bei öffentlichen Auftritten über das Verfassungsgebot der Staats- und Parteienferne des öffentlich-rechtlichen Rundfunks zu schwadronieren und die Unabhängigkeit seines Senders gegenüber jeglichem Versuch einer Einflussnahme, komme sie von Parteien oder Interessensgruppen, heldenhaft zu verteidigen. Zu Wochenbeginn saß er aber wieder in der Parteizentrale. Man hatte sich dort ja viel zu sagen. Was spricht denn gegen einen Gedankenaustausch?

* * *

Ich – Steiger.

Ich weiß doch genau, dass die wichtigen Entscheidungen in der Rundfunkgebührenfrage und bei Personalbesetzungen für Führungsämter nicht im eigenen Haus, sondern in der Parteizentrale, in der Staatskanzlei und im Landtag getroffen werden. Da ist es doch völlig logisch, dass ich da lieber dabei bin, statt von außerhalb zuzusehen, was sich ereignen wird.

Mich nervt das Geschwätz von Parteiunabhängigkeit. Die Kolleginnen und Kollegen, die sich einer Parteimitgliedschaft verweigern, weil sie diese für Mitarbeitende im öffentlich-rechtlichen Rundfunk ablehnen, sind die schlimmsten. Sie sind Partei, sie sind knallharte Opposition in der Fraktion der Parteilosen. Da ist mir sogar ein Sozialdemokrat lieber, weil der berechenbar ist. Weil er verlässlich ist in seiner Ohnmacht. Es sind ja nicht die Dümmsten, die das Parteibuch der SPD besitzen.

Ich halte viel davon, große Projekte mit der Politik abzustimmen. Wir sind für Bayern da, nicht gegen das Land. Wir stehen doch glänzend da im Freistaat. Das soll uns erst einmal jemand nachmachen. Es gibt allerdings schon ein wirkliches Problem: Ich bin nicht der einzige, der sich der einzig-richtigen Partei zugehörig fühlt. Auf meiner Ebene gibt es noch zwei andere, die ständig um den Ministerpräsidenten und sein Kabinett herumschwänzeln – bei Parteitagen, bei Pressekonferenzen, an denen sie teilnehmen, ohne selbst zu berichten. Da muss man aufpassen. Aber ich glaube, dass ich die besseren Connections habe. Kopf einziehen und abwarten. Ihr werdet schon sehen, wo Ihr bleibt.

* * *

Im letzten Jahr hatte der Ministerpräsident zugesagt, sich in der Redaktionskonferenz den Fragen der Teilnehmerinnen und Teilnehmer aus fast allen Redaktionen zu stellen. Die Tür des überfüllten Sitzungsraumes wurde geöffnet, und die Delegation trat ein. An der

Spitze der Hörfunkdirektor, hinter ihm die massige Gestalt des Ministerpräsidenten, begleitet von seinem Persönlichen Referenten, der schwer an einem schwarzen Aktenkoffer trug. Neben ihm der Leiter der Pressestelle in der Staatskanzlei, blauer Zweireiher mit Weste, schließlich Chefredakteur Steiger. Heute hatte er sich für seinen Trachtenjanker entschieden, links unter dem Hirschhornemblem hatte er sich die Rosette des Bayerischen Verdienstordens eingeknöpft. Ihre weiß-blaue Auffächelung kontrastierte schroff mit den Grün-Rot-Leisten auf dem Stehkragen des hellgrauen Jankers, wies immerhin aber signifikant die Bedeutung des Chefredakteurs aus, der das Redaktionsgespräch moderieren sollte. Die Ordensrosette war weniger als optisches Signal für die Konferenz bestimmt als vielmehr für den Ministerpräsidenten und seine beiden Begleiter. Man war ja fast unter sich. Das galt es auch zu zeigen. Steiger knöpfte an jedem Morgen die Rosette des Verdienstordens in das Revers seines Tagessakkos, auch in karierte Jacken. Wenn für den Abend ein Empfang im Terminkalender vermerkt war, steckte der Chefredakteur die Rosette in den dunkelblauen Blazer. Der Orden war schließlich kein unverdientes Geschenk, sondern Ausweis für herausragende Leistungen, die er für den Staat und die Gesellschaft erbracht hatte.

Steiger zog seinen Kopf noch tiefer zwischen die Schultern, begrüßte die Gäste, verzichtete aber darauf, die anderen Führungskräfte des Hauses vorzustellen. Wer für ihn und die einzig-richtige Partei wichtig war, den hatte der Ministerpräsident schon in der Runde entdeckt und ihm oder ihr kaum merklich zugenickt. Wer auf der Fensterbank saß, musste noch enger zwischen seinen Nachbarn zusammenrutschen, weil Nachzügler kamen, für die es zunächst keinen Platz mehr zu geben schien. Die Luft im Sitzungszimmer wurde stickig, aber die Fenster durften nicht geöffnet werden. Darauf hatten die Sicherheitsbeamten, die vor der Tür warteten, zuvor ausdrücklich hingewiesen.

Die erste Frage in der Redaktionskonferenz stellte selbstverständlich der Chefredakteur. Der Hörfunkdirektor lehnte sich zurück, als ginge ihn die Veranstaltung nichts an. »Herr Ministerpräsident«, sagte Steiger, »können Sie zu Beginn, bevor wir die Fragerunde für die Redakteurinnen und Redakteure unseres Hauses eröffnen, vielleicht kurz ihren außenpolitischen Ansatz skizzieren? Sie sind ja bekannt dafür, einen anderen Weg zu verfolgen als die Bundesregierung ...«

Der Ministerpräsident, dessen mächtiger Kopf direkt den Schultern zu entwachsen schien, pumpte sich auf, und er begann, seinen außenpolitischen Ansatz zu skizzieren, der ihn nachweislich von der völlig unfähigen Außenpolitik der Bundesregierung unterschied. Er dozierte, ohne eine Zwischenfrage zuzulassen, fast eine Stunde. Sein Ton wechselte zwischen einer sarkastischen, süffisanten und nicht frei von Selbstironie kolorierten Sprache und einem Stil der unterschwelligen Bedrohung und Einschüchterung, die all jenen galt, deren – falls überhaupt vorhandene – Intelligenz die Welterfahrung des Regierungschefs infrage stellen könnte.

Wir werden auf jeden Fall!
Sie sollen es bald begreifen!
Dann merkt es der letzte Depp im Land!
Wir in Bayern!
Geisteszwerge!
Ideologen und Verblendete!
Erkenntniskrüppel!
Verkümmerte Akademiker!
Kein Geschichtsbewusstsein!
Das Land säubern!

Zunehmend wurde die Unruhe in der Konferenz spürbar. Oskar Kokoschkas Lithographien an den Wänden des Sitzungszimmers boten kaum Ablenkung, es wurde Zeit, in die Redaktionen zurückzukehren, um die Mittagssendungen und die Produktionen des Nachmittags in den Studios vorzubereiten. Der Persönliche Referent des Ministerpräsidenten suchte in seinem Aktenkoffer einen Terminkalender. Er räusperte sich leise und flüsterte dem Regierungschef zu, möglichst zum Ende zu kommen. Die heutigen Termine in München und auch außerhalb der Landeshauptstadt waren bis weit in die Nacht hinein geplant, es wurde wirklich Zeit.

Steiger bedankte sich beinahe devot für das intensive Gespräch in der Redaktionskonferenz seines, nein: unseres Senders, erklärte, dass seine Kolleginnen und Kollegen endlich ihrer Arbeit nachkommen sollten, stand auf und rückte den Sessel des Ministerpräsidenten zurück, damit dieser seinen Platz verlassen konnte.

* * *

Ich – Steiger.

Ich fand es prima, als der Ministerpräsident seinen Persönlichen Referenten zusammenstauchte: Die Termine mache ich! Nicht Sie! Und zu mir sagte er: Ich komme noch mit in Ihr Büro. Ich muss mit Ihnen noch ein paar Personalien besprechen.

Ich bewundere heute noch den Ministerpräsidenten dafür, dass er über allen Terminen sein Lebensgefühl nicht vergaß. Wenn es ihm gefiel, dann saß er, und wenn er saß, dann saß er lang. Ich glaube, dass wir drei Flaschen Wein zusammen tranken. Es wurde 15 Uhr, es wurde 16 Uhr. Immer wieder steckte sein Persönlicher Referent den Kopf zur Tür herein und der Ministerpräsident verscheuchte ihn sofort: Absagen! Alles absagen! Da kann ein anderer hinfahren. Jetzt stören Sie nicht alle paar Minuten.

Wir waren uns in fast allem einig. Der Ministerpräsident war ausgezeichnet informiert über unser Haus und seine Führungskräfte, und ich schwöre, dass er dies alles wusste, bevor ich mich dazu äußerte. Irgendwann musste er doch ein wichtiges Telefongespräch führen, deshalb bot ich ihm den Sessel hinter meinem Schreibtisch an. Es war die Gelegenheit, endlich zur Toilette am Ende des Gangs zu eilen, dort aber standen die Männer seiner Sicherheitsgruppe und sagten: Die Toilette ist gesperrt: für den Ministerpräsidenten. Da musste ich denen erklären, dass ich als Chefredakteur sein Gastgeber sei, und dass ich auch sofort die Toilette wieder verlassen würde. Das akzeptierten sie. Aber beeilen Sie sich!

Als ich am Nachmittag den Ministerpräsidenten über die spiralförmige Treppe im denkmalgeschützten Empfangsgebäude des Funkhauses zum Haupteingang begleitete, entdeckten wir beide zeitgleich eine kleine Gruppe von Demonstranten auf der gegenüberliegenden Straßenseite. Es war uns völlig egal, wofür oder wogegen diese Arbeitsverweigerer am helllichten Tag demonstrierten. Der Ministerpräsident flüsterte mir zu: Mit einem MG wäre dieser Spuk ganz schnell beseitigt. Dummerweise flüsterte er so laut, dass der Redaktionsleiter der Außenpolitik diese Bemerkung hörte und später in infamer Weise verbreitete. Das ist doch ekelhaft.

Ich weiß schon, weshalb ich diesen jüngeren, keineswegs schlechten Redaktionsleiter auf seinem Karriereweg ausgebremst habe. Du musst nur brutal draufschlagen, dann kommen sie später winselnd angekrochen. Na ja, zur blauen Stunde kommt er oft in die Chefredaktion und trinkt mit mir eine Flasche Wein. Das muss ja möglich sein unter Kollegen.

* * *

Wenn sie saßen, dann saßen sie sehr lang.

Sie stritten. Sie lachten. Sie wurden laut und sie wurden grob. Danach öffneten sie eine neue Flasche. Im Kühlschrank Steigers lagerten fast immer Flaschen mit dem Frankenwein »Würzburger Stein« aus der Staatlichen Weinkellerei in Würzburg und einige Flaschen »Hambacher« aus der Pfalz – ein Weißwein, der so rein war, dass eine große Menge getrunken werden konnte, ohne dass jemals eine wahrnehmbare Einschränkung der Trinker durch den hohen Alkoholkonsum beobachtet wurde.

In diesen Stunden wurden Programmstrukturen eingerissen und neu entwickelt, Personalentscheidungen revidiert und Mitarbeiter degradiert, Führungspositionen aufgeteilt und gegenseitige Vorwürfe vorgebracht: Je lauter, desto ehrlicher. Steiger liebte es, wenn sein Gegenüber ihn anbrüllte. Er erwiderte wenig, weil ihm nichts einfiel, aber er registrierte genau – mit eingezogenem Kopf und dem Blick von unten –, wer bei ihm saß. Steiger hatte ein Gedächtnis wie ein Elefant. Nur manchmal wusste er nicht, wofür ein solches Gedächtnis nützlich war. Aber wenn er mit seinen Parteifreunden zusammensaß, verstand er, dass Erinnerungsvermögen und präzise Wahrnehmung ideale Voraussetzungen dafür sind, in den politischen und medialen Netzwerken zu überleben. Und darüber hinaus: nützlich und erfolgreich zu sein. Zum Wohl des Staates, der Partei und zum eigenen Wohl.

4

Salzburg erwacht.

Der Mönchsberg und der Kapuzinerberg sind noch verhüllt vom kühlen Morgennebel, der einst weiße Verputz der Mauern auf der Festung sieht leicht angeschimmelt aus, wahrscheinlich dunkel vermoost, noch hat sich über der Altstadt der Dunst aus Feinstaub und Lichtreflexionen nicht verzogen; tagsüber ist er fast unsichtbar, obwohl er auf den Dächern und dem Kopfsteinpflaster lastet, aber man gewöhnt sich daran. Man sieht nicht mehr, was man nicht sehen will. Tagsüber ist das Licht nicht so fahl wie jetzt am Morgen.

Der Mann ist vor einer Stunde aufgestanden. Nach einem kurzen Frühstück hat er seinen Kleinwagen beladen. Heute will er Pflanzen, Grassamen, Erde und den etwas brüchigen Picknickkorb zu seinem Garten bringen. Der Tag ist frisch und neu und dunstig, und es gibt viel zu tun.

Vom Parkplatz aus, der für die Kleingarten-Vereinsmitglieder von Amicitia Salzburg e.V. reserviert ist, trägt er in zwei voluminösen IKEA-Tragetaschen seine Sachen in Richtung seines Schrebergartens. Er geht vorbei an dem kleinen Wertstoffhof, in dem Gartenabfälle deponiert werden dürfen. Dort kann jeder Kleingärtner gelbe Säcke mit dem »Bodenhilfsstoff« Rindenmulch aus reiner Nadelholzrinde erwerben – abgepackte Füllmenge: 130 Liter. Verwendung: Abdecken von Beeten, Pflanzflächen aller Art sowie als Wegbelag. Wirkung: Verringert Unkrautwuchs, schützt vor Austrocknung, ist humusbildend, speichert Wärme, mildert und schützt vor Erosion. Rindenmulch soll in einer Stärke von zehn Zentimetern auf die Flächen aufgetragen und gleichmäßig verteilt werden. Dass sich die Schritte darauf, anders als auf den Kieswegen, akustisch bis zur Geräuschlosigkeit verlieren, steht nicht auf der Packung, aber dem Mann ist auch diese Eigenschaft des Beet- und Bodenbelags wichtig. Lärm zerstört das Vogelgezwitscher. Manche Kleingärtner haben handtellergroße, vogelhausähnliche Schachteln erworben – sogenannte Zwitscherboxen –, die Frontseite in Holz oder aluminiumverkleidet, die jede Bewegung im Umkreis registrieren. Dann zwitschern die gespeicherten Vogelstimmen los. Die Apparate kosten fast 50 Euro. Es ist schwer, die auf einem Chip gespeicherten Vogelstimmen von dem lebendigen Zwitschern zu unterscheiden.

Der Mann geht durch die Watzmanngasse, die Edelweißgasse, die Rosengasse.

Einige Amicitia-Nachbarn haben Miniatur-Biotope angelegt. Beschützt von der Kunststoff-Folie am Teichgrund wächst Schilf, wachsen Gräser und Wasserpflanzen, sogar Seerosen. Im Sommer schwirren Libellen dicht über diesem See-Ersatz, hier und dort haben sich Molche, Frösche und Kröten niedergelassen, auch wenn der schlammige Grund viel zu dünn ist, um in ihm eingegraben den Winter zu überstehen.

Andere haben sich Brunnenattrappen hingestellt: aus Stein, Holz oder Metallbottiche. Einige haben sich für uralte Brunnenpumpen mit langen Hebelarmen entschieden, die aber kein Wasser mehr heraufpumpen, weil das Wasser nun aus der Leitung fließt. Wie Kaskaden hängen Blumentöpfe übereinander, oft mit Fuchsien bepflanzt, deren Blüten es nach unten drängt, sodass in der Fantasie rot-weiße Wasserfälle vorstellbar werden, und ihr Geplätscher, das an Hans Carossas Brunnen im Hof erinnert. Das immer wache Geplätscher nur vom alten Brunnen tönt.

Der Untersberg – obwohl im Dunst noch unsichtbar – ist ganz sicher auch in dieser frühen Morgenstunde da und steht wie seit Jahrtausenden herum, durchlöchert von Höhlensystemen, gefährlich für Bergsteiger, Hausberg der Salzburger. Vom Salzkammergut her weht inzwischen regelmäßig ein wärmerer Wind über der Salzach in die Stadt hinein. Etwas Föhn wird den meisten Menschen guttun, jetzt ist es noch etwas klamm hier draußen. Es riecht nach frischem Gras und feuchter Erde. Der Mann hat gelesen, dass die Zitronenfalter mit einem Frostschutzsystem ausgestattet sind, das sie sogar leichten Nachtfrost ertragen lässt, aber noch sind sie nicht für ihren ersten Flug bereit.

Vor wenigen Tagen hat ein leichter Nachtfrost die blauen Hortensien mit ihren frischen Trieben welken lassen, inzwischen haben sich einige Blätter schwarz gefärbt. Der Mann stellt seine schweren Säcke ab, öffnet das hölzerne Gartentor und schneidet die angefrorenen Blätter ab, er beobachtet die winzigen grünen Pickel in den Hortensienstengeln. Vielleicht entstehen neue Triebe. Man braucht viel Geduld, denkt er, Gartenarbeit ist das Warten auf Entwicklung. Ich habe das inzwischen gelernt, denkt er.

Manche Kleingärtner umgrenzen ihren umhegten Boden mit höheren Drahtzäunen. Maschendraht, Jägerzaun und grüne Kunststoffzäune sind beliebt. Von seinem Gartennachbarn grenzt ihn nur ein kniehoher Holzzaun mit großen Abständen ab. Wegen der Igel, sagte der Nachbar.

Angeblich fressen die Igel die Population der Nacktschnecken. Die meisten sind rot-braun gefärbt, gelegentlich finden sich auch schwarze. Die Gartenfreunde haben sich sehr unterschiedliche Methoden angeeignet, um der Schneckenplage Herr zu werden. Ein Bekannter im Alpenrosenweg zerschneidet sie mit einem scharfen Messer. Ein anderer schwört darauf, die Nacktschnecken in Blechdosen zu sammeln und ordentlich Salz auf sie zu streuen. Am nächsten Morgen, wenn er den Deckel öffnet, existiert nur noch eine modrige Flüssigkeit, die er dann auf seinem Komposthaufen entsorgt. Es gibt noch andere Rezepte, mit der alljährlichen Schneckenplage umzugehen. Die Anpflanzung besonderer Kräuter, das Übergießen der Schnecken mit Bier, chemische Spezialmittel. Der Mann aber mag dies alles nicht. Auch Schnecken sind Natur, denkt er. Was können sie dafür, dass sie existieren? Mit einer kleinen Blechschaufel, die ein Kind in der Kleingartenanlage verloren hat, sammelt er die Nacktschnecken ein, schüttelt sie in eine Frischhaltebox, sucht nach Weinbergschnecken, groß und fett und markanter als die Nacktschnecken, füllt sie in eine andere Box und trägt sie zu einer kleinen Wiese, die außerhalb der Anlage liegt und seltsamerweise noch nicht als Baugrund ausgewiesen wurde. Sie werden wieder zurückfinden, die Schnecken, aber dafür brauchen sie viel Zeit. Das ist der ewige Kreislauf. So lange sie auf dem Weg mit ihrer Schleimspur sind, fressen sie seine Pflanzen nicht an. Und wenn sie doch früher zurückgefunden haben sollten, als er es berechnet hat, dann wird er sie wieder einsammeln und auf die Wiese zurücktragen. Den Weg in seinen Garten kennen sie dann schon. Und einige werden von den Igeln gefressen werden. Alles ist gut so.

Viele Nachbarn haben Insektenhotels aufgestellt, Bretterquadrate mit Bohrlöchern und Höhlen – die Wildbienen mögen das angeblich und auch die Holz- und Schlupfwespen. Ganz anders verhalten sich die Honigbienen, die von Blüte zu Blüte fliegen. Schwerarbeiter sind sie, und können oft kaum noch in ihren Bienenstock heimfinden, so sehr torkeln sie abends, wenn es kühl wird, mit ihrer Pollenlast nach Hause. Aber der Mann hat diese vermeintlich insektenfreundlichen Installationen aufmerksam untersucht. Sie alle schienen ihm unberührt von den Insekten zu sein. Sie haben ihre eigene Ordnung, denkt er, weshalb sollten sie diese Miniaturarchitekturen der Menschen annehmen? Jeder unregelmäßig aufgeschichtete Holzstoß ist ihnen lieber, er duftet nach Harz und Fichtenblüten, in den Rinden ist Platz, sich gegen Regen, Kälte und zu starke Sonneneinstrahlung zu schützen. Das hindert die Gartenfreunde im Kleingarten-Verein Amicitia Salzburg aber nicht daran, unter den Insekten-Hotels kleine Holzschilder anzubringen, die sie als nachhaltig und biologisch wertvoll ausweisen.

In diesem Jahr, so sieht es der Mann, haben sich die Primeln außerhalb seines Kleingartens, direkt am Zaun zur Teufelsgasse, weiter ausgebreitet. Auch die unterirdischen Netzwerke der Maiglöckchen haben ihn überlistet. Sie tragen die Farben des Gartens nach außen an den Wegrand. Eigentlich ist das nicht erlaubt. Vor wenigen Jahren wurde dies von der Aufsicht beanstandet; was draußen in den Kiesweg hineinwuchs, musste entfernt werden. Wo kämen wir denn hin, wenn das alle zulassen würden? Die Wege, die Gassen und Straßen der Gartenanlage glichen pflanzen- und keimfreien Zugängen zu den Parzellen. Selbst Zigarettenkippen, die in der Nähe eines Gartens gefunden wurden, musste der Kleingärtner einsammeln und in die Mülltonnen werfen. Bisher aber hatte sich niemand an den Primeln und den Maiglöckchen-Blättern gestoßen, die Zeiten waren anders und mit ihnen wurden die Regeln großzügiger als früher und weniger beachtet. Jede Blüte galt, wenn es sich nicht gerade um Geranien handelte, die für Nektar suchende Insekten nichts anboten, als besonders wertvoll. Mit dem Insektensterben durfte es ja nicht wie bisher weitergehen. In Bayern drüben hatte es die Initiative »Rettet die Bienen« sogar geschafft, dass ihre Forderungen in einen Gesetzentwurf der Staatsregierung aufgenommen worden waren: die Politik überholte das Bürgerengagement, adaptierte die Forderungen, setzte noch eins drauf und der Landtag stimmte dem Gesetzentwurf der Regierung zu. Man wusste dort sehr genau, woher der Wind bläst und wie er steht.

Der Mann weiß, dass zum Gießen das Wasser aus der Leitung zu hart ist. Mehrfach hat er die Werte gemessen und notiert. Eines Tages kaufte er einen Kunststofftank für Regenwasser, der einen Hektoliter fasste, montierte ihn hinter seiner Holzhütte, und legte von der Dachrinne der Hütte einen Ablauf direkt in den Tank. Seine Pflanzen gießt er seitdem mit dem weichen Regenwasser, das vor allem seinen Kakteen guttut. Einen Steingarten wie manche seiner Nachbarn hat er für seine Sukkulenten im Garten nicht angelegt. Im Humus Steine dafür aufzuhäufen und Kies aufzuschütten erscheint ihm pervers. Aber sollen die Nachbarn doch machen, was ihnen gefällt. Ihn stört das bis heute nicht.

Er schneidet überlange Triebe in der Hecke zurück, lüftet die Wurzelstöcke der Sommerfliederbüsche, die später ganze Heerscharen von Schmetterlingen anziehen, darunter Tagpfauenaugen und Admirale, Bläulinge und Kohlweißlinge, dann auch die Zitronenfalter und – wenn die Dämmerung kommt – die Flügelwesen der Nachtfalter: behaarte große und mottenähnliche kleine Insekten, die die Saugplätze der Tagesschmetterlinge einnehmen. Der Mann schaut dem Wechsel gerne zu. Bald ist es wieder so weit, denkt er, aber noch ist der Mai zu kühl.

Der Mann atmet die Morgenluft tief ein, es wird spürbar wärmer. Er hört das metallische Schleifen der O-Busse, die mit ihren

Stromabnehmern die Zwischenräume der Oberleitungen an Kreuzungen überspringen müssen, ohne dass die Energiezufuhr unterbrochen wird. Vom Hauptbahnhof her weht das Quietschen von Eisenbahn-Waggons herüber, abgehackt sind – wie der Mann glaubt – Zwischentöne der Lautsprecheransagen von dort drüben zu hören. Die Stadt ist aufgewacht, sie lebt. Und nachher schieben sich wieder die Massen durch die Getreidegasse. Der Glockenschlag der Andräkirche bleibt verlässlich, nicht in seiner Gänze, aber im Stakkato einzelner Schläge dringt er bis in die Kleingartenanlage hinein. Es zieht ihn nicht in die Altstadt. Nicht mehr. Er fühlt sich als Fremder in den Gruppen der Touristen, die nichts sehen, aber alles fotografieren, um sich später zu Hause darüber zu wundern, was sie nicht in Wirklichkeit gesehen, sondern nur auf dem Screen festgehalten haben.

Es ist gut so, denkt der Mann. Lange genug bin ich dort drüben gesessen, und ich bin jeden Morgen dorthin gegangen, und jeden Abend von dort nach Hause. Tag für Tag. Immer wieder.

Er hat seinen Beruf geliebt. In vielen Jahren hatte er sich ein Selbstbewusstsein erarbeitet, das ihn vor den üblichen Ärgernissen am Arbeitsplatz schützte, ohne seine Freude zu mindern, jeden Morgen gern sein Amt zu betreten und es abends entspannt zu verlassen.

In seiner Jugend hat er sich eine merkwürdige Eigenschaft angewöhnt, sie ließe sich vielleicht sogar als Tick bezeichnen, der sich seit damals intensiviert hatte. Würde er danach gefragt, würde er dies wahrscheinlich sogar zugeben. Er hat sich an seine Eigenart gewöhnt und empfindet sie keineswegs als beunruhigend: Als Jugendlicher besuchte er sonntags den Gottesdienst, nicht weil er es wollte, aber der Kirchgang entsprach der Familientradition. Nicht jeden Sonntag, beileibe nicht, aber immer wieder sonntags, wenn sein Onkel Prediger in der evangelisch-lutherischen Kirche Augsburger Bekenntnisses war. Ihm zuliebe wurde dorthin gegangen, in die kleine Kirche in der Innenstadt, deren Fassade mit der rot-weiß-roten Plakette »Evang.-luth. Kirche A.B.« gekennzeichnet ist, damit jeder weiß, dass hier keine Messen zelebriert werden.

Mit den Predigten seines Onkels, der ganz sicher intellektuell wie seelsorgerlich über große und allgemein von seiner Gemeinde hoch geschätzte Talente verfügte, zudem ein sympathisch-liberaler Theologe war, hatte er als junger Mann wenig anfangen können. Sie waren zu lang. Sie betrafen ihn nicht. Gestik und Mimik des Predigers waren ihm vertraut. Er mochte ja seinen Onkel. Er fühlte sich zu ihm hingezogen, diskutierte auch gerne nach dem Gottesdienst im Pfarrhaus mit ihm, trank seinen ersten Cognac bei einem solchen Gespräch, rauchte auch einmal eine Zigarette dort, als er sechzehn Jahre alt war. Das darfst du jetzt, wenn du nicht süchtig wirst, hatte sein Onkel ihm gesagt. Aber mit den Predigten – das war eine ganz andere Sache.

So hatte der Mann angefangen, in seinem Kopf leere Flächen typografisch zu gestalten, die Umrisse der Fenster nachzuzeichnen und die Fenster zu zählen. Sah er im Fernsehen später die Buchstaben einer Bauchbinde, also die Texteinblendungen mit den Namen und Funktionen der jeweils auf dem Bildschirm gerade präsenten Personen, stichelte er die Zeichen wie bei einer Radierung nach. Leere Felder musste er mit seinen Linien bebildern. Niemand merkte dies, aber ihm wurde das Zuhören der Predigt und der Liturgie leichter, weil er in andere Linien- und Formstrukturen auswich. So war in ihm die Begabung gewachsen, die Choreografie jeder Bewegung im Raum vorzuzeichnen und darüber zu staunen, dass es so viele Menschen gab, die sich in den Räumen auf falschen Linien bewegten: uninspiriert, bar jeder Eleganz, unempfänglich für jede Harmonie beim Betreten von Plätzen, Straßen und Räumen.

Weil er immer die gleichen Gassen und Straßen gegangen war, morgens und abends, weil ihn die Geschäfte mit ihren Schaufenstern voller Mode und Verzweiflung abstießen (einmal hatte er sich in ein Sakko eines italienischen Markenherstellers verguckt, er hatte den Laden betreten und im ersten Stock das Sakko sofort gefunden, aber im Neonlicht des Ladens war die Schönheit der Jacke verschwunden), begann er, bestimmte Autotypen auf seinem Weg zu zählen. Heute Range Rover, 4 Stück. Morgen Fiat 500. 16 Stück. Volkswagen aller Wagentypen: 35. BMW: 12. Mercedes: 8. Als ihn das zu langweilen begann, zählte er Motorroller. Rote. Violette. Schwarze. Weiße. Metallisch-blaue. Da kam er auch auf stattliche Zahlen. Als ihn diese Zählerei nervte, leitete er seine akribische Beobachtungslust auf Trachtenhüte um. Die hohe Dichte an Trachtenhüten in der Innenstadt überanstrengte ihn fast. Grüne Hutbänder, rote Borten, Abzeichen,

Edelweiß, Gamsbart, Pfauenfeder (nicht nur bei den Damen), Veteranenauszeichnungen, Jagdverbandsinsignien, Hirschhornovale, Bergführer-Embleme, Silbernadeln mit den Namen von Berggipfeln, Almhütten-Souvenirs. Als merkwürdig hatte es der Mann damals empfunden, dass der Salzburg-Verächter und an Salzburg leidende Thomas Bernhard in seinem Ohlsdorfer Vierseithof auch über solche rustikalen Kopfbedeckungen verfügte. Breite Krempen, vorne oft hochgerollt, hinten den Hals bedeckend, Schlapphüte filzschwer, als stammten sie aus dem Nachlass von Luis Trenker. Der Mann sah alles. Und er versuchte, die Trachtenhutdichte in der Innenstadt pro zehn Quadratmeter zu errechnen.

Später, und das war nicht so anstrengend, zählte der Mann die Autos nach Farben. Er wusste mehr über die Vorlieben potenzieller Autokäufer als so mancher Marktforscher, aber er behielt sein Wissen für sich, andere ging das nichts an. Seit Neuestem zählte er bei den Passanten schwarze Schuhpaare, echte Lederschuhe, weil er braune Schuhe nicht ausstehen konnte. Dunkler Anzug, braune Schuhe. Dunkelblaues Kostüm. Braune Slipper. Es war schrecklich. Aber der Schrecken war zählbar und dadurch zähmbar, und so addierte der Mann, was er sah.

»Guten Morgen! Alles okay?«

Zwei Zäune weiter taucht ein Nachbar auf, der wie der Mann seinen Vormittag im Garten verbringt.

»Bestens!«, sagt der Mann.

Der Nachbar hat einen roten Kopf, ganz ungewöhnlich am Morgen. Das fällt dem Mann sofort auf. Der Nachbar ist aufgeregt.

»Haben Sie gesehen, da ist ein Vermessungstrupp unterwegs! Was wollen die?«

»Ich habe die Orangemänner auch schon gesehen«, sagt der Mann. »Die stehen da schon seit einer Stunde in der Gegend herum. Der eine hält Stangen. Der andere schaut in ein Fernglas auf seinem Stativ. Der Dritte macht sich Notizen auf einem Klemmbrett mit vielen Formularen.«

»Ein ruhiger Job. Und immer an der frischen Luft.«

»Wir sind es auch!«, sagt der Mann.

»Was die da bei uns wollen?«

»Ich glaube, dass sie die Kanalisation neu vermessen. Die ist doch marode. Da werden vielleicht im nächsten Jahr neue Rohre verlegt.«

»Oder der Ausbau des Glasfasernetzes ...«, sagte der Nachbar. »Die waren schon bei uns in der Straße.«

»Wir werden sehen«, sagt der Mann.

»Es ist kein gutes Zeichen, wenn die auftauchen!«

»Es wird nicht so heiß gegessen wie gekocht«, sagt der Mann.

»Haben Sie auch so viele Schnecken?«

»Na ja!«, antwortet der Mann. »Es ist wie es ist.«

Der Mönchsberg und der Kapuzinerberg leuchten jetzt frei von Dunst und Nebel im Morgenlicht, ein schmaler goldener Streifen. Es ist wärmer geworden. Die Konturen der Silhouetten von Häusern und Bergen zeichnen sich messerscharf unter dem Himmel ab, wie mit einer Graviernadel in den Horizont geritzt. Nichts lenkt das Morgenlicht ab. Der Himmel sieht ganz frisch aus, der Dunst hat sich verzogen.

* * *

Am nächsten Morgen steht der Kleintransporter mit dem gelben Blinklicht wieder vor der Kleingartenanlage des Vereins Amicitia Salzburg. Diesmal vermessen die drei Männer die Seitenlänge des Geländes, später die Rückseite. Wie ein Schwarm von Spatzen verbreitet sich die Nachricht von der Vermessung ihrer kleinen Welten unter den Kleingärtnern. Sie stehen in Gruppen zusammen, manche gestikulieren heftig, andere fassen sich an die Stirn. Einige schweigen.

Der Mann sucht keinen Blickkontakt. Er hält wenig vom Geschnatter der Nachbarn, die ihn an die Gänse auf dem Kapitol in Rom erinnern: Alarm! Alarm! Es ist doch gut möglich, dass der Grundstückseigentümer, die Stadt Salzburg, ihr an den Kleingartenverein verpachtetes Gelände in seinem Umfang neu berechnen lässt. Es gibt ja für Grund und Boden neue Berechnungsmodelle, das trifft jeden Eigentümer, das ist nichts Besonderes.

Zwei Kleingärtner prosten sich mit ihren Flaschen Stiegl-Bier zu. Ihm fällt auf, dass sie so früh am Morgen schon trinken. Bisher hat er das noch nicht beobachtet. Der eine wird laut. Er ballt seine Faust. Der andere klopft ihm auf die Schulter. Abwarten!, kann das bedeuten. Oder: Beruhige Dich! Der Mann versteht die Worte nicht. Draußen blinkt das Gelblicht auf dem Kleintransporter. Der Mann wird jetzt erst einmal die Schnecken einsammeln.

Früher hat es für die Bepflanzung der Gärten strenge Regeln gegeben. Es ist festgelegt gewesen, wie viele Quadratmeter für Blumen und Ziersträucher zu reservieren waren, wie viele für Gemüse und Gewürze und für die Rasenfläche, auf der Kinder spielen konnten, Vogeltränken standen oder Gartenzwerge, hin und wieder auch ein Bambi, eine Gämse oder ein Steinadler, aus einem Kunststoffmaterial gegossen und mit dunklen Farben bemalt. Über allem flatterten die rot-weiß-rote Fahne oder die Flagge Salzburgs. Der Mann bedarf solcher Identitätszeichen nicht. Er weiß doch, wo er lebt und was er liebt. Er braucht keine Fahnen, um Halt zu finden, ein Bekenntnis abzulegen oder einem Feind zu signalisieren, dass hier ein fremdes Territorium beginnt.

Seine Nachbarn weiteten die Rasenflächen aus. Jahr für Jahr vergrößerten sich die kurz geschnittenen grünen Areale, die Nutzflächen wurden immer kleiner. Aber auf dem blütenfreien Rasen stehen jetzt neue Hochbeete, günstig im Baumarkt erhältlich. Schneckensicher. Igelsicher. Schädlingssicher. Von wegen. Der Mann pflückt die ersten Schnecken von den Außenwänden des Hochbeets ab, das er sich schließlich auch, später als die anderen, angeschafft hat. Sie sind nicht zu überlisten. Nach zwei, drei Jahren haben sie oder ihre Nachkommen entdeckt, wie sie die lackierten Holzflächen erklimmen können, ganz langsam, beharrlich. Die getrockneten Schleimspuren glänzen im Morgenlicht. Der Salat ist nicht befallen. Die Kräuter lassen sie in Ruhe. 17 Schnecken zählt der Mann.

Unter den Efeublättern kleben sehr kleine Schnecken mit gelben Häusern. Auch sie können hier nicht bleiben. »Tut mir leid!«, sagt der Mann. Schneckenhaus nach Schneckenhaus löst er aus seiner Verklebung unter dem Efeu. Es sind 43 Stück. Auch heute trägt er die Schnecken in den Frischhalteboxen aus der Kleingartenanlage hinaus. Diese winzigen, knallgelben Schnecken kannte er früher nur als Fundstücke am Strand von Saint Simon im Finistére der Bretagne, am Ende der alten Welt. Stunde um Stunde hatten sie damals die kleinen leeren Schneckenhäuser gesammelt, sie in Glasbehälter eingefüllt, die heute noch in seinem Badezimmer stehen. Souvenirs? Vielleicht. Eher die Materialisierung von glücklichen Augenblicken an den Stränden, das Wasser war kalt, es war Ebbe, und die Zeit verlor sich im Suchen zwischen den Wasserlachen in der steifen Brise vom Atlantik her. Die kleinen und mittleren Steine lassen sich gut umdrehen, und unter ihnen sind Wunderwelten zu entdecken.

Draußen flackert das gelbe Blinklicht. Vielleicht ist für die Fernwärme eine neue Rohrverlegung geplant. So könnte es sein. Das wäre möglich.

5

Wolff schrieb.

Er hatte sich aus der Abteilung Archiv und Dokumentation biografische Daten über den Chefredakteur kommen lassen. Die Programmassistentin stellte ihm eine Tasse mit frischem Kaffee hin, sagte kein Wort und verließ sein Büro. Wolff neigte nicht zur Übertreibung. Aber die Nachricht vom Tod des Chefredakteurs ließ den *Flurfunk*, wie der Klatsch intern genannt wurde, abrupt verstummen, dieses Netzwerk für schnelle Informationen quer durch das Haus mit seinen offenen Redaktionstüren und dem schneckenförmigen Treppenhaus im Hauptgebäude. Es war ruhiger als sonst. Die Telefone läuteten nicht im gewohnten Rhythmus eines Arbeitstags. Wolff hatte knapp 30 Minuten, um den Nachruf zu verfassen. Dann würde er ihn vom Hörfunkdirektor gegenlesen lassen und in das Aufnahmestudio eilen. Im Haus der 1000 Uhren wurden Zeiträume exakt vermessen, und sie waren knapp kalkuliert. Wer zu spät in die Tonträgerbearbeitungsräume kam, Selbstfahrerstudio hin oder her, verlor den Termin, der nach 10 Minuten an andere vergeben wurde. Die Dispo machte da keine Ausnahmen. Der Nachruf sollte im Anschluss an die Mittagsnachrichten in zwei Programmen gesendet werden, die aktuellen Programme würden sich auf eine knapp formulierte Meldung beschränken, im Übrigen auf die Würdigung in den beiden anderen Wellen hinweisen.

Wolff, der seit seinem 16. Lebensjahr journalistisch arbeitete, noch als Schüler, später als Student, der seitdem auch gewusst hatte, dass er Journalist werden wollte, und der erst für eine Sonntagszeitung, dann für eine aktuelle Agentur und schließlich für die Lokal- und Feuilletonredaktion seiner Heimatzeitung geschrieben hatte, hatte von seinem späteren Chefredakteur einer Heidelberger liberalen Tageszeitung gelernt, dass gute Journalisten nicht über die ersten Zeilen ihres Beitrags nachdenken dürfen. »Sie sollen einfach anfangen!«, hatte damals der Chefredakteur zu ihm gesagt und er strich den ersten Absatz seiner Kritik über einen Vortragsabend des Professors Joseph Ratzinger. Dabei hatte Wolff sehr lange über dem Einstieg in seine Kritik gebrütet. Eine ganze Kanne Tee hatte er getrunken, bis er die ersten Zeilen niederschreiben konnte. »Und«, hatte der Chefredakteur gesagt, »Überschriften formulieren wir selbst«, und er strich die Headline, die Wolff nicht weniger beschäftigt hatte. Ja, es war so, und es stimmte auch: Beginne einfach zu schreiben, auch wenn du noch nicht weißt, wie du anfangen sollst. Nach 10 Zeilen weißt du es. Ist dein Text gut, dann schreib weiter. Ist er nicht gut, dann weißt du, wie du ihn jetzt schreiben musst. Wolff hatte diesen Rat beherzigt, sich an ihm in vielen Jahren abgearbeitet, jetzt aber war ihm das schnelle Schreiben zur Routine geworden.

»Fang an!«, flüsterte er vor sich hin. Und er fing an. Zwei Voraussetzungen aber mussten erfüllt sein: die Tür zum Vorzimmer schließen und eine Zigarette anzünden. Noch war das Rauchen im Funkhausareal erlaubt, aber Wolff hatte sich schon auf den drohenden Verzicht eingestellt, den ein hausinternes Rundschreiben angekündigt hatte. Vielleicht auch würde er mit dem Rauchen aufhören. Jetzt aber konnten die Rauchringe über dem Keyboard seines Computers noch sanft aufsteigen. Alles stimmte jetzt, und der Nachruf würde bald geschrieben sein.

Wolff würde sein Arbeitsverhältnis zu Steiger als ein Nicht-Verhältnis beschreiben. Sie beide waren sich mit Misstrauen, lauernd, einander taxierend begegnend, in den Konferenzen immer wieder im verbalen Clinch ineinander verhakt, und dafür gab es viele Gründe.

* * *

Ich – Steiger.

Es ist doch nicht in Ordnung, wie die Alt-68er sich in ihren Redaktionen aufführen. Sie sind vielleicht hochintelligent, das mag ja sein, aber sie betreiben völlig einseitig ihren Betroffenheitsjournalismus. Einseitig, verstehen Sie? Da kommen im Programm nur ihre ideologisch gleichgeschalteten sogenannten Experten zu Wort, sogenannte Schriftsteller, sogenannte Multiplikatoren, die nicht in der Lage sind, andere Meinungen zu akzeptieren.

Was hilft es denn, dass – der Parteienlandschaft im Freistaat entsprechend – die Führungsjobs mit Männern und Frauen besetzt sind, die der richtigen Partei angehören oder ihr sehr nahestehen? Die Programme werden in der Praxis von den Leuten an der Basis gemacht, nicht von denen, die in der Hierarchie aufgestiegen sind. Schon wie sie sich anziehen, diese Hascher: schwarzes Anarchisten-Outfit, Turnschuhe, keine Krawatten, keine Trachtenjanker, die Frauen in wallenden bodenlangen Kleidern oder in Jeans. Grauenvoll. Sie machen – das muss ich objektiv feststellen – spannende und glänzend gebaute Sendungen, aber sie sind einem Missionsjournalismus verpflichtet, den sie ganz raffiniert tarnen. Ich kenne ihre Absichten.

Letzte Woche gab es wieder ein Palaver mit den Salonlinken. Ich hätte in einem Kommentar die neue Partei der CSU-Rechtsabspaltung »Die Republikaner« ohne das Attribut »rechtsradikal« erwähnt, den Parteichef, übrigens einen früheren Fernsehkollegen, gar hoffähig gemacht. Völliger Unsinn. Der Mann kam aus der Partei des Ministerpräsidenten. Bei regelmäßigen Zusammentreffen mit dem Ministerpräsidenten und wenigen anderen Vertrauten, wo dann viel getrunken und Deutschland neu geordnet wurde, von Grund auf, weil es endlich Ordnung geben musste im Land, wurde entschieden, dass – so betrüblich der Fakt der Abspaltung war – einer neuen Partei auch eine Chance gegeben werden musste. Es ist ja nicht alles unvernünftig, was sie fordert. Ich habe in der Redaktionskonferenz eine dringende Empfehlung ausgesprochen, diese Partei und ihren Vorsitzenden nicht mit dem Begriff »rechtsradikal« zu diffamieren und im Klartext hinzugefügt, dass ich dringend rate, sich an diese Empfehlung zu halten. Da haben sie alle ganz dumm geschaut.

Diese Neolinken, die so wenig Geschichtsbewusstsein haben, dass sie nicht einmal das Kapital von Karl Marx gelesen haben, rannten dann gleich zu ihren Gesinnungsfreunden in den Zeitungsredaktionen, die mir sofort einen Skandal anhängen wollten, weil meine Empfehlung als Anweisung für die Nachrichtenredaktion verstanden wurde. Mein Gott, diese dünnheutigen Gutmenschen!

Dumm war die Angelegenheit nur, weil sich der Innenminister als Mitglied des Rundfunkrats einschaltete, zudem auch noch sein Generalsekretär. Beide erklärten, sie verstünden nicht, weshalb auf eine das Publikum über die Republikaner informierende Sprache verzichtet werden solle. Der Verfassungsschutz war bereits tätig, aber als die sogenannte Affäre durch die Printmedien ging, fanden Innenminister wie Generalsekretär die Empfehlung des Chefredakteurs »deplatziert und fatal«. Und der Chefredakteur war ich, schon damals. Da verstehe einer noch einmal die Politik.

Wie aufgescheuchte Hühner rannten die Neo-Linken durch das Haus. Ein freier Mitarbeiter protestierte gegen die Anweisung seiner Redaktion, den Begriff »rechtsradikal« in seiner Berichterstattung zu unterlassen, wenn er weiter beschäftigt werden wolle.

Ich habe dann öffentlich erklärt, dass wir die Empfehlung nur ausgesprochen hätten, weil wir die übrigen Parteien ja auch nicht kommentieren. Die Hörerinnen und Hörer wüssten ohnehin, was hinter den Republikanern steckt.

Das ist jetzt lange her. Aber die Sache ärgert mich bis heute. Nach links sind sie blind, diese ideologisch Verblendeten, und nach rechts schauen sie mit einem schärferen Blick als ein Steinadler.

Nur der Wolff hat damals in der Konferenz zu mir gesagt: Sie haben mir keine Anweisungen zu geben. Ganz ruhig, ohne jeden frechen Unterton.

* * *

Das Nichtverhältnis zu Gerald Steiger bedeutete für Al Wolff nicht, dass er nicht immer wieder die Nähe zum Chefredakteur gesucht hatte.

Gerieten sie sich in den Konferenzen heftig in die Wolle, dann suchte Wolff am Nachmittag den Kontakt. In der Kantine setzte er sich zu ihm und sie redeten miteinander, als habe es den Vormittag nicht gegeben. Wolff war es wichtig, dass keine Verletzungen entstanden.

Bei einem *Gangfest*, einer jener legendären Geburtstags- oder Abschiedsfeiern im Flur und in den Räumen der jeweils einladenden Redaktion, als die ersten beiden Kollegen in den Stapel der Bierkästen gefallen waren, nicht mehr tritt- und sprachsicher, war Steiger auf Wolff zugekommen. Er hatte sich mit seinem Bierglas in der Hand dicht vor ihm aufgebaut. Er schwankte etwas, nahm einen langen und tiefen Zug aus seiner Zigarre und blies ihm den Rauch ins Gesicht: »Ich verstehe euer Programm zwar nicht, aber ihr seid schneidig!« Wolff hatte den Begriff »schneidig« seit Jahrzehnten nicht mehr gehört. Er begriff, dass ihm Steiger ein Kompliment machen wollte. »Vielen Dank«, gab Wolff zurück. Steiger legte seinen Arm um Wolffs Schulter und sagte: »Ich bin der Gerald«. Wolff zögerte. Dann stieß er mit seinem Bierseidel an und sagte: »Ich bin der Al!« Der Chefredakteur trank auf Bruderschaft, Wolff auf Kollegialität, ohne darüber zu reden. Am nächsten Vormittag diskutierten sie wieder kontrovers und leidenschaftlich, wobei erwähnt werden muss, dass Steiger immer dann, wenn die argumentative Schärfe kaum noch zu steigern war, die Waffen streckte und der Debatte mit einem »Unglaublich!« auswich.

Es dauerte Wochen, bis sich Wolff und Steiger auch öffentlich duzten. Wolff, der sich jetzt besonders darum bemühte, sympathische Eigenschaften bei seinem Chefredakteur zu entdecken, war es anfangs etwas peinlich. Denn jeder und jede in den Redaktionen wussten, dass sich die beiden Kontrahenten grundsätzlich unterschieden: in ihrem Verhalten, in ihrer Bildung, in ihrem Denken, in ihrer Kleidung, in ihrer Wortwahl und in ihren fachlichen Interessen. Aber Wolff spürte, dass der Chefredakteur, hinter seiner Grobheit versteckt, durchaus ein Faible für ihn hatte, und er empfand, wenn er sich anstrengte, ebenfalls ganz kleine Anfänge einer Sympathie. Das konnten manche nicht verstehen.

Wolff aber wusste, dass in einem Funkhaus nicht eine Versammlung grundsympathischer Menschen anzutreffen war, Freundschaften waren selten, Kollegialität war ausgeprägt, Flügelbildung logisch. Er wollte Menschen nicht verändern, das konnte er nicht und das stünde ihm auch nicht zu, aber er wollte kollegial gerade mit jenen Journalistinnen und Journalisten im Haus zusammenarbeiten, die sich wie er für das Medium Rundfunk begeisterten. Einige sagten von Wolff, er sei diplomatisch begabt. Fair und in seiner Haltung stark.

Dabei war Wolff immer schon ein Zweifler gewesen, ein Skeptiker, auch sich selbst gegenüber. Kam er aus einer Livesendung, die er moderierte, in den Regieraum, hätte er am liebsten die Sendung völlig neugestaltet. Er wusste in den ersten Jahren nicht, ob es gut war, was in den letzten beiden Stunden gesendet worden war. Aber wenn ihm andere gratulierten, nahm er die Komplimente gerne an. Am wichtigsten waren ihm die Rückmeldungen von den Studiotechnikern der Sendung. Dann empfand er eine Befreiung vom Druck. Mehr nicht.

Er verabschiedete sich, ging durch die langen Funkhausflure bis hinüber zum Hochhaus, nahm den Aufzug, fuhr in den 13. Stock, stieg aus, schloss die Tür zu seiner Redaktion auf und atmete erst einmal tief durch. Erst später würde sein Team noch einmal mit den Sendeunterlagen bei ihm vorbeischauen, und er würde ein Glas Wein anbieten. »Ja, die Sendung war okay«, sagte er, um nicht eine längere Manöverkritik zu ermöglichen. »Morgen«, sagte er, »morgen setzen wir uns zusammen.«

Wolff hatte immer anerkannt, dass Gerald Steiger seine Kommentare brilliant formulierte. Seine Beiträge, die ihm Steiger in einem Sammelband, herausgegeben im Selbstverlag, an einem späten Abend mit einer freundlichen Widmung überreicht hatte, folgten den Gesetzmäßigkeiten für Meinungsbeiträge: Reduktion komplexer Themen auf knappe Bilder, Vermeidung jeglicher Sowohl-als-auch-Beschreibungen der Fakten, Verzicht auf jede schwammige Position, deshalb klare Haltung. Kommentare bedürfen an deren Ende eines an das Publikum weitergegebenen Fragezeichens oder eines Ausrufezeichens. Nur dann stimmte die Struktur eines guten Kommentars.

Kommentare sind Anstiftung zum selbstständigen Denken des Publikums. Immer gelingt das natürlich nicht.

Als Steiger seinen 60. Geburtstag feierte, gratulierte ihm Al Wolff handschriftlich und schenkte ihm ein Exemplar der schmalen Autobiografie von Hanns Joachim Friedrichs, die der Autor, schon sterbenskrank, noch geschrieben hatte. »Überall dabei sein, nirgendwo dazugehören!« Das war eine der Leitlinien des moderierenden Chefredakteurs der ARD-Tagesthemen gewesen. »Sich nie mit einer Sache gemein machen, und sei es eine gute Sache!«. Darüber könnte gestritten werden. Auf seine Glückwunschkarte schrieb Wolff dem Chefredakteur: »Ich bewundere Ihre Kommentare, auch wenn sie immer die falsche Meinung vertreten.« Steiger hatte dieser Glückwunsch besonders amüsiert.

Wolff hatte nicht mehr viel Zeit.

Er schrieb seinen Nachruf weiter. Über den im ganzen Land bekannten Publizisten, der als junger Mann dem Team um den späteren Bundeskanzler und früheren Bundeswirtschaftsminister Ludwig Erhard angehört hatte, ein Radiojournalist, der sich schon früh für eine soziale Marktwirtschaft in der Bundesrepublik Deutschland engagierte, sich für die Zurückhaltung des Staats gegenüber der Wirtschaft im eigenen Land und in Europa aussprach und danach viele Jahre in der alten Bundeshauptstadt Bonn als akkreditierter Journalist am Deutschen Bundestag für unterschiedliche Printmedien tätig war. Das war vor Wolffs Zeit in seinem Sender gewesen.

Er schrieb.

»Gerald Steigers Stimme, der sich als Journalist immer als Vermittler zwischen Wirtschaft und Gesellschaft, Parteien und Wählern, Europa und dem deutschen Föderalismus, Afrika und seiner bayerischen Heimat sah, ist verstummt. Wir sind entsetzt über seinen Tod. Seine unverwechselbare Stimme polarisierte oft. Er stand einer Partei ganz sicher näher als anderen, aber auch die anderen prüften seine Analysen und seinen scharfen Blick auf die politischen Entwicklungen bei uns und auf dem afrikanischen Kontinent, für den er sich seit seinen jungen Jahren immer leidenschaftlich engagiert hatte. Mag sein, dass er als Chefredakteur in seinen Reportagen und Kommentaren viele Menschen provozierte, die bei ihm die gebotene Distanz gegenüber Parteien und Regierung im öffentlich-rechtlichen Rundfunk vermissten. Zugleich beklagten sich Regierungspartei wie Staatsregierung immer wieder über die Unabhängigkeit dieses konservativen

Journalisten, der sie nicht selten das Fürchten lehrte. Er hat es seinem Publikum nicht leicht gemacht, aber sein Publikum machte es ihm auch niemals leicht.«

Wolff hatte in Nachrufen nie gelogen. Es galt, Wahrheiten in eleganter Form auszusprechen, ohne verletzend zu sein. *De mortuis nil nisi bene:* Das kam für Wolff nicht infrage. Er schrieb nicht seinen ersten Nachruf. Er würde Wahrheiten niemals ausklammern, es kam nur darauf an, wie sie ausgesprochen wurden.

Weshalb auch sollte er seine distanzierte Nähe zu Steiger verraten: die Kollegialität, auch die wenigen fast freundschaftlichen Situationen, wenn die Weingläser zwischen ihnen standen und die blaue Stunde über München herabsank: Zwischen einem stramm Konservativen mit uneingestandener Sehnsucht nach Akzeptanz, gerade auch bei seinen Kolleginnen und Kollegen, und Wolff, dessen Skeptizismus von Tag zu Tag wuchs. Das System wurde ihm fremd und fremder. Er hatte viele Jahre lang nicht verstanden, weshalb Führungskräfte im Haus so oft klare Stellungnahmen vermieden, sich um Entscheidungen drückten und erst abwarteten, was sich ereignen würde, bevor sie sich eine eigene Meinung bildeten oder die der Vorgesetzten übernahmen. Er glaubte zunehmend die Prozesse einer *déformation professionelle* zu verstehen, die ihre Ursache im System hatten. Das System hatte eine Führungsstruktur nach dem Bild einer Pyramide. Je weiter man nach oben kam, desto schmaler wurde die Plattform. Und oben saß nur einer.

Vielen Führungskräften, so empfand es Wolff, fehlte der Mut, auf die Kreativität und Professionalität von Redaktionen zu setzen, ihnen zu vertrauen, sie arbeiten zu lassen. Stattdessen teilten sie jede auch nur im Ansatz entstehende Macht. Je stärker sie das Konkurrenzdenken zwischen den Abteilungen förderten, für umso ungefährdeter hielten sie ihre eigene Position. Es wurde zwar viel von *lean management* geschwätzt, aber Wolff empfand dies nur als Show, denn die Wirklichkeit war ganz anders. Es sei denn, man widersetzte sich ihr, was zwar möglich, aber keineswegs überall üblich war.

Wolff hielt diese Entwicklungen im öffentlich-rechtlichen Rundfunk für gefährlich und kontraproduktiv. Seit Jahrzehnten hatte er immer wieder bei Organisationsstrukturreformen beobachtet, dass journalistische Kompetenz und inhaltliche Kongruenz nicht zu starken Redaktionseinheiten führten. Im Gegenteil: Es galt das Prinzip der Zellteilung. So gab es etliche Redaktionen, die Programme für junge Leute anboten, mehr nebeneinander als miteinander, statt eine starke Redaktionsgruppe zu bilden, die zielgruppen- und wellengerecht attraktive Sendeformate entwickeln und realisieren konnten. *Divide et impera!* Wolff kannte die Sprüche, ihre Weisheit war ihm nicht unbekannt geblieben. In den Redaktionen saßen die kreativen Kolleginnen und Kollegen, in den Programmbereichen und Hauptabteilungen gab es zu viele Bedenkenträger. Wolff hatte nie erlebt, dass ihn ein Vorgesetzter je ermutigt hätte. Es gab immer etwas zu bedenken. Und Wolff sagte dann lakonisch: Wir haben bedacht. Und dann war es meist gut. Wenn das Echo auf die Sendung positiv war, gab es auch Lob. Aber meist hatten die Vorgesetzten das Programm gar nicht gehört. Manche hatten es auch hören lassen. Der Chefredakteur zum Beispiel von seinem Hund.

Noch 15 Minuten.

Das Manuskript ausdrucken, durchlesen, korrigieren. Einmal laut lesen. Dann in die Hörfunkdirektion. Der Schlusssatz fehlte noch.

Ein metallisches Geräusch auf der Fensterbank im 13. Stock des Hochhauses.

Ein Schatten. Der Fensterputzer. Mit zwei Eimern in den Händen geht er auf dem schmalen Sims vor den Eckfenstern, taucht plötzlich am Fenster von Wolffs Büro auf. Wolff wusste: Er wird sich gleich bei den Ösen zwischen den Fenstern einhaken. Ein Sicherheitssystem. Zwischen den Ösen, ausgeklinkt, läuft der Fensterputzer frei um die Ecke des 13. Stocks, in jeder Hand trägt er einen Eimer. Wolff ist nicht schwindelfrei. In einem Vortrag der Bayerischen Akademie für Wissenschaften, er war ganz bewusst dorthin gegangen, als er gelesen hatte, ein Professor der Schwindelambulanz des Großklinikums würde dort referieren, erfuhr Wolff: Wenn sich Schwindel einstellt, ist es gut, auswendig ein Gedicht aufzusagen, zu zählen oder den Blick auf den fernen Horizont zu richten. Es sei übrigens besser, auf dem Dach eines Hochhauses zu liegen als zu stehen.

Aber wer steht oder liegt schon gerne da oben?

Wolff musste jetzt sofort aufstehen. Er konnte nicht länger zum Fensterputzer schauen. Er verließ sein Büro und schlenderte den Gang entlang. Gerade noch hatte ihm seine Programmassistentin zugerufen:

»Sie müssen gleich ins Studio.«

»Ich weiß«, hatte Wolff ihr entgegnet.

Als die Fenster geputzt waren, der Schatten auf dem Außensims verschwunden war, kam Wolff zurück und schrieb seinen letzten Satz. Er sah nicht, dass inzwischen ein Pulk von Mauerseglern über den diesigen Himmel kreuzte. Er hörte nicht den Verkehr, dessen Geräusche, den Fallwinden des Hochhauses trotzend, normalerweise bis zu ihm heraufdrangen. Er dachte an Steiger und setzte den Punkt unter seinen letzten Satz.

Jetzt also zum Hörfunkdirektor.

»Okay! Sehr schön. Hätte ich nicht besser schreiben können. Aber beim Sprechen bitte kein Pathos!«

»Pathos ist mir fremd!«

Wolff stand auf und ging. Er schloss die Tür zum Vorzimmer behutsam.

Im Studio sprach er den Nachruf. Kein Versprecher. Für Schnitte wäre auch kaum Zeit geblieben. Er beobachtete sich von außen, als sei er in diesem Augenblick in zwei Wesen aufgespaltet. Routine. Was muss, das muss! Er unterschrieb die Aufzeichnung als sendefertig, ohne sie noch einmal zu hören. Was hätte er auch anders machen sollen?

Wolff verließ das Studio, fuhr mit dem Aufzug in das Erdgeschoß. In seine Redaktion wollte er nicht zurückgehen, deshalb betrat er die Drehtür am Haupteingang des Funkhauses, schob sie an und verließ das Gebäude. Er wischte sich mit dem Taschentuch kurz über die Augen.

Jetzt Stille.
Nur Stille.

Niemand sollte ihn jetzt ansprechen.
Er würde es nicht aushalten.

6

Fast hätte der Mann vergessen, dass er bei einem Pflanzencenter fünf Stück Hydrangea mac., blau mit jeweils vier bis sechs Dolden bestellt hat, die abends vom Lieferdienst vor seiner Haustüre abgestellt worden sind. Ein später Nachtfrost, so unerwartet wie unwillkommen, hat in seinem Garten die blauen Hortensien beschädigt, die frischen hellgrünen Blätter und Triebe waren am nächsten Morgen schwarz verfärbt. Nach zwei Tagen fielen die vertrockneten Spitzen ab. Er hat die Pflanzen zurückgeschnitten. Vielleicht treiben sie ja noch einmal aus.

Er geht zu seinem Auto und holt die fünf Pakete, sie sind nicht schwer. Er will die Hortensien gleich eingraben und wässern. Angeblich sind sie winterfest.

Die Aufregung in der Kleingartenanlage dauert an. Vor dem kleinen Wertstoffhof diskutieren die Leute, sie unterhalten sich über die Trennzäune hinweg. Wortfetzen wehen heran.

»Da muss etwas geschehen …«
»Der Vereinsvorsitzende sollte mal nachfragen …«
»Die Stadtverwaltung wird doch wissen …«
»Eine Eingabe machen …«
»Eine Resolution verfassen …«
»Vielleicht einen Anwalt einschalten …«

Der Mann beobachtet, wie die Ängste wachsen. Er sieht das Kopfschütteln, das Schulterzucken, den schleppenden Gang. Sein

Pachtvertrag gibt ihm keinen Anlass zur Sorge. Er hat ja viele Jahre darauf gewartet, eine Parzelle in der Kleingartenanlage mieten zu können. Das Kleingedruckte hat er nicht gelesen. Die Anträge auf die Zulassung seiner Bewerbung waren hoch komplex. Es ist nicht leicht, einen Kleingarten zugeteilt zu bekommen, und die Wartezeiten sind überdies so lang, dass etliche Winter und Sommer vergehen, immer wieder Frühling und Herbst, sodass auch er dachte, der Stapel seiner Bewerbungsunterlagen sei in einem der vielen Verwaltungsbüros vergessen worden.

Bis eines Tages ein amtliches Schreiben im Briefkasten lag. Ihm wurde ein Kleingarten in der Anlage des Vereins Amicitia Salzburg zugeteilt, genauer: in Zeile der Teufelsgasse. Er möge sich persönlich melden, vorstellen und einen Einzahlungsbeleg mitbringen.

Wie sah der Garten aus?

Offensichtlich war er längere Zeit brach gelegen. Die Hecken waren nicht mehr geschnitten worden, die braunen Grasflecken nicht gemäht. Die Büsche verdorrten, die geteerte Dachpappe auf der Hütte schlug Wellen wie ein Teich im Fönsturm und hatte sich an einigen Stellen vom Dach gelöst, rostige Nägel standen frei. In den Herbststürmen hatte sich der Dachbelag von seiner Verankerung befreit. Die Löcher, von den Nägeln hineingehämmert, hatten sich vergrößert, sodass die Abdeckung des Daches über die Nagelköpfe gerutscht war und sich der Bewegung der Luftströmungen ohne Widerstand aussetzte.

Der Garten und die Hütte waren verkommen. Innen roch es muffig. In den Ecken hatte sich Schimmel angesetzt. Aber die Holzsubstanz schien noch stabil, die Bretter müssten abgeschliffen und neu lackiert werden, innen und vor allem auch außen, denn die Hütte hatte inzwischen einen grauen glanzlosen Belag auf ihren Holzflächen. Nur unten, dort wo die Hütte im eingegossenen Betonfundament verankert war, wiesen die Eckbalken eine schwarze Farbe auf: beim Abschleifen würde sich zeigen, ob sie nur an der Oberfläche durchfeuchtet waren oder ob der Mann sie austauschen müsste, wenn sich das überhaupt noch lohnte. Aber alles in allem wäre dies sein künftiger Garten. Ihm würde er seine Fantasie, seine Zeit, seine handwerklichen Fähigkeiten, seine Kraft, vor allem aber seine Liebe widmen. Dieser Garten hat Zukunft. Ich habe eine Zukunft, hatte der Mann damals gedacht.

Ein Nachbar aus der Watzmannstraße spricht ihn an. »Wie schön!«, sagt er, Sie haben blaue Hortensien gepflanzt. Passen Sie auf, die überstehen späte Frostnächte nicht.«

»Ich weiß«, sagt der Mann, »meine blauen Hortensien, die bisher hier standen, sind angefroren. Ich weiß nicht, ob sie sich noch erholen.«

Ob er sie bis auf den Stock heruntergeschnitten habe, fragt der Nachbar.

»Na klar«, sagt der Mann, »passt schon. Schauen Sie!«

Der Nachbar kommt näher. »Ich habe gehört«, sagt er, »dass die Gartenanlage aufgegeben werden soll. Meine Frau arbeitet in der Stadtverwaltung. Sie hat in einem Gespräch aufgeschnappt, dass vielleicht eine Wohnanlage für städtische Bedienstete hier entstehen soll: auf unserem Gelände. Das ist aber nicht gesichert. Man will ja nicht die Plagen heraufbeschwören, bevor die Heuschrecken wirklich einfallen.« Er lacht. »Wir werden ja sehen, was geschieht. Also: Kein Grund, um sich aufzuregen. Die meisten hier sind nervös geworden. Ältere Leute haben immer Angst. Ich sage immer: Vertraue Deinem Verstand, der ratio, dann fährst Du besser.

Setzen Sie die blauen Hortensien in neue Erde ein. Dazu brauchen Sie nicht viel. Die alte Erde können Sie ja auf den Kompost werfen. Man weiß ja nie, welche Schädlinge sich im Boden verbergen. Und, aber das wissen Sie: Streuen Sie gleich beim Wässern etwas Eisensulfat in die Erde, damit die blaue Farbe nicht verblasst.«

Der Mann bedankt sich bei seinem Nachbarn. Dann geht er in die Hütte.

Alle Bretter hat er abgeschliffen und grundiert und lackiert und poliert. Die Eckpfosten sind saniert, das Holz war nicht angefault. Das blind gewordene Kunststofffenster hat er durch ein besseres Material ersetzt, das Dach mit neuer Dachpappe gedeckt. Rostfreie Beilag-Scheiben mindern die Gefahr, dass sich der Dachbelag beim ersten

Sturm von den Nägeln befreit und über geweitete Ösen vom Dach trennt. Die Idee mit den Beilag-Scheiben ist dem Mann gekommen, als er in seinem Keller zu Hause ein neues Regal aufbaute. Die vom Schimmel befallenen Ecken der Hütte hatte er mit einem Entfeuchter getrocknet, der mit seinem Gebläse einige Tage und Nächte in Betrieb blieb. Ein Freund hatte ihm das Gerät geliehen, das er selbst seit dem letzten Hochwasser in seiner Garage aufbewahrt hatte. Chemikalien wollte der Mann nicht einsetzen. Man weiß ja nicht, ob die Luft in der Hütte durch sie kontaminiert wird. Es gab ja immer wieder furchtbare Sachen zu lesen. Ich mache das nur ökologisch, sagte sich der Mann.

Es ist gut so.

Jetzt schon, während der Schnee noch auf den Berggipfeln ringsum liegt, blüht es im Garten, ganz leise, aber unübersehbar. Der Garten verfügt in seiner Miniaturgestalt über harmonische Linien. In einem Beet hat der Mann nur rot blühende Pflanzen eingesetzt, in einem anderen violette. Er liebt das Monochrome. Ganz hinten ein kleines Feld mit gelben Blüten, jetzt aber sieht er nur ihre Knospen. Warten will gelernt sein.

Fast ein Jahr hatte er in seinem neuen Garten gearbeitet. Vom frühen Morgen bis zum Abend. Die Erde umgegraben, sie mit Holzbrettern unter den Füßen glatt und fest getreten. Gesät. In die mit einer kleinen Schaufel freigelegten Vertiefungen Büsche und Tulpenzwiebeln und zwei Fliederstauden eingesetzt: weiß und lila. In seinem Elternhaus gab es riesige Fliederbüsche im Garten der Dienstwohnung. Sie blühten im Mai in Massen, sodass zum Geburtstag seines Vaters, im Sternzeichen des Stiers geboren, ganze Eimer mit Flieder im Treppenhaus standen. Den betörenden Duft hat der Mann nie vergessen. Wenn er sich an die frühen glücklichen Jahre erinnert, dann ist es der Duft des Flieders, der sich nie verflüchtigt. Die Kindheit roch wie Flieder und wie die Maiglöckchen, die seine Mutter aus ihrer Heimat mitgebracht und eingepflanzt hatte, und die Maiglöckchen hatten mit ihrem unterirdischen Wurzelwerk unter den Nadelbaumen große Flächen erobert. Es gab im Frühjahr nie einen Mangel an

Blumen und Blüten. Zu seinem Geburtstag wünschte er sich, auch noch als Erwachsener, einen Strauß *Vergißmeinnicht* und einen Streuselkuchen. Später, als sie davon erfahren hatte, spendierte ihm seine Kollegin zum jährlichen Geburtstag im Juli ein ganzes Backblech mit Streuselkuchen. Den *Vergißmeinnicht*-Strauß kaufte er sich selbst auf dem Bauernmarkt. Natürlich hatte er *Vergißmeinnicht* direkt an dem niedrigen Zaun zum Nachbargarten gepflanzt. Die hellblauen, manchmal dunklen oder violett-gelben Blüten erinnerten ihn an die vergangene Zeit und ihre Traditionen und Freuden und Gewohnheiten. Viele seiner Altersgenossen waren stolz darauf, sich von ihrer Herkunft und deren Zwängen zu befreien, bei ihm war es anders. Er hatte sich schon als Jugendlicher frei gefühlt, aus der häuslichen Geborgenheit war er aufgebrochen in neue Erlebniswelten, die er seinen Eltern nicht mitteilte, damit sie sich nicht um ihn sorgten. Außerdem ginge sie nichts an, was er für sich entdeckte, ausprobierte, riskierte und verwarf. So kam er als Heranwachsender ohne allzu große Konflikte mit seinen Eltern aus, während sich seine Geschwister schwere Auseinandersetzungen mit ihnen leisteten. Vielleicht, so denkt der Mann noch heute, war und bin ich ein Einzelgänger, der nicht kommunizieren muss, was andere möglicherweise belastet.

In der Gartenanlage redet er gern mit Nachbarn, wenn sie ihn ansprechen. Er selbst sucht den Kontakt nicht. Er muss ihnen auch nicht sagen, wie hässlich er ihre aus schwerem Eichenholz geschnitzten Gartenmöbel findet, wie stillos ihre schmiedeeisernen Laternen oder die weiß lackierten Gartenleuchten sind, ihre Hollywoodschaukel aus dem Katalog des Versandhauses und ihre unausrottbaren karierten Tischdecken auf den Blechtischen. Wie beleidigend ihre Holzkohlen- oder Gas-Grillapparaturen für seine Augen und wie lächerlich die aus der String-Regal-Zeit übrig gebliebenen Silhouetten von Bambis, Berggipfeln und Tannenbäumen an der Außenwand ihrer Holzhütten sind, die sich mit ihren ausgefahrenen, meist gestreiften Markisen und den lose verlegten Steinplatten darunter sichtbar anstrengen, sich zu richtigen Gartenvillen zu entwickeln. Aber sie bleiben, was sie waren: kleine Holzhütten mit Gaskocher, oft einem Herrgottswinkel und Vorhängen an den Fenstern. Selbst halbhohe Stores hat der

Mann schon entdeckt. Wenn es ihnen gefällt, dann ist es gut, denkt der Mann. Ich will es anders haben.

Wieder ein Abend. Wieder eine Nacht.

Der Mann steht auf seinem Balkon. Seit vielen Jahren steht dort auf einem Holzgestell, das ihm sein Nachbar zum Geburtstag gebaut und unter das Geländer eingepasst hat, mit Fächern für Blumentöpfe, Blumendünger, Müllsäcke, Gartenerde und die kleinen und größeren Gießkannen, ein großer Blumenkasten, in dem mindestens zehn verschiedene Farnarten wachsen, die sich ständig erneuern, in die Luft ausrollen und sich über die Ränder des Kastens ausbreiten wie ein künstlich eingefriedetes und in die Stadtlandschaft verpflanztes Stück Wald, das seine Begrenzung überwinden will. Der Mann achtet darauf, jeden Morgen die Erde nach den winzigen Farnrollen abzusuchen, aus denen später fächerartig und schattenwerfend große Pflanzen entstehen, er besprüht sie mit gesammeltem Regenwasser. Jeden Spätherbst holt er den Kasten mit den Farnen vom Balkon, er stellt ihn vor seine Wohnungstür in das Treppenhaus. Dort stört sich niemand im Vorbeigehen daran. Die Blätter werden während des Winters etwas blasser, die Erde trocknet schneller aus als in der frischen Luft, auch ist das Licht, das durch die Fenster hereinfällt, matt und schwach, aber die Farne kommen im Frühjahr wieder, schöner als je zuvor, dichter als im Vorjahr und in ihrem dunklen Grün unverzichtbar für einen, der auf seinem Balkon in der Dämmerung und bis in die späte Nacht hinein sitzt und steht und sich bewegt und sich freut, dass alles so lebendig ist, so frisch, so zukunftsoffen.

Aber in diesem Jahr sind die Pflanzen in einer einzigen Woche abgestorben. Er hat zunächst die braunen Farnblätter entfernt, das war ein paar Tage so, bis es nichts mehr zu entfernen gab. Die Erde war feucht, es gab keinen Grund, zu vertrocknen, aber die Farne starben ab. Jetzt hat der Mann den nackten Blumenkasten wieder auf den Balkon gestellt; die Erde wollte er nicht austauschen, weil er darauf hofft, dass im Boden noch Sporen der toten Farne enthalten sind. Und gestern hat er entdeckt, dass tatsächlich winzige neue Farne aus der Erde sprießen.

Es ist ganz still.

Selbst vom Hauptbahnhof und vom nahen Freilassing dringt kein Geräusch herüber. Die Züge fahren, wenn sie heute Nacht unterwegs sind, ohne jedes wahrnehmbare akustische Lebenszeichen. Ein Käuzchen ruft. Das ist selten in der Stadt. Der Mond steht über der Festung. Wenige Laternen dort oben glimmen im Mondschatten. Wie viele Menschen, unter ihnen auch Fürsterzbischöfe, saßen in den Verließen in Haft, isoliert von jedem Mondlicht, dem Flackern der Fixsterne und Planeten und abgeschirmt von den milden Geräuschen der Nacht? Oder der Klangkulisse des Tages mit Menschen und Hunden? Der Mann hatte sich intensiv mit der Geschichte seiner Heimat befasst. Er ist sich ziemlich sicher, dass die Massen an Touristen, die mit der Bergbahn hinauffahren oder die den Festungsberg zwischen dem Mönchsberg und dem Nonnberg zu Fuß erklimmen, wenig über die Nachtseite dieser Anhäufung von Kuppeln und Glockentürmen, barocken Hausfassaden und hochwassergefährdeten Kolonnaden wissen und wissen wollen. Aber es kümmert ihn nicht. Er weiß und er horcht in die Nacht.

Es ist seltsam. Nachts fahren Radler auf dem Gehweg.

Nachts sind viele Fahrräder unbeleuchtet.

Der Mann versteht nicht, weshalb sich diese Menschen der Gefahr aussetzen, von einem Autofahrer übersehen zu werden.

Nachts gilt die Vorrangregel »Rechts vor links« nicht. Wer spät nach Hause fährt, hat es eilig. Käme jemand von rechts, würde das Fahrzeug auf der Kreuzung durch die Scheinwerfer des Vorfahrtsberechtigten zu erkennen sein. Das ist meist so, aber manchmal auch nicht.

Dann flackert ganz plötzlich ein Blaulicht auf der Kreuzung.

In den letzten Tagen, so beobachtet es der Mann, sind mehr als zwölf Kleintransporter eines deutschen Unternehmens am späten Abend, oft auch nachts, in das ruhige Wohnviertel eingeschwärmt. Er hat von seinem Balkon aus eine Schriftfolie erkannt: Wir fahren für Amazon. Die Fahrer, die sich gegenseitig in die knappen Parkplätze einweisen, sprechen nicht Deutsch. Er nimmt an, dass sie im Auftrag von Großspediteuren tagsüber Sondertransporte übernehmen. Die Fahrer sind vielleicht im Hotel am Ende einer der Nebenstraßen untergebracht. Die weißen Kleintransporter sind die einzigen mobilen Fahrzeuge in diesen Tagen. Alle anderen Autos werden selten bewegt. Hier wohnen viele ältere Leute, sie fahren nicht mehr so oft und so viel wie die Jüngeren. Noch immer blockiert ein Kleinwagen zwei Stellplätze am Straßenrand. Vögel haben die Frontscheibe und die Seitenfenster verschmutzt. Am Scheibenwischer vergilbt ein Werbezettel.

Der Mann steht auf dem Balkon und überlegt, was morgen in seinem Garten zu tun ist. Er trinkt einen Rotwein. Viele Jahre hatte sie ihn gebeten: »Trinke nicht jeden Tag! Lege mal eine Pause ein! Du gewöhnst dich sonst noch daran!« Aber sie hatte ihm auch gesagt: »Kaufe nicht den billigen Rotwein. Wir haben genug Geld, dass du dir einen guten Rotwein leisten kannst.«

Nun ist dies alles vorbei. Er trinkt seinen Rotwein, denkt an sie, streift das Gewicht der Erinnerung bewusst ab. Das ist anstrengend. Und er hat ein bisschen ein schlechtes Gewissen. Er ist allein, nicht einsam. Er hat sich daran gewöhnt, sich und seiner Trauer standzuhalten. Das ist möglich, natürlich nicht in jedem Augenblick. Es gibt schon einsame Stunden, aber er hat gelernt, sie anzunehmen.

Um diese späte Zeit sind nur noch Hundebesitzer unterwegs. Ihm war nicht bewusst, dass es so viele Hunde im Viertel gibt. An der Hauptstraße wachsen Supermärkte und Tankstellen, Outlet-Center und Discounter von Jahr zu Jahr in das Wohnviertel hinein, aber wenige Fußminuten hinter der Hauptstraße ruht sich seine Wohngegend in der Beschaulichkeit ihrer Gärten aus. Es ist interessant, dass inzwischen viele Hunde blinkende Dioden-Halsbänder tragen. So können sich Dackel und Golden-Retriever nicht mehr unter den Büschen verbergen, während ihre Halter rufen und rufen und rufen. Die Ära der Bobtails ist längst vorbei. Schäferhunde sind im Viertel ausgestorben. Die Wohnungen sind kleiner geworden, die Hundebesitzer haben sich den Verhältnissen angepasst.

Morgen werde ich recherchieren, denkt der Mann, was es mit dem Vermessungsteam rund um unser Kleingartengelände auf sich hat. Ich bin gut vernetzt, ich werde herausfinden, ob es Planungen gibt, die uns bedrohen. Ich glaube nicht daran, aber zu glauben ist wenig sinnvoll. Ich will es wissen. Denn die Hysterie der Gärtner ist schwer erträglich. Ein Gelblicht genügt, und sie geraten schon in Panik. Ein Blitz in Gelb, ein Angsteinbruch in Schwarz. Schwarz wie die Albträume der Kindheit.

Der Mond hat sich um die Ecke verzogen, über der Altstadt sind die Kassiopeia und der Orion flackernd im Dunst der Nacht zu erkennen; Beteigeuze, links oben im Orion, soll bald in sich zusammenfallen, explodieren und selbst am helllichten Tag wie eine kleine Sonne aufstrahlen, bevor er stirbt. Die Astronomen haben beobachtet, dass Beteigeuze immer dunkler wird. Ich werde das nicht mehr erleben, denkt der Mann. Morgen setze ich im Garten neue *Ranunkel*-Pflanzen und einige wenige Tulpenzwiebeln ein. Die Frischhaltebox ist mit einem Wurst- und einem Käsebrot gefüllt, den Kaffee wird er morgen Früh in die Thermoskanne gießen und die geschäumte Milch einfüllen, bis er den Verschluss kaum noch bis zum Anschlag drehen kann. Er achtet darauf, dass die Milch nicht überfließt, denn dann wird die Kanne verschmutzt. Er geht sorgfältig vor. Ordentlich war er bisher in seinem ganzen Leben. Jetzt noch einen Schluck vom *Chianti Classico Reserva* mit dem schwarzen Gallo auf dem Flaschenhals. Das ist kein schlechter Wein. Die österreichischen Weine mit den rot-weiß-roten Metallkappen trinkt er auch gern. Aber nach der Arbeit im Garten liebt er die etwas schwereren Weine, deren Anbaugebiete er gut kennt. Ist es nur Erinnerung? Er spürt manchmal die Sehnsucht, wieder dort zu sein. Aber er fürchtet sich davor, jetzt allein in der vertrauten und geliebten Region anzukommen, zwischen Siena und Vicenza, in der Toskana, in jener Landschaft, in die er jedes Mal ein Stück seiner Sehnsucht hineingepflanzt und zurückgelassen hat. Und er glaubt, dass er die Orte nicht mehr finden würde, in denen er seine Spuren hinterlassen hat.

Seit zwei Wochen hat der Mann seinen Fernseher nicht mehr eingeschaltet. Es ist sehr kühl geworden. Die Erde der Balkonpflanzen ist feucht. Alles stimmt, denkt der Mann. Jetzt ist es Zeit! Ich habe keine Angst vor der Nacht, ich habe Angst, mich in einem dunklen Zimmer abzugeben, nur um zu schlafen. Schlaf: Ich sehne mich nicht nach ihm.

Mitternacht ist längst vorbei. Es spielt keine Rolle für den Mann. Zeit ist für andere eine Rechnungseinheit ihrer Lebensperspektiven. Ihn fragt niemand, wann er zu Bett geht und wann er morgens aufsteht. Die Zeit bedrückt ihn nicht. Sie beschäftigt ihn überhaupt nicht. Dass sie sich bewegt, entdeckt er nur in seinem Garten – und in den Falten morgens in seinem Gesicht. Ihn interessiert es nicht mehr, ob die Zeit davongaloppiert oder ob sie träge wie Lava auf flachen Ebenen fließt. Das war früher anders, aber jetzt ist es so. Er hat gelernt, zu warten, zu beobachten, über seine Zeit selbst zu bestimmen. Im Garten nimmt er nur den Wechsel zwischen den Jahreszeiten wahr: Darauf kommt es an. Nicht auf den Kalender und nicht auf die Uhr.

7

Wenn sie durch die Gänge des Funkhauses eilte, schwänzelte ihre Handtasche, mit den kurzen Trageriemen über die linke Schulter gestreift, wie die Flosse eines Fisches, der einem feindlichen Verfolger entkommen will. Immer in Eile, immer dicht an den Wänden der Flure, nie gelassenen Schritts in der Mitte des Weges. Wie Radarwellen sandte sie, daran hatten sich alle gewöhnt, keckernde Laute vor sich her. Wolff erinnerte diese Keckertonfolge an die Warnlaute eines Schiffs vor einer Flussbiegung.

Sie war jeden Tag apart gekleidet, nicht ganz nach dem Geschmack Wolffs, aber dennoch überlegt. Ihre Sturmfrisur war hochtoupiert, die Farbe schillernd zwischen kastanienbraun und rostrot. Begegnete sie Kolleginnen oder Kollegen in den Gängen und Treppenhäusern, nickte sie ihnen flüchtig zu, als würde sie ein kurzes Hallo in unzumutbarer Weise festlegen.

Wolff wusste, dass seine Kollegin über eine polyglotte Begabung verfügte. Sie sprach fließend Italienisch, Englisch, Spanisch, Kroatisch, Russisch und konnte sich sogar in einer skandinavischen Sprache akzentfrei verständigen. Er hatte sie früher um ihre verbale Eleganz beneidet, mit der sie vor großen Liveübertragungen der Europäischen Rundfunkunion das Publikum vieler Sender begrüßte. Es galt für sie das Privileg, bei besonders schwierigen Moderationen die im Schichtdienst tätigen und weniger versierten Stationssprecherinnen und Stationssprecher zu ersetzen. Fest stand: Vor dem Mikrofon keckerte sie nie. Vorher, wenn sie das Studio betrat: Ja. Nachher, wenn sie das Studio verließ: Ja. Sie keckerte, wenn sie nicht vor dem Mikrofon saß. Live in der Sendung aber funktionierte sie als ausgebildete multilinguale Sprecherin.

Wolff hatte in einem Humanistischen Gymnasium das große Latinum und das Graecum erworben, im Englischunterricht wurde Shakespeare übersetzt. Der *Teacher* trug stets ein kariertes Sakko, aus dessen Seitentasche eine Ausgabe der »Times« hervorlugte. Später hatte die Klasse entdeckt, dass es sich immer um die identische, längst nicht mehr aktuelle Ausgabe handelte, die der *Teacher* wohl mehr als Accessoire verstand, ein Signal seines Livestyles. Leicht ausgefranst, das Papier schon angegilbt. Als Wolff mehr als eineinhalb Jahrzehnte später in Manhattan einen Rabbi angesprochen hatte, um ihn nach der richtigen Subway Richtung Long Island zu fragen, grammatikalisch korrekt im Shakespeare-Sound, blickte der Rabbi ihn über die Ränder seiner Brille an und antwortete kurz: »Mit mir können Sie auch Deutsch reden!« Wolff hatte das kurze Gespräch als Niederlage empfunden, auch wenn die inhaltliche Auskunft des schwarzgekleideten Mannes völlig korrekt und hilfreich gewesen war. Seitdem versuchte er, wo immer es möglich war, Gespräche in einer anderen Sprache zu umgehen. In seinem Studium hatte er im ersten Semester außerdem das Hebraicum gemacht. Nun besaß er Kenntnisse in drei alten Sprachen, tat sich aber schwer, sich in den USA nach Verkehrsverbindungen zu erkundigen.

Wolff las ein paar E-Mails aus dem Haus. Jemand hatte geschrieben: »Ich gebe zu, dass ich den Chefredakteur nicht besonders mochte. Das lag weniger an mir als an ihm und seiner gelegentlich saugroben Haltung uns gegenüber, durch die er uns wissen ließ, dass er eine andere Hierarchieposition einnahm. Ihr Nachruf aber hat mir gezeigt, dass Steiger offensichtlich doch noch andere Seiten hatte. Das hat mich sehr beeindruckt, und deshalb schreibe ich Ihnen. Vielen Dank und: Chapeau!«

Eine Kollegin meinte, ihm mitteilen zu müssen, dass er, Wolff, dafür bekannt gewesen sei, Steiger nicht besonders zu schätzen. Der Nachruf aber in beiden Programmen und im Intranet sei objektiv und dem Chefredakteur zugewandt geschrieben. Wolffs Text habe sie deshalb tief berührt.

Wolff löschte beide Nachrichten und noch zwölf andere, die sich auf seinen Nachruf bezogen. Er überlegte, ob er einer Kollegin, einem Kollegen geschrieben hätte, wenn der Nachruf von ihnen verfasst worden wäre. Er nickte kurz und wusste: Wahrscheinlich hätte er auch ein Feedback gegeben, so wie er das immer wieder tat, wenn er herausragende Produktionen gehört hatte. Der Tote hatte zwar nichts davon, aber Wolff tat die Anerkennung gut.

Jetzt war es an der Zeit, sich einen frischen Kaffee aus dem Vorzimmer zu holen. Als für die Redaktionen von der Inventarverwaltung Thermoskannen angeboten worden waren, hatte Wolff seinem Team unmissverständlich gesagt, dass Kaffee aus der Thermoskanne in seinem Umfeld niemals erlaubt sei. Mit Schaudern erinnerte er sich, als ihm der Hörfunkdirektor einmal eine Tasse Kaffee angeboten hatte, die Wolff kaum ablehnen konnte. Ihm lag daran, mit Vorgesetzten auf Augenhöhe zu reden; er stand nicht vor dem Schreibtisch, hinter dem sich der Chef verschanzt hatte, sondern setzte sich auf die Sitzgruppe. Der andere würde sich dann schon dazusetzen. So war es immer. Der Kaffee, aufgehellt mit fetter Sahne aus der Dose, war ungenießbar. Wolff schmeckte das Blech, die Rückstände eines Reinigungsmittels und die gelbe Sahne. Als sein Gesprächspartner kurz sein Büro verließ, um im Vorzimmer einen Auslandskorrespondenten zu begrüßen, der auf Verdacht kurz in der Direktion hereingeschaut hatte, kippte Wolff den Inhalt seiner Tasse in einen Blumentopf. Auch deshalb legte er Wert auf stets frisch gefilterten Kaffee, der nicht länger als eine halbe Stunde auf der Wärmeplatte stehen durfte. Statt Kaffeesahne wurde in seinem Büro frische Milch angeboten. Hin und wieder brachte Wolff von einer Kaffeerösterei auf dem Land ein Pfund Kaffeebohnen mit, viel länger als in den Kaffee-Großfabriken bei niedrigeren Temperaturen geröstet, sodass sich anders als bei den großen Markenproduzenten niemals ein bitterer Geschmack einstellte.

Es klopfte an der Tür des Sekretariats, als Wolff gerade seine Tasse gefüllt hatte. Die keckernde Tonfolge warnte ihn vor. Unter der Tür stand sie: die Kollegin mit der Handtasche, dieser Schwanzflosse am kurzen Trageriemen. Die Frisur wie immer hoch toupiert. Das Gesicht dick mit Makeup belegt.

»Haben Sie einen Augenblick Zeit?«

»Für Sie immer!«

Wolff bot ihr eine Tasse Kaffee und einen Platz in seiner Sitzecke an. Hellrote Ledersessel und ein Glastisch auf einem Chromgestell, Modell Mies van der Rohe. Diesen Tisch hatte Wolff vor Jahren im Lager der Inventarverwaltung entdeckt und darauf bestanden, ihn für sein Büro zu bekommen, anstatt sich neue Möbel aus dem Katalog auszusuchen. In seiner Position stand es ihm zu, sein Büro komplett neu auszustatten. Er hatte das Angebot abgelehnt. Man könne nicht am Programm sparen und dann eine neue Büroausstattung bestellen. Die vier alten Sessel hatte er mit rotem Leder beziehen lassen. Ihre Aufarbeitung war nicht teuer gewesen, es war sogar die billigste aller denkbaren Lösungen.

»Schrecklich, das mit Steiger!« sagte sie.

»Ja, das sehe ich auch so«, erwiderte Wolff und blickte aus dem Fenster.

Dann musterte er seine Besucherin, deren Redaktion in einem anderen Teil des Gebäudes untergebracht war. Wolff war dafür dankbar. Er hatte Vorbehalte ihr gegenüber. Er hätte ihr niemals ihre Professionalität abgesprochen, aber er mochte sie einfach nicht. In den Redaktionskonferenzen war sie unter den Redaktionsleitern immer die erste, die sich zu Wort meldete, um der Runde mitzuteilen, welchen Publikumserfolg ihr Redaktionsteam gestern mit seinen Sendungen gehabt habe. Dann ließ sie ihre Keckertonkaskade los, obwohl es keinen Grund zur Heiterkeit gab. Wenn für Sonderprogrammwochen Themenschwerpunkte erwogen und diskutiert wurden, war sie immer sofort bereit, das Thema mit ihrer Redaktion umzusetzen. Wolff kam das so vor, als bewerbe sie sich um ein Fleißbildchen, wie es in seiner Volksschule immer wieder ausgeteilt worden war: ein Hauchbildchen, rot oder blau oder grün, das sich einrollte, sobald es von warmem Atem gestreift wurde. Die dünnen Bildchen wurden gesammelt, geglättet und in den Pausen getauscht.

Von einer Sekunde auf die andere verstand Wolff zum ersten Mal, weshalb seine Besucherin so viel Makeup aufgelegt hatte. In ihrem Gesicht entdeckte er unter der Schicht Spuren von Neurodermitis. Ihre Hände waren feuerrot. Ständig in Bewegung wie Wasserpflanzen in der Dünung, als würden sie gleich das beinahe sichtbare Jucken der Haut wegzukratzen versuchen. Aber die Hände stoppten, bevor es dazu kam, und das Spiel begann von vorne. Es war seltsam und eigentlich traurig, dachte Wolff, dass es in diesem Sender so viele Menschen mit physischen und psychischen Problemen gab. Von seiner Gesprächspartnerin wusste er, dass sie jeden Morgen ein eigenes Kaffeegeschirr in ihre Redaktion mitbrachte, weil sie Angst hatte, von ihrem Team vergiftet zu werden. Übrigens keckerte sie in ihrer Redaktion, wie ihm berichtet wurde, grundsätzlich niemals.

Immerhin ließ sie jetzt die von Wolff servierte Tasse nicht unberührt stehen. »Sehr gut, der Kaffee«, sagte sie.

Ein anderer Kollege aus der Wissenschaftsredaktion hatte nächtelang seinen Vorgesetzten telefonisch aus dem Schlaf gerissen, weil vor seinem Haus andauernd schwarze Fahrzeuge mit Überwachungskameras stünden. In der Bildungsredaktion kollabierte ein Redakteur regelmäßig kurz vor Beginn öffentlicher Livesendungen, sodass sein geradezu väterlich besorgter Chef sich jedes Mal darauf vorbereitete, als Moderator einzuspringen.

Macht unser Sender die Menschen krank? Das fragte sich Wolff seit vielen Jahren. Oder zieht das Medium psychisch labile Menschen an? Suchen sie vielleicht in der Öffentlichkeit der Sendungen ein Selbstbewusstsein, das sie ohne Funktion in ihrer privaten Welt nicht haben? In den frühen Jahren konnten in der Kantine, die damals »Casino« genannt wurde, noch Schnäpse bestellt werden, Einzelgläser oder auch Flaschen, man konnte gleich trinken oder eine Flasche in die Redaktion mitnehmen. Später wurden harte Alkoholika nicht mehr angeboten. Dafür wurden Beauftragte für Alkoholkrankheiten benannt. Die Geschäftsleitung, der Personalchef, der Gesamtpersonalrat und die örtlichen Personalräte ließen sich regelmäßig Bericht erstatten.

Ist es doch das System, das uns hier alle krank macht? Wolff fand keine schlüssige Antwort auf seine Frage. Es gab mehr Krankenstände als in anderen Unternehmen. Das könnte am Termindruck, dem Stress der Livesendungen mit ihren täglichen Unwägbarkeiten und Überraschungen, der überall zunehmenden Bürokratie und den vielen Hindernissen liegen. Wolff beobachtete seit Jahren an sich selbst keine Krankheits- oder Stress-Symptome. Die Arbeit für das Medium Radio war seine Leidenschaft.

Da sitzt sie nun, dachte Wolff, und hier drinnen keckert sie nicht mehr. Welch ein Glück!

Von seiner Kollegin wusste er, dass sie, die fast täglich die Nähe zur »Obrigkeit« suchte, meist glänzend und vor allen anderen über Entwicklungen im Haus informiert war. Gelegentlich verbreitete sie Verschwörungstheorien, die sich aber bis auf einen einzigen Fall nicht erhärteten, wie sich Wolff erinnerte. Immer aber wusste sie vorab, wenn sich auf den obersten Etagen eine Lage zusammenbraute, die erst sehr viel später die Basis der Redaktionen erreichte. Eine Seherin! Das war sie wohl.

»Wie denken Sie über Steigers Tod?«, fragte sie unvermittelt.

Ihre Hände wanderten die Arme entlang bis zur Schulter, dann wieder zurück.

»Ich weiß nicht«, sagte Wolff. »Steiger hat in seinem Leben wohl mehr getrunken als er sollte, aber er wirkte immer vital, kerngesund, eher ein Kraftbursch als ein Pykniker.«

»Er ist ermordet worden!«, sagte seine Gesprächspartnerin sehr leise, aber mit Nachdruck.

»Wie bitte?«

Wolff war wie elektrisiert.

»Was sagen Sie da?«

»Ich sagte: Steiger ist ermordet worden. Aber fragen Sie mich nicht, woher ich das weiß!« Sie fügte an: »Lassen Sie mich aus dem Spiel. Aber ich dachte, Sie sollten das wissen!«

Sie stand auf. »Schauen Sie doch mal auf einen Kaffee bei mir vorbei«, sagte sie in der offenen Tür. »Am besten nachmittags. Da sind meine Freelancer alle unterwegs.«

Wolff bedankte sich mit versteinerter Miene.

Plötzlich sah er, wie der Wasserspiegel seines Aquariums schwankte. Er hatte das Abschiedsgeschenk seiner alten Redaktion nie geliebt, aber gepflegt. Er hasste es, an den freien Wochenenden das Aquarium zu reinigen, aber die Fische waren nun einmal da, und es widerte ihn an, immer wieder mit einem Netz tote Fische von der Wasseroberfläche abzuschöpfen und sie in die Toilette zu kippen.

Jetzt aber schwankte der Wasserspiegel deutlich sichtbar.

Im 13. Stock des Hochhauses.

Wolff sah genau hin.

Von Westen her zog eine Wetterfront auf. Ihre Kontur war scharf gezeichnet. Es würde stürmisch werden.

8

Man wird.
Man wird einen offenen Brief an die Stadtverwaltung schreiben.
Man wird Unterschriften sammeln.
Man wird eine außerordentliche Mitgliederversammlung einberufen.
Man wird sich an das Gartenbauamt wenden.
Man wird sich an die *Salzburger Nachrichten* wenden.
Man wird das ORF-Studio Salzburg und die Privatradios in der Region verständigen.
Man wird.
Man muss auf jeden Fall Widerstand leisten.

Geradezu unangenehm sind dem Mann jetzt die heiser in die Luft ausgestoßenen Alarmrufe über die Gartenzäune hinweg, dieses Hineinsteigern in eine Bedrohung, von der nicht feststeht, ob sie wirklich über sie hereinbrechen wird. Es gab doch vor zwei Wochen nur die wenigen Tage, in der die Gärten vermessen wurden. Es weiß doch niemand ganz genau, welchem Zweck die Vermessung des Geländes dient.

Der Mann ist deshalb nicht nervös.

Am Nachmittag hält er es in seinem Garten nicht mehr aus. Der Aktionismus der Nachbarn verstört ihn, zudem hat er seine Arbeit abgeschlossen. Mehr als siebzig Knospen tragen seine Rosenbüsche, sie wachsen dem Licht entgegen, nur die Fuchsien werden sich sehr bald von der Sonne abkehren, ihre Blüten senken und dem Schatten unter den Blättern zuwachsen. Die vor dem Winter aufgetragenen Mulch- und Torfschichten hat er gelockert, geharkt und wieder festgetreten, sie entzogen dem Boden jetzt die Feuchtigkeit der letzten beiden Regenwochen. Er hat die Geräte in die Holzhütte geräumt, die letzten Blätterreste auf dem Komposthaufen verteilt. Jetzt wird er nach Hause fahren.

So groß, so übertrieben wie selten liegt der Mond über den Dächern. Seine Bahn folgt einer vorgegebenen Ellipse, und heute ist der Mond der Erde besonders nah. In der Dämmerung taucht er über den Häusern auf, strahlt durch die Baumkronen, blendet mit seiner aufdringlichen Präsenz. Jetzt zeichnet er Schatten auf den Balkon des Mannes. Die Nachtluft ist klar.

Der Mann steht am Geländer, er hört der Nacht in dieser Stadt zu, es muss schon sehr spät sein. Auf dem Gehweg fahrend nähert sich ein Auto, es hält an jedem zweiten Haus. Ein Mann steigt aus und wirft längere weiße Papierpakete in die Briefkästen. Die Zeitung von morgen ist da.

Seine Nachbarn im Haus haben ein Digitalabonnement gebucht. Kein Zeitungspapier in der Papiertonne, dabei hatte er schon angenommen, dass die Nachbarn keine Zeitung lesen. Der Mann liebt die gedruckte Zeitung. Er will nicht schon morgens auf einen Bildschirm oder sein Mobiltelefon starren. Mit digitalen News lassen sich auch keine Papiertüten für die Bioabfälle falten und mit ihnen ist es auch nicht möglich, feuchte Schuhe auszustopfen. Manchmal schneidet er Pressefotos und ausgesuchte Artikel aus, klebt sie in sein Arbeitsheft. Das hat er Bertolt Brecht abgeschaut, der sein Arbeitsjournal sorgfältig mit Fotos und Ausschnitten anreicherte, zwischen die handschriftlichen Einträge hineingeklebt, ein Berichtsheft über ein Leben in schweren Zeiten. Der Mann führt sein Arbeitsheft nur für sich. Niemandem hat er noch etwas mitzuteilen, wenn sich sein Leben einmal vollendet. Ach ja, denkt der Mann, das kann schlichter formuliert werden: Wenn ich tot bin.

Daran zu denken hat er keine Lust. Sein Garten feiert gerade, sehr langsam, sehr vorsichtig, seine jährliche Auferstehung. Dem Mann tut es weh, dass sie nicht mehr erlebt, was ihm inzwischen in diesem

Garten geglückt ist – ihm, dem früher jeder grüne Daumen fehlte, der Pflanzen kaum voneinander unterscheiden konnte. Das war immer ihre Sache gewesen. Vielleicht wäre sie stolz darauf, was er inzwischen gelernt hat. Aber sie ist ja nicht da.

Der Mond rollt langsam Richtung Westen vor. Vorgestern und gestern ist ihm ein Gedicht durch den Kopf gegangen, ein Bild, ein Fragment, obwohl er keine poetische Begabung besitzt.

Ich will nicht,
dass du ein Stern unter Sternen bist,
die für mich so uralt sind wie ihr Licht an Jahren,
unerreichbar in den Myriaden, die ich kaum erkenne
und die ich nie erfassen werde.
Ich will nicht,
dass du ein Atom bist,
neben anderen, die ich nicht fühlen kann,
oder ein Bläuling, der sich von meinem Handrücken nicht in der Sonne löst.
Ich will nicht,
dass du ein Geist bist oder ein Kobold, der die Schranktüren öffnet
und das Geschirr aus den Regalen fallen lässt.
Ich will nicht,
dass du als sanfter Windhauch mein Gesicht berührst
oder als ein Farbenspiel am Fenster erscheinst, wie ich es vorher niemals sah.
Ich will doch nur, dass du geblieben würst
und nicht so weit
von mir getrennt.
Aber ich fürchte,
dass du mich nicht hören kannst.
Weil du nicht mehr bist.
Nicht hier.

Der Mann hat während der Arbeit in seinem kleinen Garten und auch auf dem Hin- und Rückweg Zeile für Zeile in sich entdeckt, sie leise gesprochen und sich eingeprägt. Bevor er seinen Nachtplatz auf dem Balkon eingenommen hat, schrieb er die Verse in sein Arbeitsheft, las sie durch, wischte kurz mit einem Taschentuch seine Augen und schämte sich ein wenig für das Pathos seiner Verse, die ihn den ganzen Tag begleitet hatten. Nun hat er sie aufgeschrieben. Er wird das Gedicht niemandem zeigen. Es ist nur für ihn da und es ist gut so. Endlich hat er keine Zahlenkolonnen notiert. Das Arbeitsheft ist zugeklappt. Die Stadt ist nie so still wie kurz vor dem Morgen. Der Lärm in ihm selbst, spürt der Mann, ist verstummt.

Das Gedicht wird er so schnell nicht mehr lesen.

* * *

Wenige Tage später soll eine außerordentliche Mitgliederversammlung des Kleingartenvereins Amicitia Salzburg stattfinden. Handzettel werden verteilt. Der Vereinsvorsitzende lässt ein Schreiben an alle Kleingärtner ausgeben:

Liebe Gartenfreunde,

ich darf Ihnen auf diesem Weg den augenblicklichen Stand unserer Gespräche mit den für unsere Kleingartenanlage Amicitia verantwortlichen Behörden mitteilen:

1. *Unsere Anlage ist von der Stadt Salzburg an uns verpachtet. Das Grundstück ist eine Liegenschaft der Kommune.*
2. *Die gegenwärtige Wohnungsnot in Salzburg veranlasst den Magistrat unserer Stadt, alle Grundstücke im Gemeinschaftseigentum auf eine Verdichtung hin zu überprüfen, um gegebenenfalls eine Mischbebauung mit sozial geförderten Wohnungen über die gemeinnützigen Wohnungsbaugesellschaften, mit Eigentumswohnungen und Gemeinschaftseinrichtungen wie Kleingewerbe und Supermärkten, Kindergärten und Senioreneinrichtungen zu realisieren.*
3. *Das Gelände des Kleingartenvereins Amicitia Salzburg kommt ebenso wie andere im Stadtbesitz befindliche Grundstücke in Betracht, auf eine mögliche Bebauung hin überprüft zu werden. Wir bitten dafür um Verständnis.*

4. *Bisher liegen keine Entscheidungen des Magistrats Salzburg vor. Wir bitten deshalb darum, in Ruhe die Vermessungen, Auswertungen, Beratungen und Beschlüsse abzuwarten und sich gegen jegliche Störung der öffentlichen Ordnung zu verwahren. Mit Nachdruck weist der Magistrat im Umlauf befindliche Gerüchte zurück, wonach in Salzburg in großem Umfang Grünflächen der Stadt grundsätzlich überbaut werden sollen.*

Unterschrift, Mitglied der Stadtverwaltung
Abteilung Raumplanung und Baubehörde

Die Reaktion der Kleingärtner auf dieses Schreiben folgt jetzt natürlich einem Eskalationsgesetz, wie es der Mann erwartet hatte. Alle Mechanismen des ersten Schocks setzen in diesen Tagen ein: Trauer. Wut. Reaktion. Aktion. Für alle vier Verhaltensweisen kann er unter seinen Nachbarn Protagonisten ausmachen.

Ich weiß nicht, ob ich überhaupt in diesem Frühling noch pflanzen kann.
Ich weiß nicht, ob es sich lohnt, überhaupt noch einen einzigen Euro zu investieren.
Ich weiß nicht, warum wir uns das gefallen lassen müssen.
Ich weiß nicht, was wir gegen Vertragsbruch machen können.
Ich weiß überhaupt nicht, was jetzt noch Sinn hat.
Ich weiß, dass wir uns wehren müssen.
Ich weiß, dass wir die Pläne verhindern können.
Ich weiß, wie wir dem Magistrat einheizen können.
Ich weiß, dass wir alle zusammenstehen.
Ich weiß, dass wir Widerstand leisten müssen.

Ach ja, denkt der Mann. Die Angst fördert Fantasien. Sie weckt Ur-Instinkte. Wer allein ist, der schreit jetzt umso lauter. Aber wer hört dann schon zu? Wenn wir wirklich zusammenstehen, wächst trotzdem das Schweigen. Wer will schon ein Held, eine Heldin sein? Einige Nachbarn halten schon Ausschau nach Alternativen.

Der Mann wird morgen rote und schwarze Johannisbeeren-Stauden einpflanzen. Es ist höchste Zeit dafür. Der Flieder muss zurückgeschnitten werden. Seine Wurzelstöcke sind verholzt. Da kommt viel Arbeit auf ihn zu, die Stöcke von den verdorrten Wurzelsträngen zu befreien. Der Flieder muss atmen können. Er liebt diese Arbeit nicht, aber sie muss sein. Dabei hat er Angst, den Wurzelstock zu verletzen.

Die beiden Magnolienbäume zeigen in ihren Knospen schon eine rote Schattierung. Im letzten Jahr haben sie um diese Zeit geblüht. Heuer haben sie es nicht eilig. Nur langsam wird es wärmer. Jeden Tag sammelt der Mann angeschimmelte und feucht-schwarze Blätter von den Beeten und Rabatten seines Gartens, und er streut frische Erde auf die Wiese, in die sich die Feuchtigkeit des Winters hineingefressen hat.

9

Die Informationen verdichteten sich.

Wolff hatte heute Morgen wieder seinen Cappuccino beim Philosophen getrunken, man sprach über die unbestätigten Nachrichten von einer Pandemie, die sich von China her ausbreiten könnte. »Es kommt nicht so schlimm«, sagte der Philosoph. »Oder es kommt doch. Heute ist sie auf jeden Fall noch nicht da.«

In der Nymphenburger Straße betrachtete er die renovierten Neoklassikfassaden der Altbauten, neben ihnen die gesichtslosen Baukörper der Nachkriegsarchitektur, und er fotografierte wieder einmal den Abriss jenes Vorderhauses, in dem einst die Redaktion der staatstragenden Parteizeitung gearbeitet hatte, die längst eingestellt worden war. Nur noch die Fensterstöcke ragten im Erdgeschoß aus der Ruine in den leeren Himmel. Hier gab es früher ein Restaurant, das nach dem Logo der »richtigen« Partei benannt worden war: Löwe & Raute. Ach, dachte Wolff, für Steiger gab es nur diese eine »richtige« Partei. Dessen Welt war enger als Wolffs Horizont. Er hatte sich für Interviews mit Politikern öfters hier verabredet. Sie hatten nach ihren Vorstands- und Präsidiumssitzungen keinen weiten Weg, und Wolff lag daran, den *Spirit* des Hauses und seiner Umgebung wahrzunehmen. Im Hinterhaus unter dem Dach waren die Büros des Parteivorsitzenden (rechts) und des Generalsekretärs (links) gewesen, und auch dort hatte Wolff mit dem Mikrofon in der Hand Fragen gestellt und die Antworten meist vorausberechnen können. Einmal war es ihm gelungen, Wolff erinnerte sich genau an diesen Termin, den Generalsekretär aus der berufsnotorischen Aneinanderreihung gestanzter Worthülsen mit der Frage abzulenken, was er denn, der Politiker, in einem Paket in die DDR schicken würde. Nach einem kurzen Zögern kam die Antwort: Ein Pfund Kaffee und unsere Parteizeitung. Weil der nächste Termin des Generalsekretärs erst in einer Stunde anberaumt war, entstand ein nicht geplantes Gespräch *off the records*. Wolff staunte über die differenzierten Positionen seines Interviewpartners, dessen Bierzeltreden er noch nie ertragen hatte. Völlig ruhig und nachdenklich fragte der Politiker den Journalisten, wie er die Defizite seiner Partei im vorpolitischen Raum sehe. »Wir haben das vernachlässigt«, sagte er, »da sind unsere Konkurrenten besser aufgestellt«. Wolff war zurückhaltend geblieben, misstrauisch und auf der Hut, man wusste ja nie, welchem Zweck solche informellen Gespräche dienten, und er gewann zunehmend den Eindruck, dass der andere ihn genau taxierte. Das war jetzt sehr lange her, das war vor dem Jahr 1989 gewesen. Später war der Generalsekretär Regierungschef geworden. Die Partei hatte ihr Quartier verlassen und war an den Stadtrand gezogen. Hier in der Nymphenburger Straße aber fiel ihr einstiger Glanz in Schutt und Asche, und Wolff fotografierte immer wieder den Untergang der Zentrale, vor der so oft schwarze und dunkelblaue Limousinen in zweiter Reihe geparkt hatten. Dazwischen Zivilfahrzeuge mit aufgestecktem Blaulicht. Wie ein Magnet hatten das Vorder- und das Hinterhaus Politiker, Journalisten und Lobbyisten angezogen. Jetzt lag eine dichte Staubwolke über dem Abbruchmaterial, und ein Arbeiter kämpfte mit einem Wasserschlauch gegen das Aufsteigen des Feinstaubs.

Chefredakteur Steiger hatte, wie sich Wolff erinnerte, vor Jahren mit zwei anderen Führungskräften den Generalsekretär zu einem vertraulichen Vierer-Gespräch aufgesucht. Alle drei Funk-Hierarchen unternahmen einen Umsturzversuch in der Führung ihres Senders, um eine zentrale Personalentscheidung des Intendanten zu verhindern. Da empfahlen sie sich lieber selbst. Den einen oder den anderen, am besten aber sich selbst. Niemand hätte von der gescheiterten Intrige je erfahren, hätte der Generalsekretär nicht nach der Verabschiedung seiner Besucher den Intendanten angerufen und ihm die

Frage gestellt: »Wissen Sie, welche drei Dummköpfe eben bei mir saßen, um gegen Sie zu rebellieren?«

Wolff wehrte sich stets, wenn in seinem Sender von der Hierarchie und den Hierarchen gesprochen wurde, die in ihrer vermeintlichen Machtfülle als unangreifbar galten. »Es gibt keine Hierarchie bei uns«, hatte er oft eingeworfen, »eine Hierarchie ist eine heilige Ordnung, und bei uns ist alles profan. Um nicht ordinär zu sagen.«

Heute Morgen wunderte er sich darüber, welche Erinnerungen in ihm auftauchten. Die meisten waren in tiefere Schichten abgesunken. Er hatte beobachtet, dass Architektur sein Erinnerungsvermögen belebte. Schlenderte er in Augsburg durch die Lech-Gassen seiner Heimatstadt hinter dem Renaissance-Rathaus mit den beiden Zwiebeltürmen, fiel ihm plötzlich ein, dass im ersten Stock des Eckhauses eine Familie gewohnt hatte, eine alleinerziehende Mutter mit zwei Söhnen. Um 10.30 Uhr, wenn alle Schülerinnen und Schüler des Gymnasiums im Schulhof ihre große Pause hatten, erschien sie pünktlich am schmiedeeisernen Zaun mit zwei Tüten Brotzeit. Ihr Mantel war zu lang, der Saum hing herunter. Ihre Haare waren ungepflegt. Der Hausmeister bot Joghurt, Brezeln und Semmeln an einem kleinen Stand im Hof an, aber sein Angebot war für die beiden Buben zu teuer. Die Mutter war immer da. Sie fixierte nur ihre Söhne, blickte nie um sich, händigte ihnen die Tüten aus, wechselte wenige Worte mit den beiden und verschwand so unauffällig, wie sie gekommen war. Unter ihrem Mantel flatterten die losen Fäden des Saums. Jetzt hatte sich eine Kanzlei im ersten Stock eingemietet.

Drüben in dem spitzgiebeligen Haus mit den vielen Kaminen war der Laden des Bäckers gewesen. Wolff hatte für das Frühstück seiner Familie regelmäßig Semmeln gekauft, es roch immer gut im Laden. In einem Glas lagerten Brausestäbchen, es gab auch Tüten mit Brause, deren Pulver auf der Handfläche wunderbar schäumte, sobald er es befeuchtete. Wochen vor Ostern zeigten sich die ersten Schokolade-Osterhasen, es gab bunt bemalte Eier und das traditionelle Fladengebäck. Auf der Theke standen, verhüllt in Zellophan, rote Zuckerhasen: durchsichtig, sehr süß und begehrenswert. Drei Größen, jeweils vor dem Hasen ein kleiner Eierkorb. Im Sommer wechselte das Angebot zu *Amerikanern*, diesen runden Stücken mit dem Zuckergussboden, zu Bienenstich und Butterkuchen. Eine Woche vor dem ersten Advent hing ein Adventkranz von der Decke, breite rote Bänder hielten ihn fest. Vier silberne Sterne aus Alufolie bewegten sich unter den Kerzen in der Luft. »Wenn sich die Sterne bewegen«, hatte seine Großmutter gesagt, »dann fliegt ein Engel vorbei«.

Dann kamen die Lebkuchen. Sie konnten einzeln gekauft werden, aber es gab sie in wunderbar bemalten Dosen mit Märchenbildern und der Ansicht uralter Burgen, über ihnen ein dunkelblauer Nachthimmel mit blinkenden Sternen und einem gelben Mond. Unter den Burgmauern ein oder zwei Laternen. Die Lebkuchendosen zeigten Wolff, was längst versunken war. In seiner Jugend hatte er noch miterlebt, wie der »Gasanzünder«, mit einer langen Stange ausgerüstet, die Gaslaternen entzündete. Am Anfang war ihr Licht dunkel-violett, bis ein gelber Schein milde Felder auf den Gehweg zeichnete. Als Erwachsener hatte er darum manche dieser Dosen gekauft, obwohl er Lebkuchen nicht mochte. Es kam auf die Dose an und ihre Bilder.

Einige Häuser weiter.

Dort, direkt an einem schmalen Lechkanal gelegen, hatte sich die Werkstatt eines Goldschmieds befunden, dessen Sohn in seine Klasse gegangen war. In dem winzigen Schaufenster war handgefertigter Schmuck gelegen. Es soll in dieser Stadt vor Jahrhunderten mehr Gold- und Silberschmiede gegeben haben als Bäckermeister und Metzger. Die hier gefertigten Schmuck- und Silberwaren hatten ihren Weg nach Paris gefunden, in die Eremitage in St. Petersburg, in den Kreml und zu den Schlössern in den skandinavischen Ländern. Die kleine Werkstatt hatte so ausgesehen, wie sich Wolff die mittelalterlichen Werkstätten vorstellte, nur die technischen Geräte hatten sich mit den Zeiten verändert. Jetzt war hier ein Bioladen einquartiert. Der Goldschmied und sein Sohn lebten schon seit Jahren nicht mehr.

Drüben, in dem geräumigen Runderker eines ehemaligen Patrizierhauses, hatte bis in die späte Nacht das Licht gebrannt. Dort war ein Kinderarzt ansässig gewesen, über dessen Ruf die Leute tuschelten. Seine beiden heranwachsenden Töchter hatten ständig wechselnde

Freunde. Wolff hatte die Arzttöchter gekannt, und sie um ihr Leben beneidet, obwohl sie nicht sonderlich beliebt waren. Jetzt war es abends dunkel im Fenster des Erkers. Das Notariat wurde pünktlich geschlossen, man hätte die Uhr danach stellen können.

Wolff kehrte nicht oft in die Stadt seiner Jugend, die zwischen den beiden Flüssen Lech und Wertach lag, zurück. Aber selbst jetzt, wenn er durch die Münchner Stadtviertel ging, überfiel ihn oft ein Gefühl tiefer Trauer. In Thomas Bernhards Buch »Im Keller« war er der Trauer des Schriftstellers begegnet, der durch Salzburg ging und sah, was niemand sehen konnte: Die Toten, die dort auf den Straßen lagen. Es war Krieg. Jetzt schlenderten Touristen an den Häusern vorbei, sie sahen wenig, aber was sie sahen, mussten sie mit ihrem I-Pad fotografieren. Wolff kannte das Gefühl, Dinge zu erkennen, die es nicht mehr gab. In der Dachauer Straße war vor Jahren in einem Haus, das mit Mietern völlig überbelegt war, ein Feuer im Treppenhaus gelegt worden. Mehrere Menschen waren dabei gestorben. Das Haus war vor Langem renoviert worden, und Passanten gingen an ihm vorbei, ohne zu wissen oder zu spüren, was hier geschehen war. Vielleicht musste das so sein. Wolff fragte sich oft, weshalb sich die Erinnerungen gerade auf ihn wie Raubvögel auf ihre Beute stürzten, aber es konnte ja sein, dass es anderen auch so ging.

Wolff ging am *Sneak-Preview*-Kino vorbei, vergaß aber völlig, einen Blick auf die Filmtitel zu werfen. Ihn bewegte etwas anderes.

Seit gestern Morgen hatten sich die Informationen verdichtet.

Am Telefon hatte ihm der Hörfunkdirektor mitgeteilt, dass die Salzburger Ermittler davon ausgingen, Steiger sei ermordet worden. Mehr wisse man im Augenblick nicht. Eine Informationssperre sei von den Behörden verhängt worden, um die Ermittlungen nicht zu behindern. Der Tote befinde sich im Gerichtsmedizinischen Institut. »Du sollst das wissen«, hatte er gesagt und aufgelegt.

Am Nachmittag dann hatte Wolff zufällig auf dem Gang den Polizeireporter getroffen. Sie waren ins Gespräch gekommen. Oskar war ein massiger Typ mit einem beeindruckenden Bauch. Sie hatten sich einmal in der Pause eines Ballettabends in der Bayerischen Staatsoper gesehen und Wolff hatte sich darüber gewundert, ihn hier anzutreffen. Er und Ballett? Wolff erschrak ein bisschen, als er sich seines Vorurteils bewusst wurde. Ja, weshalb denn nicht?, dachte er, und staunte über die Detailkenntnisse seines Kollegen, der die Handlung des Balletts und seine Choreographie besser verstanden hatte als er selbst. Oskar hatte sich im Flur des Funkhauses zweimal umgesehen und dann leise zu Wolff gesagt:

»Du weißt schon, dass Steiger erstochen wurde? Vor seinem Haus in Salzburg.

Es gibt bisher keine Spur vom Täter. Es gibt keine Kameraaufzeichnungen. Bisher gibt es auch keine Zeugen. Das muss ganz früh am Morgen passiert sein. Da war niemand unterwegs.«

»Woher hast du die Information?«, fragte Wolff, aber Oskar hob nur seine Schultern. »Über meine Kontakte, mehr kann ich nicht sagen.« Wolff nickte ihm zu. »Alles klar!« Oskar war bekannt dafür, dass er über hervorragende Kontakte verfügte. Er hätte mit seiner Statur und seinem undurchsichtigen Lächeln einen guten Kriminalbeamten abgegeben, dachte Wolff, und so genau wusste ja niemand, ob er sich eigentlich mehr als Journalist oder Polizist verstand. Die Grenzen verschwammen. Das Milieu prägt die Menschen, die sich in ihm aufhalten.

Eines Tages war Wolff mit einem *Producer* der BBC London im Rundfunkrestaurant gesessen; sie waren seit vielen Jahren befreundet und Wolff konnte immer wieder einmal seine Sendungen über den Programmaustausch für das *Education Radio* der BBC am Langham Place in der britischen Metropole produzieren. Er hatte in München regelmäßig Magazinsendungen für den Sender gemacht, moderierte sie in deutscher Sprache und hatte sich immer sehr bemüht, für die Schülerinnen und Schüler interessante Interviewgäste und spannende Themen zu finden. Auch deshalb war er im Vereinigten Königreich und in Irland als Stimme und Autor bekannt, bei einer Evaluierung des Programms landete er mit seinen aus München zugelieferten Sendungen auf einem der ersten Plätze des Bildungsradios. Man hatte ihn dann eingeladen, einen Überraschungsbesuch in mehreren Sprachlabors in London und im Badeort Bath anzutreten, in denen die

Schüler gerade seine Sendungen und seine Stimme hörten. Die Tür ging auf, und er fühlte sich wie Superman.

Die Jugendlichen empfanden es nicht anders.

Als er mit seinem *Producer* im Münchner Rundfunkrestaurant saß, auf der zum Innenhof hin ausgerichteten und komplett verglasten Veranda (das Restaurant gab es längst nicht mehr, es musste für ein neues Sendezentrum Platz machen), hatte Wolff eine Idee: »Ich zeige dir den einen oder anderen Kollegen, diese und jene Kollegin, die über den Hof in den Studiobau gehen, und du sagst mir, für welche Redaktionen sie arbeiten.« Das fand sein Gast amüsant. Er identifizierte die Mitglieder der Redaktion Wirtschaft und Soziales, die sich so seriös gekleidet hatten, als kämen sie gerade von der Bilanzpressekonferenz eines großen Unternehmens. Er ordnete manchen Seidenschalträger der Kulturredaktion zu. Die Mitglieder der Jugendsendungen erkannte er auf Anhieb. Die Teammitglieder der Regionalredaktionen konnte er so genau bestimmen wie die Ornithologen Zaunkönige und Kreuzschnäbler, und er hatte eine hohe Trefferquote, wenn es um Führungskräfte ging, meist an der Spitze einer Delegation unterwegs, fast immer Entgegenkommenden einen Gruß verweigernd. »Die müssen aufpassen, dass sie nicht über ihre eigenen Füße stolpern«, lachte der *Producer*. Bei den Kolleginnen und Kollegen der Sportredaktion irrte er sich kein einziges Mal.

Es ist also ganz einfach. Bist du zu lange in einem Milieu unterwegs, dann gleichst du dich ihm an, ohne es zu merken. Wolff trug heute Jeans, ein mit abstrakten weißen Motiven geschmücktes schwarzes T-Shirt aus Nepal und einen schwarzen Blazer. Welchem Milieu bin ich zuzuordnen, fragte sich Wolff, und er wusste keine Antwort.

Steiger war also in Salzburg ermordet worden.

Es tut mir unendlich leid, dachte er. Er wird mir sehr fehlen mit seiner Grobheit, seinem ungehobelten Konservativismus, seinen populistischen Attitüden, aber wenn man ihn hinter dieser Fassade, die seine Unsicherheit tarnen sollte, wirklich suchte, war er doch ein patenter Typ. Wolff hatte ihn enttarnt, und vielleicht hatte Steiger das bemerkt und sogar geschätzt. Denn immer wieder hatten sie sich in der Chefredaktion auf ein, zwei Gläser Wein oder in der Kantine auf ein Bier getroffen.

Gegensätze ziehen sich an, hatte Steiger einmal zu Wolff gesagt, der über das heimliche Kompliment staunte. Dabei gehörte Steiger auch zu jenen Kollegen, die ihn konsequent übersahen, wenn sie an der Spitze einer Delegation durch den Innenhof der Funkgebäude gingen. Und seit zwei drei Jahren immer öfter hatte Steiger, den Kopf zwischen seine Schultern eingezogen, eine Delegation von Schwarzafrikanern zum Intendanten begleitet. Man wusste im Haus, dass sich Steiger in der Europäischen Rundfunkunion für die Partnerschaft zwischen dem neuen, demokratischen Sender in Namibia und den europäischen Rundfunkanstalten engagierte. Als ihm der Chefredakteur im Hof entgegenkam, ein Dutzend afrikanische Delegierte hinter ihm her schlendernd, und Wolff wieder einmal nicht beachtete, weil er jetzt nicht wichtig war, sagte Wolff zu Steiger ganz nebenbei: »So viele Schwarze im Sender. Das muss dir richtig guttun!«

»Wir werden immer mehr, da wirst du dich noch anschauen«, zischelte Steiger ihm zu und ging weiter. Am frühen Abend trafen sie sich in der Chefredaktion. Im Kühlschrank standen noch ein paar Flaschen Weißwein vom letzten Fest.

Der Polizeireporter war ein exzellenter Journalist. Es gab kaum jemanden, der ihn nicht als Experten schätzte. »Es tut mir leid«, sagte Wolff zu ihm auf dem Flur, »sehr leid. Mach's gut!«

Er mochte Oskar, obwohl er trotz seiner Jovialität für Wolff undurchschaubar geblieben war. Er mochte seine Stimme, das Selbstbewusstsein, das er ausstrahlte, die präzise und knapp formulierten Sätze in seinen Berichten. Oskar winkte zurück. Wolff ging wieder in sein Büro. Die Damen im Vorzimmer lachten laut. Als er die Tür zum Sekretariat öffnete, fiel das Gelächter in sich zusammen.

»Ist was?«, fragte Wolff, und schloss die Türe, die sein Büro vom Vorzimmer trennte.

Wie Kometen mit langem Schweif tauchten im Westen Flugzeuge auf. Sie gravierten die Fenster seines Zimmers im Hochhaus mit den Linien ihrer Flugbahn, die nur Wolff im Viereck der Glasfenster berechnen konnte. Die einen Maschinen schienen den Flughafen Franz

Joseph Strauß zu hoch anzufliegen, die anderen zu niedrig, aber die Parallelkurven waren Wolff seit Langem vertraut. Die meisten hatten ihre Landescheinwerfer schon eingeschaltet, andere machten dies erst, wenn sie den Rand seines Fensters erreicht hatten. Die meisten Jets reflektierten das Sonnenlicht des frühen Vormittags, und sie warfen ihre Blitze zu den Glasflächen des Hochhauses. Die unsichtbaren Linien konnte kein Fensterputzer wegwischen.

Wolff stand auf. In seinem Bücherregal suchte er eine Ausgabe des Halbjahresprogramm-Hefts, das der Sender inzwischen eingestellt hatte. In den früheren Exemplaren fanden sich viele Fotos aus dem Alltag der Rundfunkanstalt. Er blätterte einige Exemplare durch, nicht sehr konzentriert. Dann fand er das Foto, das er gesucht hatte. Eine Porträtaufnahme Steigers. Ein hellwaches Gesicht, das typische Grinsen um den Mund. Das Gesicht eines Zweiflers und Skeptikers, ja: eines Zynikers. Er kannte wohl wenige Skrupel, dachte Wolff, aber der Blick des Chefredakteurs wirkte gehemmt, als zweifle er an sich selbst. Seine gelegentlichen Macho-Attitüden, die Wolff immer wieder beobachtet hatte, waren allenfalls durch den Schutzmantel der Macht legitimiert. Er war sich sicher, dass Steiger, wenn er abends in seinem Privatleben angekommen war, kein glücklicher Mensch war.

Man würde es erfahren, wann die Trauerfeier für den Chefredakteur stattfinden würde. Im Augenblick war noch nicht daran zu denken.

Wolff hatte vorgehabt, Steiger heute Nachmittag Vorschläge für eine Reportage-Serie der Redaktion Politik und Aktuelles vorzulegen; in den letzten Jahren hatte der Sender das Genre Reportage stark ausgedünnt, Livesendungen belasteten den Etat nicht so stark wie Features und Dokumentationssendungen. Wolff hielt dagegen. Es wäre verrückt, wenn der Sender ureigene radiophone Genres abbauen würde, seine eigentliche Stärke und seinen mit privat-kommerziellen Sendern nicht verwechselbaren Grundcharakter. Deshalb erfand Wolff immer wieder neue Formate und setzte auf Themen für Hintergrundberichte aus dem In- und Ausland. Oft wurden sie verworfen, manchmal aber auch realisiert, weil Wolff die Kosten für den Etat in seinem Programmkonzept immer genau berechnet hatte. Er hatte mit einer Kollegin und einem Kollegen ein übersichtliches und, wie er fand, durchaus überzeugendes Papier verfasst, das die neue Sendereihe im Exposé beschrieb: Jeweils am Mittwoch sollten die ARD-Auslandskorrespondenten in ihrem Berichtsgebiet einen »normalen Mittwoch« beschreiben: frei in der Form, in der Wahl der Originaltöne und Gesprächspartner, jenseits der Tagesaktualität. Authentisch, alltäglich, lebensnah. In einer großen Tageszeitung hatte er einmal pro Woche eine Artikelreihe entdeckt, die unter der Rubrik »Mitten in …« das alltägliche Leben mehrerer Auslandskorrespondenten und -korrespondentinnen in kurzen Notizen zusammenfasste. Mit dieser Idee könnte man im Radio eine spannende Reihe entwickeln, mit Klängen, Geräuschen, Stimmen aus den jeweiligen Ländern, Atmosphäre, also unmittelbares, direktes Radio. Das Konzept lag vor ihm auf dem Tisch. Mehrere Exemplare des sorgfältig gestalteten Papiers hatte er ausdrucken lassen. Wolff schob die Mappen zur Seite.

Jetzt hätte er gerne einen frischen Kaffee.

10

Ich – Steiger.

Man kann mir vieles nachsagen. Das ist auch in Ordnung. Ich bin kein Unschuldsengel. Aber so dumm, wie mich manche Intellektuellen einschätzen, bin ich nicht. Aber von diesen arroganten Schnöseln habe ich noch nie viel gehalten.

Du weißt, dass ich früher im engsten Umfeld eines späteren Bundeskanzlers gearbeitet habe, danach als Korrespondent für eine ganze Reihe von Printmedien in Bonn. Ich war einer der ersten, der die Öffentlichkeit auf den afrikanischen Kontinent aufmerksam machte. Die Schwester Barack Obamas, des früheren US-Präsidenten, Auma Obama, die für die Sauti Kuu Foundation arbeitet, hatte es kürzlich in ihrem Festvortrag in der Evangelischen Akademie Tutzing richtig gesagt: »Es gibt nicht Afrika, es gibt viele unterschiedliche Länder und Staaten«. So habe ich ihren Appell wenigstens verstanden.

Horst Köhler ist einer der wenigen, der sich für den afrikanischen Kontinent und seine Kulturen interessiert und engagiert. Ein Fehler, ein schwerer Fehler, dass er resigniert zurücktrat. Heute kenne ich nur einen Politiker, der sich für Afrika stark macht: den Bundesminister für wirtschaftliche Zusammenarbeit und Entwicklung, Gerd Müller. Er gehört meiner Partei an. Der Mann ist an sich nicht aufregend. Aber wenn er öffentlich auftritt, dann hat er immer etwas zu sagen. Das gefällt mir.

Mich hat Afrika seit meiner Jugend interessiert. Geradezu verschlungen habe ich die Bücher über Deutsch-Südwestafrika, und die Niederschlagung der Aufstände der Herero und Nama gegen die Kolonialmacht

Deutschland. Für mich war Generalleutnant Lothar von Trotha immer ein Held, kein Verbrecher. Was blieb ihm denn anderes übrig, als die Aufständischen in die Wüste zu schicken, wo sie verdursteten? Über die Hereros wurden viele Bücher geschrieben. Die meisten übertreiben maßlos. Es gab sicher Übergriffe, wie sie in militärischen Aktionen unvermeidbar sind, aber das Geschwätz über den vermeintlichen Völkermord kann ich nicht mehr hören. Und irgendwann muss man auch einmal einen Schlussstrich ziehen. Ich weiß schon, dass viele Leute da ganz anders denken, aber die waren noch nie in Namibia und haben keinen blassen Schimmer von der damaligen Situation der Farmer in Deutsch-Südwestafrika. Lassen wir das. Es bringt nichts.

Ich sage dir: vor wenigen Tagen saß ich in einer Kneipe und wir kamen beim dritten Bier auf Afrika zu sprechen: so ein junger Depp, ein Intellektueller mit Schal um seinen zarten Hals, der einfach behauptete, die Deutschen hätten damals Konzentrationslager und Massenmorde sanktioniert, das heißt akzeptiert. Es ist nicht falsch, heute von Unrechtstaten zu sprechen, aber das Ausmaß der militärischen Straf-Aktionen wird doch bei Weitem überschätzt. Da wird doch immer gefälscht.

Das läuft doch wie in der Sache mit den Kurden. Es gibt keine Objektivität, es gibt nur Propaganda. Da musst du wirklich aufpassen, dass du nicht darauf hereinfällst. Ich war oft in Afrika. Wenn Namibia heute über halbwegs funktionierende Infrastrukturen, eine demokratische Justiz und eine akzeptable Gewaltenteilung verfügt, dann hat es dies alles den Deutschen zu verdanken. Trotha hat damals sicher übertrieben. Das ist unstrittig. Aber irgendwann muss man auch einen Schlussstrich ziehen.

Weißt du, Namibia ist ein wunderbares Land. Eines der schönsten Länder, das ich kenne. Es gibt viele couragierte Farmer, wie wir sie in Deutschland nicht mehr haben. Ich saß da vor ein paar Jahren in einer deutsch-afrikanischen Kommission, und später an der Bar lernte ich zwei, drei Farmer aus Namibia kennen, die der Wirtschaftsdelegation angehörten. Die halbe Nacht lang redeten wir über ihre Jagd. Du weißt doch, dass ich dem Bayerischen Jagdverband angehöre. Ich bin Jäger aus Passion. Tolle Leute, richtige Männer, keine Weichlinge. Du kannst dir vorstellen, dass wir an der Bar viel tranken. Kurz vor dem Abschied – am nächsten Morgen fand die Konferenz statt – sagte einer zu mir: »Old boy, come and visit me«. Er umarmte mich. Ich ihn auch. Wir beschlossen, am nächsten Tag die Adressen und Kontaktdaten auszutauschen. Und so war es auch. Wir alle waren nicht fit, aber wir wussten genau, worüber wir geredet hatten.

So begann meine Leidenschaft für Namibia.
Du warst nie dort?
Dann hast du kein Recht, darüber zu urteilen.
Ich bin immer wieder dort.
Es ist das Land meiner Träume.

11

Wer viel mit Fakten zu tun hat, kann das Träumen verlernen.

Es war am letzten Abend vor den Weihnachtstagen. Das Funkhaus war leer, nur die aktuellen Redaktionen waren noch besetzt.

Wolff hatte gerade noch zwei Sendungen redaktionell abgenommen; beide Produktionen mussten gekürzt werden, weil die Nachrichten-Sendeplätze aus aktuellem Anlass erweitert wurden.

Eben hatte er noch die Bandschachteln im Zwischenarchiv abgegeben, damit die Kollegin in der Programmvorbereitung nicht nervös wurde. Sie war ohnehin immer nervös, wenn Sendungen zu spät bei ihr eintrafen. Wurden sie pünktlich abgegeben, war sie dennoch nervös. Ohne sie könnte das Programm nicht ausgestrahlt werden. Das ist eine große Verantwortung. Wer Verantwortung trägt, muss nervös sein. Oder?

Ein freier Mitarbeiter hatte einmal einige Ausschnitte aus einer neu aufgezeichneten Konzertveranstaltung im Gasteig mit dem Symphonieorchester des Hauses unter der Leitung von Leonard Bernstein für sein Feature benötigt. Das Konzert sollte am nächsten Tag gesendet werden. Der Mitarbeiter hatte einige Ausschnitte kopiert, sie in sein Hörbild unter den Text gemischt, dann war die Produktion abgeschlossen. Er gab sie, wie es üblich ist, im Zwischenarchiv mit allen erforderlichen Unterschriften für die Freigabe der Sendung ab, behielt aber – müde wie er war – in seiner Plattentasche irrtümlich die beiden Bandschachteln mit dem Konzert für morgen. In der Programmvorbereitung war Panik ausgebrochen, als das Fehlen der

Konzertaufzeichnung bemerkt worden war. Die Sache ging gut aus, doch es gab einen Riesenkrach im Sender, und wenn es einen Riesenkrach gab, dann gab es sehr schnell neue Dienstanweisungen für den Umgang mit Archivmaterial. Das ist dann zwangsläufig so.

Einmal hatte sich Wolff vor seine Kollegin hingekniet, weil eine Produktion erst in der letzten Minute fertig geworden war, und er sagte zu ihr: »Liebe Kollegin, ich kann mich nur hier auf der Stelle untertänigst bei Ihnen entschuldigen, aber die Überspielung eines Interviews aus Berlin kam zu spät an. *Mea maxima culpa!* Wie kann ich das wieder gutmachen? Ich flehe Sie an!«

Seine Gestik und Mimik berührten die Kollegin, sie erbarmte sich und sagte nur: »Alles gut. Sie wissen ja, dass ich dafür verantwortlich gemacht werde, wenn die Sendebänder nicht vorliegen.«

Wolff unterdrückte ein Lachen, als er die Programmzentrale verließ. Das war, erinnerte sich Wolff, noch in den analogen Zeiten gewesen. Inzwischen gab es keine Bänder mehr, die *AudioFiles* der Produktionen wurden längst auf dem Bildschirm redaktionell unterschrieben und weitergeleitet. Es gab keine Gespräche mehr im siebten Stock des Studiobaus und auch keinen Kniefall.

Man sagte jetzt allgemein, das Haus sei kälter geworden.

Jetzt, einen Tag vor dem damaligen Heiligen Abend, wollte sich Wolff noch einen Drink im Rundfunkrestaurant gönnen. Er hatte heute Abend nichts vor. Das Lokal war schwach besetzt. Die Leute hatten anderes zu tun, als ausgerechnet an diesem Abend hier zu sitzen. Auf dem Flügel flackerten die elektrischen Augen von zwei Scotch Terriern, einer weiß, einer schwarz. Dreidimensionale Werbemarken für einen Whiskey-Destillateur, aus Keramik hergestellt. Sie saßen dort, jahrein, jahraus, auf diesem weißen Flügel, wurden auch beim Staubwischen nie bewegt. Ein grässliches Inventar, so kitschig wie sonst die Melodien des Barpianisten, den Wolff mehrmals schon am liebsten erschossen hätte. Seit das Restaurant auch für externe Gäste geöffnet worden war, gehörte der uralte Pianist zum Inventar, offensichtlich schätzte das Publikum seine langsamen Tempi, den Schmelz seiner Hintergrundmusik und die stoische Konzentration des alten Herrn, der den Beginn einer Künstlerkarriere vor Jahrzehnten schon verpasst hatte, ohne es zu wissen. Die Augen des schwarzen und des weißen Hundes blinkten in Intervallen, der Pianist hatte sich wohl daran gewöhnt.

»Ich kenne Sie. Ich kenne Sie sehr gut«, sagte plötzlich ein Mann, der von hinten auf Wolff zugetreten war.

»Das freut mich!« sagte Wolff.

»Ich mag Ihre Sendungen. Und ich schätze Ihre Stimme. Sie haben eine wunderbare Mikrofonstimme«, sagte der Mann, »ich verfolge seit Langem Ihre Karriere und höre jede Sendung von Ihnen.

»Wollen Sie Platz nehmen?«, fragte Wolff und bot ihm einen Stuhl gegenüber an.

Der Mann setzte sich. Wolff konnte im diffusen Licht des Barbereichs im Restaurant sein Gegenüber kaum erkennen. Der Mann trug einen dunklen Mantel, der Kragen war hochgeschlagen. Ein breitkrempiger schwarzer Hut vertiefte den Schatten auf seinem Gesicht.

»Ich bin Herodes«, sagte der Mann.

»Ich heiße Wolff«, sagte Wolff, »aber das wissen Sie ja bereits.«

»König Herodes!«, sagte der Mann.

»Sehr interessant!«, antwortete Wolff leise. Er verzog keine Miene.

Der Mann holte tief Luft.

Sein Atem erzeugte aber kein Geräusch.

Er müsse mit Wolff reden. Viele Jahre habe er gebraucht, um den Mut für ein Gespräch mit ihm aufzubringen. Oft sei er hier im Rundfunkrestaurant gewesen, habe auf Wolff gewartet. Aber Wolff sei nie gekommen. »Schreiben wollte ich nicht«, sagte der Mann, »Sie bekommen sicher viele Briefe und E-Mails.«

»Ich bin hier nicht oft anzutreffen«, sagte Wolff, »das ist richtig.«

Wolff sei der einzige, der etwas bewegen könne. Er kenne sich schließlich im medialen Geschäft bestens aus. Er sei glücklich, sagte der Mann, heute Abend mit ihm ein paar Worte wechseln zu können. Er benötige seine Hilfe.

Die Augen der beiden Scotch-Terrier blinkten herüber. Der Pianist würde heute nicht mehr kommen. Wolff spürte einen kalten Schauer, er knöpfte sein Sakko zu.

»Ich bin Herodes. Wie Sie wissen, bin ich das Opfer einer bis heute andauernden Verunglimpfung. Es war doch alles ganz anders.«

»Sie sind Herodes? Oder heißen Sie zufällig so?«, fragte Wolff.

»Es gibt keinen Zufall«, vernahm Wolff, »ich bin Herodes. Seit langer Zeit. Das werden Sie jetzt nicht verstehen.«

»Erzählen Sie bitte«, sagte Wolff, »aber wenn es Ihnen möglich ist, in gebotener Kürze. Ich sitze hier nicht mehr lange. Morgen ist Heiligabend.«

Wolff hatte in seinem Sender, aber auch im Freundeskreis immer wieder Erfahrungen mit bipolaren Störungen und anderen sogenannten Krankheiten des Geistes von Mitarbeitenden oder Freunden gemacht. Es gibt im Leben Situationen, es gibt in der Seele Konstellationen, die keinen anderen Ausweg lassen, als sich von der eigenen Persönlichkeit zu trennen und ein alternatives Bewusstsein zu entwickeln. Neben dem alten. Befristet oder lebenslang. Da gab es ganz verschiedene Entwicklungen. Manche waren final. Früher wurden in den Bahnhöfen Verspätungen auf den Bahnsteigen mit der Ansage mitgeteilt: »Betriebsstörung mit Personenschaden.« Inzwischen galten neutrale Mitteilungen: »Wegen eines Notarzteinsatzes …« Wolff fand das richtig.

»Das ist in Ordnung«, sagte der Mann. »Deshalb bin ich hier. Ich benötige nur kurze Zeit Ihrer Aufmerksamkeit, dann werden Sie sich Ihr Urteil selbst bilden können.«

Der Mann bewegte sich kaum. Er trank auch nicht den Gin Tonic, der vor ihm auf dem Tisch stand. Im Schatten unter dem Hut fixierten seine Augen Wolff. Sie spiegelten das flackernde Auf-Blinken der Hundeaugen wieder, diese Morsezeichen aus den Köpfen des schwarzen und des weißen Terriers. Die Stimme des Mannes war frei von jeglicher Emotion, ruhig mutete ihre Modulation an, seine Worte waren gleichförmig und leise. Eine tiefe, fast sanft wirkende Stimmlage. Nicht aufgeregt.

»Alle Welt verurteilt mich als Kindermörder von Bethlehem. Ich ertrage das nicht mehr. Nicht mehr länger. Es dauert schon zu lange. Ich war politisch ohne Zweifel verantwortlich in Judäa, aber die eigentliche Verantwortung lag in Rom. Von dort kam der Befehl, jede Rebellion zu unterdrücken, mit allen Mitteln. Auch mit Gewalt. Das war ein Befehl. Ich war nur ein kleines Rad in der politischen Maschinerie. Aber ich gab den Befehl an die Sicherheitskräfte und das

Militär weiter. Und dann passierten leider diese scheußlichen Dinge, für die ich verantwortlich gemacht wurde. Sie, Herr Wolff, können mich endlich rehabilitieren. Ich bin bereit zu einem Exklusivinterview mit Ihnen, nicht heute. Aber bald. Und ich trete alle Urheberrechte für diese Information an Sie oder Ihren Sender ab. Ich kenne mich da nicht so aus. Das wissen Sie besser. Ich will Gerechtigkeit, kein Honorar.«

Wolff fröstelte es. Wahrscheinlich war die Heizung im Restaurant schon gedrosselt worden; morgen, am Heiligen Abend, würde niemand mehr hier sein.

»Ich werde darüber nachdenken«, sagte Wolff, »jetzt bitte ich aber um Ihr Verständnis: Ich muss jetzt gehen.«

»Augenblick«, sagte der Mann. »Kann es sein, dass Ihr Büro im Hochhaus ganz oben ist?«

Wolff gab lakonisch zurück: »Weshalb interessiert Sie das? Entschuldigen Sie, es war interessant Sie kennenzulernen, aber ich muss jetzt aufbrechen. Es ist spät.«

»Ich würde so gerne einmal, ein einziges Mal nur, aus Ihrem Fenster im Büro einen Blick auf das nächtliche München werfen,« sagte Herodes und stand auf. »Können Sie mir diesen Wunsch nicht erfüllen? Dann werde ich Sie auch nicht mehr belästigen. Versprochen: Nie mehr! Ich weiß, wie lästig manchmal Hörerinnen und Hörer sein können. Ich bin anders.«

Wolff zahlte und nahm den Mann mit. Er konnte sich nicht erklären, weshalb er sich nicht von ihm verabschiedet hatte.

Sie gehen durch die langen Flure, die Wendeltreppe hinauf, dann im ersten Stock durch viele Glastüren, vorbei an den Zimmern der Redaktionen, die jetzt verwaist sind, dann durch einen Zwischengang in das Hochhaus. Er bittet den Mann in den Fahrstuhl. Die Neonröhre flackert, sodass Wolff die Wand betrachtet, nicht den Mann. Als er zum ersten Mal in seinem Leben das Funkhaus mit seinem Vater betreten hat, Wolff war damals 16 Jahre alt, hatten ihn die silbermetallicglänzenden Aufzüge fasziniert. Je weiter sie nach oben stiegen, desto deutlicher war ein Rauschen zu vernehmen. Viele Menschen stiegen ein und aus, bis man ganz oben war, und sie lasen Manuskriptseiten, die in wenigen Augenblicken über den Sender verbreitet würden.

Als Wolff, ein junger Student kurz vor seinem Examen in München, einer, der niemanden in dieser Stadt kannte, sein Volontariat antrat, hatte er sich an diese Aufzüge erinnert. Wer eintrat, wusste, wohin er fahren würde. Wolff hatte es damals noch nicht gewusst. Aber, da war er sich sicher, er wusste, dass er in diesem Sender erfolgreich arbeiten wollte, so erfolgreich, dass man ihn in dieser großen Landeshauptstadt und vielleicht über sie hinaus kannte: früher oder später. Er hatte immer daran geglaubt, dass ihm dies gelingen würde. Und so war es ja auch gekommen. Am Anfang ging es schnell, er hatte in einer publikumsstarken Redaktion angefangen, später dauerte es länger, als er in das Kulturprogramm wechselte. Aber ohne Koketterie konnte er sagen: Jetzt kennt man mich. Und das war in Ordnung.

Oben angekommen geht er zu seinem Büro voraus. Er schließt die Türe auf. Auf seinem Schreibtisch ist die Halogenlampe noch eingeschaltet.

»Bitte!«, sagte Wolff. »Schauen Sie auf München. Drüben die Theresienwiese, jetzt ist sie dunkel. Das ist während des Oktoberfests eine ganz andere Welt. Sie sehen da links den Turm von St. Paul. Vor vielen Jahren streifte eine Maschine, die eben noch in Riem gestartet war, voll betankt die Turmspitze. Tote in der Straßenbahn, Tote in der Maschine. Das war 1960. Es war grauenvoll. Aber da lebte ich noch nicht in München.«

»Ich weiß«, sagt der Mann, »ich kenne Ihren Werdegang. Der Ausblick ist grandios! Wie können Sie da tagsüber überhaupt arbeiten? Ich würde nur hinausschauen!«

»Ich arbeite hier auch, wenn es dunkel ist«, sagt Wolff. »Ich schaue nur manchmal durch die Fenster hinaus. Wer schreibt, schaut nach innen.«

Der Mann tritt dicht an das Fenster. »Sie haben hier *Air Condition.* Das ist nicht gesund«, sagt er.

»Ich weiß«, erwidert Wolff. Ich habe einen Fensterschlüssel, das ist streng verboten, aber ich öffne die Fenster sehr oft.«

»Können Sie jetzt das Fenster öffnen?«, fragt Herodes. »Ich würde so gerne wissen, wie die Luft der Nacht hier oben riecht – über München. Nur ganz kurz. Ich will Sie nicht länger belästigen. Ich gehe dann sofort, wenn Sie mir den Weg zum Ausgang zeigen.«

Wolff zieht zögernd die oberste Schublade seines Schreibtisches auf, sein Computer steht auf einem Beistelltisch daneben. Er sperrt das Fenster auf.

Sie treten beide, der Mann und Wolff, an das Fenster. Ein kühler Luftzug lässt die Lamellen vor den Fensterscheiben flattern. Der Wind weht zwei Manuskriptseiten von der Fensterbank. Es riecht nach Schnee. Der Himmel ist bedeckt. Von draußen kommt Kälte herein.

»Sie haben mir einen großen Gefallen erwiesen«, sagt Herodes, »das werde ich Ihnen nicht vergessen. Und, seien Sie sicher, ich werde mich dafür zu gegebener Zeit revanchieren.«

Wolff schrie. Er schrie laut. Und er erschrak über seinen Schrei.

Schweißüberströmt wachte er auf.

Er war in die Tiefe gestürzt. Er hatte den Sturz vor Sekunden erlebt, ihn erlitten. Oder war es der andere, der aus dem Fenster gefallen war? Er oder dieser Herodes? Das Gefühl zu fallen hatte Wolff körperlich völlig überwältigt. Er setzte sich auf. Vielleicht hatte er sich auch zu tief in Herodes hineingedacht. Er wusste es nicht.

Er stand auf und taumelte in die Küche.

Dort schaltete er die Espressomaschine an.

Heute war in seinem Traum, so erinnert er sich, der 24. Dezember, und noch nie hatte er, der nie zu träumen behauptete, einen solchen Albtraum erlebt wie mit diesem Menschen, der sich Herodes nannte. Man träumt nur, was einen betrifft, hatte er gestern im Feuilleton einer Münchner Zeitung gelesen. Sein Handy blinkte. Es ging auf 8.30 Uhr zu. Eine SMS vom Hörfunkdirektor: »Komm bitte vorbei, wenn du im Haus bist!«

Die Sonne schien, vor seinem Fenster leuchtete das frische Grün der Robinien, der Birken und anderer ihm unbekannter Laubbäume, die kürzlich auf Anweisung der Unteren Behörde des Baumschutzamtes angepflanzt worden waren. Die Luft war angenehm warm. Zu warm für die Jahreszeit.

Jeder Baum, der die Stürme nicht überstanden hatte, musste ersetzt werden. Das war amtlich. Aber nicht jeder junge Baum schlug

Wurzeln. So wurde immer wieder gefällt und gepflanzt und gefällt und manchmal blühten die Bäume im Mai und manchmal blieben sie stumm und schlugen nicht aus.

Wolff fühlte sich nicht gut.

Der Traum von der Begegnung mit Herodes und einem tiefen Sturz aus dem Hochhaus hatte sich schmerzhaft in seine Stimmung eingefressen. Wie eine Gravur im Kristallglas, die sich nicht revidieren lässt. Heute würde Wolff auf seinen gewohnten Cappuccino beim Philosophen verzichten. Heute hatte er keine Zeit, auf dem Weg in das Funkhaus einen Blick in die Schaufenster, auf die Fassaden und auf neu gestaltete Innenhöfe zu werfen. Er ging schnell, viel schneller als sonst. Herodes trieb ihn vor sich her. Wie komme ich nur zu einem so verrückten Traum?, fragte sich Wolff. Was war da los heute Nacht? Im letzten Augenblick sprang er zur Seite, sonst wäre er mit einem Fahrradkurier zusammengestoßen, der unvermittelt zwischen zwei parkenden Autos auftauchte und rasch in die nächste Seitenstraße abbog.

»Einen Kaffee, Chef?«

»Nein danke, heute keinen Kaffee.«

Wolff betrat sein Büro und schloss die Tür.

Wenn sein Direktor ihn per SMS bat, möglichst schnell zu ihm zu kommen, dann konnte dies nur bedeuten, dass er etwas von ihm wollte. Wenn er nichts wollte, dann meldete er sich auch nicht. Es ist aber immer besser, erst nachzudenken, als sofort loszulaufen. Diese Zeitverzögerung gönnte sich Wolff inzwischen immer, wenn seine Chefs ihn sprechen wollten. Ich springe nicht los, nur weil sie es gewohnt sind, auf den Knopf zu drücken. Bei mir gibt es keinen Knopf, dachte Wolff schon zu Beginn seiner Arbeit im Sender.

Wolff hatte es sich angewöhnt, immer erst darüber nachzudenken, worüber der Intendant oder der Hörfunkdirektor möglicherweise mit ihm reden könnten: Eine neue Programmbeschwerde, die Bitte eines Politikers, ein Eindruck aus dem Gespräch mit einem Mitglied des Rundfunkrats oder eine Personalie. Oft tauchten Namen von Menschen auf, die niemand im Haus vorher gehört hatte. Nun waren sie plötzlich da, von oben nach unten in das System implantiert, und Wolff sollte sich darum bemühen, einen Platz für sie zu finden. Eine

Redaktion, einen Sendeplatz. Verträge lassen sich später fixieren. »Wolff, mach das so elegant wie immer. Ich bin dir sehr dankbar«, lautete immer wieder der Gruß zum Abschied, wenn er schon in der Tür stand.

Diesmal hatte Wolff keine Idee, worum es gehen könnte.

Ich bin in einem Termin, sagte er kurz im Vorzimmer, und verschwand.

Der Hörfunkdirektor bot ihm keinen Platz an, also setzte sich Wolff wie gewohnt in die Sitzgruppe. Wenn es wichtig war, würde sein Vorgesetzter aufstehen und sich zu ihm setzen. Keine Begrüßung. Also war die Lage ernst.

Dieser Raum.

Elegante Büromöbel aus dem Katalog. Hellgrau. Eine Sitzgruppe mit schwarzem Lederbezug. Kalt. Glatt. Man versank im Polster.

Keine Blumen. Keine Büropflanzen. Nur ein Gummibaum. Kein Bild an der Wand. Keine Fotos. Ein funktionaler Raum. Zentriert auf einen überdimensionierten Schreibtisch. Keine Akten darauf, kein Papier. Ein imposanter Flachbildschirm mit integriertem PC. Ein Konferenztisch, auf dem sich eine Batterie von transparenten oder blauen Wasserflaschen und Gläsern befindet. Schwarz bezogene Stühle um den Tisch. Das Leder quietscht, wenn man sich daraufsetzt.

Wer hier auszieht, muss nur sein persönliches Schreibgerät mitnehmen.

Dann kann ein anderer einziehen. Der Raum hatte einen starken Halleffekt, weil es keinen Teppich gab. Als Wolff sich einmal ausgerechnet hatte, dass er in bestimmten Produktionsphasen mehr Zeit im Sender als zu Hause verbrachte, legte er ein paar Teppiche in sein Büro, die in seiner Wohnung keinen Platz mehr hatten. Sie dämpften die Akustik, selbst dann, wenn es einmal laut wurde. Wolff wurde selten laut, da musste er schon sehr provoziert werden. Als er ausgerechnet an seinem Geburtstag ein schwieriges Gespräch mit einem Mitarbeiter hatte, ergriff dieser die Vase mit dem Geburtstagsblumenstrauß, sagte »Ich will Sie nicht durch die Blume sehen!« und knallte die Vase auf den Boden. Sie zerbrach. Später war eine Freundschaft zwischen ihm und dem Glasvasenzerstörer entstanden.

In diesem funktionalen, grauen, eigentlich toten Raum hatte sich ein merkwürdiges Gespräch entwickelt, an das sich Wolff später immer noch erinnern würde. Er war nicht begrüßt worden. Es gab kein Höflichkeitsritual. Der Direktor hatte sofort auf ihn eingeredet.

»Wir haben heute mit der Landespolizeidirektion Salzburg telefoniert«.

»Wir?«, fragte Wolff zurück.

»Das spielt jetzt keine Rolle. Und danach hatten wir ein Gespräch mit dem Landeshauptmann. Er weiß inzwischen, wie wichtig für uns der inoffizielle Informationsaustausch ist.«

Wolff verstand wenig.

»Es geht um Steiger!«, sagte der Direktor ungeduldig.

Wolff hatte heute, seit er aufgestanden war, nicht mehr daran gedacht. Herodes geisterte noch immer in seinen Gedanken herum. Ach ja. Steiger. Nicht zu begreifen.

»Die Behörden in Salzburg haben uns volle Zusammenarbeit zugesagt. Sie verstehen, dass uns der Tod unseres Chefredakteurs etwas angeht. Wir haben Vertraulichkeit vereinbart.

Stand der Ermittlungen: Immer noch keine belastbare Spur, immer noch kein Tatmotiv.«

»Was hatte Steiger überhaupt in Salzburg zu suchen?«, fragte Wolff.

»Steiger hatte eine kleine Wohnung in Markt Schellenberg bei Berchtesgaden. So ein Ferien- und Wochenendquartier, ganz in der Nähe seines Geburtsortes. Vor ein paar Monaten hat er die Wohnung verkauft und ist nach Salzburg gezogen.«

»Weshalb?«

»Eine Tante hat ihm im Süden von Salzburg eine exklusive Wohnung vererbt. Sie selbst ist dort nicht mehr eingezogen, weil der Neubau noch nicht bezogen werden konnte.«

»Aha. Und vor diesem Haus ist er überfallen worden?«

Was sollte Wolff denn fragen, was sagen?

Die Thermoskanne mit dem Kaffee stand auf dem Schreibtisch, aber Wolff verzichtete darauf, anders als sonst, um eine Tasse zu bitten. Das bittere abgestandene Getränk hätte er wie immer in den Topf mit dem Gummibaum kippen müssen. Während eines Gesprächs stand der Direktor gewöhnlich mehrmals auf, um im Vorzimmer knappe Abweisungen zu erteilen. Machen Sie Müller ausfindig und legen Sie mir das Gespräch rein. Verbinden Sie mich mit dem Dicken. Ich brauche Svedenborg von der Staatskanzlei. Zeit gab es also immer genug, um die Tasse zu entleeren.

»Du weißt, dass Steiger im Auftrag der Europäischen Rundfunkunion für die Partnerschaft mit dem öffentlich-rechtlichen Rundfunk in Namibia zuständig war. Und du weißt, dass Steiger mit und ohne Delegation sehr oft in Windhoek war und dort viele Freundschaften pflegte. Er hat ja auch bei uns etliche Delegationen in Bayern betreut, du erinnerst dich? Lauter Schwarze. Die Ermittlungsbehörden in Salzburg vermuten, dass Steigers Tod eine Verbindung mit Namibia aufweist. Angeblich wollte er dort eine sehr große Farm erwerben. Mir hat er einmal erzählt, dass ein Freund in Namibia ihm ein gutes Gelände vermitteln wolle, sehr günstig im Preis.«

»Woher wissen die Salzburger das?«

»Ein Nachbar, mit dem sich Steiger wohl öfters im Sternbräu getroffen hat, hat sich bei den Behörden gemeldet. Er hat auch beobachtet, dass Steiger gelegentlich von Leuten besucht wurde, die aus Autos mit dem CC-Schild ausstiegen. Schwarze und weiße Männer. Die amtlichen Kennzeichen hat er nicht erkennen können.«

Wolff erfuhr, dass Steiger mit seinem Nachbarn oft über das herrliche Land Namibia geredet hatte, geradezu schwärmerisch geworden war. Ein Zielpunkt für seinen Ruhestand, den er in wenigen Jahren antreten würde. Man könnte, so ließ er es seinen Nachbarn wissen, dort Farmer werden und ehrenamtlich auch politisch aktiv sein. Er habe viele Freunde unter den Farmern gefunden und sogar Vertrauensleute in der Regierung von Namibia. Es gebe eine sehr realistische Option. Da sei manches noch in Bewegung. »Es kommt darauf an, den richtigen Zeitpunkt zu erkennen!«, hatte Steiger gesagt. »Noch warte ich ab.«

»Aha!«, sagte Wolff. »Und?«

»Du weißt, wie delikat die Angelegenheit ist. Der Intendant und ich wollen unseren Polizeireporter nicht einschalten, der hat zu viele interne Kontakte in die Polizei. Da gibt es schnell Gerede und morgen Schlagzeilen.

»Könnt ihr nicht auf die offiziellen Ermittlungen in Salzburg warten?«, fragte Wolff.

»Nein. Der Druck hier wird größer. Steiger hatte in seiner Partei viele Freunde.

Die rufen ständig an. Wir müssen jetzt sehr schnell ein Statement der Geschäftsleitung veröffentlichen.«

»Was erwartest du von mir?«, fragte Wolff.

»Nichts. Du sollst nur wissen, unter welchem Druck wir stehen.«

Dann verstummte der Hörfunkdirektor. Er stocherte auf seinem Handy herum.

Als Wolff aufgestanden war, holte ihn die Frage ein: »Kann ich dir einen Kaffee anbieten?«

Wolff winkte ab und ging ohne Gruß. Er zog die gepolsterte Tür hinter sich zu. »Was haben Sie für schöne Bambuspflanzen«, sagte er zu den Damen im Vorzimmer, »meine schauen nicht so gepflegt aus!«

»Bambus braucht viel Wasser«, war die Antwort, »und Sie müssen möglichst männliche und weibliche Pflanzen haben, sonst wird es nichts.«

Die persönliche Referentin des Direktors zeigte mit dem Daumen zur Tür und hob ihre Schultern. »Heute hat er es besonders wichtig«.

»Aktionismus. Wie immer«, sagte Wolff und lächelte. Dann verabschiedete er sich.

Die Damen im Vorzimmer mochten ihn. Und er mochte sie auch. Jetzt wollte er nicht in sein Büro zurückgehen.

Wolff verließ das Funkhaus durch die Drehtür und schlug die Richtung zur Innenstadt ein. Vorbei am Hauptbahnhof. Durch die Schützenstraße zum Karlsplatz/Stachus. Daran erinnerte er sich später ganz genau. Auf dem Gehweg vor einem Laden, in dem früher ein Hutgeschäft gewesen war, sah er die Hut-Piktogramme aus Messing, die in die Muschelkalkplatten eingelassen waren. Schon als Jugendlicher hatte er die Symbole entdeckt und sie seither immer wieder gesucht und gefunden. Vorbei an einer Europa-Apotheke, der Filiale eines Fischgeschäfts mit Tagestheke, einem Weinladen, einem Hotel, das demnächst abgerissen werden und einem spektakulären Neubau weichen sollte. Die Portiers trugen blaue Uniformen, im Halteverbot stand ein Maybach direkt neben der schwarzen Hotellimousine, auf deren Seitentüre eine goldene Krone zu erkennen war. Wolff nahm die Rolltreppe nach unten, unterquerte den Karlsplatz und seine vor Kurzem renovierte unterirdische Einkaufszone. Die hellen Böden hatten bereits Risse. Materialfehler, hieß es. Die neuen Shops und Fastfood-Theken waren wie immer gut besucht. Wer hier arbeitete, sah kein natürliches Licht. Man wusste nicht, ob die Sonne schien oder ob es regnete. Winter oder Sommer machte keinen Unterschied, allenfalls die schmutzigen Pfützen auf dem Boden konnten ein Indiz dafür sein, wie die Welt da oben aussehen könnte.

Wolff war durch die Neuhauser Straße Richtung Marienplatz gegangen. Er dachte über das merkwürdige Gespräch mit seinem Chef nach.

»Du sollst nur wissen …«

Wie ein Ohrwurm schraubte sich der Satz seines Chefs in seinen Kopf, »Du sollst nur wissen …«. An der Ecke standen sechs Menschen, die an einem kleinen Stand Unterschriften gegen Tierversuche sammelten. Wenige Schritte weiter wurden Wolff in Plastikfolie gehüllte Plakate entgegengehalten: JESUS LEBT! Zwei Streifenbeamte der Münchner Polizei schlenderten an der Gruppe vorbei. Unter den schwarzen Lederjacken waren ihre breiten Hosengürtel sichtbar, sie hingen tief, weil mehrere Taschen an den Gürteln befestigt waren, Funkgeräte, Handschellen und ein Halfter mit der Waffe. Ein Etui mit den Formularen für Verwarnungen und Strafzettel. Dieses und jenes, was ein Polizist eben mit sich führen muss. Wolff taxierte: Mehr als ein Kilogramm Gewicht, wahrscheinlich noch mehr, trugen sie auf ihrer Hüfte. Sie hatten es nicht eilig.

Beide lachten.

»Du sollst nur wissen …«

Wolff ging weiter. Er verständigte kurz sein Büro, dass er noch unterwegs sei. »Bis 14 Uhr bitte alle Termine absagen!«, sagte er kurz und beendete das Gespräch, bevor eine Rückfrage gestellt werden konnte.

Steiger war tot.

Ermordet.

Das hätte Wolff nicht ihm, nicht einem seiner Feinde, falls es sie gab, gewünscht. Wie in Trance ging er weiter.

Steiger war ihm nie besonders sympathisch gewesen.

Aber hassen konnte er ihn nicht.

Er hätte sich auch nicht auf die Aussage festlegen lassen wollen, dass Steiger ihm unsympathisch war. Steiger war Steiger, so einfach ist das, und du kannst dir in deinem Sender die Menschen nicht aussuchen, mit denen du es zu tun hast.

Sie sind, wie sie sind, und die Kunst besteht darin, dies zu verstehen.

Wolff war nicht unbegabt, mit solchen Menschen umzugehen.

Manchmal wurde er gefragt: »Weshalb duzt ihr euch?«, und Wolff sagte dann immer: »Das kam so!«

Er überlegte, ob er sich Brezeln in der kleinen Bäckerei nahe dem Jagdmuseum kaufen sollte. Eigentlich hatte er keinen Hunger, schon gar keinen Appetit. Vielleicht einen Cappuccino. Aber da standen zu viele Leute an. So ging er weiter.

Mit einem Seitenblick streifte er in der Auslage eines Reisebüros auf dem Bildschirm das Foto einer faszinierenden Wüste. Sanddünen. Wellen. Monochrom. Darüber ein tiefblauer Himmel. NAMIBIA. WUNDER DER NATUR. Die Bilder wechselten.

Zebras, Giraffen, Löwen im Etosha-Nationalpark. Jeep-Safaris, Küsten, Naturparks, Bootsfahrten, charmante kleine Lodges, urzeitliche Felszeichnungen. Lauter bunte Bilder. Wolff blieb stehen und starrte auf den Bildschirm.

Windhoek, Burgen, Paläste, Parks und Museen. Der Tintenpalast. Alte Feste. Die historische Christuskirche. Die Bilder der Tourismuswerbung waren sympathisch, weil sie heitere Perspektiven boten. Das tat Wolff gut.

Er war noch nie in Afrika gewesen.

Ganz genau betrachtet stimmte das nicht ganz. Immerhin hatte er sich vor Jahren zu einer Reise nach Tunesien überreden lassen. Du steigst in den Jet. Die Zeit vergeht schnell, denn der Tag ist anstrengend, das Gepäck ist eingecheckt, und die Getränke sind okay. Es muss nicht bei einem bleiben. Dann steigst du aus. Die Luft ist anders. Sie überfällt dich mit ihrer Wärme. Sie umklammert dich. Es ist Nacht

Die Menschen auf dem Airport sind anders und sie tragen eine andere Kleidung. Der Geruch ist anders. Und dann fährst du mit dem organisierten Bus zu deinem Hotel nahe Hammamet an eine Küste, die jetzt so schwarz ist wie der Himmel. Der Bus fährt etwa eine Stunde, passiert Siedlungen mit einstöckigen Häusern. Immer wieder kleine Geschäfte unter dem Neonlicht. An Haken hängen die Schädel frisch geschlachteter schwarzer Rinder, die Zunge hängt aus dem Maul, das Blut tropft herab, vor dem Laden sind ihre abgeschlagenen Beine aufgehäuft wie ein Stapel Holz. Durch das verschmutzte Fenster im Bus ist zu erkennen, dass unter den Lichtern Fliegenschwärme unterwegs sind. Vor einigen Stunden hattest du noch wegen Urheberrechten für eine Produktion mit einem Verlag verhandelt. Es ging um eine nicht geringe Summe.

Und hier immer wieder weiße Gewänder in der Dunkelheit, die da und dort aufblitzen, unter dem kalten Licht die toten Rinder und Schafe, und im Bus die Vorfreude auf ein Hotel am Strand, mit weißen Bademänteln, Mineralwasser, Tee und Kaffee, vielleicht im Kühlschrank ein Bier. Das kann in einem islamischen Land aber nicht erwartet werden, und das ist auch nicht wichtig, weil die Alkoholmenge im Flugzeug völlig ausreichte, um von hier nach dort, von innen nach außen zu kommen. Noch hat der Bus sein Ziel nicht erreicht, nicht seines, dachte Wolff, an einigen Hotels hat er gehalten und Touristen mit ihrem Gepäck entlassen. Ich fahre weiter. Ich weiß nicht weshalb. Ich weiß ja auch nicht, wo ich überhaupt bin. Die Minarette, schmal und wie seriell in Beton gegossen, glommen grün in dieser Nacht. Und dann war Wolff auf einmal in einer Welt, in einer Hotellobby mit Blüten und Getränken und frischer Luft und flinken Pagen, als würde er gleich Peter Ustinov auf einen Drink treffen.

Wolff musste sich schnell umziehen. Er litt auf einmal unter seiner Bekleidung. Jogginghosen würde er nie tragen, aber eine helle Hose und ein T-Shirt, er liebte nur schwarze T-Shirts mit und ohne Motiv, wären jetzt angebracht. Im Hotelzimmer stand eine Vase mit frischen Blumen.

Dann könnte er vielleicht noch einen Whisky an der Bar bestellen. Oder einen Gin Tonic. Oder zur Not einen eisgekühlten Zitronensaft. Es ging ja nur darum, in dieser neuen Welt anzukommen.

NAMIBIA.

Nein, Afrika kannte er nicht. Es hatte ihn nie hingezogen. Seit er bei einer Dienstreise für das Goethe-Institut nach Indonesien, wo er Kolleginnen und Kollegen der damals 64 privaten Radiostationen in Jakarta und die Staatsbeamten des staatlichen *Rundfunks Republik Indonesia (RRI)* ausbilden sollte, dieses für sich entdeckt hatte, saß die Faszination für asiatische Länder wie ein Stachel in ihm. Er hatte seine ersten Eindrücke nie vergessen. Es roch in den offenen Gängen des Airports nach Zimt, es war feucht und brutal warm. Die Kulturreferentin des Instituts hatte ihn mit ihrem Geländefahrzeug abgeholt. Wolff brauchte lange, bis er verstand, weshalb sie immer auf der linken Spur fuhr. Dabei saß sie rechts am Steuer des hart gefederten Wagens. Später hatten sie sich in der Bar des obersten Stockwerks getroffen. Trotz der spiegelnden Scheiben konnte Wolff in dieser Nacht unter ihm bis zum Horizont Lichter erkennen, grün bestrahlt die Minarette, rot und blau und gelb, flackernd und ruhig fließend die Neonschriften der Hotelhochhäuser. Erst später hatte er gesehen, dass jeder dritte Wolkenkratzer in den oberen Stockwerken ausgebrannt war: schlanke Gebäude, das Sonnenlicht und die schweren dunkelblauen Regenwolken spiegelnd, mit schwarzen Wipfeln. Aber es waren keine Bäume, es waren Hochhäuser, die regelmäßig wegen ihrer unzulänglich konstruierten elektrischen Anlagen brannten. Tag und Nacht hörte Wolff damals die akustischen Zeichen der Feuerwehren. Und er erinnerte sich daran, wie er nachts aufgestanden war, sein Zimmer verlassen hatte, um auf dem Gang den Plan mit den Notausgängen und Fluchtwegen zu studieren. Am nächsten Tag buchte er ein Zimmer weiter unten.

Am Morgen dann das ganz andere. Er schwamm auf der Dachterrasse im Swimmingpool seines Hotels, bevor er vom Fahrer des Goethe-Instituts abgeholt werden würde, das Wasser war kühl, die Luft frisch, es war sehr früh am Morgen, und plötzlich rollte eine akustische Lawine auf Wolff zu, wie er sie noch nie erlebt hatte. Aus allen Himmelsrichtungen schwoll ein metallisches Geraune und Gejaule an, es kam aus allen Himmelsrichtungen. Er verließ den Pool und versuchte, im 34. Stock nahe am Außengeländer stehend, die

Geräuschkulisse für sich zu enträtseln. Dann war es ihm klar: Auf wenige Minuten hin oder her hatten die Zeitschaltuhren auf den Minaretten dieser Millionenmetropole die Lautsprecher in Betrieb gesetzt, um die Suren des Korans in alle Winkel der Millionenmetropole zu senden.

Seitdem war Wolff Asien verfallen.

Und er war viel unterwegs gewesen. In Thailand, wie so viele Menschen, in Bhutan, wie weniger Reisende, in Kambodscha, Laos, Vietnam, Nepal, Indien. In Sri Lanka war er nicht gewesen. Aber in Myanmar.

NAMIBIA.

Wolff erschrak. Er ging weiter. Wieso waren ihm seine Reisen nach Asien auf einmal so präsent? Er zündete sich eine Zigarette an, sie sah wie ein brauner Zigarillo aus. Aber Wolff wurde, seitdem er diese Marke rauchte, weniger auf seinen Konsum angesprochen. Man dachte wohl, er rauche einen Zigarillo. Noch galt die Tradition einer einst kultivierten Rauchkultur, *Rauchen ist tödlich,* weißt du?, während Zigarettenraucher in seinem Sender mittlerweile wie Suchtkranke behandelt und gemieden wurden. Sie konnten sich bei Wind und Wetter nur in den hintersten Ecken oder vor dem Hochhaus treffen, im ständigen Wehen der Fallwinde. Kolleginnen und Kollegen schritten inzwischen in den Gängen des Funkhauses mit Wasserflaschen von Büro zu Büro, vom Studio zum Archiv, als bestünde die Gefahr, unterwegs in den Fluren zu verdursten. Auch die Zahl der Veganer nahm zu.

Wolff war noch nie in Afrika gewesen.

Seine Freunde berichteten ihm von ihren Reisen nach Südamerika, nach Neufundland, Neuseeland und Südafrika, nach Namibia und Madagaskar, sie brachten ihm Gewürze mit, interessant gestaltete T-Shirts oder in seltenen Fällen auch einmal getrocknete Früchte, und Wolff verharrte dennoch in seinen Träumereien, endlich wieder nach Asien zurückzukehren. Als vor vielen Jahren sein Flugzeug in Hanoi zur Landung angesetzt hatte, waren er im Land keine Lichter zu sehen. Keine Straßenlaternen. Keine Neon-Werbung. Keine blinkenden Ampeln. Die Landung erfolgte in einem schwarzen Loch. Nirgendwo war es in dieser Nacht seiner Ankunft hell gewesen. In der Ankunftshalle war die Beleuchtung so düster, dass die Beamten der Einreisekontrolle noch blasser aussahen als die Schwarz-Weiß-Fotos von Le Duc Tho.

Mein Gott, dachte Wolff, der Albtraum über Herodes hat mich völlig durcheinandergebracht. Ich bin ja wie in Trance.

Ihm fiel ein, wie Steiger von Namibia geschwärmt hatte. Wie er die Weite des Landes, die Vielfalt ihrer Regionen, den unbeugsamen Willen der Farmer, die Schönheit der Städte, den Aufbruch zu einer demokratischen und wirtschaftlichen Zukunft beschrieben hatte, die Solidarität der Menschen, die Fairness gegenüber den Schwarzen, den Reichtum an Bodenschätzen und den Aufschwung des Tourismus. Armut, Krankheit und Hunger? Darüber sprach Steiger nicht. Das waren für ihn allenfalls Randerscheinungen in einem prosperierenden Land.

Steiger hatte ihm, wie immer leicht nuschelnd, in den blauen Dämmerstunden im Büro des Chefredakteurs oft von Namibia erzählt, wenn Wolff noch nicht heimfahren wollte, wo niemand auf ihn wartete, und wenn Steiger wie so oft einsam an seinem Schreibtisch saß. Die Telefone standen still. Um diese Zeit musste sich schon ein Unglück ereignet haben, eine Katastrophe oder eine Regierungskrise, damit jemand in der Chefredaktion anrief. Das waren gute Stunden, um nach halbleeren Weinflaschen im Kühlschrank zu fragen, ein oder zwei oder drei Gläser zu trinken, zur Ruhe zu kommen und sich gegenseitig zu entdecken. Man trank. Manchmal zu viel. Aber es waren gute Gespräche.

Immer wieder dachte Wolff: Schluss damit. Aber Steiger zog ihn an, in seiner ganzen Erbärmlichkeit, in seinem täglich gezeigten Masochismus. Felle hingen an der Wand in seinem Büro, irgendwelche Souvenirs. Wahrscheinlich hatte er das Lebewesen selbst in Namibia geschossen. Er stehe in Verhandlungen, eine Farm zu übernehmen, hatte Steiger auch ihm anvertraut. Genug Personal, genug Freunde, die ihm helfen würden, ein vergleichsweise günstiger Kaufpreis und ein neues selbstbestimmtes Leben in einem paradiesischen Land, wo man wirklich seinen Ruhestand für ein halbes Jahrzehnt, vielleicht ein Jahrzehnt, womöglich noch länger verbringen könnte. Steiger hatte an einem dieser Abende zur blauen Stunde aus dem Kühlschrank einen neuen Weißwein geholt und ihn entkorkt, und aus dem nicht üppig bestückten Bücherregal der Chefredaktion ein Fotoalbum hervorgezogen.

Wolff betrachtete die Bilder. Er verstand, dass diese Offenlegung privater Fotografien für Steiger einen Vertrauensakt darstellte. So schaute er sich das Album an. Es interessierte ihn nicht sonderlich, aber er wollte Steiger auch nicht verletzen. Anders als früher. Jetzt aber war er auf Schonung bedacht. Man würde ja morgen in der Konferenz den traditionellen Dissens fortsetzen können. Heute Abend war es nicht notwendig.

12

Die Arbeit des Vermessungstrupps hat etwas zu bedeuten. Da ist sich der Mann ganz sicher. Vermessen wird ein Areal, wenn es dauerhaft geschützt werden soll. Vermessen wird es, bevor es zerstört wird. In beiden Fällen dient die Vermessung der Vergewisserung: Wie groß ist die Grünfläche, wie groß ist der Baugrund? Die Chancen stehen also *fifty-fifty*. Das ist noch kein Grund zur Aufregung.

Frau Mauerberger, drei Parzellen weiter, hat ihm heute stolz erzählt, was sie angepflanzt hat. Die Tomaten kommen gut, sagt sie, auch die Bohnen und der Mangold. Kürbisse gibt es sowieso in jedem Jahr. Im Herbst wird der größte Kürbis prämiert. Der Mann nimmt an solchen Wettbewerben nicht teil. Er wird dies auch in diesem Jahr so halten. Er macht sich nichts aus solchen Gruppenfesten in der Kolonie. Er nimmt nicht teil an den Pflanzentauschbörsen und den Gemeinschaftsabenden mit Musik: Ein Kleingärtner beherrscht das Spiel mit der diatonischen Knopfharmonika, und er singt. Und dann singen alle mit. Darauf kann der Mann gut verzichten. Er meidet, wann immer es möglich ist, die Mitgliederversammlungen mit den Jahresberichten des Vorstands und des Kassenprüfers, die turnusmäßigen Beratungen und die Entlastung der Verantwortlichen, die Wahlen und die sich bis in die Nacht hinziehenden Debatten über den Tagesordnungspunkt *Verschiedenes*. Die Aufmerksamkeit des Mannes gilt seinen Pflanzen. Und den Tieren, die er in zwei Gruppen einteilt: in jene, die zu entfernen sind, und die anderen, die im Kleingarten nützlich, deshalb willkommen sind.

Das Gartenhaus von Frau Mauerberger spiegelt ihre Sehnsucht nach einer Almhütte wider. Zwei Fenster sind wie die Tür in dunklen Holzrahmen gefasst, unter ihnen zwei Blumenkästen an der Wand. Über der Tür im Holzrahmen das Stadtwappen Salzburgs. Eine schmiedeeiserne Laterne hängt neben der Tür, die Dachrinnen ragen weit über das Dach hinaus. Der Geräteschuppen ist von Efeu überzogen, jedes Jahr werden die Äste dicker, die grüne Wand wird dunkler. Über dem linken Fenster der Miniaturalm wacht das Fresko einer Katze, über dem rechten Fenster ein Eichhörnchen.

Der Mann geht an dieser Hütte immer schnell vorbei.

Er muss die Beete wässern. Radieschen, Kohlrabi, Karotten und Salat. Den Salat isst er abends gern zu Hause, die Gewürze und das andere Gemüse verschenkt er.

Es riecht nach Lavendel und Salbei.

Im Fernsehen hat der Mann gestern einen Spielfilm gesehen: Ein Investor verdrängt Kleingärtner mit Gewalt. Ihm gehört inzwischen der Baugrund. Aber die Kleingärtner wollen nicht weichen. Der Strom wird abgestellt. Dann das Wasser. Vor den Eingängen in die Gartenanlage lässt er tiefe Gräben ziehen. Es gibt keine Bretter, um sie zu überwinden. Gewalt gegen Gewalt, denn die Kleingärtner leisten Widerstand.

Der Mann hat keine Angst, dass dem Kleingartenverein Amicitia Salzburg e.V. ähnliches widerfahren könnte; die Anlage gehört der Kommune, nicht einem Investor. Die Kommune hat ja das Recht, ihren eigenen Grund und Boden vermessen zu lassen. In Berlin, das hat der Mann vor Kurzem im Internet gelesen, gibt es mehr als 70 000 Kleingarten-Parzellen. Zugleich werden dort bis zum Jahr 2030 etwa 200 000 neue Wohnungen gebraucht. Alle suchen neue Flächen. Aber Salzburg ist nicht Berlin.

Es ist Nacht geworden. Er steht auf seinem Balkon und schaut in die Dunkelheit. Ein Satz von Marlene Streeruwitz hat ihn heute angesprungen, er wird den Satz nicht los. Er weiß gar nicht, wo er ihn gelesen hat: »Der Tag war eine Fläche. Ohne Richtungen.«

Seit er allein ist, kennt er solche Tage. Aber er hätte seine Ziellosigkeit nicht als solche benennen können. Er ging in alle Richtungen, und kam müde zurück. Dabei war nichts geschehen. Nur der Tag war versunken. Deshalb hatte er eine Richtung gesucht. Er wusste, dass es für Kleingartenparzellen unzählige Anmeldungen gab. Die Wartezeit betrug in der Regel mehrere Jahre. Wurde eine Parzelle zugeteilt, waren die Interessenten manchmal schon verstorben. Aber der Mann hatte Glück gehabt, weil sich niemand für die völlig verwilderte Parzelle hatte begeistern können.

Jetzt hatte die Fläche seiner Tage eine Richtung. Er fuhr oder ging dorthin, und er kam von dort nach Hause. Aber der Garten ist bunt und frisch, hier blau, dort gelb, in der Ecke rot, und immer müssen Schnecken eingesammelt und entfernt werden. Es kostet auch Zeit, den Libellen zuzusehen und den Grashüpfern.

Der Mann holt sich ein neues Glas Rotwein.

Ein Geruch wie von einer abgebrannten Feuerstelle zieht heran. Nicht weit von seiner Wohnung entfernt hat es gestern in einer Eigentumswohnung am Ende der Straße gebrannt. Die Feuerwehr drang mit Atemschutzmasken ein. Erst kam ein Notarzt, später der Wagen eines Bestattungsinstituts. Er hat heute Morgen gehört, dass eine alte Dame in der Küche ihre Herdplatte nicht ausgeschaltet hatte: Sie wollte sich mit Öl in der Pfanne Kartoffeln braten, und hatte es vergessen. Vielleicht hatte sie telefoniert oder sie war eingeschlafen oder sie hatte ihre Orientierung verloren. Das ist ja nicht selten im Alter. Jetzt ist die Wohnung unbewohnbar. Die Nachbarn der Dame, die das Unglück nicht überlebt hat, mussten das Haus räumen. Zwei Stockwerke oberhalb des Küchenfensters sind von tiefschwarzen Feldern im Außenverputz gezeichnet, es riecht noch immer nach nasser Asche, und tagsüber liefen die Entlüftungsaggregate. Jetzt ist es still.

Er hat sich heute in der Kleingartenanlage von seinen Nachbarn bis auf das ihm aufgedrängte Gespräch mit Frau Mauerberger ferngehalten. Sie sind den ganzen Tag in wechselnden Kleingruppen zusammengestanden. Sie gestikulierten. Manche redeten laut. Andere wirkten bedrückt und schwiegen. Manche reckten ihre Arme in die Luft: sinnlose Drohgebärden. Hysteriker, denkt der Mann. Erstens wird unsere Gartenanlage weiter bestehen, denn sie gehört Salzburg, und er hat nicht umsonst als Beamter des Magistrats viele Jahrzehnte dort gearbeitet. Ja, es gab schon manchmal Skandale, aber sie waren selten. Nicht in jedem Jahr wurden Millionen aus dem öffentlichen Haushalt verspekuliert. Das ist atypisch, denkt der Mann.

Weil er aber sein ganzes Leben immer über Alternativen nachgedacht hat, weil man ja nicht wissen kann, wie sich eine Situation entwickelt, denkt er jetzt: Wenn es anders kommt, wenn Salzburg unsere Kleingartenanlage doch dem gemeinnützigen Wohnungsbau opfert, was ist dann zu tun?

Der Wein ist köstlich. Er stammt aus den Abruzzen. Ein italienischer Bio-Wein. Nicht so schwer wie seine Gedanken.

Der Mann streckt sich, jetzt steht er kerzengerade und blickt in die Nacht. Ich habe keine Angst, aber ich bin wachsam. Aber ich schreie nicht mit den anderen, die jetzt schon heulen und mit den Zähnen klappern. Ihm fällt ein, dass die Tafel am Eingang der Kleingartenanlage heute morgen überklebt war. Bisher war dort zu lesen: »Gemeinsam. Ökologisch. Gärtnern. Neues erproben.« Die Botschaft dieser grünen Bekenntnisschrift mochte ja inhaltlich in Ordnung sein, aber der Mann empfindet solche Parolen als peinlich, pädagogisch infantil, als Propeller-Protektion von Gutmenschen, die entweder auf Plakaten vor Wahlen mit Slogans für Analphabeten auf sich aufmerksam machen, Leserbriefe verfassen oder in den Sozialen Medien posten. Ihn erinnern solche Phrasen an peinliche Eintragungen in Gästebüchern oder an materialisierte Lebenserfahrungen von Gläubigen in den Wallfahrtskirchen, denen Maria, irgendein Heiliger oder zur Not auch ein Seliger geholfen hatten, eine existenzielle Krise zu überwinden. Dann wurden Votivtafeln gestiftet, aus Silber oder auch aus Blech. NEIN, denkt der Mann, das ist jetzt nicht in Ordnung, was ich gedacht habe. Sollen sie doch schreiben, was sie denken oder fühlen.

Aber die Tafel war heute morgen überklebt, Von der alten Schrift in Versalien war unter dem neuen Plakat nur noch der Umriss von GE…BEN, dem Anfang und Ende der alten Botschaft zu erkennen, und das war für den Mann kein Verlust. Es gibt ja genug jüngere Aktivisten im Verein, denen er zutraut, im Ernstfall Barrikaden zu errichten. Jetzt sendet die Tafel eine andere Botschaft an die Kleingärtner:

Liebe Vereinsmitglieder,
wir werden nicht aufgeben, falls der Magistrat von Salzburg auf unserem Gelände Wohnungen errichten will.
Wir werden uns wehren und Widerstand leisten.
Wir wollen keine Zerstörung nachhaltiger Natur.
Wir lehnen die Verdichtung unserer Stadt aus Klimagründen ab.
Tragt euch in die Unterschriftenliste ein.
Rettet unsere Umwelt!

Darunter stehen keine Namen. *Organisationskomiteé Amicitia e. V.* steht dort.

Es wird kalt auf dem Balkon. Aber der Mann will den Balkon nicht wegen der verlockenden Wärme in seiner Wohnung verlassen. Heute morgen hat er in der deutschen Zeitung *Die Welt* eine der dümmsten Aussagen gelesen, die er je in einem zitierten Statement entdeckt hatte. Der Geschäftsführer des Bundesverbands Deutscher Gartenfreunde, den Namen hatte der Mann inzwischen vergessen, sagte der Zeitung: »Die Verdrängungsdiskussion gibt es in allen Metropolen mit wachsender Bevölkerung, etwa auch in München, Köln, Hamburg und Frankfurt am Main.« Vielleicht auch in Salzburg, denkt der Mann. Und dann fuhr der Geschäftsführer fort, aus seiner Sicht müssten Kleingärtner künftig nicht nur offen, sondern auch kompromissbereit sein, was ihre Flächen angeht. »Wir können nicht in die Komplettverweigerung gehen!«

Der Mann nimmt einen großen Schluck aus dem Rotweinglas. HURRA! denkt er, dieser Kleingartenlobbyist hat den Patriotisch-nationalen Verdienstorden wirklich verdient, weil er für eine »intelligente Nutzung« der Flächen in der Zeitung *Die Welt* plädiert: »Eine Lösung wäre zum Beispiel, die Größe der Parzellen zu reduzieren und somit mehr Gärten auf der gleichen Fläche zu schaffen«. In Hamburg sei dieses Modell der Nachverdichtung bereits sehr erfolgreich. Man kann ja auch auf einem handtuchkleinen Grund Radieschen anbauen, denkt er.

Jetzt schwankt der Mann etwas. Er hält sich am Balkongeländer fest. Die Wahrheit ist lächerlich und der Wein schwer. Es ist jetzt wirklich kalt geworden hier draußen.

Macht die Gärten immer kleiner, denkt der Mann, miniaturisiert sie. Statt 400 Obstbäumen in einer Kleingartenanlage besser 800 Bonsai-Obstbäume. Oder 1200. Oder noch mehr. Da passen ganz viele in die Parzellinchen.

Bonsai-Gemüsebeete. Bonsai-Blumenbeete. Minikürbisse. Kleingras. Minigurken. Zurückgezüchtete Kürbisse. Blumentopf-Flieder. Kleinstschmetterlinge. Liebling, ich habe die Gärten geschrumpft!

Ein letzter Schluck.

Eine Tante hatte dem Mann, als er ein Kind war, drei Bände mit Geschichten von *Dr. Kleinermacher* geschenkt. Immer waren zwei Kinder, ein Mädchen und ein Bub, auf Abenteuerfahrten mit Dr. Kleinermacher. Der war ein Erfinder und Wissenschaftler, der schraubengroße und noch kleinere Fahrzeuge entwickelt hatte, um in verborgene Welten einzudringen: in Feldmausgänge, Siebenschläfer-Verstecke, Murmeltierhöhlen, sogar in die belebte Bärentierchen-Welt eines Wassertropfens aus dem Teich. Die Kinder mussten vor jedem Abenteuer ein paar Schlückchen einer Tinktur trinken, die sie verkleinerte. Das Problem bestand nur darin, dass der Zaubertrank während ihrer Reisen in die Innenwelten, zum Beispiel einmal mitten in den Blutkreislauf eines Tiers, seine Wirkung verlor, sodass die drei Wissenschaftler in Sekundenschnelle ihre natürliche Größe wieder erhalten würden. Der Mann hatte diese Bücher immer wieder gelesen, und er hatte nie vergessen, dass seine Kenntnisse und sein Interesse für Mikrowelten damals durch diese Lektüre entstanden waren. *Dr. Kleinermacher.* Einmal hätten die drei Expeditionsteilnehmer es beinahe nicht mehr geschafft, ihre Miniaturwelt rechtzeitig zu verlassen. Im letzten Augenblick tauchten sie wieder auf, verließen ihr U-Boot und schossen in die Höhe, bis sie ihre ursprüngliche Körperlänge wieder erreicht hatten.

Der Mann nickt. Jetzt bin ich fast zornig geworden. *Keep cool.* Prost. Es wird, wie es wird. Früher gab es *Siku*-Modellautos für Kinder. Diese Autos, PKW, Traktoren und vor allem Militärfahrzeuge waren handhabbar. Dann schrumpften sie zu *Wiking*-Modellautos.

Die waren viel kleiner, aber auch beliebter. Vor allem die Räder. Er hatte als Kind über einen großen Fahrzeugbestand verfügt. Die Modell-Eisenbahnen miniaturisierten sich auf das *Märklin*-Format. In den offenen Güterwagen konnten auf dem weihnachtlichen Esstisch nicht einmal mehr kleine Salzstreuer an den Tellern vorbei transportiert werden. Es gab Helden, die sich anfassen ließen, und dann schrumpften sie in das Playmobil-Format. Selbst Martin Luther gibt es bei Playmobil. Er besitzt diese Figur. Im Bücherschrank hat Martin Luther beide Arme emporgehoben: in der linken Hand hält er die Bibel, in der rechten eine Gänsekielfeder. Sogar die Reformation gibt es jetzt in Miniaturausgabe. Welche Freude, Dr. Kleinermacher!

Er schließt die Balkontür.
Auf dem Tisch liegt ein Zettel.
MORGEN! steht ganz oben.

Der Mann hat aufgeschrieben, was er morgen erledigen will. Er dreht die Heizung herunter. Wenn es kühler im Zimmer ist, trocknen die Pflanzen nicht so schnell aus.

Es gibt eine Ordnung. Auch für jeden Einspruch. Und für jeden Widerstand. Kommt es, wie die Kleingärtner befürchten, zu einem Angriff auf ihre grüne Welt, dann ist der Widerstand nur legal möglich. Den Mann widert der vorschnelle Aktionismus der Kleingärtner in seiner Anlage an. Nichts ist sicher. Das sind doch alles nur Gerüchte.

Aber wenn die anderen trotzdem Recht behalten, dann bringt der hilflose Aufschrei ihnen genauso wenig wie den Schnecken und den anderen Schädlingen, die sie vernichten. Die würden ja auch laut schreien, wenn sie könnten, aber niemanden würde es beeindrucken. Er jedenfalls sammelt sie ein und trägt sie auf das Feld.

Die österreichischen Politikerinnen und Politiker sind für ihn kein Vorbild, sie sind in den Medien ständig existent. Da hat er eine Abneigung entwickelt. Es ist gut, denkt er, sich außerhalb der eigenen Welt zu orientieren. Deshalb hat er seine Aufmerksamkeit auf die deutsche Kanzlerin gelenkt. Ihren Arbeitsstil schätzt er: Genau hinsehen, analysieren und die richtigen Entscheidungen in aller Ruhe treffen, während die anderen sich in ihrem Geschrei gegenseitig überbieten.

Erst die Pflicht, dann die Kür.

Er wäscht sein Geschirr ab. Es lohnt sich nicht, ein Glas und einen Teller in die Geschirrspülmaschine zu stecken, das Besteck ohnehin nicht, denn dann müsste er mehr als eine Woche darauf warten, bis das Aufnahmevolumen der Maschine erfüllt wäre. Mit der Wäsche ist es nicht anders. Seit er allein ist, sammelt er seine Wäsche. Früher lief die Waschmaschine jede Woche im Wäschekeller seines Hauses. Wer allein lebt, muss mehr Wäsche besitzen, hatte der Mann schnell gelernt und dafür gesorgt, dass sein Vorrat an Socken und Unterwäsche für lange Zeit ausreicht.

Weiße Hemden und Krawatten braucht er nicht mehr, seit er nicht mehr beruflich aktiv ist. Ganz selten bringt er Hemden, auch mal eine Hose in die Chemische Reinigung.

Drüben, Richtung Altstadt, fährt ein Bus. Da wird niemand mehr drinsitzen. Es ist halb zwei Uhr am Morgen, das auf- und abschwellende Geräusch des Elektromotors ist zu laut für den Umstand, dass der O-Bus niemanden um diese Uhrzeit befördert. Vielleicht handelt es sich um eine Sonderfahrt oder die Heimfahrt in das Busdepot.

Eine Frau kommt von der Haltestelle, geht durch seine Wohnstraße. Sie hämmert mit den hohen Absätzen ihrer Schuhe jeden Schritt in das Pflaster des Gehwegs, wie ein verirrter, verstörter Specht. Ein dunkler Mantel, eine helle Umhängetasche.

Tock, tock, tock, wie Beckmann in Wolfgang Borcherts Theaterstück »Draußen vor der Tür«. Tock, tock, tock. Dazwischen das Schleifgeräusch der Sohlen. Kein entspannter Gang. Es ist dunkel, es ist spät, und es gibt manch guten Grund dafür, um diese Zeit Angst auf dem Heimweg zu haben. Frauen haben oft Angst in der Nacht. Das ist vernünftig. Männer haben manchmal auch Angst, wenn sie so spät durch die Straßen gehen. Er kennt das Gefühl, sich ständig umschauen zu müssen, weil er einen Schatten sieht, der sich bewegt.

Nur der Mann passt jetzt auf, sonst ist niemand mehr wach. So wie er jeden Abend, jede Nacht von seinem Beobachtungsstand aus in die

Straße hineinhorcht, die ihm so vertraut ist, dass er jede Veränderung sofort wahrnimmt. Würde etwas passieren, dann weiß er genau, was zu tun ist.

Vor Jahren hat er am Heiligen Abend auf der anderen Straßenseite eine alte Frau gesehen, die barfuß und im Nachthemd um die Ecke kam, der erste Schnee lag auf der Straße, und dann fiel sie um – direkt in einen kleinen Schneehaufen hinein, den der Hausmeister zuvor zusammengeschoben hatte. Da war er hinuntergelaufen, hin zu der Frau im Nachthemd. »Ich will in die Weihnachtsmesse«, hatte sie zu ihm gesagt.

Und er: »Das können Sie. Aber Sie sollten sich für die Kirche etwas fein machen! Im Nachthemd sollten Sie nicht in die Messe gehen.«

Die Frau bedankte sich bei ihm. »Ich will doch nur dorthin, um Weihnachten zu feiern.«

Er half ihr beim Aufstehen.

Dann kamen schon die Pfleger aus dem Seniorenheim angerannt.

Der Mann hat keine Angst vor solchen Nachtbegegnungen.

Als er noch nicht allein war, saß er einmal nachts in der Senke nahe an der Küste, wo das uralte Steinhaus seines Schwagers steht. Seine Frau sollte in dieser Nacht im Bezirkskrankenhaus Morlaix in der Bretagne notoperiert werden. Hier, in der Senke nahe der Steilküste, gab es kein Mobilnetz, und so saß er im Garten – die ganze Nacht, ging durch den Hohlweg mitten durch die Flugschneisen der Fledermäuse hindurch hinauf, um zu sehen, ob sich die Klinik gemeldet hatte. Oben gab es ein Netz. Dann wieder in die Finsternis hinunter.

In dieser Nacht zählte er die Satelliten, und kam auf mehr als 40 Satellitenbahnen am Himmel. Sterne, die vorüberzogen. Ein Kauz rief. Immer wieder raschelte es. Wenn er kurz in das Haus hineinging, knirschte der Kies. Das war am Ende der Welt, in Finistére. Dann schrie ein Tier. Ein grauenvoller Schrei. Da war er zu Tode erschrocken. Aber vielleicht war es nur der Brunftschrei eines Rehs. Der Himmel war glasklar, so viele Sterne hatte der Mann nur in kalten Nächten im Gebirge gesehen. Und er ging wieder den Hohlweg hinauf, 100 Meter, 200 Meter, der Kauz rief, die Fledermäuse flogen dicht an seinem Kopf vorbei, und oben auf der Landstraße tauchten drei Striche auf seinem Handy auf. Das Netz war brauchbar. Aber es gab keinen Anruf von der Klinik.

Dann gehst du wieder durch den schwarzen Hohlweg abwärts.

In solchen Nächten verlierst du die Angst vor der Gegenwelt im Schatten.

NEIN. Ich werde mich informieren, ob und was der Magistrat in Salzburg mit unseren Gärten plant, denkt der Mann. Ich fürchte mich nicht, ich bin auch nicht naiv. Wenn sie uns zerstören wollen, werde ich antworten. Ohne die anderen, die nur aufgeregt hin und her parlieren.

Ein letzter Schluck.

Seit zwei Tagen ist in einer Parzelle an der Teufelsgasse ein fetter hässlicher Igel auf dem kurzgeschorenen Rasen aufgestellt. Er sieht aus wie aus Pappmaché gefertigt, 60 Zentimeter hoch. Mindestens. Wenn es regnet, wird sich das Monstrum auflösen. Das wäre nicht schade. Heute morgen hat der Mann genauer hingesehen. In Wirklichkeit ist der hässliche Igel eine Eule mit Federn, die wie Stachel aussehen.

Die Verwahrlosung des Menschen beginnt im Kleingarten, denkt er. Eine Eule als Bollwerk gegen jede Veränderung, die kommen wird oder die nicht kommen wird. Dann schämt er sich. Es kann ja sein, dass die Kleingärtnerin den Eulen-Igel schön findet, ihn sogar liebt. Und er hat entdeckt, dass das Monstrum nicht aus Pappmaché hergestellt ist, sondern aus Gips, der in verschiedenen Brauntönen übermalt wurde. Es ist unvorstellbar: Da gehen eine Frau oder ein Mann durch den Baumarkt, Abteilung Gartenzwerge, und dann fällt die Entscheidung, dieses Gips-Untier zu kaufen. Galten Eulen nicht früher als Wesen, die Weisheit verkörperten? Jetzt verkörpert der Eulen-Igel nur eine trostlose Banalität, eine Geschmacks-Perversion.

Der Mann schließt die Balkontür.

Draußen wird sich heute Nacht nichts mehr ereignen.

13

Ich – Steiger.

Bis ich endlich nach der Arbeit nach Hause kam, war der Tag schwierig. Müller wollte schon drei Monate vor seinem Start als Auslandskorrespondent in Kairo vom Dienst befreit werden, um sich vorzubereiten, und er bestand auf der Zahlung der Auslandszulage ab sofort. Ein Anruf in der Personalabteilung, dann war er ganz klein.

Die Parteizentrale beschwerte sich wieder einmal über einen Kommentar der Redaktion Kulturkritik, für die ich zum Glück nicht zuständig bin. Das haben die nicht kapieren wollen. Der Chef ist unzufrieden, weil ihn angeblich so viele Beschwerden erreichen. Ich solle das in den Griff bekommen, sagte er. Dabei ist das seine Sache. Das habe ich ihn auch wissen lassen. Da wurde er laut, stand auf und umkreiste den Sitzungstisch. Ich auch. Aber in der Gegenrichtung. Wir brüllten uns an, dass die Damen im Vorzimmer die Tür schlossen. Dann setzte sich der Chef wieder auf seinen Sessel, verschanzt hinter dem Schreibtisch. »Sag mal«, fragte er, »fährst du morgen auch nach Veitshöchheim zur Übertragung des Karnevals? Du kannst gern bei mir mitfahren. Ich breche aber am frühen Morgen auf und fahre am selben Tag wieder zurück.« Das war mir recht. Ich schlafe nicht gern in mittelmäßigen Betten mittelmäßiger Hotels, schon gar nicht in Mainfranken.

Die Bayerische Rektorenkonferenz plant eine Plenarsitzung zum Thema »Wie wirksam verhindert der Qualitätsjournalismus die new reality *der* fake-news *in den* social media? *Ich soll das Grundsatzreferat halten, dann der Chefredakteur eines Printmediums. Schneider kann mir einen*

Redeentwurf schreiben. Ich habe keine Zeit dafür. Denn morgen kommt auf Einladung der Europäischen Rundfunkunion EBU/UER die Delegation des Rundfunks in Namibia bei uns vorbei. Wir sollen in Windhoek strukturell helfen: Finanzstruktur, Organisationsstruktur, Programmstruktur. Der Technische Direktor kümmert sich um Senderaufbau, Distribution und Studioausstattung. Wir müssen sehr aufpassen. Als ich vor Jahren beim staatlichen Rundfunk der Republik Indonesien in Jakarta war, habe ich im Hof des Senders einige gespendete Übertragungswagen der Deutschen Welle entdeckt. Die gesamte Technik war ausgeschlachtet, die Ü-Wagen standen auf platten Reifen in trostlosem Zustand herum. Auf dem Flur des Programmchefs entdeckte ich ganze Stapel von ORWO-Studiobändern des Rundfunks der DDR. Als ich meinen indonesischen Kollegen darauf ansprach, lachte der sich halbtot. »Über den Internationalen Programmaustausch bestellen wir in Ostberlin Konzertaufzeichnungen. Wir senden sie nicht.

Sie fragen, was das soll?

Wir haben die Studiobänder«, sagte der Mann vom Staatsrundfunk, »die wir dringend brauchen. Wir löschen das DDR-Material nicht, wir produzieren darüber. Wir schneiden ja auch nicht wie Ihr die Bänder, da fällt zu viel Material als Sondermüll an. Wir haben eine große Meisterschaft, Versprecher und Pausen nicht zu schneiden, sondern das Band leicht zurückzufahren und punktgenau Sprache darüber zu legen. Wir sind ja nicht so reich wie Ihr, aber erfinderisch sind wir schon. Cueing, *verstehen Sie?«*

Das war vor vielen Jahren. In Namibia ist die Lage ganz anders. Ich kenne die Partner im Sender seit Langem, sie kennen mich. Das sind Experten, auch wenn sie finanziell sehr knapp kalkulieren müssen. Die EU hilft, aber das reicht natürlich nicht, um ein komplettes, trimediales öffentlich-rechtliches Rundfunksystem aufzubauen. Aber es wird von Jahr zu Jahr besser.

Am Abend saß ich noch mit Heinrich und Robert zusammen; das muss doch möglich sein, dass wir am Feierabend bei einer Flasche Wein den Tag Revue passieren lassen. Heinrich hält mich für einen Idioten, ich halte ihn für einen Idioten, wir beide wissen das, und deshalb treffen wir uns, wann immer es möglich ist. Ich liebe diese Stunden, wenn niemand mehr etwas von mir will. Robert wird nach dem zweiten Glas Wein meist sehr laut. Laut, aber lustig. Ich kenne niemand, der in so kurzer Zeit so viele gute Witze erzählen kann.

Morgen muss mein Büro meine Dienstreise nach Windhoek buchen. Es wird allmählich Zeit. Ich will unbedingt in meinem Stammhotel wohnen. Die Einheimischen dort kennen mich alle. Das erleichtert vieles. Ich bringe drei Trachtenjanker mit, ihre Konfektionsgröße hatten mir die Kollegen beim letzten Besuch aufgeschrieben.

Sie träumen davon, mit mir auf das Oktoberfest zu gehen.

Ja, natürlich. Ich habe auch drei Trachtenhüte im Gepäck.

Vier Konferenzen heute. Redaktionskonferenz um 10.30 Uhr, Programmkonferenz um 11 Uhr. Immer die gleichen Rituale. Die gleichen Wichtigtuer. Die gleichen Störer. Um 14 Uhr die Arbeitsgruppe, die neue Kriterien für die Auswahl der Volontärinnen und Volontäre entwickeln soll. Früher war das einfacher. Da habe ich gesagt: Sie können bei mir anfangen. Oder: Sie sind für unser Haus derzeit nicht vermittelbar. Klare Aussage. Bumm. Jetzt braucht man Kommissionen dafür.

Um 16 Uhr dann Etatkonferenz beim Chef. Es geht um Einsparungen. Auch nichts Neues. Die Jungen schwätzen, wir hätten das Geld früher zum Fenster hinausgeworfen. Unsinn. Seit ich im Sender arbeite, mussten wir Etats kürzen. Es gab einmal eine denkwürdige Programmkonferenz aller Hauptabteilungen, Programmbereiche und Abteilungen. Die Justiziarin, diese täglich von der Aussicht auf das Ende der Welt gebeugte Untergangsprophetin, behauptete allen Ernstes, die öffentlich-rechtlichen Sender in Deutschland würden demnächst die Gehälter nicht mehr ausbezahlen können. Da waren alle erschüttert. Ich nicht. Quatsch kann mich nicht erschüttern.

Wissen Sie, der Tag heute war nicht besonders erfreulich, aber auch nicht anders als die anderen Tage. Ich habe mir schon überlegt, ob ich für zwei, drei Tage vor meiner Dienstreise nach Markt Schellenberg fahre. Da gibt es ein paar Freunde. Den Bürgermeister, den Friseur, den Autohändler. Die waren früher in meiner Schule. Wenn ich dort bin, weiß ich, wo ich sie finde. Der Stammtisch beim Huberwirt ist eine gute Anlaufstelle. Und in meiner kleinen Wohnung bin ich ein anderer Mensch. Sobald ich den Irschenberg erreicht habe, fällt der Druck ab. Ich sehe in der Dämmerung die Konturen der Alpen, das Land zum Chiemgau hin ist wunderbar und es ist in Ordnung. Die Verrückten sind alle in München.

Ich biege ab, fahre an der Ramsau vorbei, freue mich, wenn ich die Schlafende Hexe, den Watzmann, den Grünstein, den Hohen Göll, den Jenner entdecke, der Untersberg steht etwas abseits. Berchtesgaden ist um diese Zeit ausgestorben. Oberhalb der Queralpenstraße lag einst das Hotel Geiger. Ich kannte die Besitzer gut. Ein gepflegtes Haus, reich ausgestattet mit Antiquitäten, mehrere gelb getünchte Gebäude mit Holzbalkonen, eine Tankstelle, das Schneiderhäusl mit der Privatwohnung der Hoteliers, die weißen Gartenmöbel im gepflegten Park, die besondere Atmosphäre im Haus mit seinen Teppichen und Wanduhren und Skulpturen, Holzschnitzarbeiten aus der Region, und überall aktiv die Seniorchefin, eine weißhaarige vornehme Dame, die zur Unterstützung der Kaltmamsell die Salate anrichtete. »Sie müssen wissen«, sagte sie mir einmal, »dass kein Dressing auf dem Salatteller zu sehen sein darf, wenn Sie die Blätter anheben. Die deutschen Salate ersaufen alle in der Soße.« Später gab es einen Swimmingpool, dann ein Hallenbad. Die Hunde wechselten. Ein Bernhardiner für die Essensreste. Ein Neufundländer. Schwarz. Riesig. Dann habe ich die Übersicht verloren.

Seit mehr als 20 Jahren verfielen die Gebäude, die Unternehmer sind längst tot. Die Kinder? Da müssen wir nicht darüber reden. Erbschaftsstreitigkeiten. Jetzt sind die Häuser längst abgerissen. Wenn ich dann durch die Marktgemeinde Berchtesgaden gefahren bin, bin ich fast schon daheim. Vorbei an der Auffahrt zum Obersalzberg, vorbei am Salzbergwerk.

Die Wohnung, da rufe ich immer vorher an, wird von der Hausmeisterin vorgeheizt. Ich lade nach Markt Schellenberg niemals jemanden ein. Der Ort ist vielleicht nicht der schönste in der Gegend, aber von dort komme ich. Die meisten sind nach ihrer Ausbildung nicht hier geblieben, ich ja auch nicht. Aber es zieht mich schon hierhin.

Ich muss Ihnen noch etwas erzählen. Noch einen Schnaps? Sie müssen ja nicht mehr fahren. Also: Nach diesem nicht besonders heiteren Tag komme ich in meine Wohnung in Markt Schellenberg. Ausladen. Rauftragen. Aufsperren. Licht anmachen. Und da liegt ein Brief auf der Kommode. Vom Nachlassgericht in Salzburg.

Die Tante Olga in Salzburg, das habe ich Ihnen früher schon erzählt, war uralt. Ihre Wohnung war schrecklich. Mitten in der Altstadt von Salzburg. Dicke Mauern. Außen Touristen, innen Feuchtigkeit. Aber sie liebte ihre Wohnung. Vor vier Monaten ist sie gestorben, ich konnte zwischen zwei Auslandsreisen zur Beerdigung nach Salzburg fahren. Sie träumte bis zu ihrem Ende von den großen Zeiten des Anschlusses Österreichs an das Deutsche Reich, und sie spendete für irgendeine Europazeitung von Otto von Habsburg, der hier ja nur noch Habsburg ohne von heißen durfte, in jedem Jahr viel Geld. Ihr Mann war ein hohes Tier in der Justiz gewesen, starb aber schon vor zehn Jahren. »Es war doch nicht alles so schlecht«, sagte sie, wenn wir Kaffee tranken und ihren wunderbaren Mürbteigkuchen aßen, »da wird heute ja alles schlecht gemacht.« Na ja, man kann das so nicht mehr sagen, aber ganz falsch ist es auch nicht. Tante Olga zeigte bis in ihr hohes Alter Haltung. Sie war empört, wie schlecht die Österreicher Kurt Waldheim behandelt hatten, sie begeisterte sich für einen ganz jungen politischen Kopf, einen Jörg Haider aus Kärnten. »Der wird Kanzler«, sagte sie, und: »Vielleicht einen Cognac?«

Also: Obwohl ich Tante Olga nicht allzu nahestand, wir aber politisch auch nicht zu weit entfernt voneinander waren, stand in ihrem Brief, dass sie mich in ihrem Testament als Erben benannt hat. Ich habe keinen blassen Schimmer, ob Olga überhaupt einen Besitz, wissen Sie, einen nennenswerten Besitz gehabt hat. Vielleicht hat sie auch nur Hypotheken und andere Schulden gehabt. Irgendwann wollte sie sich eine Neubauwohnung kaufen. Hell, trocken, verkehrsgünstig gelegen, nicht in der engen Altstadt. Da hat sie vor fünf Jahren schon davon geträumt. Beim letzten Mal hat sie darüber aber kein einziges Wort verloren. Ein Auto hat sie nicht gehabt. Das war auch besser so.

Sie lag ja politisch nicht immer falsch, die Tante Olga. Jörg Haider habe ich mehrfach persönlich erlebt: ein faszinierender Kopf, ein Charismatiker. Blitzschlau, brutal, charmant. Ich habe ihn um diese Eigenschaften etwas beneidet. Ich bin einfacher geschnitzt. Ja oder nein. Für mich oder gegen mich? Der Haider hat im Fernsehen immer Schautafeln in die Kamera gehalten. Kurven, Koordinaten, ganz genau sah man das ja nicht. Aber er war immer glänzend vorbereitet, wenn in der ZIB 2 so insistierende Fragen kamen. Reine Ideologie, fast wie bei uns. Da war der schon verdammt gut.

Ich trinke jetzt noch einen Cognac. Der Mensch hat zwei Ohren, nicht eines. Na ja, der Van Gogh, der ist die Ausnahme. Wollen Sie auch einen?

Wissen Sie eigentlich, dass in Österreich das Nachlassgericht ganz anders heißt? Auf dem Stempel steht: »Verlassenschaftsgericht«. Und ich habe geglaubt, ich sei irgendwo beim zu schnellen Fahren geblitzt worden. Also: Ich öffne den Brief.

Ich denke mir: Tante Olga spinnt. Aber jetzt spinnt sie nicht mehr. Sie ist ja nicht mehr.

Schade. Das war eine wunderbare, politisch erfahrene Frau. Ich tröste mich nur damit, dass ich ihr das öfters gesagt habe, wenn wir Kaffee tranken, ihren Mürbteigkuchen aßen und später zum Cognac übergingen. Ach, Tante Olga!

Und jetzt erbe ich irgendeinen Scheiß in Salzburg.

Ich habe inzwischen recherchiert: Das Verlassenschaftsverfahren, wie in Österreich die Nachlassabwicklung genannt wird, ist recht kompliziert. Es scheint völlig sinnlos zu sein, einen Erbschein zu beantragen. Das Gericht übernimmt nicht wie bei uns in Deutschland die Abwicklung, sondern beauftragt einen Notar, der als Testamentsvollstrecker tätig ist. Es gilt gegenüber potenziellen Erben und Familienmitgliedern ein Neutralitätsgebot, aber das ist bei uns auch nicht viel anders. Wenn ich es richtig verstanden habe, muss ich irgendwann eine »Erbantrittserklärung« abgeben, aber ich vermute, dass ich dazu aufgefordert werde. Jetzt bin ich also eine Person in einem »Verlassenschaftsverfahren«.

Ich habe keine Ahnung, was Tante Olga mir vererben will. Hoffentlich nicht ihre muffige Altbauwohnung in Salzburg. Ihr Porzellan brauche ich nicht. Ihre Möbel? Wohin damit? Aber vielleicht vererbt sie mir ja nur ein oder zwei Gemälde. Der Rechtsweg wird ein mühsamer, steiniger Weg sein, mir graut schon heute davor. Ich bin jetzt erst einmal dienstlich in Namibia. Was?

Na ja, ich denke, dass ich zehn Tage dort unterwegs sein werde. Da ist viel zu tun. Die Europäische Rundfunkunion und mein Intendant erwarten sich von mir ein ausführliches Konzept für die künftige bilaterale Partnerschaft. Viel Arbeit, aber okay. Mir ist das lieber, als mich in München über unser Haus zu ärgern.

Sie müssen da auch mal mitkommen. Ich sage Ihnen: Das ist ein Traumland! Dort vergesse ich sofort meinen Sender, meine Partei und meinen Alltag in München.

Namibia sehen und, nein nicht sterben! Leben, gut leben!

Noch ein Gläschen?

Um die Zeit wird hier kaum kontrolliert. Sie sind auch schnell zu Hause.

Nein?

Na, dann machen Sie es gut, wir treffen uns, wenn ich wieder zurück bin. Servus, mein Lieber. Hier links ist der Lichtschalter. Gute Nacht.

14

Hirnforscher, Psychiater und Psychologen beruhigen.

Das Vergessen sei gesund. Denn der Mensch könne nicht alle seine Erfahrungen und Erinnerungen speichern. Verdrängung sei notwendig, um leben zu können. Vergessen diene einer Entlastung.

Wolff gefiel das nicht.

Außerdem glaubte er nicht an die Heilkraft der Löschvorgänge im Gehirn.

Er selbst verfügte über ein präzises Gedächtnis.

Er erinnerte sich an die Kunstkalender der Deutschen Bank, die seit den Fünfzigerjahren an Aktionäre verschickt wurden; als Kind hatte er die Kunstdrucke ausgeschnitten und auf Kartons geklebt. Auf der Rückseite notierte er die Daten zu den Bildern. Sein Vater hatte diese Kalender in seinem Büro nie aufgehängt. Wolff erinnerte sich an ein Gemälde von Paul Klee, das ihn faszinierte: »Silbermondgeläute« hieß es, und dieses Bild begleitete ihn über Jahrzehnte. Später hatte er recherchiert. Irgendwo müsste sich ja eine Spur finden lassen, welcher Privatsammler, welche Bank, welche öffentliche Gemäldegalerie es erworben hatte. Er war in Bern, er suchte in München, er las die Postkarten und Briefe, die Paul Klee aus Gersthofen bei Augsburg an seine Mutter in München geschrieben hatte, die gleich hinter der Universität wohnte. Klee, von einem vorgesetzten Offizier als Künstler erkannt, bemalte die textilbespannten Tragflächen der einfachen Flugzeuge, die von hier aus starteten, er beobachtete viele Abstürze, und Wolff verstand eines Tages die wiederkehrenden Zahlen und Motive in Klees Bildern, die auf ihn wie ein Echo des jungen Künstlers auf das Ausmalen von Zahlen auf den Flugzeugen wirkten, auf ihre Starts und Landungen, die vermeintliche Leichtigkeit des Fluges und die Katastrophe des Absturzes.

An den Wochenenden streifte Klee durch die frühere Freie Reichsstadt Augsburg und durch die nördlichen Lechauen. Wolff kannte die Wege, auch wenn sie sich inzwischen natürlich völlig verändert hatten, denn die damals noch überschaubare Stadt war längst über sich hinausgewachsen. Die Liebe zur Kunst des Paul Klee war beim Aufkleben der Kunstdrucke auf den Kartons bei Wolff entstanden.

Es wäre gut, wenn wir Erinnerungen ausschneiden und auf Kartons kleben könnten, dachte Wolff. Dann blieben sie. Wenigstens ein paar Jahre länger. Seine Kunstdruckkartons waren bei einem Umzug der Eltern in einer Kiste, die auch Wolffs erste Liebeskorrespondenz enthielt, abhandengekommen, aber vielleicht hatte sie auch ein Wasserrohrbruch ein paar Jahre später so durchnässt, dass die Kiste voller Erinnerungen entsorgt worden war. Er studierte damals in Heidelberg, er wurde nicht gefragt. Verschwunden war auch eine zweite Kiste mit seiner elektrischen Fleischmann-Eisenbahn, den Waggons, den Signalen, den Weichen und Gleisen.

Er hatte nie gefragt. Diese eingepackten Erinnerungen waren verschwunden. Nur in seinem Gedächtnis blieben sie bewahrt. Dort fuhr die Eisenbahn mit ihren beiden elektrischen Lichtern immer noch herum, sie roch nach Nähmaschinenöl, und die aus Pappmaché gestanzten Eisenbahnschwellen waren an manchen Seiten geknickt und aufgebogen. Immer wieder war jemand auf die Gleise getreten, die im Wohnzimmer verlegt waren, und manchmal musste der Abbau äußerst schnell erfolgen, wenn sich Gäste zum Abendessen angekündigt hatten. Da gab es keine Feinarbeit, da flogen Schienen und Waggons in die Kiste.

Aber bei den meisten Menschen verblasst die Erinnerung zu schnell. Wolff kam an einem kleinen Laden vorbei. Früher hatte dort eine attraktive, ältere Frau Zeitungen, Zigaretten, Brausestäbchen, Kinderüberraschungseier und Schreibwaren verkauft. »Woher kommen Sie?«, hatte Wolff sie einmal gefragt, und sie hatte ihm mit ihrer tiefen, gutturalen Stimme geantwortet: »Aus dem hintersten Russland!« Und dann hatte sie gelacht und nicht mehr aufgehört zu lachen. Als Wolff gezahlt hatte und den kleinen Kiosk verließ, lachte sie immer noch. Jetzt wurden Handys und Handyzubehör, Kabel und Verträge im Laden verkauft, nur Wolff wusste noch, wie die Inhaberin geheißen hatte.

Steiger war jetzt schon zwei Wochen tot.

Eine Rundfunkanstalt ist naturgemäß ein Haus der Kommunikation. Wolff empfand den *Flurfunk*, also den täglichen Klatsch auf den Gängen, als völlig normal, auch war er selbst dem Austausch an Wahrheiten, Halbwahrheiten und Befindlichkeiten nicht abgeneigt, hörte aber immer mehr zu, als dass er sich selbst mit Informationen oder Vermutungen daran beteiligte, den informellen Kreislauf in Gang zu halten. Journalisten sind Kommunikatoren, hatte er einmal erwidert, als er darauf angesprochen worden war, weshalb er eine vertrauliche Information weitergegeben habe. »Vertraulich«: Das war in solchen Gesprächen, in der Raucherecke oder vor der Kantine, stets die Einladung, die Information sofort weiterzuverbreiten.

Mit einem Kollegen hatte er einmal testen wollen, wie schnell sich ein Gerücht im Haus verbreitete. Die Sache war so: Im Studio Tel Aviv wurde ein Nachfolger für den scheidenden Auslandskorrespondenten gesucht. Es gab einen selbsternannten Aspiranten, der leidenschaftlich alles unternahm, um für diese Position in die engere Wahl zu kommen. In der Kantine hatte Wolffs Freund und Kollege, hier an einem Tisch sitzend, dort Platz nehmend, dort auf dem Gang stehend, seinen Kolleginnen und Kollegen die »vertrauliche« Information gegeben, Wolff werde der neue Mann in Israel. Es hatte keine 45 Minuten gedauert, bis der erste Anruf kam: »Wolff, stimmt es, dass du nach Israel gehst? Ich fände das sehr schade!«, und Wolff hatte geantwortet: »Ich äußere mich dazu nicht. Aber eines stimmt: Ich habe an der Uni Hebräisch gelernt und das Hebraicum abgelegt.« 15 Minuten später kam der Aspirant in sein Büro: »Du hast Hebräisch gelernt, habe ich gehört. Das wusste ich gar nicht.«

»Ja«, hatte Wolff geantwortet, »in der Uni im ersten Semester.« Und er zitierte die ersten Zeilen der Genesis. Dann wurden ein paar Belanglosigkeiten ausgetauscht, schließlich verschwand der erblasste Kollege, ohne zu wissen, ob Wolff nun sein Konkurrent war – oder nicht.

Wolff traf seinen Kollegen und Freund nach der Live-Sendung, die sie beide im Studio hinter sich hatten, sie lachten sich halbtot und tranken eine Flasche von dem reinen Pfälzer Weißen, und dann hatten sie darüber nachgedacht, welches Gerücht sie demnächst in die Welt des Senders setzen wollten: Intelligent sollte es schon sein, glaubhaft, und seine Urheberschaft musste akribisch getarnt werden. Nur dann hätten sie wieder einen so großen Spaß damit.

Jetzt war es ähnlich. Gerüchte hatten sich verbreitet. Erinnerungen verblassten. Es wurde spekuliert, wer Steigers Nachfolge antreten würde. Namen wurden genannt. Personalpakete durchdacht. Steiger spielte keine Rolle mehr. Er war tot. Zudem auf unangenehme Weise tot.

Vielleicht, dachte Wolff, brauchen die Menschen solche Entlastungen. Am Vormittag war er Mitarbeiterinnen und Mitarbeitern aus einigen Redaktionen im Haus begegnet. Ihm fiel auf: Sie redeten nicht über Steiger, sie sprachen über sich selbst. »Ich habe ihn nicht ausstehen können«, sagte der eine. Und die andere: »Er war schon ein Macho.«

Sie erinnerten sich nicht an ihn. Sie erinnerten sich an sich selbst. Ich und er.

Sie beteiligten sich am Wettbewerb, Gefühlsstimmungen auszutauschen und sie erzählten, wann, wo und in welcher Situation sie vom Tod Steigers erfahren hätten.

Wolff kannte solche Reaktionen. Die Printmedien hatten ihre Wochenendausgaben längst zu einem Anmutungs- und Empfindungsjournalismus verändert: Seitenlang wurde berichtet, welche Empfindungen der Mensch beim Fasten ertragen müsse, bei der Betrachtung der neuen Mode aus Paris, angesichts des Bienensterbens und des Todes unschuldiger Kreaturen durch die Fresslust der Nicht-Veganer. Dieser neue Betroffenheitsjournalismus erinnerte Wolff an die früheren Jahre, aber die Qualität hatte sich verändert: Wer betroffen war und darüber schrieb, gehörte nicht mehr einer Minderheit, einer oppositionellen Journalistengruppe an, die auf eine »Gegenöffentlichkeit«

zum Mainstream setzte, sondern den modisch-relevanten *Influencern*, die ganze Bücher in den Wochenendausgaben der Tageszeitungen mit ihren Gefühlen und existenziellen Erfahrungsberichten beim Radfahren an der Isar, beim Biertrinken im Englischen Garten oder beim Training im Mucki-Studio füllen konnten. Nachrichten und Hintergrund spielten keine prioritäre Rolle mehr. Viele Reportagen in den Freitagsmagazinen der Zeitungen verstand Wolff kaum noch. Die Reisetipps in der *ZEIT* aus Hamburg, aber auch in Blättern der *Süddeutschen Zeitung* oder der *WELT* zielten auf Leserinnen und Leser, die locker ein paar Tausend Euro für einen Trip mit Beauty-Salon und Wellness-Paradies hinlegen konnten.

Wolff aber hatte sich vorgenommen, weder Misanthrop noch Wutbürger zu werden. Deshalb las er nicht die seitenlangen Interviews mit Promi-Köchen und Rezepten. Er überblätterte sie. Es wurden immer mehr Seiten, die er überblätterte. Die an sich sehr professionellen Fotografien von liebevoll garnierten Menütellern widerten ihn an. Er mochte auch nicht mehr in die Gewölbe von Weinkellern und in die Gästestuben von Winzern hineinblicken. Auch interessierte ihn nicht die Empfehlung von E-Bikes, ab 3000,– Euro aufwärts, Carbon oder Stahl. Egal.

Wir waren so erschüttert über den Tod von Steiger.

Mich hat das ganz tief getroffen.

Das hätte ich ihm niemals gewünscht.

Ich bin fassungslos.

Der war doch noch gar nicht so alt.

Wie wird es denn jetzt weitergehen?

Wir haben in der Redaktion alle geweint.

Was machen wir denn mit seinen Fellen und Geweihen, die er aus Namibia mitgebracht hat? Wir können sie doch nicht einfach von den Wänden in der Chefredaktion abnehmen.

Ich kann es gar nicht fassen, dass er nicht mehr kommt.

Dann waren die kurzen Gespräche beendet.

Ein kurzer Luftzug der Erinnerung, dann die Windstille in den Gesprächen.

Um Wolffs Eckfenster im 13. Stock des Hochhauses pfiff der Wind, ein Grundrauschen stand im Raum. Im späten Frühling kann es stürmisch sein.

Er war heute viel unterwegs gewesen im Sender. In zwei Studios dauerten komplexe Produktionen an, Kurzbeiträge und Manuskripte für Moderationen mussten redaktionell gegengelesen werden, E-Mails waren zu beantworten, die Korrespondenzmappen türmten sich auf seinem Schreibtisch, er musste noch zwei Pressetexte verfassen. Alles Routine.

Wolff dachte nach.

Steiger hatte in Salzburg tatsächlich eine Neubauwohnung geerbt, die ihm seine Tante Olga vermacht hatte, ohne dass sie selbst noch die Gelegenheit gehabt hatte, in das neue Haus einzuziehen. Ob er auch ein weiteres Vermögen geerbt hatte? Darüber hatte Wolff keine Information. Niemand wusste Genaues.

Die Staatskanzlei des Ministerpräsidenten und der Intendant hatten ihren Druck auf die Salzburger Ermittlungsbehörden verstärkt, schließlich war der Chefredakteur eines öffentlich-rechtlichen Landessenders von öffentlicher Bedeutung. Die Medien recherchierten, und täglich gab es neue Spekulationen.

Was Wolff bisher erfahren hatte, indem er aus den Gerüchten und Betroffenheitsadressen für sich die kargen Informationen herauskristallisiert hatte: Steiger war erstochen worden, morgens vor dem Haus, in dem sich die ihm vererbte Wohnung befand. Das hatte ihm ja auch der Polizeireporter gesagt. Ob es sich um einen oder mehrere Täter handelte, stand nicht zweifelsfrei fest. Eine Nachbarin hatte ausgesagt, sie habe öfters einen älteren Mann vor dem Haus stehen sehen. Einen Hut auf dem Kopf. Einen dunklen Mantel. Größe etwa eins achtzig. Der sei gekommen und immer wieder schnell gegangen. Nein, beschreiben könne sie ihn nicht. Es war zu dunkel in der Teufelsgasse des Neubauviertels. Aber gesehen habe sie ihn schon.

Die Ermittlungen dauerten an, inzwischen wurden Steigers Verbindungen nach Namibia überprüft. Bankkonten, Kontaktpersonen, Korrespondenz in Akten (Steiger hatte seine private Post sorgfältig in

Aktenordnern abgelegt), E-Mail-Kontakte, Telefonverzeichnisse, Terminkalender. Der Dienstcomputer wurde in die Ermittlungen nach Intervention des bayerischen Innenministers und nach der Genehmigung des Datenschutzbeauftragten einbezogen, die Österreicher hatten sich zuvor vergeblich darum bemüht, an die Daten heranzukommen.

In Namibia ermittelten die örtlichen Polizeibehörden beim Rundfunk und bei den namentlich in den Korrespondenzen genannten Farmern. Kontaktleute waren befragt worden, auch Kolleginnen und Kollegen aus der Chefredaktion in München, die sich aber verpflichten mussten, über die Vernehmungen weder intern noch extern zu berichten. Was die meisten auch befolgten. Befragt worden waren nur jene, die die Dienstreisen des Chefredakteurs im Auftrag der Union der Europäischen Rundfunkanstalten vorbereitet und organisiert hatten.

War es möglich, dachte Wolff, dass sich Steiger finanziell übernommen hatte?

Mir hat er immer wieder gesagt, wie gerne er in wenigen Jahren Farmer in Namibia werden würde. Ein Nachbar habe ihm einen guten Deal angeboten. Eine Farm, wie gesagt, viele Arbeiter, ein fantastisches Haus, genug Hektar, um vermögend zu werden und dann auch zu bleiben, kein Problem mit der Finanzierung, sie lasse sich einvernehmlich regeln. Man habe da Erfahrung, und Deutsche müssten sich doch gegenseitig helfen. Gerade in diesen für Afrika unruhigen Zeiten. Ich könnte sogar früher aufhören, hatte Steiger ihm nach der zweiten Flasche Weißwein anvertraut, ich könnte ab sofort dort anfangen.

»Hast du Freunde dort?«, hatte Wolff ihn gefragt.

»Mehr als hier vielleicht«, hatte Steiger geantwortet.

»Verstehe ich nicht«, wendete Wolff ein, »du hast doch überall Freunde.«

»Nicht wirklich«, hatte Steiger gesagt und lange geschwiegen.

»Weißt du«, brachte er mit schwerer Zunge heraus, »in Markt Schellenberg, wo ich aufgewachsen bin, hatte ich viele Freunde. Aus der Jugend, von den Pfadfindern, vom Stammtisch, von meinen Eltern her, aber als ich dann oft dort war, brauchten sie mich nicht wirklich. Die waren mit sich zufrieden. Es war nicht leicht, zurückzukommen, obwohl ich ja eigentlich immer dort war.«

»Aber du warst für sie ein Münchner?«

»Ja, klar. Die hatten sich inzwischen doch alle in ihrer kleinen Welt eingemauert. Da ist nicht viel Platz für einen, der mal ging und dann wieder zurückkam. Aber damit du mich nicht falsch verstehst: Ich habe mich in Markt Schellenberg schon sehr wohl gefühlt. Es gab ja immer noch den einen oder anderen, den ich am Stammtisch traf und der sich freute, wenn ich vorbeikam. Das ist noch immer so, aber wir haben uns nicht mehr so viel zu sagen.«

Am Nachmittag meldete sich am Telefon die Honorar- und Lizenzabteilung. Man könnte jetzt den Honorarvertrag für die Übertragung eines öffentlichen Literaturabends ausfertigen. Ob Wolff gerade Zeit habe?

Wolff beobachtete im Westen die neue Wetterfront, die den weißgeflockten Fönhimmel bedrohte. Etwas Wind kam auf. Ein Schwarm Möwen stritt sich in der Luft. Züge fuhren ein, ihnen begegneten, noch langsam fahrend, die ICE-Doppelzüge, die gerade den Hauptbahnhof verließen. Im Vorzimmer wurde gelacht.

»Wir brauchen keinen Honorarvertrag«, sagte Wolff, »die Veranstaltung war vor drei Monaten. Ich habe oft genug um eine schnelle Bearbeitung gebeten.« Wolff erklärte, dass er auf der Basis früherer Verträge die Vereinbarungen fixiert habe, alle unterschriebenen Dokumente hatte er an die Honorar- und Lizenzabteilung geschickt, aber seit Wochen keine Rückmeldung erhalten.

»Das dürfen Sie überhaupt nicht«, hörte Wolff, »das ist ein unglaublicher Vorgang!«

»Doch«, sagte Wolff, »ich durfte vielleicht nicht, aber ich musste.«

»Dazu hatten Sie kein Recht!«

»Und Sie haben kein Recht, eine internationale Livesendung mit Publikum platzen zu lassen. Sie schon überhaupt nicht. Das Programm machen immer noch wir und nicht Sie.«

»Ich werde mich über Sie beschweren«, hörte Wolff.

»Sehr gerne. Tun Sie das. Soll ich Sie an die Intendanz gleich durchstellen?«

Das Gespräch war beendet.

Gut, die Abteilung war chronisch unterbesetzt. Das war bekannt. Aber dass man dort Prioritäten nicht setzen konnte oder wollte, war für Wolff nicht hinnehmbar. Er stritt nicht gerne, aber Auseinandersetzungen ging er nicht aus dem Weg, wenn sie notwendig waren. Weil er sie meist erfolgreich führte, empfand er sie wie einen Wettkampf. Er litt nicht unter solchem tagesaktuellen Ärger, er verstand ihn als sportliches Kräftemessen. Das Programm diente nicht der Verwaltung, sondern Aufgabe der Verwaltung war es, Programm zu ermöglichen. Basta. Alles andere, dachte Wolff, wäre pervers. Aber die Zeiten hatten sich geändert, und Wolff musste sich immer stärker dafür einsetzen, im Beziehungsdreieck zwischen Technik, Verwaltung und Redaktionen die im Rundfunkgesetz klar formulierte Daseinsberechtigung der Redaktionen zu beachten. Nein, mehr als das: klarzustellen, dass sein Sender Programme zu produzieren und auszustrahlen hatte, und nichts anderes. Prioritär, verstehen Sie?

Einmal wurde er laut: »Ich weiß schon, dass es Ihnen besser ginge, wenn wir die Programme einsparen würden, dann hätten Sie sicher ein gutes Leben. Aber so ist es nun einmal nicht. Zum Glück!«

War er ungerecht?

Nicht gerecht zu sein, jemandem nicht gerecht zu werden, widersprach Wolffs Führungsstil. Es ließ sich nicht immer vermeiden, gelegentlich harte Entscheidungen zu treffen, die nicht allen Betroffenen gefallen konnten. Aber er bemühte sich darum, dass kein von ihm kritisierter Gesprächspartner gedemütigt sein Büro verlassen musste. Nur selten wurde er am Telefon laut. Und wenn, gab es immer einen plausiblen Grund dafür.

Der Gesetzmäßigkeit der Zellteilung folgend existierte in den Rundfunkanstalten eine seltsame Scheu, jemandem Verantwortung anzuvertrauen. Deshalb wurden Systeme geschaffen, in denen Verantwortung aufgeteilt wurde.

Es war gut, wenn sich diese Systeme gegenseitig kontrollierten. Die Folge war, dass es immer weniger Menschen in diesen Systemen gab, die Verantwortung auf sich nahmen.

Man sicherte sich ab.

Man kontrollierte lieber die anderen.

Man begab sich nicht aus der Deckung.

Man wartete ab, was die anderen machten.

Man riskierte nichts.

Jedes neu geschaffene System folgte dem Zwang zum Wachstum. Das ist nur möglich, wenn es Einfluss gewinnt – über die Systeme, die schon vorhanden sind. Manches System implodierte, es war dann plötzlich nicht mehr existent, und niemand wusste, weshalb. Mit ihm verschwanden jene Menschen, die in ihren Gesprächen immer auf ihren guten Draht zu den Führungsetagen hinwiesen, meist ungefragt.

Ja, es gab natürlich Ausnahmen. Man darf nicht ungerecht sein.

Kongeniale Kolleginnen und Kollegen in der Technik, in der Verwaltung, in anderen Redaktionen und Programmbereichen, die es noch riskierten, Dienstanweisungen wenig zu beachten, wenn sie Kreativität nur behinderten. An der Zellteilung der Systeme aber änderte dies nichts.

Wolff war tief überzeugt, dass vitale Programme, kreative Redaktionen und vor allem jüngere Generationen einer Prise Anarchie bedurften, des Muts, eigene Wege zu suchen, andere Themen zu setzen, mit anderen Formen zu experimentieren. Steiger hatte ihn einmal in einer Konferenz, in der die Themen des Programmtags vorgestellt und diskutiert wurden, mit dem Satz aufgerufen: »Und was macht ihr in eurem experimentellen Programm?« Da hatte Wolff ihm spontan geantwortet: »Du bist doch auch ein Experimenteller, du weißt doch nie vorher, was bei deiner Sendung rauskommt.« Gelächter in der Runde, und Steiger hatte wieder einmal seinen Kopf eingezogen. Es gab keine Cents mehr für diese Replik. Die Tradition war längst versandet. Wolff hatte sich ausgerechnet, dass er es vielleicht auf 24 Cent gebracht haben könnte.

Die Systeme hatten vor allem ein Interesse: sich zu behaupten, ihre Existenzberechtigung nachzuweisen und sich Kompetenzen von oben zuweisen zu lassen. Deshalb gab es Bedenkenträger, Bedenkenausräumer und Bedenkenverursacher. Ein Wechselspiel vermeintlicher Macht. Aber nur wenige schrieben für das Programm, saßen am Mikrofon, waren jemals als Reporter unterwegs gewesen, führten Regie, entwickelten Sendekonzepte, entdeckten Themen und Stoffe und Autoren. Einig waren sie sich in der Funktion, relevante Themen von irrelevanten zu unterscheiden und im Streitfall zu behaupten, das Publikum sei mit diesem oder jenem überfordert. Ernste Themen waren nicht so beliebt.

Augenzeugenberichte von KZ-Überlebenden: Das will doch niemand mehr hören. Viel zu schwer. Queeres Leben, Schwule, Lesben, Transgender, Transsexuelle oder Diverse: bitteschön, nicht schon wieder. Wenn die jungen Formate in den Zielgruppensendungen für ein junges Publikum »Trash-Musik« brachten, jaulte der Hund des Chefredakteurs, was in den Montagssitzungen zur allgemeinen Belustigung erwähnt wurde. Wolff hatte bei solchen Disputen schon einmal angeregt, den Hund für eine musikalische und radiophone Fortbildung anzumelden oder ihn endlich als Mitarbeiter einzustellen. Seine Festanstellung hatte der Hund dann leider nicht mehr erlebt.

Dieser Systemimmanenz, wie Wolff sie nannte, musste man sich widersetzen. Sie gefährdete die kreative, innovative, bitteschön: auch experimentelle Energie der Mitarbeiterteams. Es galt, Widerspruch einzulegen, gelegentlich auch Widerstand zu leisten. Leise, diplomatisch, freundlich und in der Sache knallhart. Wolff hatte durch seine Routine seit vielen Jahren erfahren, dass auf diese Weise ein Image entstand. Unter seinem Schirm waren mehr Programmfreiheiten möglich als anderswo. Seine Kolleginnen und Kollegen sahen das auch so. Er bemüht sich, aber letztlich lag alle Macht bei denen, die Einfluss auf die Finanzen des Senders und auf die Personalentscheidungen hatten. Trotzdem, dachte Wolff, ganz sinnlos war seine Arbeit nicht. Es war schon vieles möglich gewesen.

Er verließ das Funkhaus. Der Pförtner grüßte ihn. Er gehörte zu einem privaten Sicherheitsdienst, der aus Kostengründen engagiert worden war. Ein kleiner Mann, der einen alten Streifenwagen der Polizei fuhr, das Blaulicht war mit einem Futteral abgedeckt, auf der Heckablage hatte er eine Stopp-Kelle deponiert. Er trug eine uniformähnliche Lederjacke, an seinem Gürtel zerrten eine schwarze Tasche, eine Blechbüchse, als marschierte er die Nächte hindurch, eine voluminöse Stableuchte, nur die Handschellen und der Revolver fehlten. Wolff erinnerte sich, dass es einmal Pläne gegeben hatte, die Männer am Empfang zu bewaffnen. Damals waren die Zeiten unruhig, und das Funkhaus konnte von jedem ohne Kontrolle betreten werden. Inzwischen gab es längst Passierscheine. Per Telefon wurde nachgefragt, ob der Besucher willkommen sei. Als Wolff seinen Hausausweis einmal vergessen hatte, forderte ihn der kleine Polizeidarsteller sehr unfreundlich auf, einen Besucherschein auszufüllen, den Wolff als Besuchter dann gleich selbst unterschrieb. So war die Welt wieder in Ordnung. Ohne Disziplin geht es nicht – nicht in einem solchen Haus. Dabei hatte der kleine Möchtegern-Polizist Wolff mit seinem Namen begrüßt.

Ein paar Regentropfen spürte Wolff auf seinem Kopf. Er würde zu Fuß nach Hause gehen, der Wetterwechsel ließ sich noch Zeit. Die Balkone hatten tagsüber viel Licht geschöpft, jetzt klebten sie glanzlos an den Hausfassaden.

Steiger. Immer wieder Steiger.

Man muss nichts von Ermittlungen verstehen, dachte Wolff, um einige Theorien zu entwickeln.

Der Mord war eine zufällige Straftat, Täter und Opfer standen in keiner Beziehung zueinander, sie kannten einander nicht.

Der Mord war eine persönliche Abrechnung. Täter und Opfer kannten sich. Das könnte die Namibiaspur sein.

Der Mord war ein politisches Signal. Ein extremer Einzeltäter oder eine Gruppe könnten bewusst einen bekannten Medienmann, einen pointierten Kommentator ausgeschaltet haben.

Der Mord hatte einen familiären Hintergrund, also könnte es sich um eine Beziehungstat handeln.

Der Mord geschah im Affekt, dann müsste es zuvor einen Streit gegeben haben. Oder es hat über Jahre Streit gegeben, der sich so entladen hatte.

Der Mord: Was geht mich der überhaupt an, dachte Wolff, aber er dachte trotzdem ständig darüber nach. Es kann aber auch ganz anders gewesen sein, das war doch ein logischer Schluss, vielleicht hatte der Mord einen Salzburger Hintergrund. Wolff wollte das nicht ausschließen.

Es tröpfelte jetzt doch stärker. In zweiter Reihe standen Autos mit eingeschaltetem Warnblinker vor der Filiale einer Fast-Food-Kette. In den Abfalleimern türmte sich der Müll. Die Apotheke hatte

Nachtdienst, das Kaufhaus würde bald schließen. Das Blumengeschäft hatte alle Pflanzen weggeräumt, morgen würden sie wieder hinausgestellt werden. Jeden Abend, jeden Morgen, jeden Tag, jede Woche, jeden Monat. Wolff bewunderte seit Langem die Obst- und Gemüsehändler, die oft weit nach 21 Uhr ihre mobilen Obststände aufräumten. Sie würden dann nach Hause fahren und morgen um vier oder fünf Uhr zum Großmarkt aufbrechen, um neue Ware zu kaufen. Die einen waren über dem Gleichmaß des Lebens wortkarg geworden, die anderen blieben freundlich, aber das waren die Jüngeren. Vielleicht würden sie in den nächsten Jahren auch noch wortkarg werden. Fragen, wiegen, einpacken, kassieren. Ware in der Auslage ordnen. Der Nächste bitte!

Wer könnte Steiger erstochen haben?

Fast wäre er über eine Katze gestolpert, die zwischen zwei Zaunlatten eines Vorgartens auf den Gehweg gesprungen war, keine fette Katze, denn die wäre sicher zwischen den Latten steckengeblieben.

Jetzt könnte er noch in Gern beim Philosophen vorbeischauen. Um diese Zeit saßen Bekannte und Freunde bei ihm im Vorzelt, tranken ihren Kaffee oder ihren Wein, Nomaden, die sich unter dem Zeltdach wohlfühlten, auch wenn es regnete. Was sollten sie auch daheim mit sich anfangen?

»Brutal, die Geschichte mit Eurem Chefredakteur«, wagte der Philosoph einen Gesprächsversuch. »Ja«, sagte Wolff, »brutal.« Und dabei beließ es er. Er schwieg, wie so oft hier, hörte den anderen zu. Der Stadtteilpolitikerin, die nicht mehr kandidieren wollte und es dennoch tat. Aufhören ist schwer. Und sie wurde wiedergewählt. Dem früheren Anwalt, der gerne provozierte, weil er intelligente Diskurse liebte, aber Wolff war heute nicht dazu bereit. Dem Antiquitätenhändler, der über seine Ärzte redete, der Bankerin, der in ihrer Firma übel mitgespielt worden war. Der Klavierbauer kam schon lange nicht mehr vorbei, er war ein seltsamer Mensch. Wolff hatte ihm immer Kinotipps gegeben, und der Klavierbauer dankte ihm jedesmal dafür: Seiner Frau habe der Film extrem gut gefallen. Wolff nahm einen Schluck aus seinem Weinglas. Er fühlte sich wohl.

»Ja«, sagte er, »brutal.«
Der Philosoph stellte keine Frage.

15

Es kommt, wie es kommt.

Je stärker sich die Depression in der Kleingartenanlage des Vereins Amicitia Salzburg e.V. einnistete, desto mehr tauchten in den Gärten Glaskugeln auf. Sie hängen in den Büschen, sie waren auf ihren hölzernen Stielen in die Erde gesteckt worden oder in den kurzgeschorenen Rasen. Manche liegen am Rand der kleinen, mit Steinplatten versehenen Terrassen herum. Blaue, silberne, violette Kugeln in jeder Größe. Auch goldene. Es sieht aus, als hätte sich ein riesiger Christbaum geschüttelt und alle Kleingärten mit seinem Glanz bedacht. Nur im Garten des Mannes schimmert nichts. Er hasst diese Kugeln, er hasst diese glitzernde Farbenkombination auf einem einzigen Grundstück, bunt wie ein Regenbogen, spiegelnd und blendend, eine Ablenkung von der Farbe der Blüten und dem Schimmern der Insekten, die auf ihnen sitzen.

»Wollen Sie eine Kugel?«, hatte ihn eine Kleingärtnerin gefragt. Der Mann dankte und lehnte ab. »Mich erinnert das zu sehr an Weihnachten«, gab er zurück, »und im Sommer will ich nicht an Weihnachten denken. Sie verstehen das schon?«.

Es kamen Rundschreiben.
Es kamen Einladungen zu Versammlungen.
Es kamen die Nachbarn, die das Neueste zu wissen behaupteten.
Es kamen die ersten Kündigungen.
Es kamen die großen Palaver über die Gartenzäune hinweg.

Es kamen aber auch die Kröten.

Es kamen die Igel, die ihre Wege kannten und jede Lücke im Zaun.

Es kamen die Glühwürmchen, die in den vertrocknenden Fliederblüten saßen, ihre Leuchtpunkte von den frischen Blättern sendeten, weil die Blüten schon längst braun geworden waren.

Es kamen die Fledermäuse, die dicht an den Köpfen der Menschen vorbeiflogen.

Es kamen die Geräusche des Abends und der Nacht.

Und dann war ein Kleintransporter gekommen.

Zwei Arbeiter luden eine mächtige Bautafel ab. Sie rammten Pflöcke in den Boden gleich neben dem Haupteingang.

Dort trafen sich die Gärtner und lasen.

Hier entstehen 150 Wohnungen für den sozialen Wohnungsbau.
Bauherr: Landeshauptstadt Salzburg und Bundesland Salzburg.
Ausführung.
Planung.
Architekt.
Tiefbau.
Ingenieur.
Heizwesen.
Gartenarchitekt.

Die Namen und Begriffe verschwammen in den Tränen des Zorns oder der Trauer.

Dann aber kam nichts.
Es kam lange Zeit nichts.

Die Bautafel steht neben dem Haupteingang, man kann sich an sie gewöhnen. Sie hat keine Funktion. Denn es geschieht nichts. Je mehr Wochen vergehen, je mehr Monate gezählt werden können seit der Installation der Bautafel, umso zuversichtlicher werden die Kleingärtner. Sie arbeiten fast jeden Tag auf dem Gelände, es blüht und duftet und es ist eine Freude, sich nicht in den dunklen Wohnungen aufhalten zu müssen. Man könnte fast von einer Euphorie sprechen

Nur der Mann verspürt nichts davon.

Sein Leben hat er im Dienst der kommunalen Stadtverwaltung verbracht. Recht war Recht, und Unrecht war Unrecht. Beides voneinander zu unterscheiden war auch Aufgabe der kommunalen Verwaltung. Selten verliefen solche Prüfungen so spektakulär wie ein Prozess im Gericht, aber das Wesen von Ablehnung oder Bewilligung einer Artenvielfalt von Anträgen folgt dem gleichen Prinzip. Jeder, jede und jedes sind vor dem Gesetz gleich. Deshalb ist die Negativoption, dass die Kleingartenanlage einem sozialen Wohnungsbau weichen wird, für den Mann kaum denkbar. Nicht erst seit dem »Bienen-retten«-Volksbegehren im benachbarten Bayern hatten selbst die Behörden in Salzburg längst die Notwendigkeit von Nachhaltigkeit, Klimaschutz, Mikrowetter in den Städten, Luftreinhaltung, sauberem Wasser, Abbau der Feinstaubbelastung und strengen Auflagen für den Hausbrand wie für Dieselmotoren erkannt, in Vorschriftstexte und Paragraphen gefasst, durch ergänzende Ausführungsbestimmungen erweitert, gegen Einwände verteidigt und vor Gerichten durchgesetzt. Wenn der Mann allerdings, was selten vorkommt, vom Hauptbahnhof in Salzburg immer geradeaus durch die baumlose Straße Richtung Westen fährt, dann links abbiegend auf der Bundesstraße Richtung Lofer und Innsbruck, dann entdeckt er wenig von der Realisierung der inzwischen unbestrittenen Prinzipien für kommunale und regionale Politik.

Es gibt keine Bäume. Die Häuser sind bis hinauf in den ersten Stock vor Staub erblindet. Es gibt ein paar Dönerläden mit bunt verklebten Fenstern, es gibt viele geschlossene Läden. Nachmieter sind in diesem mausgrauen Stadtviertel schwer zu finden. Wozu Fensterscheiben putzen? Morgen sind sie wieder verstaubt und ihre Transparenz verliert sich durch den starken Autoverkehr ohnehin in wenigen Tagen. Wer hier unterwegs ist, fährt schnell durch die Ost-West-Verbindungsstraße, wer hierbleibt, genießt keine Privilegien. Selbst die wenigen Lokale sind aus der Zeit gefallen.

Salzburg ist eine elegante, mondäne Stadt, exquisit parfümiert, ihr Make-up wird in der Innenstadt täglich neu aufgelegt, ihre Frisur jeden Morgen gepflegt, aber diese Stadt, die Schönheit an die Welt schenkt, trägt einen hässlichen Mantel, der die innere Ästhetik verhüllt: schmierig, abgerissen, verkommen. Thomas Bernhard hatte gerne andere Städte als »widerliche Kloaken« beschrieben, aber der Mann hatte den Zorn des Dichters längst für sich dechiffriert: Der zornige Autor konnte nur Salzburg gemeint haben, diese barocke Zuckergussstadt im Inneren, mit ihren romantischen Arabesken auf den Hausfassaden, als seien sie von Mozart ersonnen, strotzend vom Selbstbewusstsein jener, die Erfolg in dieser Festspielstadt haben, Champagner trinken und nichts vom Kleingartenverein Amicitia Salzburg e.V. wissen. Wie eine Grabplatte in der Abtei St. Peter führt eine Steintafel am Landestheater die Premieren des zornigen, cholerischen Dramatikers auf; sie verschweigt aber, weshalb die Auflistung Jahre vor seinem Tod abbricht. Da hatte sich Thomas Bernhard längst der Burg in Wien und dem Piefke Claus Peymann zugewandt.

Und draußen am Stadtrand, nein, schon vom Hauptbahnhof Richtung Himmelreich, der schäbige Mantel der seit Jahrzehnten erblindeten Architektur. Das mag wohl als Schönheitsfleck der hübschen Stadt vor einigen Jahren entdeckt worden sein, jedenfalls hatte man diese hässliche Straße mit zylinderförmigen Leuchtkörpern ausgestattet, die wie eine vergessene Weihnachtsillustration nur einen matten Lichtschein auf die Trottoirs werfen. Es geht hier ja kaum jemand spazieren.

Dem Mann fällt ein, dass sein eigenes Wohnviertel, in dem er sich wohlfühlt, mit den niedrigen Häusern und den hohen Bäumen, den Rabatten entlang der Gehwege und den frischen Hecken und Büschen, den kleinen Parkflächen und den Sitzbänken neben oft geleerten Papierkörben, ein Kompromiss der Stadtentwicklung zwischen der kuppelsüßen Innenstadt und der monströsen Hässlichkeit des Außenbezirks ist.

Aber es ist doch so: Nicht weit von seinem Wohnviertel entfernt fließt der Durchgangsverkehr flussaufwärts Richtung Salzkammergut. Entlang dieser Verkehrsachse sind Gärten und Felder verschwunden und längst Supermärkten, Möbelhäusern, Tankstellen, Clubs, Versicherungsgebäuden, Ärztehäusern und Villen gewichen, in denen Notare, Steuerberater und Investmentfirmen arbeiten. Es war ihnen zu gönnen, dass sie in schönen Lofts und lichtdurchfluteten Etagen residierten, zumindest die Eingänge der Häuser erinnerten an die marmorne Exklusivität eines Grandhotels. Der Geräuschpegel des starken Autoverkehrs nimmt aber bis in das Wohnviertel des Mannes kontinuierlich ab. Es ist ja auch nicht unpraktisch, es nicht weit zu einer Hauptverkehrsachse zu haben, zu Fuß, mit dem Auto oder mit dem Bus.

Der ausgefranste, wirklich hässliche Saum Salzburgs, dieser graue, verfleckte Rock, dieser seit Jahrzehnten immer wieder gewendete löchrige Mantel der Traumstadt, der sie durch die Gassen der Armut und des Schmutzes von den Bergen trennt: er endet spätestens im Ortsteil Himmelreich. Bis dahin, bis zum Airport mit seinen filigranen Hangars, sieht man Tankstellen, Firmensitze, dazwischen wie eingeklemmt Jodelarchitekturen. Erste Felder dahinter. Ein Neubau, na ja, er könnte schon zehn Jahre hier stehen, ein vorgezogenes Flachdach bis zum Gehweg, als führen unter dem Dach regelmäßig Kolonnen von Dienstwagen vor. Rechts, wenn man nach Innsbruck fährt, fast futuristische Architekturen, Glas und schiefe Winkel und viel leerer umbauter Raum, dann aber – sobald die Unterführung unter der Start- und Landebahn durchquert ist – das plötzlich wahrnehmbare Grün. Der hässliche Mantelsaum Salzburgs verwandelt sich in grüne Fransen, in Felder, und da und dort sind landwirtschaftliche Gehöfte zu entdecken. Es ist nicht weit bis zur Grenze nach Deutschland mit ihren Werbetafeln für Mozartkugeln.

Dieses »einerseits – andererseits«, dieses Nebeneinander von Lebensformen und Lebenswerten, denkt der Mann, könnte ja auch im Fall der Kleingartenzukunft gelten, so wie dieser Dualismus zwischen Recht und Unrecht wahrscheinlich auch meine Mitarbeit in der kommunalen Verwaltungsbehörde Salzburgs beeinflusst hat, ohne dass ich ihn wahrnahm.

Es könnte also so kommen, dass die Gärten bleiben. Nur Spötter machen sich über Kleingärten lustig. Der Mann war früher selbst einer. Aber er hat längst, aufgrund der Erinnerung an seine Frau mit den grünen Händen, mit ihrer Begabung, Pflanzen wachsen und gedeihen zu lassen, sie zu züchten und zu pflegen, seine Vorbehalte gegenüber dem Schrebergartenwesen aufgegeben. Die Gärten sind nicht Ausdruck einer bürgerlichen Bonsai-Miniaturkultur und eines kleinkarierten Bewusstseins, nein, weiß der Mann, der Makrokosmos der Welt spiegelt sich im Mikrokosmos der Kleingarten-Quadratmeter wieder: die Jahreszeiten, das Klima, die Unberechenbarkeit natürlicher Prozesse, der Wechsel der Temperaturen und des Lichts, die Hoffnung und das Ende. Da ist das ganz Unbegreifliche, das über einen selbst Hinausragende, verknappt zu einer Miniatur, die zu verstehen es einer geduldigen Weisheit bedarf.

Es könnte aber auch ganz anders kommen.

Es könnte so kommen, dass die Gärten tatsächlich vernichtet werden. Dass mit ihnen die Biografien jener Menschen verschwinden, die hier in ihren Pflanzungen ihre eigene Zukunft erwarten, dass sich die Individuen in alle Himmelsrichtungen zerstreuen, ganz gleich, ob sie einem sympathisch oder abgrundtief unsympathisch sind. Man hat sich doch aneinander gewöhnt.

Zudem ist zu bedenken, überlegt der Mann, dass in Salzburg wie überall in den größeren Städten für Menschen mit geringem Einkommen kaum Wohnungen zur Verfügung stehen. Säße er also noch in seinem Amt am Schreibtisch, würde er darauf warten müssen, für welche Priorität sich die Politik entschied. Er selbst hatte für solche Entscheidungen kein Mandat. Aber natürlich hatte er Beschlüsse umzusetzen. Es wäre ja noch schöner, wenn er sich nicht daran gehalten hätte.

Ihm fällt auf, dass heute etwas anders ist.

Er hat auf dem Weg zur Kleingartenanlage, anders als sonst, nicht Autotypen gezählt oder die parkenden Fahrzeuge nach ihren Lackierungen unterschieden und im Gedächtnis aufgelistet: wie viele weiße PKW, wie viele schwarze, wie viele graue, wie viele rote standen dort? Auch hat er nicht im Kopf die Schriften der Werbetafeln analysiert, sie gespeichert und später beim Vorübergehen in den freien Raum von Flächen und Fenstern hineinprojiziert. Das war ja seit seiner Jugend so: Er sah eine Schrift, hob sie für sich auf und zeichnete sie später virtuell in freie Felder auf Hauswänden oder in sich anbietende leere Flächen ein. Andere haben andere Ticks, und er findet es nicht schlimm, dass er zählt und kopiert und entdeckt und festhält und schließlich seine gespeicherten Muster in Flächen einfügt, die andere Menschen gar nicht beachten.

Vielleicht ist das in seinem Unbewussten eine Reaktion auf die Unterdrückung seiner typografischen, choreografischen und sonstigen gestalterischen Fähigkeiten – es ist ihm egal. Solche Ticks, sagt er sich, sind nicht gefährlich.

Er hat eine Zeitlang Abende und Nächte damit verbracht, Collagen und Decollagen herzustellen, manche Bilder hängen heute noch in den Toiletten seiner früheren Freunde, er bastelte gerne, er hätte sich sogar vorstellen können, Grafiker zu werden. Aber das waren Träume. Weil der Mensch nicht jedem Traum standhalten kann, muss er seine Träume projizieren: auf Hauswände zum Beispiel. Niemand muss das sehen. Die Projektionen sind unsichtbar, aber sie existieren. Dazu bedarf es einer ganz anderen Sicht.

Wenn die Gartenanlage bleibt, ist das gut.
Aber was soll dann die Bautafel?
Wenn die Gartenanlage zerstört wird, wäre das nicht gut.
Hinrichtungen werden selten vorher plakativ angekündigt.
Oder doch?
Damit sie eine größere Wirkung haben?

Der Mann beschließt, sich jeder Eskalation der Ängste seiner Nachbarn im Kleingarten zu verweigern, aber wachsam zu bleiben. Wachsam zu sein heißt für ihn: Zu analysieren, auf Fakten zu setzen, die Rechtspositionen zu kennen und sie zu beachten. Aufzupassen. Genau hinzuschauen.

Es kommt der Sommer, Tonnen an Humus, Torf und Sukkulenten-Erde häufen sich auf den Kleinflächen der Gärten an, eimerweise wird Lack über graues Holz an den Außenwänden der Hütten gestrichen, statt der Rasenmäher mit den blau-stinkenden Motoren gibt es jetzt mehr Elektro-Rasenmäher. Die Kugeln sind noch immer da, und es kommen neue Skulpturen hinzu: Dürer-Hasen aus Kunststoff,

Martin Luther in Blau, Wolfgang Amadeus Mozart in Rot. Kunststoff. Limitierte Auflage.

Der Mann steht auf seinem Balkon. Der Tag ist anstrengend gewesen. Es war schwer für ihn, seine Gedanken und Gefühle im Griff zu behalten. In seinem Viertel hat sich nichts verändert. Die Häuser stehen herum wie immer. Es ist nichts hinzugekommen. Aber er beobachtet, dass es immer weniger freie Parkplätze in seinem Wohnviertel gibt. Woher kommen alle diese Autos? Ganz Salzburg steht im Stau. Es gibt Pläne für autofreie Städte und es gibt Visionen für den öffentlichen Raum, der vorrangig Kinderwagen, Fahrrädern und dem öffentlichen Nahverkehr zur Verfügung stehen soll. Jeder wusste das, jeder weiß das, aber es werden immer mehr Autos in seinem Wohnviertel geparkt. Vielleicht ist es so: die Alten verzichten auf ihre Fahrzeuge, die sie nicht mehr so recht beherrschen können oder wollen, irgendwann sterben sie, und die Jungen ziehen in die vererbten Wohnungen ein: mit Kindern und Zweitfahrzeugen.

Das könnte eine Erklärung sein. Aber vor seinem Balkon parken Kleintransporter mit der Aufschrift von Handwerksbetrieben, Installateuren, Kanalreinigungsfirmen, Speditionsfirmen, hinzu kommen Fahrzeuge von Pflegediensten, Malerbetrieben und Reinigungsunternehmern. Interessant, dass inzwischen Elektrofahrzeuge, Luxusautomobile und PS-starke Kleinwagen immer häufiger auftauchen.

Der Mann kann verstehen, dass ein Hausbesitzer einige Straßen weiter seinen Vorgarten abräumen ließ, es wurden Steinplatten verlegt, und dann stand plötzlich auf der Fläche ein stattlicher BMW. Es gab ein Gartentor, ohne elektrischen Motor, beide Flügel des Tors wurden abends mit einer dicken Hanfschnur zusammengebunden. Der Parkplatz gehört faktisch zur Küche, wie ein Anbau nach außen, und wer hier rangiert, muss das Gartentor öffnen und schließen. Sonst könnte ja ein anderer hier einen Parkplatz suchen. Die Platten hat ein Handwerksbetrieb ordentlich verlegt, aber der Mann hatte längst entdeckt, dass bei Regen der Standplatz für das Auto vor der Küche voll Wasser läuft, Pfützen bilden sich. Da hatte man sich wohl verrechnet.

Jetzt schaut er hinaus.

Der Jupiter am Himmel ist in seiner einsamen Stellung trotz des Dunstes über der Stadt gut zu erkennen. Heute Nacht sollen Sternschnuppen zu entdecken sein. Der Mann blickt hinauf. Am Himmel ist nichts los. Da sieht er plötzlich einen Leuchtpunkt, der vom Westen Richtung Osten wandert. Es könnte ein Flugzeug sein, aber da blinkt kein rotes und kein grünes Licht. Es muss ein Satellit sein. Der Mann verfolgt den Kurs des Satelliten am Himmel. Längst müsste er in den Erdschatten eintreten, aber er leuchtet, bis er hinter den Dächern verschwindet. Im Osten kommt Dunst auf. Und der Satellit steht wohl weit oberhalb der Schattenlinie.

Der Mann hat im Fernsehen ein Gespräch mit dem Berliner Strafverteidiger und Schriftsteller Ferdinand von Schirach gesehen. Ein ruhiges Gespräch auf einem Kanal eines ARD-Bildungsfernsehprogramms. Frage: »Weshalb sind Sie oder ich nicht kriminell geworden?«

»Das kann Ihnen und mir jederzeit unter bestimmten Umständen passieren.«

Frage: »Was muss geschehen, dass es so weit kommt?«

Der Anwalt und Bestsellerautor antwortete: »Die Grenzen sind fließend. Es kommt auf die Situation an. Ich war zweimal an der Grenze. Als Jugendlicher prägten wir Falschmünzen, um Zigaretten aus dem Automaten zu ziehen. Die Herstellung war aber teurer als die Zigarettenpackung. Und einmal wurde ich erwischt, weil ich, von Termin zu Termin eilend, mit dem Fahrzeug wohl einen anderen Autofahrer bedrängt habe.

Die Botschaft war so klar wie sympathisch und einleuchtend: Passiert etwas Außerordentliches, kannst du selbst zum Kriminellen werden. Basta.

Der Mann trinkt einen Schluck und schaut in die Nacht. Was müsste mir geschehen, um zu einem Täter zu werden?

Er erschrickt.

Denn er hat längst darüber nachgedacht, was er unternehmen würde, wenn er seinen Garten durch äußere Gewalt verlieren würde.

Seine Schnecken, die ihn stören und die er doch schont, seine Pflanzen, die Ableger von jenen Pflanzen sind, die seine Frau noch gepflegt hatte, seinen Garten, der sich von anderen Kleingärten durch die Abwesenheit jeglichen Kitsches auszeichnet. Durch das Fehlen der Miniaturisierung des Bewusstseins durch glänzende Kugeln, Gämsen, Gartenzwerge und Fahnenmasten mit den Flaggen der frei gewählten Nationalsymbole.

Die Täter sind immer die anderen.

Der Mörder ist immer der Gärtner.

Und die Täter wohnen in Villen, weit außerhalb der verstaubten Innenstädte mit ihrem beschränkten Raum, sie sind vermögend und verzweifelt und versoffen und irgendwann am Ende.

Wer je, wie er, in einer kommunalen Behörde sein Leben lang zuverlässig, akkurat, sachdienlich und freundlich gearbeitet hat – dem kann nicht passieren, zum Täter zu werden.

Der Mann schüttelt sich. Es wird kühl.

Er trinkt noch einen Schluck.

Ein Radfahrer kommt vorbei, natürlich ohne Beleuchtung. Irgendwie sind solche Menschen suizidal begabt.

Der Mann steht auf. Morgen wird er wieder im Garten sein. Es gibt in dieser Jahreszeit viel zu tun. Da muss man nicht den Klagen der Nachbarn zuhören.

Es ist doch so: Es muss schon eine charakterliche Veranlagung geben, um zu einem Täter zu werden. Da müssen doch genetische Festlegungen oder spätere Irritationen durch unvorhersehbare Katastrophen für die Existenz oder für die Seele erkennbar sein.

Für Kriminalität sind doch ganz andere Menschen verantwortlich. Man muss sie nicht immer gleich beurteilen, es reicht ja, zu versuchen, sie zu verstehen. Weshalb ein Familienvater seine Kinder und dann seine Frau ermordet. Weshalb einer den Gashahn in der Wohnküche aufdreht.

Weshalb ein anderer Mensch Waffen hortet, um sich eines Tages zu wehren, und niemand weiß, gegen wen er sich zu wehren versucht …

Der Mann stellt sein Glas ab.

Früher kannte er die Frage: »Wann kommst du denn endlich ins Bett?« Die Frage gibt es nicht mehr. Auf dem Balkon zu stehen, zu denken, zu träumen, abzuwägen, sich den Gedanken auszusetzen: Das ist jetzt eine Situation der Freiheit und der Vereinsamung. Der Mann ist sich nicht sicher. Beides hat er wahrgenommen in seinem Leben danach, beidem hat er sich gestellt. Er ist jetzt allein. Das ist nicht lustig. Aber er hat seinen Garten.

Seine Pflanzen würden es ihm verübeln, wenn er sie morgen fahrlässig, übermüdet und mit anderen Gedanken beschäftigt, versorgen würde.

Gleich kommt das Fahrzeug, dessen Chauffeur die Zeitungen verteilt.

Es ist gut, morgens im Briefkasten Post zu finden.

Es ist nicht gut, den Briefkasten zu öffnen und nichts zu finden.

Er schließt die Balkontür.

Es ist schwer, sich in der Nacht in der Dunkelheit des Zimmers selbst abzugeben.

Babys bedürfen einer Babyleuchte.

Erwachsene können ein Licht brennen lassen, aber was hilft es?

Gehst du in die Nacht, gibst du dich ab. Das ist nicht leicht.

Es ist dunkel um dich herum, nur deine Gedanken fliegen wie Fledermäuse um alle Ecken. Sie streifen deine Ohren, dein Gesicht, sie drängen sich völlig geräuschlos auf. Und irgendwann musst du den Mut haben und ihnen sagen: Schluss jetzt! Ich brauche euch nicht!

16

Die Salzburger Behörden hatten verstanden, dass der Fall Steiger besondere Sensibilitäten verlangte. Das Nachbarland Bayern machte Druck. Ständig meldeten sich Reporter und verlangten Auskunft über die Ermittlungen. Inzwischen war auch der Name des Toten längst in den Schlagzeilen. Irgendwo musste es ein Leck bei der Staatsanwaltschaft oder der Polizei geben, aber es war natürlich auch denkbar, dass der Sender in München oder einzelne Journalistinnen und Journalisten über die sozialen Medien den Namen und den Hintergrund der Person kommuniziert hatten. Ein Bienenstock ist nichts gegen ein Funkhaus, dessen Mitarbeitende ihrerseits enge Kontakte zu den Printmedien pflegen. Man half sich gegenseitig an geraden Tagen. An ungeraden Tagen kritisierte man sich. Auf dieses Wechselspiel war Verlass. Es sollte nur nicht zu ernst genommen werden. Eine wichtige Rolle spielten natürlich auch private Posts im Netz, aber jeder muss doch verstehen, dass solche Ereignisse nicht sehr lange unter dem Deckel gehalten werden konnten. Das ist doch das Wesen jeder demokratischen Gesellschaftsordnung.

Wolff war heute Morgen durch Gern geschlendert, er ging bis zum Nymphenburger Kanal. Links verläuft stadtauswärts die südliche Auffahrtsallee, rechts die nördliche. Links liegt der Stadtteil Nymphenburg, rechts Gern. Verbunden sind beide Stadtteile durch den alten Ortskern Neuhausen.

Gern scheint ein reiches Viertel zu sein. Jugendstilvillen und über 100-jährige Reihenhäuser, Graffiti im Verputz – mit der Kelle eingekerbt, Hirschköpfe, Ornamente, das Münchner Kindl. Jedes zweite

Haus ist mit einem Madonnenrelief geschmückt, es gab vor Jahrzehnten die Auflage, alle Häuser der *Patrona Bavariae* zu widmen. Ovale Halbreliefs, Madonnen in Lüftlmalerei-Technik, und da und dort sah Wolff auch kleine Nischen, in denen Marienstatuetten standen. Viele Häuser hatten riesige Atelierfenster unter dem Dach; hier hatten einst die wohlhabenden Maler residiert. Einer zum Beispiel war zu großem Wohlstand gekommen, weil er die Katzen alter Damen im Großformat, Öl auf Leinwand, porträtierte. Rolf Kauka hatte hier mit einem amerikanischen Soldaten die Comic-Lieblinge *Fix & Foxi* erfunden. Der berühmte Erfinder von biodynamischer Babykost in Gläsern war hier zu Hause, Schriftstellerinnen und Schriftsteller wie Schauspieler wohnten in Gern, auch ein Fotograf, der einen exzellenten Bildband über den Dirigenten Leonhard Bernstein veröffentlicht hatte. Vor den Häusern parkten Autos, die der Luxusklasse zugerechnet werden, und in einer Nebenstraße gleich um die Ecke standen gleich drei historische Fahrzeuge: zwei Jaguar und ein Porsche. Auf dem Kennzeichen stand neben den Ziffern ein »H«. »H« für Oldtimer. Es gab mehrere Range Rover und natürlich reichlich Limousinen der bayerischen Automobilhersteller in München und Ingolstadt. Immer PS-starke Oberklasse, versteht sich.

Hier, in dieser Villa, wohnte ein berühmter Medienfachanwalt, dessen Vater schon ein berühmter Medienanwalt mit einer berühmten Kanzlei war, seine Frau ist an einem metallverarbeitenden prosperierenden Betrieb in Baden-Württemberg beteiligt. Wolff kannte ihn, aber das spielte keine Rolle, weil er bei seinen Spaziergängen immer einen Bogen um das Grundstück machte. »Sie haben ein Buch geschrieben, das sogar die Süddeutsche Zeitung rezensiert hat«, hatte Wolff von ihm gehört, »das würde mich sehr interessieren.« Statt zu sagen, »Sie können es gerne kaufen«, hatte Wolff eines Abends das Buch in den Briefkasten des Hauses eingeworfen, zusammen mit einem freundlichen Begleitschreiben, aber nie eine Antwort erhalten. Der Anwalt hatte nicht einmal den Sekretär der Kanzlei beauftragt, sich mit einer zweizeiligen E-Mail bei Wolff zu bedanken. Er wusste jetzt, wie Erfolg entsteht.

Nebenan ein Doppelhaus. Im rechten Haus lebte ein nicht minder berühmter Gynäkologe, der viele Jahre Präsident eines bundesdeutschen Fachärzteverbands gewesen war und jetzt im Ruhestand noch die Funktion eines ärztlichen Direktors in einer Reha-Klinik nahe der österreichischen Grenze innehatte. Wolff hatte ihn bei irgendeiner Gelegenheit kennengelernt, in wenigen Minuten erfahren, welche Professoren und Chefärzte er ausgebildet hatte, dass ein unentdeckter Wasserschaden seine Kunstwerke zerstört hatte, während er im Ausland unterwegs gewesen war. Wolff hatte während des Gesprächs die Armbanduhr seines Gegenübers fixiert: Kupferfarben, so dick auftragend wie eine flache Käseschachtel, die Manschette seines Hemds war gerade so lang, dass Wolff vom Funkeln dieser Uhr abgelenkt worden war. Der Mediziner hatte ihm keine einzige Frage gestellt.

Ganz anders war es bei einem Empfang im Schloss Nymphenburg gewesen. Der Herzog, ein feiner, kunstsinniger und sympathischer Herr, lud traditionell Multiplikatoren und säkulare wie geistliche Würdenträger zu Abendessen in einem Schlosstrakt ein, nie dieselben Gäste, er stellte immer neue Gästelisten zusammen. Na ja, fast nie, denn Wolff war zweimal Gast im Schloss.

Die Tischordnung war vorgegeben. Wolff saß neben einem kauzigen Kollegen einer Münchner Tageszeitung, der nicht gerne redete. Auf seiner anderen Seite aber lernte er einen außerordentlich kommunikativen Palliativarzt eines Hospizes nahe dem Schloss kennen und es entstand ein tiefes Gespräch. Wolff hatte ihn gefragt, wie der Professor mit dem täglichen Elend der Todesnähe und des Sterbens seiner Patienten umginge, ganz persönlich, wenn er abends daheim sei, wenn er seine Privatexistenz lebe. Der Palliativmediziner hatte ihm geantwortet: »Sie irren sich. Wir sind eine der fröhlichsten Stationen. Bei uns ist es bunt, bei uns wird viel gelacht«. Das hatte Wolff stark beeindruckt und ihm einen Teil seiner Ängste genommen.

Die ganz feinen Häuser verrieten auf dem Briefkasten keinen Namen der Bewohner. Über den Klingelknöpfen schauen Kameras nach außen, und die Fenster mancher Bauten sind im Erdgeschoss vergittert. Manche Wohnungseigentümer leben wie in einem Gefängnis. An den Hausecken sah Wolff Alarmanlagen mit rotem oder gelbem Blinklicht, aber als einmal das rote Licht aufflackerte, geschah trotzdem nichts. Wolff wartete, es blinkte, er ging auf und ab, es blinkte immer noch, aber das Signal hatte keine Bedeutung. Niemand öffnete ein Fenster, um nachzusehen, es kam kein Streifenwagen. Vielleicht hatte ja eine Maus den Alarm ausgelöst.

Eine feine Gegend. Aber nach den Weihnachtstagen entsorgten die feinen Leute ihre feinen Christbäume auf dem Grünstreifen vor ihrem Haus, obwohl es in München schon längst keine Christbaumabholung durch den Abfallwirtschaftsbetrieb mehr gab. Aber so kam Baum zu Baum, und oft türmten sich die Nadelgehölze bis in die Osterwochen auf den Straßen. Immerhin: Lametta hing nicht mehr in den Ästen. Die Straßen wurden hier häufiger von den Straßenkehrmaschinen befahren, es war sauberer als in den Außenbezirken Münchens.

In einer Querstraße zur Tizianstraße hatte die persische Ex-Kaiserin Soraya Esfandiari gewohnt. ESFANDIARI war auf der kleinen Tafel neben der Klingel zu lesen gewesen. Der Obstmann um die Ecke hatte erzählt, dass Soraya bei ihm oft eingekauft hatte: verschleiert, allein, freundlich. Wolff hatte viele Jahre nach ihrem Tod und dem ihres jüngeren Bruders gesehen, dass das Haus abgerissen worden war. Jetzt stand ein Appartementhaus auf dem Grundstück. Soraya wurde, wie auch ihr in Paris gestorbener Bruder, auf dem Westfriedhof begraben. »Du musst weit gehen, mehr als eine Viertelstunde«, hatte Wolff erfahren und war losgegangen, um die Grabstätte zu finden. Am anderen Ende des Friedhofs. Im dunkelroten Marmor, die alljährlich niedergelegten Kränze waren längst vertrocknet, erinnerten die eingemeißelten Buchstaben an die »Prinzessin«.

In einem Eckhaus in der Gerner Straße gab es ein Elektrofachgeschäft, in dem Wolff lieber als in Baumärkten und Supermärkten seine Glühbirnen und Batterien kaufte, und er war durch den örtlichen Historischen Verein des Viertels darüber informiert worden, dass in diesem Haus früher ein Wirtshaus gewesen war. Als Adolf Hitler nach seiner Haft in Landsberg ein öffentliches Auftritts- und Redeverbot erhalten hatte, war er immer wieder in dieses Wirtshaus gekommen. Seine Reden hielt er von der Küche aus, somit war der Auflage Genüge getan, und die Wirtsstube war voll. Und nach dem Ende des Krieges, des Holocaust und des Nationalsozialismus wohnten hier manche Witwen und Kinder der Kriegs- und Menschenrechtsverbrecher, man kannte sie, und sie kauften am Obststand ein. Man musste ja nicht gleich miteinander reden. Man kannte sich, man schwieg. Welchen Sinn hätte es denn gehabt, über anderes als Kilopreise zu reden?

Es war niemals langweilig, durch die Stadt zu gehen.

Unterwegs trank Wolff einen Cappuccino.

Da gab es in der Maxvorstadt ein kleines Café, das ihn einmal vor dem Erfrieren gerettet hatte. Geschlagene vier Stunden hatte Wolff damals in der um mehrere Straßenecken dicht gedrängten Schlange von Menschen gestanden, um Premierenkarten für den Circus Krone in der Marsstraße für die Premiere des ersten Winterprogramms am ersten Weihnachtsfeiertag zu kaufen. Eine Vorbestellung im Internet war noch nicht möglich gewesen. Es war, anders als in den letzten Winterjahren, eiskalt gewesen. Die erste Stunde lang war das kein Problem, aber dann kroch die Kälte in den Körper, von den Füßen bis ganz nach oben. Wolff hatte endlich seine Karten bekommen, aber seine Fingerspitzen waren trotz der gefütterten Handschuhe so klamm, dass er die Karten kaum einstecken konnte. Mit schweren Schritten überquerte er die Straße und er merkte, dass er nicht weitergehen konnte. Dann sah er das kleine Café. Wolff bat um einen heißen Kaffee, egal welcher Art, er sei völlig durchgefroren. Die Frau hinter dem Tresen sah ihn an, »Wir schließen«, sagte sie. »Na ja, einen Kaffee kann ich Ihnen schon noch machen.«

Selten war Wolff so glücklich gewesen wie in diesem Augenblick. Er besaß die Karten, und er konnte sich ein paar Minuten aufwärmen, während die Frau die Preistafeln vor dem Laden hereinholte, die Rollos herabließ und sich in der kleinen Küche zu schaffen machte.

Wolff trank jetzt den Cappuccino, draußen war es warm. Alles blühte. Trotzdem spürte er ein leichtes Frösteln, als er sich an die Kälte dieses Wintersamstags erinnerte.

»Es ist so«, sagte der Hörfunkdirektor, »dass wir inzwischen über Steiger mehr wissen«. Wolff betrachtete den Gummibaum und schwieg.

»Steiger hatte wirklich den Plan, sich eine Farm in Namibia zu kaufen. Wir wissen inzwischen durch die Salzburger Behörden, dass ihm ein Farmer, mit dem er befreundet war, ein großes Grundstück angeboten hat.«

»Wie hätte er das finanzieren können?«, fragte Wolff. Der Gummibaum sah ungepflegt aus.

»Sein Freund hat ihm angeboten, über seine Hausbank eine günstige Finanzierung zu organisieren. Es ging nicht um das große Geld. Der Farmer wollte für das Areal neben seiner eigenen Farm einen künftigen Nachbarn gewinnen, den er schätzt, weil er politisch und auch sonst Steiger sehr verbunden war, er wollte die Freundschaft intensivieren und vor allem einen Farmer interessieren, der das riesige Gelände nicht weiter verfallen lassen würde. Es fehlte, wie er aussagte, nicht an Arbeitern. Es fehlte am Willen und am Know-how, die Nachbarfarm zu rekultivieren.«

»Na ja …«, sagte Wolff.

»Von Informanten aus Windhoek haben wir inzwischen erfahren, dass der Deal fast abgeschlossen war. Die Hausbank war mit den Konditionen einverstanden, Steiger hatte mündlich zugesagt. Bis zu seiner Versetzung in den Ruhestand wäre die Zeit durch einen Verwalter leicht zu überbrücken gewesen.«

»Und dann?«, fragte Wolff.

»Dann hat es einen Streit gegeben. Worüber? Das wissen wir nicht. Da wird noch ermittelt. Jedenfalls ist Steiger im letzten Augenblick ausgestiegen. Sein Freund und Nachbar war völlig brüskiert. Er hatte sich viel von dem Deal versprochen, mit vielen Freunden darüber geredet, und plötzlich: Stillstand. Storno. Niemand weiß weshalb. Steiger hat darüber mit niemandem geredet. Mit dir vielleicht?«

»Nein. Er hat nur Andeutungen gemacht. Es war ihm peinlich, darüber zu reden. Die Option einer Zukunft in Afrika: Das hätte, wie er glaubte, seine Position bei uns im Haus geschwächt. Niemand will zu früh eine *lame duck* sein!«, erwiderte Wolff.

Der Gummibaum war wirklich hässlich. Wie konnte man ihn in diesem Zustand in seinem Büro ertragen?

»Du sollst das von mir erfahren, weil ich nicht will, dass du es über den Flurfunk erfährst«, sagte der Hörfunkdirektor. »Es sieht so aus, als habe sich jemand an Steiger gerächt. In Afrika gelten andere Gesetze.« Er zögerte. Ich habe viele Jahre als Korrespondent auf fast allen Kontinenten verbracht, Wolff. Weißt du, mit unserem Denken kommt man da nicht weiter. Die Salzburger ermitteln jetzt in dieser Richtung weiter.«

Er lehnte sich in seinem Ledersessel zurück. Wolff spürte, dass sein Chef erleichtert war. Käme der Straftäter wirklich von außen, müsste der Sender keinen Skandal mehr befürchten. Skandale schaden dem Ansehen. Und hohes Ansehen ist nützlich für die, die von ihm profitieren.

»Danke!«, sagte Wolff, stand auf und verließ das Büro.

Im Vorzimmer entdeckte er eine leere Blumenvase. »Ich bringe euch heute Nachmittag ein paar Blumen vorbei«, sagte Wolff, und er sagte es bei jedem Besuch im Vorzimmer. Dass er bei den Kolleginnen beliebt war, beruhte auf gegenseitiger Sympathie und gegenseitigem Vertrauen. So war es, und so würde es auch bleiben, egal wer hinter der Tür zum Chefzimmer saß.

17

Ich – Steiger.

Ich kann doch nicht einfach in meine Redaktionen gehen und ihnen frei Schnauze verraten, unter welchem Druck ich stehe. Ich hasse diese Sehnsucht nach Transparenz. Transparenz ist ein Traum der Linken, der Liberalen und der Kulturleute. Sie infiltriert nur die Loyalität, weil jeder nach der Konferenz in seine Redaktion rennt und brühwarm weitererzählt, was ich vertraulich mitgeteilt habe.

Je vertraulicher, desto öffentlicher. Meinen Machiavelli habe ich schon während meines Studiums gelesen. Transparenz ist Gift für jeden Führungsstil.

Wenn ich einräume, dass ich unter Druck stehe, ist meine Autorität gefährdet. Man kann aber ohne Autorität nicht Chefredakteur sein. Das klingt vielleicht hart, aber es ist die Wahrheit.

Ich stehe unter dem Druck des Hörfunkdirektors.

Der Hörfunkdirektor steht unter dem Druck des Intendanten, nicht anders als die Kollegen Direktoren.

Der Intendant steht unter dem Druck der Aufsichtsorgane.

Die Aufsichtsorgane stehen unter dem Druck ihrer jeweiligen Parteien und Organisationen, die sie in die Gremien entsandt haben.

Alle stehen unter dem Druck der Öffentlichkeit.

Alle stehen unter dem Druck der Medien, die nur darauf warten, dass Indiskretionen begangen werden. Da nehme ich meine Kolleginnen und Kollegen im eigenen Haus nicht aus.

So pragmatisch sehe ich das.

Und deshalb muss ich jedem Druck standhalten, ohne darüber zu reden. Okay, mit dem einen oder anderen rede ich schon mal, aber ich mache nur Andeutungen. Und nur dann, wenn ich weiß, dass derjenige schweigen kann. Wenn wir uns gelegentlich in der Dämmerung auf ein Glas in meinem Büro treffen, dann reden die sowieso mehr als ich. Ich höre zu und vergesse manchmal den Druck. Habe ich »ein Glas« gesagt?

Na ja, manchmal wird es mehr, oft. Das ist doch völlig normal am Ende eines Arbeitstages.

Wie Wolff dazu kam, fragst du?

Irgendwann stieß er dazu. Wir streiten viel, aber ich mag es, wenn er vorbeischaut. Er diskutiert leidenschaftlich, aber er verletzt nicht. Er formuliert wie gedruckt. Hut ab! Ein gescheiter Kollege, vielleicht gescheiter als ich. Aber irgendwie ein Linker. So gesehen ein Gegner, kein Feind. Wenn wir in den Konferenzen heftige Auseinandersetzungen haben, brutale Diskurse, wenn er mir zeigt, dass ich als Chefredakteur für Politik, Wirtschaft und Aktuelles zuständig bin, nicht aber für Kultur, Wissen und Bildung, dann ärgert mich das. Aber in der Dämmerung kommt er in mein Büro und wir reden vernünftig miteinander, als seien wir nicht Konkurrenten in der Sache, Gegner, klassische Antipoden. Ich habe mich, als er damals vom Intendanten für die Funktion des Kulturchefs in den Gremien vorgeschlagen wurde, massiv darum bemüht, ihn zu verhindern. Dafür gab es ja viele Gründe. Wir haben in Bayern eine parlamentarische Opposition, brauchen wir sie deshalb auch noch in unserem Sender? Verstehst du?

Wolff wusste natürlich sehr schnell, dass ich gegen ihn gearbeitet habe.

Es kam dann anders. Er wurde damals sogar von Mitgliedern meiner eigenen Partei in den Gremien bestätigt. Heute muss ich sagen, es war keine ganz schlechte Personalentscheidung des Intendanten. Ich hier, er dort. Wolff, nein, ein Freund ist er nicht, er bleibt ein Gegner, aber irgendwie respektiere ich ihn. Das muss er aber nicht wissen. Ich verstehe viele seiner Konzepte nicht, aber sie können so schlecht nicht sein, denn er hat in der Öffentlichkeit durchaus Erfolg.

Neulich sagte er mir, er lehne für unsereinen den Begriff »Hierarchie« ab. Wir sind keine Hierarchen, sagte er, denn damit wird eine heilige Ordnung beschrieben. Wir haben völlig profane Strukturen im Haus. Solche Aussagen musst du erst einmal verkraften. Aber völlig falsch liegt der Wolff damit nicht. Das habe ich ihm aber nicht gesagt. Ich bin doch nicht so blöd, dass ich meine eigenen Zweifel öffentlich mache. Dann hätte ich doch keine Autorität mehr im Laden.

Es gibt einen amerikanischen Soziologen, den Namen habe ich vergessen, der den Machiavelli in die Gegenwart übertragen hat. Der Verlag hat einen Vorabdruck weit verbreitet, aber das Buch ist dann in Deutschland doch nicht erschienen. Da sagt er: Umgib dich nie mit Verlierern, weil ihr Image auf dich abfärbt. Halte dich an die Starken. Es wäre ja schön, wenn das in einem Funkhaus so praktiziert werden könnte, aber das ist eine Illusion. Denn es gibt viel mehr Verlierer als Gewinner in unseren Systemen. Deshalb habe ich nachgedacht, wie ich mit Wolff umgehen soll.

Ich könnte ihn abends rauswerfen, wenn er an die Türe klopft.

Aber das habe ich dann auch nicht gewollt.

Ich diskutiere gerne mit ihm. Nur nicht in den Konferenzen.

Vom Druck habe ich dir erzählt.

Wir haben immer Druck. Du musst dem gewachsen sein. Kopf einziehen und durch. Den anderen geht es ja nicht besser. Das musst du wissen.

Aber jetzt erzähle ich dir mal etwas.

Dass ich völlig überraschend von Tante Olga etwas geerbt haben soll, hat mich vom Druck befreit. Ein halbes Jahr hatte ich mit der österreichischen Bürokratie zu tun, dann mit den Finanzbehörden bei uns, dann mit meinem Anwalt, dann wieder mit den Behörden in Salzburg. Ich mache es kurz.

Tante Olga, diese in einer dunklen Altbauwohnung in der Salzburger Altstadt nistende Eule, hat mir eine Immobilie vermacht, die es noch gar nicht gibt. Etwas außerhalb der Stadt, flussaufwärts auf dem linken Ufer, ein ganzes Stück hinter der Festung Hohensalzburg, dort hat sie in eine Neubauwohnung investiert. 120 Quadratmeter. Terrasse. Balkon. Erster Stock. Ein Appartementhaus, nur zwei Parteien in jeder Etage. Drei Stockwerke soll das Haus haben.

Ich weiß nicht, wie Olga das finanziert hat. Manchmal machte sie Andeutungen, dass sie keine finanziellen Sorgen habe. Weil ihre Wohnung so dunkel war, hatte ich ihr früher schon geraten, sich nach einer helleren, heiteren Wohnung umzusehen. Aber wir haben das Thema dann nie weiterverfolgt. Ein größeres Vermögen blieb ihr nicht nach dieser Investition, aber das ist ja nicht mein Problem.

Mein Problem war die Überlegung, was ich mit dieser Wohnung, die es noch nicht gibt, überhaupt anfangen würde. Du kannst sie vermieten, okay. Aber mit Mietern hast du immer Ärger und bürokratischen Aufwand, und rauswerfen kannst du sie auch nicht mehr, wenn sie mal drinsitzen in der Wohnung. Ich habe ja eine Wohnung in München, und – du weißt es – ich habe meine Wohnung in Marktschellenberg immer behalten. Keine Luxusabsteige, aber völlig in Ordnung. Wenn ich da bin, geht es mir gut. Dann ist mein Sender weit weg. Früher habe ich, wenn ich den Druck im Funkhaus kaum aushalten konnte, in den Nächten Kurzwelle gehört: auf jedem Millimeter ein anderer Sender. Jede minimale Drehung ein anderes Land. Und dann habe ich mir gedacht: Überall dort haben sie die gleichen Probleme. Mit Chefs, mit Mitarbeitern, mit ihrem Publikum. Mit dem Geld. Du musst Kurzwelle hören, dann wirst du ganz ruhig. China oder Radio Vatikan, völlig egal. Die haben alle Probleme.

Also, das wollte ich sagen:

Irgendwann war alles klar. Ich hatte hundertmal unterschrieben, manches konnte ich durch meine guten Kontakte etwas beschleunigen. Na ja, das kostet auch Geld.

Dann spendest du eben, du musst nur wissen, wem du spendest, und wenn du nur spendest, bringt es nichts. Du musst dann etwas dafür tun, damit die richtigen Stellen es schnell erfahren: Da kommt einer, der sich für uns engagiert. So eine Art Mäzen.

Da haben mir meine Freunde aus der Partei gute Tipps gegeben.

Und dann bin ich eines Tages einfach hingefahren. Nach Salzburg. Ich hatte auf keinem Stadtplan die Straße gesucht, ich habe sie im Navi eingegeben und bin von Marktschellenberg rübergefahren. Du kannst dir vorstellen, wie komisch die Situation war. Und dann komme ich tatsächlich dorthin.

In einer ganz netten Gegend, gut gelegen wegen der Verkehrsverbindungen in die Innenstadt, O-Bus und Hauptverkehrsstraße, alles im Vergleich zu München gut überschaubar, und dann stehe ich vor dem Grundstück. Der Aushub war vorangeschritten, inzwischen wurden die Eisenträger für die Spundwände in den Boden gerammt. Die Kieswanne war schon zur Hälfte ausgeräumt. Sie hatten inzwischen angefangen, die Ausschachtung am anderen Ende zu betonieren.

Ich habe das alles ja kaum anschauen können, denn der Bauzaun war hoch, und es gab keine Öffnungen in den Brettern, um viel zu erkennen. Da entsteht etwas, dachte ich mir, was dir gehören soll. Ich bin dann erst einmal losgefahren, um eine günstige Tankstelle zu finden. Aufgeregt? Ja, schon ein bisschen. Ich habe an der Tanke erst einmal einen Kaffee to go bestellt, dann fuhr ich weiter zum Parkhaus Mirabellplatz. Da kannst du oben auf der Parkfläche oder auch unten in der Tiefgarage parken, aber pass auf: Die Parkgebühren sind heftig.

Von dort sind es nur ein paar Schritte am Geburtshaus Herbert von Karajans vorbei über die Fußgängerbrücke, an der die Verrückten ihre Vorhängeschlösser anbringen, ein Zeichen der unvergänglichen Liebe, haha, und dann suchte ich die Wirtschaft zum Wilden Mann nicht weit weg von der Getreidegasse, weil es dort die besten Spinatknödel gibt.

Und dann dachte ich nach. Was soll ich denn in dieser Stadt? Aber dann kam es mir: Weshalb soll ich in dieser Stadt nichts sollen? Ich kann mir schon vorstellen, überlegte ich, hier eine Wohnung zu besitzen. Marktschellenberg ist ja ein Mausdreck, verglichen mit Salzburg. Und dann fuhr ich wieder zurück zur Baustelle. Ich stand lange am Bauzaun. Ich hatte überhaupt kein Gefühl des Drucks mehr. Auch nicht irgendein Glücksgefühl. Ich stand vor der Baustelle und dachte: Das betrifft nicht mich. Es muss ein anderer sein.

18

Der Mann beneidet Kommisar Beck.

Der schwedische Kriminalpolizist steht auf dem Balkon. Dann taucht sein Nachbar auf, der mit dem Stützkorsett um den Hals, und reicht ihm einen Drink herüber. Er trägt auch nachts eine Sonnenbrille, vielleicht weil er seine gelb gefärbten Haare im Spiegel nicht ertragen kann. Man spricht über den Tag, wie er war oder wie er hätte verlaufen sollen, man nickt sich zu. Dann spricht man nicht mehr. Meist sagt dann Beck: *God natt. Sov gott.* Er ist müde und zieht sich zurück.

Der Mann steht immer allein auf dem Balkon.
Das war früher anders.
Aber jetzt ist es so.
Das ist kein Grund, sentimental zu werden.

Es hat schon lange nicht mehr geregnet. Das Land ist trocken. Die jungen Bäume im Wald verlieren ihre Blätter. Es müsste jetzt zwei, drei Monate lang regnen, damit der Boden mindestens zwei Meter tief feucht wird. Es wird aber nicht so lange regnen, selbst wenn nächste Woche das angekündigte atlantische Tief eintrifft. Er wird morgen in seinem Garten die Pflanzen wässern, es ist höchste Zeit.

Die Stimmung in der Kleingartenanlage kippt. Der Protest ist leiser geworden, die Kleingärtner verstummen zunehmend. Sie kümmern sich mehr um ihre Parzellen, als dass sie das Gespräch mit den Nachbarn suchen.

Salzburg hat seinen Glanz verloren. Der Staub klebt auf den Kuppeln, gestern lag ein gelber Belag auch auf den Fenstersimsen und auf den Autos. Der Wind hatte von Süden her Sand aus der Sahara bis hierhergetragen. Grüße aus der Sahelzone. Er vermischt sich mit dem Blütenstaub. Nur in der Altstadt werden die Blumentröge bewässert, gelegentlich fahren nachts die Fahrzeuge der Straßenreinigung, oder sind es die des Gartenbauamts, durch die Gassen und versprühen Wasser. Es geht doch nicht, dass die Schuhe der Touristen morgen schmutzig werden. Nicht dieser Staub vor dem Festspielhaus oder vor der Felsenreitschule. Der Mann hört die Fahrzeuge, er sieht, dass sich ihre gelben Blinklicht-Impulse, diese Rundlichtstrahlen, in der Glasfassade eines weit entfernten Hochhauses spiegeln. Er hört, wie das Wasser auf die staubtrockenen Straßen platscht, er fühlt, wie es kühler wird und er weiß, dass er hier auf seinem Balkon dies alles nicht hören und fühlen kann. Er kann es sich aber vorstellen. Die Altstadt ist ein ganzes Stück entfernt.

Der Mann hat, als er am Vormittag kurz in der Innenstadt war, die Veränderung Salzburgs wahrgenommen. In solchen Dürreperioden werden selbst schöne Städte matt, wie Mehltau liegt der Staub auf den Dächern und auf der Seele, die Menschen bewegen sich langsamer, die Salzach verfärbt sich und nur die Berggipfel hinter dem Salzkammergut bewahren sich eine Frische, die hier unten nicht mehr existiert. Der Dom verliert seine Kontur im diesigen Licht, selbst das Glockenspiel des Rathauses hat seinen klaren, hellen Klang verloren.

Aber es ist warm. Der Wind, von der Sahara hergeschickt, ist abgeflaut. In solchen Nächten ist es gut, auf dem Balkon zu stehen, einen Drink in der Hand zu halten und in die Dunkelheit zu schauen. Der Mann hat heute nicht wie sonst die weißlackierten Autos unten auf der Straße gezählt, er hat in die blinden Schaufenster keine kalligrafischen Schriften hineingezeichnet. Er ist an allem vorbeigegangen. Und doch zählte er am Abend über 10 000 Schritte in seinem Smartphone. Meist kam er pro Tag auf vier bis fünf Kilometer Wegstrecke zu Fuß. Manchmal schaffte er mehr.

Die Kleingärtner im Verein Amicitia Salzburg sind nicht nur Rentnerinnen und Rentner. In den letzten Jahren wurde jungen Leute die Chance gegeben, sich hier ihr kleines Paradies zu schaffen:

umweltbewusst, nachhaltig, insektenfreundlich, frei von der Anwendung chemischer Schädlingsbekämpfungsmittel, frei auch von den Accessoires heimattreuen Kitsches. Dem Mann gefallen die jungen Leute. Sie packen energisch an, ihre Parzellen gestalten sie abwechslungsreicher, nein: origineller als die meisten älteren Gartenfreunde. Sie sind abstinent gegenüber jeder Rehkitz- und Gartenzwerg-Ästhetik. Aber, das weiß der Mann, noch sind es zu wenige junge Leute, die sich hier aufhalten.

Möglicherweise sind es sie oder ihre Gesinnungsfreunde, die nachts in den öffentlichen Grünanlagen und in den Grünstreifen der Stadt Blumensamen ausstreuen, Tulpenzwiebeln setzen und kleine Büsche anpflanzen. In den ersten Jahren hatten die städtischen Gärtner jede Blüte, die sich aus dem kurzgeschorenen, bald braun verbrannten Rasen herausstreckte, abgemäht. Inzwischen wird anders gedacht. Die Rasenmäher fahren um die Blüten- und Buschinseln herum, man weiß ja inzwischen, was man den Insekten schuldet. Die Stadt zeigt sich bunter über dem Grün und es sind nicht mehr allein die Farben der Fantasietrachten dominant, rot und grün und blau und violett, ja violette Trachten gibt es auch schon, und es sind nicht die Leute vom Land, die sie tragen, sondern die Städter aus München und Wien und sogar die Japaner und die indischen Festspielgäste.

Als die große Bautafel mit der Projektbeschreibung, dass hier auf dem Areal der Kleingartenanlage Sozialwohnungen errichtet werden sollen, vor einigen Wochen verschwand, war die Erleichterung groß. Die Vereinsmitglieder von Amicitia Salzburg feierten. In ihren Gärten, mit ihren Nachbarn, vor dem kleinen Vereinshaus mit seinem Schanigarten. Es wurde gesungen, es wurde wieder gelacht, es wurde viel getrunken, auch über den Durst, und die diatonische Knopfharmonika war bis in den letzten Garten zu hören. Niemand wusste genau, ob der Magistrat die Bautafel entfernen hatte lassen oder ob in einer Nacht-und-Nebel-Aktion die jungen Leute das Schild demontiert hatten. Es war – wie immer es geschehen sein mochte – verschwunden.

Dem Mann gehen noch die Lieder und die Melodien der diatonischen Knopfharmonika durch den Kopf. Der Mond leuchtet verschleiert. Staub und Sand dämpfen jedes Licht. Bald kommt der

Regen. Er wird den Gärten guttun. Morgen müssen die Rosen heruntergeschnitten werden. Es gibt Fachleute unter den Nachbarn, die ihm oft schon gezeigt hatten, wo er den Schnitt ansetzen soll, aber der Mann hat die Ratschläge längst wieder vergessen. Morgen wird er sich darum kümmern, denn die Rosenbüsche treiben aus und sie beanspruchen viel Raum.

Mitternacht ist vorüber.
Wieder einmal.

Aber es gibt ja keinen Grund, den Balkon zu verlassen. Der Mann sprüht Wasser auf die Blätter der Pflanzen, die blauen Hortensien, die Farne auf dem Fensterbrett, die wild wuchern und sich aus der Erde der Blumenkästen ganz langsam, ganz klein entrollen, bis sie sich durch ihr helles frisches Grün von den Altfarnen unterscheiden.

Verdorrte Farnblätter entfernt der Mann regelmäßig. Die jungen Farne benötigen Platz.

Wie immer, wenn sich Ängste vor Katastrophen einstellen, beobachtet der Mann an sich selbst zwei völlig unterschiedliche Gefühlslagen.

Sein Verstand signalisiert, dass alles seinen Gang gehen wird. Der Magistrat wird sich an die Verträge halten. Die Kommune garantiert, dass Recht von Unrecht unterschieden wird. Und das Recht setzt sich durch. Andererseits spürt er eine ihm bisher nicht bekannte Unruhe in sich aufkommen. Er schläft nicht gut. Wenn er morgens aufwacht, ist er bedrückt.

Es bedarf einer ganz neuen Anstrengung, morgens aus dem Bett zu kommen. Das kann doch nicht nur an der gegenwärtigen Hitzeperiode liegen, die jeden in dieser Stadt ermatten lässt. Es ist etwas Neues in ihm: Wie das zarte Grün der Wintersaat, wie der zarte Flaum auf den Blättern sprießt in ihm ein Gefühl, das er nicht kennt. Es könnte das Gefühl einer tiefen Verachtung sein, keiner Enttäuschung. Es könnte aber auch so etwas wie die Andeutung einer Wut sein. Man kennt das: Wenn man nachts auf einer kurvenreichen Landstraße fährt, schickt das entgegenkommende Fahrzeug ein diffuses Licht voraus, bevor seine Scheinwerfer auftauchen. Wenn die Nacht dann etwas heller wird, kann man rechtzeitig abblenden. Der Mann will jetzt aber nicht abblenden, denn das diffuse Licht in ihm ist noch nicht eindeutig genug.

Ein Igel bewegt sich gegenüber an der Hausmauer entlang. Es raschelt trocken. Aber vielleicht ist es nur ein zusammengeknülltes Papier, das der leichte Wind bewegt. Da drüben ist es so dunkel, dass der Mann sich nicht entscheiden will. Es spielt ja auch keine Rolle, was sich dort bewegt. Morgen wird es nicht mehr da sein.

Jetzt wäre es gut, wenn ein Nachbar mit Stützkorsett um den Hals auf dem nächsten Balkon erschiene und ihm kurz zunickte. *God natt. Sov gott.* Schlafen Sie gut. Gute Nacht.

19

Er war noch nie in Namibia.

Andere waren öfters dort, aber das war ja kein Grund, deshalb auch gleich dorthin zu reisen. Wie gesagt: Für Afrika hatte sich Wolff nie recht begeistern können. Freunde hatten ihm von ihren Reisen vorgeschwärmt, und sie waren keine Wildparksafari-Touristen. Er fühlte sich dann manchmal nicht gut, weil er so wenig, eigentlich nichts über diesen Kontinent und seine Länder aus eigener Erfahrung beisteuern konnte. Immerhin: Die anderen waren noch nie in Bhutan gewesen, in Indien, Kambodscha, Vietnam, Myanmar und Wolffs Traumland Laos. So gleicht sich alles aus.

Wolff wusste aber inzwischen, wie schön dieses Land ist. Er hatte Reiseprospekte studiert, Landkarten betrachtet und im Netz gesurft. Namibia ging ihn überhaupt nichts an, aber er spürte eine ganz leise Sehnsucht, endlich zu verstehen, was Steiger dort gesucht und wahrscheinlich auch gefunden hatte. Ihn beschäftigte nicht Namibia im Allgemeinen, sondern Namibia als das Steiger-Land.

Es musste etwas an sich haben, ein Geheimnis, eine Eigenschaft, die seinen Chefredakteur aus Marktschellenberg so sehr an dieses Land band. Wie kommt denn ein Erwachsener, der sich als Ur-Bayer versteht, erst dann als Deutscher, auch als Europäer, zu dieser fast zwanghaften Zuwendung zu einem Land, das so weit entfernt ist von allem, was ihm sonst so wichtig war: Einfluss, Freunde, Kontakte zu Wirtschaft und Politik, Bekanntheit über das Medium, Bayerischer Verdienstorden, regelmäßig abgefragte Statements in den Printmedien.

Da ist doch einer wichtig hierzulande.
Da ist doch einer unentbehrlich.
Da ist doch einer ein öffentlich anerkannter Multiplikator.
Da hat doch einer Macht, um gestalten zu können.

Selbst wenn Steiger wegen seiner Kommentare zur Bundes- und Landespolitik, zur europäischen und internationalen Politik, vor allem aber wegen der ihm zugeschriebenen ultrakonservativen Haltung oft kritisiert, noch öfter auch heftig angegriffen wurde: Er wurde beachtet. Denn er war einer, der Pflöcke in das öffentliche Bewusstsein und in die Haltung seiner Redaktionen einrammte. Alle Achtung, dachten die einen. Und die anderen: Parteinah und staatskonform. Außer Frage stand, dass seine Kommentare brillant formuliert waren.

Warum ausgerechnet Namibia?

Steiger hatte Wolff einmal, sie hatten reichlich Wein getrunken, mit leiser Stimme anvertraut, dass er zu Namibia eine irrationale Beziehung habe.

Ich atme dort freier.
Ich schlafe besser.
Ich fühle mich jünger.
Ich erlebe noch Abenteuer dort.
Ich traue mir mehr zu.
Ich fühle mich authentischer in Namibia.
Ich misstraue den Menschen dort weniger als hier.

Und Steiger schwärmte. Vom Köcherbaumwald, von den Geisterhäusern der Diamantensucher, der seltenen Pflanze Welwitschie, die bis zu 2000 Jahre alt werden kann, aber von Jahrhundert zu Jahrhundert so aussieht, als sterbe sie ab. Er hatte die Sandwüste mit ihren Wanderdünen besucht, die große Randstufe fotografiert, die sich über die 600 Meter hohen Hügel und mittleren Berge bis hin zu den Gipfeln auf 2000 Meter über der Meereshöhe erstreckte. Die Granitberge. Das Hochland im Süden. Das Ovamboland mit den Baobab- und

Kapokbäumen, die Makalani-Palmen, die Salzseen, die Staudämme und aufgestauten Flüsse in den Wasserregionen, die Skelettküste, der rote Sand der Salz-Ton-Pfanne.

Wolff konnte sich die Namen kaum merken, aber sie klangen bei Steiger wie eine Grundmelodie, Dur und Moll gemischt, ein Kräftemessen zwischen Heimweh und Fernweh. In diesen Stunden begann Wolff, seinen Chefredakteur besser zu verstehen.

Namibia musste ein wunderschönes Land sein.

Seine Geschichte als Kolonie der Deutschen war nicht schön. Sie war furchtbar.

Das wusste natürlich Steiger auch.

Aber es tut ja gut, abends zu träumen.

Steigers Tod in Salzburg war schrecklich.

Inzwischen hatten die Ermittlungen zweifelsfrei ergeben, dass Steiger beim Verlassen des Hauses, in dem seine Wohnung lag, nicht erstochen, sondern erschlagen worden war. Die kriminaltechnischen Untersuchungen, an denen sich auch Experten aus Innsbruck beteiligten, gingen von einem massiven Vierkantholz in der Größe eines Stuhlbeins aus. Die Variante von einem Messerangriff hatte eine Boulevardzeitung in die Welt gesetzt, deren Reporter mit einigen Nachbarn geredet hatte. Aber die Nachbarn hatten ja am Tag der Tat noch keine Fakten gekannt, und deshalb gaben sie Vermutungen weiter, damit sie überhaupt etwas zu sagen hatten.

Wenn so etwas passiert, bedarf es keiner Augenzeugen. Man ist ja ganz in der Nähe gewesen, und das gibt einem doch das Recht, sich auf Reporterfragen hin zu äußern.

Ein Vierkantholz also. Steiger hatte eine schwere Schädelfraktur erlitten, aber erst der zweite Schlag auf die Halswirbelsäule war tödlich gewesen. Die Gewalt, die bei den beiden Schlägen ausgeübt worden war, sprach nicht für einen Profikiller als Täter. Wahrscheinlich handelte es sich auch nicht um eine Frau. Dafür waren die Hiebe mit dem Holz zu brutal. Ganz ausschließen wollten die Ermittler diese Variante aber noch nicht. »Wut kann ungeahnte Kräfte verleihen«, sagte ein Beamter.

Also Wut.
Also Hass.
Also Abrechnung.

Kein Raubmord in Salzburg, ganz sicher nicht ein Fall von Beschaffungskriminalität eines drogenabhängigen Täters oder einer Täterin, denn Steigers Brieftasche war nicht angerührt worden. Er hatte 300 Euro dabeigehabt und noch ein paar kleinere Scheine und Münzen. Niemand hatte versucht, seine Armbanduhr und seinen Autoschlüssel an sich zu nehmen.

Aber, so hatten die Ermittler wissen lassen, die mutmaßliche Tatwaffe könnte auch Mittel einer bewussten Täuschung gewesen sein. Dass also ein Täter mit dem Vierkantholz den Eindruck eines Racheakts, einer Vergeltung, des Schlusspunktes eines massiven Streits, einer Abrechnung so inszeniert habe, um den Mord als eine Affekthandlung erscheinen zu lassen. Um also jeden Eindruck zu verwischen, hinter der Tat könne sich die Handschrift mafioser Gruppen oder extremer Linksterroristen verbergen. Der Verdacht auf eine rechtsterroristische Tat war kategorisch ausgeschlossen worden, denn welches Motiv sollte es dafür gegeben haben? In den sozialen Medien der radikalen Rechten war Steiger gelegentlich durchaus wohlwollend zitiert worden. Ganz sicher ohne sein Zutun, denn der Chefredakteur des deutschen Senders hatte mit Neonazis nichts am Hut, selbst wenn er sie nicht so scharf angriff wie andere Medien. »Es sind doch nur fehlgeleitete Romantiker«, hatte ein Innenminister Bayerns über eine Wehrsportgruppe einmal öffentlich in das Mikrofon gesagt und am Nachmittag vergebens versucht, die Ausstrahlung des Statements im Rundfunk zu verhindern. Weil Kolleginnen und Kollegen der Printmedien Ohrenzeugen der Aufzeichnung gewesen waren, hatte der Staatsminister keinen Anspruch, das Urheberrecht auf sein eigenes Wort geltend zu machen und die entsprechenden Schnitte einzufordern. Das hatte auch der Intendant so gesehen, an den sich das Ministerbüro gewandt hatte. Nein, Steiger war ganz bestimmt nicht das Opfer von Rechtsextremen, dachte Wolff. Er hat sie doch auch, nicht anders als der Minister, als eine zu vernachlässigende Gruppierung eingestuft, wenn es um die wirkliche Gefährdung der freiheitlich-demokratischen Grundordnung und den wehrhaften Schutz des Staates ging. Der Staatsschutz hatte sich solchen Haltungen seit Langem angeschlossen.

Wolff verabschiedete sich aus dem Funkhaus.

Morgen würde eine Klausurtagung in einem Hotel am Kochelsee stattfinden, er wollte sich sorgfältig darauf vorbereiten. Denn er kannte die Rituale, die gruppendynamischen Prozesse im Kollegenkreis, die überfallartigen Schlüsse, die seine Vorgesetzten nach einer Plenardiskussion zogen. Er litt unter den Flip-Chart-Demonstrationen, dem Einsammeln handbeschriebener Karteikarten, er verachtete Powerpoint-Vorträge. Wenn es um Änderungen der Organisationsstruktur für die Programmbereiche und Hauptabteilungen ging, um die Konsequenzen für die Programme, dann waren – und es war ja nicht die erste Klausurtagung – die Täuschungsmanöver digital sorgfältig vorbereitet. Da zeigten sich auf der Projektionswand Strukturen und Statistiken, hübsch anzusehen, dann wanderten bunte Pfeile von rechts nach links und von links nach rechts, ein Klick auf der Maus, und schon sahen die Strukturen ganz anders aus und zumindest im Layout der Darstellung erschienen die Veränderungen als vernünftig und konsequent. Je bunter die Bilder, umso gefährlicher die Wahrheit, die sie nicht zeigten. Kein Richtungspfeil kam aus dem Ungefähren, keiner bewegte sich in der Grafik ohne Hintersinn. Denn jede Richtung war vorgegeben. Jeder wusste, dass die künftigen Strukturen längst festgelegt worden waren. Das war doch immer so.

Wolff hatte in einer Sitzung seinen damaligen Hörfunkdirektor gefragt, ob es stimme, dass er Mitglied im medienpolitischen Arbeitskreis der »einzig richtigen Partei in Bayern« sei. Der hatte ihm ganz offen geantwortet: »Sie wissen doch, dass die wichtigen Entscheidungen für unser Haus nicht hier, sondern außerhalb getroffen werden. Und da bin ich lieber dabei.« Wolff hatte den vom Direktor viel zitierten Satz vom »Gebot der Staats- und Parteienferne des öffentlich-rechtlichen Rundfunks« nicht mehr angesprochen. Es hätte nichts mehr gebracht.

Seitdem bereitete sich Wolff auf Klausursitzungen vor.

Er versetzte sich in die Situation der Vorgesetzten, die die Klausurtagung nur deshalb veranstalteten, damit nicht der Eindruck entstand, Mitbestimmung, offenen Diskurs und Partizipation gäbe es in diesem Haus nicht. Wenn also schon das meiste feststand, dann hatten sie nicht ein Entscheidungs-, sondern ein Vermittlungsproblem. Sie hatten es am liebsten, wenn aus den Redaktionen die Ideen kamen, die sie längst realisiert hatten, ohne dies bisher transparent zu machen.

Aber sie hatten Angst. Es könnte dies und das aus dem Ruder laufen. Also überlegte sich Wolff vor den Klausurtagungen seitdem sehr genau, was sie im Einzelnen befürchteten. Er hatte nie gelernt, Schach zu spielen, aber im wirklichen Berufsleben berechnete er gerne die Schritte seines jeweiligen Gegenübers voraus. Wenn er sich klar darüber war, was für seine Vorgesetzten die heiklen Punkte waren, konnte Wolff sich mit der strategischen Frage beschäftigen, wie er sich diesbezüglich verhalten würde. Wer Unsinniges plant, bedarf keines Beifalls, man konnte es ihnen dann auch schwerer machen, vorausgesetzt, dass die eigenen Argumente stichhaltig waren. Je stärker sie aber waren, desto eher ließen sie sich mit Understatement in das Plenum einbringen, freundlich vorgetragen, jede Erregung vermeidend, knapp formuliert. Solche Wortbeiträge wurden ernstgenommen, auch wenn sie dennoch kaum etwas verändern konnten. Aber die Alternative des Schweigens und der Resignation war für Wolff nie eine Option gewesen; das hätten seine Kolleginnen und Kollegen, deren Vorgesetzter er war, auch nicht erwartet. Also kämpfte er weiter, sportiv, gelassen, nicht dümmer als seine Kontrahenten, hellwach. Morgen also wäre dieses Theater wieder zu erleben.

Aber Wolff konnte sich heute Nachmittag nicht konzentrieren.

Er machte sich einen Kaffee.
Er goss seine Zimmerpflanzen.
Er rief ein paar Leute an.
Er checkte seine E-Mails.
Er ging hin und her.

Er bekam Steiger nicht aus dem Kopf. Das Vierkantholz. Die Theorien und die Spekulationen. Dabei ging ihn das wirklich nichts an.

Der Sender hatte neben Wolffs Nachruf einige offizielle Statements publiziert. Wie immer in solchen Fällen war die Rede von »Urgestein«, von »Unverwechselbarkeit« und davon, dass der Verstorbene die Programmqualität »geprägt« habe. Schreckliche Worthülsen, dachte Wolff, einfallslos, gefühllos. Mitgefühl und Dankbarkeit wurden auch beigesteuert, und am nächsten Tag würde es einen anderen zu betrauern geben, oder auch erst in der nächsten Woche. Wie gut, dass es für Politiker wie Medien, Verbände und soziale Institutionen Textbausteine gab, vom Referenten oder von der Pressestelle zusammengesetzt; offizielle Traueranzeigen in den Printmedien waren längst dem Sparzwang zum Opfer gefallen, nur in Ausnahmefällen bezahlte der Sender noch einen schwarz umrandeten Platz in der Zeitung, aber nur bei wichtigen Persönlichkeiten aus der obersten Führungsebene. Steiger als Chefredakteur war ein Grenzfall, aber die Todesanzeige wollte ihm jeder gönnen. Er hatte nichts mehr davon.

Noch eine Tasse Kaffee.

Das kann nicht schaden. Wolff hatte gelesen, dass der Inhaber einer norddeutschen Kaffeerösterei jeden Tag mehr als 20 Tassen Kaffee trank, wahrscheinlich kleine Espressotassen, aber immerhin. Der Unternehmer war über 70 Jahre alt. Übermäßiger Kaffeegenuss konnte also nicht besonders schädlich sein. Aber vielleicht stimmte das auch nicht.

Wolff setzte sich wieder an seinen Schreibtisch.

Er wusste, welche Strukturänderungen im Sender bevorstanden.

Inzwischen waren ihm plausible Fragen und kritische Argumente eingefallen, die er sich in Stichworten notierte.

Morgen würden die Planer von Einsparungen und Synergie reden.

Wolff beherrschte dieses Denken. Er würde ihnen morgen Einsparungsvorschläge unterbreiten, dass ihnen die Ohren abfielen, und er würde sich an die Spitze der Synergie-Betreiber setzen. Dann würde jeder verstehen, worum es ging, und dann bliebe seinen Vorgesetzten wieder einmal nichts anderes übrig als zurückzurudern.

Das haben wir niemals so geplant.
Das ist jetzt völlig übertrieben.
Es gibt auch andere Lösungen.
Wir sind auf Sie angewiesen, liebe Kolleginnen und Kollegen.

Und dann würden sie, zurückgekehrt von der Klausurtagung, ihre Pläne dennoch durchziehen. Aber die Redaktionen wären wacher, vielleicht auch mutiger als zuvor.

Er notierte die Stichpunkte seiner geplanten Strategie, schrieb auch ein paar Etatzahlen und Sendestunden pro Redaktion auf. Die Statistiken hatte er sich vor Kurzem besorgt. Mit einem einzigen Griff fand er sie auf seinem Schreibtisch.

Unten auf das Blatt schrieb er aber:
Namibia? Salzburg? Vierkantholz. Zufall?

20

Ich – Steiger.

Eigentlich war alles klar.

Ich könnte mit einem günstigen Kredit eine Farm pachten oder erwerben. Mein Freund hatte alles perfekt vorbereitet. Er würde mir auch Geld vorstrecken, falls ich im Augenblick knapp bei Kasse wäre, was er sich allerdings bei einem durchschnittlichen Gehalt für einen Rundfunk-Chefredakteur kaum vorstellen könne. Immerhin: Ich müsste, bevor ich in ein paar Jahren nach Namibia ziehe, natürlich meine zu große Wohnung in München auflösen. »Was machst du mit deiner Wohnung in Marktschellenberg?«, fragte er immer wieder einmal, wenn wir abends auf seiner Veranda saßen. Ein kalter Drink, der leichte Wind wurde kühler. Die Dämmerung war kurz. Es wurde schnell Nacht. Schlagartig setzten die Geräusche ein: Nicht alle Tierschreie erkannte ich, aber mein Freund klärte mich auf. Und dann die Stimmen der Nachtvögel. Langgezogene Pfiffe, dunkle, fast gutturale Laute.

»In München«, sagte ich, »hätte ich gern eine kleine Wohnung in der Nähe zur Innenstadt. Wenn weiter draußen, dann nicht weit zur U-Bahnstation. Man wird älter. Man ist auf Ärzte angewiesen. Und es ist gut, ein zweites Standbein zu behalten.«

»Und Marktschellenberg?«

»Du kennst es ja, wir waren einmal dort, als du mich in München besucht hast. Man soll sich nicht täuschen: Irgendwann sind die Freunde dir nicht mehr so nahe wie früher. Sie haben sich entwickelt, ich habe mich entwickelt. Das kann zu Entfremdungen führen.«

»Und? Hast du dort Freunde verloren?«

»Na ja, die warten ja nicht auf mich«, hatte ich geantwortet.

Ich sagte ihm, dass ich schon längst darüber nachgedacht hatte, mich von Marktschellenberg zu trennen. Es fällt mir sehr schwer, aber wenn das mit Namibia etwas wird, brauche ich neben München nicht noch eine Wohnung. Man muss sich auch einmal von der Kindheit und der Jugend lösen, sagte ich, und wenn ich doch Sehnsucht nach der Gemeinde habe, dann gibt es dort einen guten Gasthof mit Fremdenzimmern. Der Wirt ist in meine Klasse gegangen. Er würde sich freuen, wenn ich komme.

»Hast du schon einmal überlegt, ob du früher aus deinem Job aussteigst?«, fragte er. Es war eine lange Pause entstanden. Die Gläser wurden aufgefüllt. Der Hausboy kam heraus und verabschiedete sich. Er nickte meinem Freund zu, er nickte mir zu. Guten Abend, Mister. Gute Nacht, Mister! Na ja, sagte ich, vielleicht mit 63. Obwohl wir jetzt gerade mitten in einer spannenden Veränderung stecken. Drei, vier Jahre wäre ich schon sehr gern noch dabei.

»Okay«, sagte er. »Hauptsache, du kommst. Es wird hier deine beste Lebenszeit werden, das verspreche ich dir!«

Aber es kam dann doch ganz anders.

Mein Freund, der Farmer, hatte mir ein Fell geschenkt. »Das legst oder hängst du in dein Büro, damit du nicht vergisst, dass Namibia und wir auf dich warten.« Das Fell liegt in meinem Büro.

Ich muss bei schwierigen Gesprächen nie darüber nachdenken, wie ich es beginnen soll. Jeder, der in die Chefredaktion kommt, dann in mein Büro, blickt auf das Fell, schaut mich an, blickt auf das Fell, und fragt dann: »Selbst erlegt?« Dann antworte ich »Was meinen Sie?«, und dann läuft das Gespräch wie von selbst. Ich erzähle nichts von den Trophäen meiner Jagdausflüge in Namibia. Die habe ich zu Hause. Es ist besser so.

Als die Erbschaftsangelegenheiten erledigt waren, habe ich mir überlegt: Es ist sinnvoll, mal schnell nach Salzburg zu fahren, den Neubau zu besichtigen und die Wohnung. Ich könnte sie als Kapitalanlage halten und vermieten, aber Tante Olga hat in ihrem Testament ausdrücklich geschrieben, sie wünsche, dass ich von Marktschellenberg nach Salzburg ziehe. Die Anmeldung eines ersten oder zweiten Wohnsitzes wird kein Problem sein, Österreich ist Mitglied der Europäischen Union. Die

Einschränkungen für einen Immobilienerwerb durch Deutsche, wie sie in Tirol über längere Zeit vollzogen wurden, gelten ja nicht für den eigenen Besitz. Und diese Wohnung gehört jetzt mir, ganz egal, ob der Bau ein Rohbau ist oder ob schon der Innenausbau vorangeht. Ich muss natürlich auch eine Menge investieren: Egal, ob ich dort wohnen werde oder ob ein Mieter dort wohnen wird, brauche ich eine Küchenausstattung, wahrscheinlich wird das Badezimmer nicht so aussehen, wie ich mir es vorstelle. Auf dem Balkon würde ich, falls sie nicht schon geplant oder vorhanden sind, Tonplatten verlegen. Ein dunkles Rot, kein helles Rot. Das passt nicht zu mir. Eine Markise. Ein Grundbestand an Möbeln. Das Mobiliar aus Marktschellenberg kann ich unmöglich in eine neue Wohnung bringen, vielleicht den einen oder anderen Schrank. Die Barockkommode. Die Eckbank war damals von meinen Eltern genau eingepasst worden, die Küchenmöbel fallen zusammen, wenn sie abmontiert werden. Das ist alles uraltes Zeug. Noch taugt es, ich bin da nicht so wählerisch, aber einen Umzug werden die meisten Stücke nicht überstehen.

Was fragst du?

Ja klar!

Das heißt, dass ich die Wohnung in Marktschellenberg aufgeben werde, falls das Quartier in Salzburg ein schönes Quartier ist. Dann trenne ich mich von Marktschellenberg, nicht wegen Namibia. Wegen Salzburg.

So verlief unser Gespräch an diesem herrlichen Abend in der Nähe von Windhoek.

Ich bin mir seit einigen Wochen gar nicht mehr so sicher, ob ich in meinem Alter in einigen Jahren noch in der Lage sein werde, eine neue Existenz aufzubauen.

Ein halbes Jahr in Namibia leben. Okay. Wunderbar. Aber eine Farm pachten oder besitzen: Das ist etwas ganz anderes. Das wäre ein radikaler Schnitt. Ich habe immer davon geträumt, aber zunehmend sind es Albträume, die mich nachts plagen.

Immer habe ich von dem Paradies in Namibia geträumt, aber seit einiger Zeit sind das keine guten Träume mehr. Vielleicht bedrückt mich die Option einer endgültigen Entscheidung. Das Land ist so weit entfernt. Ich müsste allein dort neu anfangen.

Ja, ich habe viele Freunde dort, aber die werden auch älter.

Ich müsste mir eine ganz neue Infrastruktur an Bekanntschaften aufbauen. Das geht unter den Farmern schnell, aber jeden mag ich ja nun auch nicht.

Da fällt mir zu Salzburg eine lustige Geschichte ein.

Bei meinem letzten Besuch, kurz vor ihrem Tod, hatte mich Tante Olga in ihrer dunklen Wohnung, als sie gerade den Kuchen anschnitt, aus heiterem Himmel gefragt:

»Bist du immer noch Ansager im Rundfunk?«

Sie kennt sich in unseren Medienstrukturen nicht aus. Also habe ich ihr geantwortet: »Ja, aber ich bin Chefansager!«

»Fein. Das freut mich. Und gibt es bei Euch immer noch so viele Kommunisten? Das ist ja schrecklich mit denen!«

»Ja, Tante Olga, die gibt es noch. Aber es werden immer weniger, und ich tue alles, damit es eines Tages gar keine Kommunisten mehr bei uns im Sender gibt.«

»Das ist gut«, sagte sie und atmete tief.« Es ist gut, dass du inzwischen Chefansager bist. Das gefällt mir. Du bist auch ein Chef seit deiner Geburt. Das habe ich immer gewusst.«

»Danke, Tante Olga. Du beschämst mich, aber ich bin schon auch ein bisschen stolz auf mich.«

Jetzt besaß ich ihre Neubauwohnung, die sie nie gesehen hatte, nicht einmal im Rohbau. Wahrscheinlich nur in den Bauplänen. Mutig war sie schon, die Tante Olga, in ihrem Alter noch in eine Immobilie zu investieren und einen Umzug zu planen.

Ich bin dann nach Salzburg gefahren.

Was soll ich sagen? Ein eleganter Neubau, Appartements, und die Wohnung riesig. Ein umlaufender Balkon, der sich Richtung Westen mit Blick auf die Festung zu einer Terrasse weitet. Viel Glas. Ein luxuriöses Bad, da arbeiten sie noch dran, im Wohnzimmer wird dunkles Parkett verlegt. Tropenholz, glaube ich. Na klar, zertifiziertes Tropenholz. Ein helles Treppenhaus, sogar einen Aufzug gibt es, obwohl das Haus nur drei Stockwerke hat.

Ich zog vor der Türe meine Schuhe aus und betrat ganz vorsichtig die Wohnung. Auf dem Briefkasten und an der Türe gab es natürlich noch kein Namensschild. Ich musste tief durchatmen. Olga, Tante Olga wollte hier einziehen und endlich mehr Licht erleben als in ihrer dunklen Innenstadt-Wohnung mit den dicken Wänden. Sie hat nie eine Andeutung gemacht, dass sie mich besonders mochte. Obwohl. Gemocht hat sie mich schon ein bisschen. Vor allem dann, wenn wir beim Kaffee darüber sprachen, wie es damals beim Anschluss Österreichs an das Deutsche Reich war. »Wir waren glücklich!«, sagte Tante Olga. »Wir wären doch sonst in den Balkan hinuntergerutscht oder nach Osten gedriftet. Das war schon gut für uns alle, aber du weißt es ja: Wir hatten keine Ahnung von all dem anderen.«

All das andere: In diese drei Worte packte sie zusammen, womit sie sich nicht auseinandersetzen wollte. Ich wollte es auch nicht. Man muss die alten Menschen nicht unglücklich machen.

Ich habe dann meinem Freund in Namibia geschrieben, dass ich mir das mit der Farm noch einmal gründlich überlegen müsse. Solche Entscheidungen trifft man nicht über Nacht. Ich sei ihm zu großem Dank verpflichtet, bitte ihn aber um Geduld. Erst einmal müsse ich die Entwicklungen in meiner Rundfunkanstalt abwarten, bevor ich überhaupt meine eigene Zukunft planen könne. Das werde er doch sicher verstehen.

Nach einer Woche schickte er mir eine E-Mail. Die Verträge seien unterschriftsfertig, aber es bestehe keine Eile. In zwei Monaten würde er ohnehin nach München fliegen, weil er sich dort wie alle zwei Jahre von seinem Arzt durchchecken lassen wolle, er müsse auch mit seinem Anwalt und seiner Bank ein paar Angelegenheiten regeln. Vergiss nicht, dir die Zeit freizuhalten, wenn ich in München bin. Und dann nannte er das voraussichtliche Datum seiner Ankunft. Ob er etwas aus Namibia mitbringen solle? Und ob ich ihm ein Zimmer in einem Hotel der Innenstadt buchen könne?

Ich schrieb ihm zurück, dass ich mich sehr auf das Wiedersehen freue. Selbstverständlich könne er bei mir wohnen, ich habe – wie du weißt – genug Platz in meiner großen Wohnung. Du hast viel Arbeit um die Ohren, schrieb er, ein Hotel ist mir lieber. Da sind wir beide unabhängig.

Ehrlich gesagt: Das war mir auch lieber.

Man will sich ja auch einmal zurückziehen.

Morgens freut man sich, seinen Freund wiederzusehen.

Und abends ist es gut, wenn es eine Distanz gibt.

Zum Glück kommt er erst in zwei Monaten. Jetzt hätte ich überhaupt keine Zeit für ihn, weil wir in unserem Haus eine Planungssitzung nach der anderen haben. Es ist ein Wunder, dass wir überhaupt noch unsere Programme produzieren und senden können. Wir hocken nur in Konferenzen, abends bei offiziellen Veranstaltungen, und dazwischen schreibst du halt mal schnell einen Kommentar, damit du noch präsent bist. Da fehlt natürlich meist die Zeit für größere Recherchen, aber die Richtung ist klar, und wenn du mal nicht zufrieden bist mit dem eigenen Text: Das sendet sich weg. Nach zehn Minuten weiß niemand mehr, worum es in dem Kommentar ging.

Heute Abend habe ich Wolff, der bei mir vorbeischaute, gefragt:

»Jetzt mal ganz ehrlich, bevor du gehst. Ich wohne hier in München und bin ein erfolgreicher Chefredakteur. Ich habe eine Wohnung in Marktschellenberg und seit Kurzem eine viel größere Wohnung in Salzburg. Und dann kann ich auch noch eine Farm in Namibia übernehmen.

Was würdest du an meiner Stelle machen?«

Wolff hatte lange nachgedacht.

»Ich würde mich an deiner Stelle für eine einzige Wohnung entscheiden und mich von den beiden anderen trennen.

Ich habe ihm gesagt, dass ich Marktschellenberg ohnehin aufgeben werde.

»Nein«, hatte er gesagt.

»Du musst dich zwischen Namibia und Europa entscheiden. Darum geht es.«

21

Wolff musste weg, weit weg.

Er ertrug das wichtigtuerische Gehabe der Tagungsteilnehmerinnen und -teilnehmer, seiner geschätzten Kolleginnen und Kollegen in den Pausen der Klausursitzungen am Kochelsee keinen Tag länger. Ihren Aktionismus. Ihren Defätismus. Ihre aufgeregten Diskussionen in den Kaffeepausen. Die Mechanismen der Meinungsbildung im Plenum und in den Arbeitsgruppen. Dieses »Hast du schon gehört?«-, dieses »Du wirst einen Superprogrammbereich bekommen!«-, dieses »Die schaffen uns ab!«-Geplapper. Es stimmte ja. Im Gespräch war eine radikal neue Zuordnung der Redaktionen zu neuen Programmbereichen. Wolff – das hatte er registriert – wäre nach allem, was bisher bekannt war, ein Gewinner. Und neben ihm standen mit der Kaffeetasse in der Hand die Loser. Er schwieg zu allen Spekulationen, an die er selbst nicht wirklich glauben konnte.

Sein Kopf war voll mit dem Geschwätz des Tagungsleiters und Moderators der Klausurtagung, die einer externen Unternehmensberatungsfirma anvertraut worden war. Der Typ hatte immer noch nicht begriffen, dass es nicht um Profit, die Steigerung von Produktion und Verkauf, Umsatzzahlen und *Lean-management*-Strukturen eines Unternehmens ging, nicht um Profitcenter und Synergien, sondern um eine Rundfunkanstalt, deren Werte auf der demokratischen Tradition der BBC beruhten, die einst mit Unterstützung der Amerikaner das neue deutsche Rundfunksystem nach dem Nationalsozialismus, dem Holocaust und dem Zweiten Weltkrieg geschaffen hatte. Diese BBC kannte ähnliche Prozesse: Privatisierung, Abbau von Personal, signifikante Reduzierung ihrer Etats, maximal die Abschaffung der Jahrespflichtgebühr für den öffentlich-rechtlichen Rundfunk zugunsten eines Abonnementsystems. Dabei hatte die »alte Tante BBC« vor allem in allen politischen, gesellschaftlichen, wirtschaftlichen und sozialen Krisen immer wieder bewiesen, dass sie unvergleichlich, uneinholbar, unbestritten die Nation und die Gesellschaft zusammenhielt: durch ihre Verpflichtung auf seriöse Information, engagierte Bildung und intelligente Unterhaltung.

Britische Regierungen wechseln, in Downing-Street Nr. 10 ziehen die Wohnungsinhaber ein und aus, nur die ehrwürdige BBC blieb: mit ihren angestaubten Sendeformaten wie mit ihren innovativen Kultur- und Rockmusiksendungen, derer sich zum Beispiel der Österreichische Rundfunk seit Jahrzehnten viel stärker als die deutschen Rundfunkanstalten bediente. Dennoch gab es starke Bemühungen, die BBC zu zerschlagen: ihre regionalen und landesweiten Programme zu dezimieren, ihre internationale Präsenz im Ausland aus sogenannten Kostengründen herunterzufahren und die kommerziell-erfolgreichen Tochtergesellschaften wie *BBC Enterprices ltd* aufzulösen, diese professionelle Vermarktungsgesellschaft der Programminhalte, die Sender in aller Welt bediente.

Wolff hing an der BBC, weil er vor Jahrzehnten für das »Education Radio« des Senders von München aus gearbeitet hatte, häufig auch in den Kellerstudios am *Langham-Place* produzieren konnte. Die Honorare waren lächerlich, aber bei den Dienstreisekosten wurde nicht gespart. Das war ein guter Ausgleich, und Wolff hatte in Großbritannien immer wieder in den Sendungen der BBC wie auch auf privaten Kanälen innovative Formate und Programmideen entdeckt, die er in München ins Gespräch brachte. Manche dieser konzeptuellen Anleihen von der BBC konnte er in seinen Redaktionen auch realisieren. Es waren erfolgreiche Konzepte.

Mit voller Wucht war das Denken der Betriebswissenschaften und der Unternehmensberater auch in Wolffs Sender angekommen. Er hatte die Strategien längst durchschaut: Die häufig benannte Perspektive, flache Hierarchien zu schaffen, bedeutete in der Wirklichkeit etwas ganz Anderes: Die Eigenverantwortlichkeiten der mittleren

Führungsebenen wurden abgeschafft, es wurde zentralisiert, und letztlich gab es nur noch eine einzige Zentrale in der Intendanz. Sie wurde immer größer. Spiegelreferate wurden zu jeder Hauptabteilung und jedem Programmbereich geschaffen, nach dem Vorbild der Strukturen im Bundespresseamt oder im Bundeskanzleramt, und die Referenten fühlten sich wichtiger als die Journalisten, die diese Programme konzipierten und produzierten. Je mehr auf unteren Ebenen gestritten oder kontrovers diskutiert wurde, umso abweisender verhielt sich die Zentrale. Sie verstand sich immer stärker als eine Abschirmzentrale, der Abstand zwischen Intendanz und Redaktionen wuchs täglich.

Wolff hatte diese Entwicklung vorausgesehen, auch befürchtet, aber er hatte nicht vor, im Widerspruch gegen sie zu verbrennen. Nein, er war nicht bereit, zu leiden oder den neuen Projektleitern, die kaum professionell einen Text formulieren konnten, durch eine Leidensmiene zu zeigen, wie wichtig sie doch waren. Er negierte sie, ganz einfach. Ganz konsequent. Er ging mit ihnen um, wenn es sich nicht vermeiden ließ, wie man in einem solchen Haus miteinander umgehen muss: Selbstbewusst, freundlich, hilfsbereit. Kritisch. Loyal. Klar in der Sache. Nicht im Ton vergreifen. Knallhart aber, wenn es sein musste. Diese Härte verstanden sie.

Wolff nannte seine Strategie eine »Intelligente Anarchie«. Du musst nicht als Revolutionär auftreten, du musst die anderen überholen. Du musst ihre Taktik vorausberechnet haben. Sprich kurz, schreibe Vorlagen kurz. Wenn sie mehr wissen wollen, können sie nachfragen. Es gab aber nur in Ausnahmefällen Nachfragen.

In den letzten Jahren hatte sich in den oberen Etagen die Auffassung durchgesetzt, mit Wolff solle man sich nicht anlegen.

Jetzt aber konnte Wolff seine eigenen strategischen Überlegungen nicht mehr aushalten.

Er musste sich selbst entkommen.

Er musste sofort weg von hier, weit weg vom Kochelsee.

Nicht sofort. Er wollte über das Wochenende nach Italien fahren.

Nein, das war nicht richtig. Für Wolff begann das freie Wochenende am Sonntag. Wenn er in den Süden fuhr, startete er an Sonntagen. Dann kamen die Touristen zurück, es gab Staus, aber in seiner Richtung war die Autobahn frei. Er könnte sich einige Kartons Wein kaufen. Sein Weinhändler hatte ihm Winzer empfohlen, die ihn regelmäßig belieferten und deren Familien und Familiengeschichten er gut kannte, weil er seine Ware direkt vom Erzeuger abholte, mehrmals im Jahr.

Wolff fuhr aber nicht sofort los. Am Samstag kaufte er für den Weinhändler zwei neue Krimis, der leidenschaftliche Leser liebte Action-Krimis wie regionale Kriminalgeschichten, Wolff hatte ihm alle Bände von Jean-Luc Bannalec mit dem bretonischen Kommissar Dupin geliehen, zuvor viele Bücher seines Lieblingsautors Andrea Camilleri mit dem Commissario Montalbano, während sein Tauschpartner ihm gerne amerikanisch-britische Action-Thriller geborgt hatte.

Martin Walker lasen beide gern, nur die skandinavischen Kriminalromane mochten sie nicht mehr, weil ihnen das Milieu als zu trostlos erschien. Da waren sie sich völlig einig.

Wolff betrat den Laden.

Er legte die beiden Kriminalromane auf den Tisch. »Müssen Sie lesen«, sagte er, obwohl er selbst noch keinen Blick in die Bücher geworfen hatte. Der Cappuccino und drei Flaschen Wein waren inzwischen längst eine feste Größe bei ihrer finanziellen Transaktion. Der Weinhändler und Krimifreund hatte den Betrag für die Rechnung per Bank-Card im Kopf. Er trank seinen Cappuccino, für 2,40 Euro in München nicht zu teuer, verabschiedete sich und sie verabredeten sich auf bald.

Morgen kann ich nach Italien fahren. Mein Auto steht zu lang schon in der Tiefgarage. Es tut mir gut, wegzufahren, sagte sich Wolff.

Als der Weinhändler ihn vor der Verabschiedung noch nach dem tragischen Tod des Chefredakteurs gefragt hatte, hatte Wolff nur kurz erwidert: »Wir wissen noch immer nichts Genaues. Es ist brutal. Wenn ich etwas weiß, komme ich wieder zu Ihnen!«

Die Ermittlungen hatten sich inzwischen ausgeweitet. Steigers Wohnung in München war von Kriminalbeamten durchsucht worden. Es galt, die Namibia-Spur zu verfolgen. Zufall oder Notwendigkeit? Als die Ermittler die Wohnung öffneten, standen Reporter der Lokalpresse und zwei Fernsehteams vor dem Haus. Da war der Einsatztermin offensichtlich von einer Behörde an die Medien durchgestochen worden.

Was hatten sie denn gefunden?

Oskar, der Polizeireporter und Kollege, wusste immer etwas mehr als alle anderen.

Die Beamten hatten aufgrund eines behördlich-korrekten Ersuchens der Salzburger Polizei in München die Wohnung geöffnet.

Eine ordentliche Wohnung, knapp 70 Quadratmeter. Seit Steiger das schöne Appartement in Salzburg besaß, genügte ihm in München eine kleinere Wohnung. Er hatte die alte Wohnung verkauft und nicht weit entfernt von seinem alten Wohnsitz die neue erworben: Ein Schreibtisch im Kolonialstil, zwei, drei Nomadenteppiche auf dem Parkett. Ein großformatiges Foto mit Widmung von Franz-Joseph Strauß. Auch auf dem Schreibtisch standen silbergerahmte Fotografien im Postkartenformat: Porträts von Politikern, handsigniert. Steiger kannte ja viele Politikerinnen und Politiker persönlich. Die vierte Macht im Staat vertrug sich ganz gut mit der ersten Macht. Viele Bücherregale, in denen wenige Bücher standen. Die Fächer waren mit Souvenirs aus Afrika bestückt. Felle auf dem Boden und an der Wand des Wohnzimmers. Ein Laptop. Ein paar Geweihe an der Wand.

Oskar hatte erfahren, dass die Ermittler auf dem Laptop eine durchaus interessante Korrespondenz entdeckt hatten. Dem »lieben Steiger« hatte sein Freund in Namibia vor einem Monat gemailt: Es ist alles vorbereitet. Die Finanzierung steht. Wir warten auf dich. Komm bitte bald, damit die Verträge unterschrieben werden können.

Steiger hatte einige Tage später geantwortet. Es sei eine so existenzielle Entscheidung für sein Leben, er bedürfe noch einer Bedenkzeit. Er werde bald antworten. Die E-Mails aus Namibia wurden daraufhin immer drängender. Man könne nicht ewig warten. Die Geschäftspartner werden ungeduldiger. Wozu denn noch Bedenkzeit? Sie hätten doch alles schon besprochen. Jetzt setz dich in ein Flugzeug und komm endlich, lieber Steiger.

Steiger hatte nicht mehr geantwortet.
Die letzte E-Mail alarmierte die Kriminalbeamten.

Lieber Steiger, ich muss dringend mit dir reden. Ich habe in Deutschland zu tun. Nächste Woche bin ich in München. Wenn du aber in Salzburg bist, können wir uns auch gerne dort treffen. Ich bringe alle Unterlagen mit, damit du dich endlich entscheiden kannst.

Das alles hatte Oskar erzählt, als sie sich auf dem Gang im Funkhaus getroffen hatten, als sei er selbst bei der Durchsuchung Augenzeuge gewesen. Oskar musste bei Einsätzen nicht dabei sein; seine Informanten waren zuverlässig, Oskar auch, deshalb schonte er sie in seinen Berichten und Reportagen. Es muss ja nicht jeder kritische Einwand, jede insistierende Frage gesendet werden.

Ja, Wolff würde nach Italien fahren.

In seiner Redaktion wollte Wolff noch einige Briefe unterschreiben, sich die aktuellen Magazine mitnehmen, die außer ihm keiner las, zwei, drei Telefonate führen, und dann entkäme er dem Milieu im Funkhaus, das er immer schlechter ertrug. Er scrollte sich durch die aktuellen Meldungen und die inzwischen eingetroffenen E-Mails, er sah die Telefonliste durch, die sein Sekretariat während seiner Abwesenheit sorgfältig geführt hatte. Da stand: »Hörfunkdirektion. Dringend!« Wolffs Handy war aus gewesen, jetzt entdeckte er, dass die Direktion mehrfach angerufen hatte. Das kann nicht schaden, dachte er, wenn die mal warten müssen. Er wählte die Nummer.
»Al, du musst mich morgen in Österreich vertreten.«
»Ich bin morgen in Italien!«
»Dienstreise?«
»Nein. Privat. Muss mal weg.«

»Du bist morgen, ich bitte dich, in Österreich!«

»Schickst du mich nach Wien?«

»Ich muss überraschend nach Berlin. Deshalb musst du mich morgen vertreten.«

»Du hast eine Stellvertreterin …«

»Die ist in Paris bei einer internationalen Historikertagung.«

»Was soll ich in Österreich?«

»Ein lange geplantes Gespräch mit dem Österreichischen Rundfunk. Es geht um eine intensive Zusammenarbeit beider Sender.«

»Wirklich in Wien?«

»Nein, in Salzburg. Die kommen uns im Sinn des Wortes entgegen. Du kannst die Unterlagen gleich bei mir abholen.«

Wolff holte die Mappe.

»Du kennst alle Partner aus Wien. Und ein paar Landesintendanten werden auch dabei sein. Übrigens: Keine Entscheidungen, keine Zusagen. Nichts ohne Abstimmung mit mir. Du kannst mich jederzeit in Berlin erreichen.«

»Da kannst du doch deinen Referenten schicken. Der schreibt doch in jeder Sitzung mit.«

»Geht nicht. Entspricht nicht der Etikette. Es muss schon ein leitender Redakteur von uns sein. Und das bist du? Okay?«

»Ich fahre mit dem Auto, nicht mit der Bahn. Wollte ein paar Kartons Wein kaufen.«

»Mach das mal. Bis dann.«

* * *

Wolff erreichte das Inntaldreieck. Bis hierher war alles planmäßig verlaufen. Er sollte jetzt rechts abbiegen Richtung Innsbruck. Vorbei an Neubeuern, Brannenburg, Oberaudorf/Niederndorf, in Kufstein/Kiefersfelden gab es einen längeren Stau in Gegenrichtung. Links hinten der Zahme Kaiser. Rosa wie der Rosengarten in Südtirol. Oben lag noch Schnee.

Aber es war nichts mit Innsbruck, nichts mit dem Brenner. Wolff fuhr geradeaus. Richtung Salzburg, Linz, Wien. Jetzt war nichts mehr planmäßig. Was sollte er heute Abend und morgen den ganzen Montag in Salzburg? Es gab Tage, die nicht gut waren. Heute war so ein Tag. Immerhin, er freute sich allmählich, einige seiner Kolleginnen und Kollegen des Österreichischen Rundfunks wiederzusehen. Die meisten mochte er sehr. Ein paar weniger.

Der Tag hatte gut begonnen.
Wolff musste weg. Und Italien war sein Ziel.
Und jetzt fuhr er geradeaus.

Über Salzburg gibt es nichts Besonderes zu berichten.

Wolff hatte sich in seinem Stammhotel am Giselakai einquartiert, von der Altstadt aus gesehen gleich rechts hinter der Staatsbrücke, obwohl es dort keinen Parkplatz gibt, aber wenn man über die Staatsbrücke fuhr, dann drüben vor der Innenstadt links abbog und dann die nächste Brücke wieder ansteuerte: Da hatte Wolff immer einen Parkplatz gefunden. Das Hotel war lange Zeit geschlossen gewesen; die Gesamtsanierung hatte die frühere Zimmerfläche verkleinert, dafür gab es jetzt viel bessere Badezimmer. Auch kam es Wolff vor, als seien die Hotelzimmer nicht mehr so hoch wie früher. Die Decken saßen tiefer als beim letzten Mal, als er hier gewohnt hatte. Das war eine Weile her. Er hatte sich ein Zimmer mit Blick auf die Festung Hohensalzburg und den Dom bestellt, wichtiger aber war ihm sein Stammhotel aus einem anderen Grund. Im obersten Stockwerk, über einen Aufzug und dann noch eine Treppe hinauf erreichbar, hatte Wolff eine der schönsten Dachterrassen dieser Stadt entdeckt. Damals füllte sich die Dachterrasse jeden Abend mit jungen Leuten, die Getränkepreise waren nicht gerade billig, aber in Ordnung. Am späten Abend war es schwer, einen Platz zu bekommen, denn die Terrasse verwandelte sich in einen Jugendtreff mit Disco. Er hatte sich hier oben immer sehr wohl gefühlt. Doch heute Abend war es ganz anders. Das Mobiliar war ausgetauscht worden, die neuen Möbel waren exklusiver und die Speisekarte führte Gerichte auf, deren Preise vielleicht einem

Festspielpublikum entsprachen, also bemerkenswert teuer waren, für junge Leute in der Regel aber unbezahlbar.

Die Silhouette der Stadt hatte sich, bis auf ein paar neue Lichtquellen, kaum verändert. In der Dunkelheit leuchteten die Kuppeln und Türme. Hier oben sitzen und sterben, dachte Wolff. Hier will man nicht mehr weg. Nicht nach unten. Aber auf der Dachterrasse war nichts mehr los. Die jungen Leute kamen offensichtlich nicht mehr hier herauf, die meisten Tische waren unbesetzt, nur an einem Tisch studierte eine Reisegruppe von Japanern die Speise- und Getränkekarten, sie kicherten, sie amüsierten sich, und bis auf einen trugen alle einen Mund- und Nasenschutz, der zur Grundausstattung der Touristen gehörte. Es war, anders als früher, vergleichsweise still. Von unten drang das vertraute Schleifen der O-Bus-Stromabnehmer herauf, Wolff lauschte auf die Glockenschläge von drüben, hin und wieder hörte er die Signalhörner von Einsatzfahrzeugen der Polizei oder der Rettung. Es war immer noch ein herrlicher Platz, der ihn Italien vergessen ließ, aber noch nie zuvor hatte er ein so melancholisches Gefühl in sich verspürt.

Er bestellte noch ein Glas Rotwein, auf eigene Rechnung versteht sich, Wolff war immer großzügig, auch sich selbst gegenüber. Vielleicht kommt die Melancholie nicht von außen, dachte er, nicht von dieser Veränderung der Dachterrasse her, vielleicht kommt sie ja aus mir selbst. Aber solche Stunden sind eine gute Gelegenheit zum Nachdenken. Er musste über so vieles nachdenken, dass er vergessen hatte, in der Weinkarte nach dem Preis zu schauen. Aber heute interessierte ihn der Preis ohnehin nicht, und morgen würde er Gast des Österreichischen Rundfunks, Studio Salzburg, sein.

Am Abend nach der Konferenz würde er dann wieder zurück nach München fahren, er müsste natürlich darauf achten, tagsüber kein alkoholisches Getränk zu sich zu nehmen; die Rückfahrt nach Hause ist nicht möglich, wenn du Alkohol getrunken hast. Da war Wolff immer konsequent. Nicht in seiner Jugend, da hatte er mehr als einmal Glück gehabt. Einmal hatte er, aus der Tiefgarage des Funkhauses in München kommend, auf der Kreuzung gewendet, gegenüber fand eine Polizeikontrolle statt. Wolff hatte bei einer Abschiedsfeier mindestens eine halbe Flasche Wein zu viel getrunken und wenig gegessen; er stand nicht gerne in der Schlange am kalten Büffet. »Woher kommen Sie?«, hatte der Beamte ihn gefragt. Wolff hatte, mit einem schnell in den Mund genommenen Pfefferminz geantwortet: »Von gegenüber. Aus der Tiefgarage des BR. Ich habe jetzt Feierabend.« Der Beamte wünschte ihm einen schönen Abend und ließ ihn weiterfahren. Wolff schwor sich: »Nie wieder!« Und daran hielt er sich seitdem. Aber einen Karton Wein könnte er sich ja vor der Konferenz noch schnell in der Linzer Gasse holen; da gab es eine alte Weinhandlung, die er kannte. Ein schmaler Ersatz für die Kartons, die er so gerne in Italien gekauft hätte.

Auf dem Weg dorthin würde er wie immer einen Augenblick vor der Steintafel zum Gedenken an Georg Trakl stehenbleiben und dessen Verse lesen. Er kannte sie auswendig, aber es war ihm jedes Mal wichtig, sie zu wiederzusehen. Und immer staunte er darüber, wie jung Trakl gestorben war. Dessen Biografie kannte er natürlich, seine Abstürze, seine Träume, den Grundrausch seines jungen Lebens, die Verzweiflung, aus der seine eruptive und zugleich so traurige Poesie entstanden war. Also morgen. Trakl-Gedenkplatte und Weinhandlung.

Er verließ die Dachterrasse und das Hotel. Ein paar Schritte zu gehen tat gut nach der Autofahrt. Steingasse, Linzer Gasse. Ein Nachtgruß an Constanze Mozart.

Vorbei an dem von ihm geliebten Café-Restaurant Isaak, plüschig, altmodisch, vertraut. Dort gab es Punsch-Krapferl mit rosafarbenem Zuckerguss. Die hatte er oft nach München als kleines Geschenk mitgebracht. Jetzt kaufte er sie nicht mehr.

Einige Läden gab es nicht mehr. Andere Shops waren eingezogen. Hier war Wolff, stadtauswärts, in einem kalten Winter einmal zu einem Konzert in einem kleinen Theater gegangen. Ernst Jandl hatte ihn eindringlich gebeten, nach Salzburg zu kommen, man würde sich dort treffen, um bei der akustischen Collage der Jazzmusiker mit Texten des Dichters dabei zu sein. Doch der Autor selbst war nicht gekommen, er war krank. Wolff erinnerte sich daran, wie tief ihn dieser Abend beeindruckt hatte. Später war es möglich, in München diese Performance im Hörspielstudio zu produzieren, ein Hörbuch entstand. Kürzlich hatte Wolff im Netz danach gesucht: Es war immer noch erhältlich, auch Jandl hatte es damals noch bekommen ... Der kalte Winterabend gehörte in das Jahr 1991. Jetzt, Jahrzehnte später, erinnerte sich Wolff genau an seinen Weg in die Schallmooser Hauptstraße zum Kleinen Theater und an seine Vorfreude, den großen alten Mann aus Wien wiederzusehen.

Er kehrte um.

Die für Passanten unvermutet aufspritzenden Fontänen des Bodenbrunnens am Platzl, dem Eingang zur Linzer Gasse, waren längst ausgeschaltet. Wolff ging immer langsamer, als bedrücke es ihn, wieder in sein Hotelzimmer zurückzukehren.

Er blieb stehen.

Ja. Das könnte er sich vornehmen.

Er würde morgen nach der Konferenz den Ort suchen, an dem Steiger totgeschlagen worden war. Irgendwie war er ihm dies schuldig.

In der Rezeption buchte er noch eine zusätzliche Nacht zu seiner Reservierung hinzu. »Auf eigene Rechnung, bitte«, sagte er noch. Dann ging er nach oben.

22

Man kann so durch die Straßen gehen.
Oder auch ganz anders.

Der Mann merkt auf einmal, dass er die amtlichen Kennzeichen der parkenden Autos in die schon am Morgen dunklen Fensterscheiben der Häuser hineinzeichnet und sie typographisch gestaltet: mit unterschiedlichen Schriftzeichen, mit Ziffern, kursiv und gerade. In vielen Größen, mit dünnem oder dickem Strich. Natürlich sind die Fenster dunkel, denn die Wohnungen sind tagsüber dunkel. Viele Bäume stehen entlang der Straße, da fällt wenig Licht hinein. Die dunklen Fensterscheiben haben keinen Charakter. Deshalb zeichnet der Mann die Zeichen, die er sieht, wie mit Kreide auf einer dunklen Schiefertafel.

Gestern hat er am Abend, bevor er seine Position auf dem Balkon eingenommen hat, eine deutsche Tageszeitung gelesen. An einer Überschrift ist sein Blick hängengeblieben: NEUE ERNTE. Er erfuhr, was ihm bisher nicht bekannt war, dass Gemüsepflanzen auch in Jute-Pflanzsäcken gedeihen können. Das gefiel ihm. Denn dann könnte er, wenn sich die Lage doch anders als von ihm erwartet entwickeln würde, die Tomatenpflanzen auf seinen Balkon stellen. Als Dünger wurde Schafwolle in Pellets empfohlen. Eine Wurmkiste für die Züchtung von Kompostwürmern würde er nicht anlegen. Für die Wasserschildkröten, die seine Frau eines Tages nach Hause gebrachte hatte, hatten sie Mehlwürmer gezüchtet: im Blumentopf auf dem Balkon, mit mehreren Lagen Haferflocken, mit Pappscheiben die Schichten voneinander getrennt. Das ging lange gut, bis die ersten Mehlkäfer aus dem Kleiderschrank krabbelten. Mehlkäfer sind schwarz. Schwarze Käfer will niemand in der Wohnung haben. Es war das Ende des Mehlwurmbiotops. Karotten und Zwiebeln, las der Mann, vertragen sich gut, und Tomaten wurzeln 40 Zentimeter tief – im Schnitt. Der Mann hat die Zeitungsseite herausgeschnitten und sie zusammengefaltet. Er wird die Tipps sicher noch gebrauchen können. Klettererdbeeren, Ampeltomaten, Buschbohnen, hat er gelesen, wachsen vertikal, Kartoffeln lassen sich in Kartoffeltürmen anbauen: mehr Ernte auf schmälerem Raum.

Jetzt geht er an den parkenden Autos vorbei. Er verbietet es sich, die Kennzeichen weiter in die Fenster hineinzuschreiben, obwohl diese ihm vertraute Kalligraphie der Fantasie ihn von seinen dunklen Gefühlen und Gedanken ablenkt.

Vor einigen Jahren ist wenige Straßen weiter ein Neubau mit 150 Wohnungen entstanden. Günstige Mieten. Sozialer Wohnungsbau. Keine originelle Architektur, aber Balkone zum Innenhof. An der Außenfront gibt es sie nicht, dabei wäre der Blick dort viel schöner als nach innen. Nur auf den Vorbauten im Erdgeschoß waren Terrassen eingeplant, aber diese Wohnungen waren bestimmt teurer.

Früher gab es hier, in Sichtweite zu einem Schwimmbad, ein großes Areal mit Tennisplätzen. Einmal spielte er selbst mit einem Freund dort, die Tennisausrüstung war ganz neu. Ein Geburtstagsgeschenk seiner Frau. Der Tennisverein vermietete stundenweise seine Plätze auch an Nichtmitglieder, das tat dem Umsatz gut, und der Mann hatte es nicht weit dorthin.

Dann tauchten die ersten Protestplakate auf. Es gab Unterschriftenaktionen. Ordentliche und außerordentliche Mitgliederversammlungen des Vereins. Es gab Alternativvorschläge. Es gab dies, es gab das, und dann starb die Freifläche mit den sorgsam gepflegten roten Tennisplätzen einfach ab. Ein Bauzaun wurde errichtet. Dann geschah lange nichts. Im Häuserblock gegenüber sonnten sich die Leute im Abendlicht. Entstünde hier tatsächlich ein neuer Wohnblock, würde der Sonnenuntergang ihre Fenster nicht mehr streifen. Noch saßen sie in ihren Fenstern, tranken Bier, manche hatten sich Kissen auf die Fensterbretter gelegt. Hier und dort hingen Flaggen verschiedener Fußballvereine heraus.

Nach ein paar Monaten war das Vereinshaus mit seinen Sanitärräumen, dem kleinen Verwaltungsbüro und der Gaststube samt der Terrasse abgerissen. Einige Bagger standen auf der roten Fläche der Tennisplätze. Die Netze wehten im Wind. Da könnte eigentlich weitergespielt werden. Als der Mann, der nicht jeden Tag den gleichen Weg nahm, wieder vorbeikam, hoben Bagger gerade den gesamten Boden ab. Es tat weh zu beobachten, wie das rote Material auf die Ladeflächen der LKW geschaufelt wurde. Ladung für Ladung, weggekarrt von den Hydraulikfahrzeugen. Es war nicht lange her, dass abends der Platzwart die Spielfelder mit Wasser gesprengt hatte. Morgens zogen junge Leute große Latten über den Boden, sie kehrten so lange, bis es keine Vertiefung, keinen noch so kleinen Sandhügel auf der Fläche gab.

Dann waren die Eisenträger eingezogen worden, damit der Aushub beginnen konnte.

Der Mann sah, dass mehrere Menschen durch die Lücken im Bauzaun blickten. Einige hatten Tränen in den Augen. Aber vielleicht wischten sie auch nur Staub aus den Augenwinkeln. Über Baustellen steigt viel Staub auf. Seit diesem Tag war der Mann hier nicht mehr vorbeigegangen.

Jetzt marschiert er zielstrebig zu seiner Kleingartenanlage. Er hat keine Tasche dabei, keinen Korb, er geht leichten Schritts. Er denkt darüber nach, ob er Kohl anpflanzen soll, aber in der Zeitung hat er gelesen, dass die weiße Kohlfliege nicht zu unterschätzen ist. Mit Mehltau kämpfte er ohnehin schon seit Jahren, ein Problem trockener Wochen. In Salzburg gab es in den letzten Jahren immer wieder längere Trockenperioden. Er wird das sein lassen.

Sein Garten blüht und gedeiht. Er ist stolz auf die Arbeit der letzten Wochen. Vor den kälteren Nächten im Frühling hatte er die empfindlicheren Pflanzen mit Vlies abgedeckt, die Flächen ausgemessen und danach die Abdeckungen zugeschnitten. Inzwischen hat er sie weggenommen und zum Trocknen auf eine Wäscheleine gehängt. Jedes Jahr macht er das. Jedes Jahr die gleiche Arbeit, und doch sieht der Garten in jedem Jahr ganz anders aus. Manche Pflanzen brauchen Jahre, bis sie wiederkommen, aber dann sind sie umso schöner. Auf dem Weg hat er, um sich nicht wieder die Autokennzeichen einzuprägen und sie in die Fenster oder andere leere Flächen hineinzuzeichnen, die parkenden Autos in Typen eingeteilt und festgestellt, dass es mehr asiatische Fabrikate als früher in Salzburg gibt. Die Farben des Autolacks hat er sich nicht gemerkt. Als er die Straße überqueren will, kann ein Fahrradkurier gerade noch scharf abbremsen. Der Mann erschrickt. Das ist ihm noch nie passiert. Er achtet doch immer auf alles, was es zu beachten gibt. Dann verlässt er den Gehweg und tritt auf die Straße. Er zittert leicht nach dieser Begegnung und er denkt sich, eine schwarze Katze von links kann mich nicht so erschrecken wie dieser Kurier eben.

Am Vormittag kommt eine Nachbarin bei dem Mann vorbei, deren Kleingarten über die größte Gartenzwergdichte der Anlage verfügt. Trotzdem ist sie ihm sympathisch. Sie redet geradeaus, schwätzt sich nicht um Wortgirlanden herum. Sie ist keine Intellektuelle, das nun wirklich nicht, aber dumm ist sie auch nicht. Der Mann hat immer wieder einmal mit ihr ein paar Worte gewechselt.

Jetzt will sie ihm etwas sagen.

Sie hat erfahren, dass der Magistrat der Stadt Salzburg sein Bauprojekt nicht realisieren wird. Es muss gespart werden. Weil aber auch in dieser Stadt Wohnraum fehlt, hat er einen Investor beauftragt, im Erbbaurecht die geplanten Neubauten zu errichten. Wenn der Preis stimmt, entfällt die Verpflichtung für mietbegünstigte Wohnungen. Lediglich 7 Appartements sollen dem sozial geförderten Wohnungsbau zugerechnet werden, das lässt sich vertraglich regeln. Über die Nutzung der anderen Wohnungen, vom 1-Zimmer-Appartement bis hin zur 5-Zimmer-Dachterrassenwohnung, kann der Bauträger frei verfügen.

Der Mann will das nicht glauben. Aber er hat, als er noch im Dienst des Magistrats stand, gelegentlich solche nachjustierten Entscheidungen der Kommunal- und Landespolitik miterlebt. Er nahm das zur Kenntnis, es berührte ihn damals nicht.

So ist das mit den Gefühlen, wenn man sie zulässt. Sie streiten miteinander. Sie bekämpfen sich gegenseitig. Kaum spürt der Mann eine große Traurigkeit, auch ein Gefühl von Hoffnungslosigkeit, blitzt unvermutet in ihm eine ganz andere Stimmung auf: Ein irrationaler Tatendrang. Er weiß das genau. Er wird den Komposthaufen durch Umwenden lüften und später auf seinen Beeten verteilen. Er wird doch seinen Garten nicht verwahrlosen lassen.

Er holt die Gartengeräte heraus, keines hat Rost angesetzt, und überlegt, in welcher Ecke er am besten anfangen soll. Im nächsten Augenblick überfällt ihn der Gedanke: Es ist sinnlos. Aber dann schneidet er doch die Fliederbüsche zurück. Der Wind trägt einzelne Tonmosaiken der Domglocken bis hierher.

Fliederbüsche, das weiß er, verzweigen sich weitläufig in ihrem Wurzelwerk. Gartenexperten raten deshalb davon ab, Flieder anzupflanzen. Aber er liebt den Flieder.

An den Geburtstagen seines Vaters, in der Mitte des Monats Mai, schnitt der Mann zusammen mit seinen Geschwistern viele Zweige des blühenden Flieders im Garten ab: weißer Flieder, dunkelvioletter Flieder, ein unerschöpflicher Reichtum an Blüten. Eine Fliedersorte gab es zum Glück nicht rund um das Haus: jenen blässlichen und hässlichen Flieder, der sich nicht zwischen den Farben weiß und violett entschieden hatte und der den Mann, wann immer er in einem Garten diese Farbvariante sah, an anämische Patienten erinnerte.

Das Haus duftete nach Flieder, und auf den Tischen in der Wohnung standen Vasen mit kräftigen Maiglöckchen, nicht mit den erbärmlich kleinen Blüten, die es auf den Märkten im Bündel zu kaufen gab: teuer und kurzlebig, sondern richtig fette, große, weiße Glocken, die auch klingelten, wenn man nur sorgfältig hinhörte.

Flieder und Maiglöckchen: das war der Duft an den Geburtstagen seines Vaters, der eine prominente Persönlichkeit in der Stadt gewesen war. Unten in dem Haus mit der weitläufigen Dienstwohnung waren die Büros, oben wohnte die Familie, und im Treppenhaus spielte der Posaunenchor sein Geburtstagsständchen, Jahr für Jahr, und dann wurden die Musiker in der Wohnung mit Kaffee und Kuchen bewirtet. Er hat nie vergessen, welche Vibrationen die Posaunen in ihm verursachten, diese Töne und das tiefe Empfinden anderer Menschen für seinen Vater, mit dem sie wahrscheinlich häufiger zu tun hatten als er selbst.

Als er Schüler war, hatte sein Vater am späten Nachmittag an seiner Zimmertüre angeklopft und ihn gefragt, ob er ihn zu seinem Abendspaziergang durch die Stadt begleiten wolle. Der Mann hatte es geliebt, mit ihm in der Dämmerung loszugehen.

Oft unterhielten sie sich bei ihren Spaziergängen darüber, wie das Leben aussehen würde, wenn sie völlig allein nach einem Atomschlag, einer grünen Wolke oder einer anderen Katastrophe übriggeblieben wären, sie beide. Die Geschwister und die Mutter kamen in diesen Gesprächen nicht vor. Als Erwachsener hatte er die Motive in Büchern von Schriftstellern wiedererkannt: In der »Grünen Wolke« von A.S. Neill, später dann auch in dem für ihn wichtigsten Roman »The Road«, den er immer wieder von vorne bis zum Ende gelesen hatte.

Die Dialoge zwischen Vater und Sohn haben ihn so stark berührt, dass er sich seitdem keine tieferen existenziellen Gespräche von zwei Menschen vorstellen kann. Er liebt die Bücher von Cormack McCarthy, und er bewahrt sie in seinem Bücherregal wie ein Heiligtum auf. Sein Vater entführte ihn in die Räume seiner Kindheit: in die Villa des Kommerzienrates, in die Großzügigkeit des klassizistischen Baus, in den parkähnlichen Garten mit dem Kutscher- und Pförtnerhaus, und sie gingen später zusammen durch Salzburg und waren doch in einer anderen Welt. Würden sie, um sich zu ernähren, Konservendosen aus den menschenleeren Supermärkten holen, woher käme das Trinkwasser, woher das Licht, wo fänden sie Socken und Kleidung? Es gab keine Toten in diesen Gesprächen, die Welt war einfach leer geworden, bis auf die zwei Leben: Vater und Sohn. Das waren die schönsten Spaziergänge im diffusen Licht zwischen dem müden Tag und der aufwachenden Nacht.

Er stellt fest, dass ihm die Arbeit heute nicht leichtfällt. Er bewegt sich langsamer als gewöhnlich. Seine Arme und Beine sind bleischwer, obwohl er nicht müde ist.

Und dann sieht er schon wieder die Schnecken.
Der Mann hat zu tun.

Wer arbeitet, muss nicht ständig über die Zukunft grübeln. Aber heute gelingt ihm die Arbeit nicht. Er stellt die Gartengeräte wieder zurück in die Ecke, reinigt sie natürlich vorher. Er ändert sein Programm, das er sich für diesen Tag vorgenommen hat. In einem Stoffladen hat er gestern schwarzen Samtstoff gekauft, war über den unerwartet hohen Preis erstaunt, aber es musste sein. Endlich, endlich wollte er in seinem Gartenhaus Ordnung im Besteckkasten schaffen. Sie hatten, als sie noch zu zweit waren, mehrere Besteckgarnituren im Schrank. Das Silberbesteck stammte von ihrer Mutter, er selbst hatte früher schon von seinen Eltern kleine Gabeln und kleine Messer geschenkt bekommen, und dann kauft man sich ja auch selbst das eine oder andere, weil es natürlich einen eigenen Geschmack gibt. Das Material ist wichtig. Wichtiger aber ist für den Mann das Design. Deshalb hatten sie eine Besteckgarnitur für den Garten vorgesehen. Es kann nicht schaden, über genügend Messer und Gabeln und Löffel zu verfügen, wenn man mit Nachbarn zusammenkommt. Seit er allein ist, kommt er aber in seinem Garten mit Nachbarn nicht zusammen. Kein Grillfest, kein gemeinsames Jausnen am Abend. Er verspürt wenig Lust, Gastgeber zu sein. Die Bestecke liegen durcheinander im Besteckkorb. Das widerspricht seinem Ordnungssinn. Er will schon lange den Besteckkorb mit schwarzem Samt auskleiden, das haben sie daheim auch so gemacht, und dann in die schwarzen weichen Fächer das Besteck legen: Löffel hinter Löffel, Gabel neben Gabel, nur mit den Messern gibt es ein Problem: Die lassen sich nicht gut nebeneinander in die Fächer einordnen.

Das kann, das will er sich jetzt vornehmen.

Es sind ja nicht immer die großen Dinge, auf die es ankommt. Im Kleinen muss Ordnung herrschen. Die Vergewisserung über eine Miniaturästhetik beim Betrachten der Besteckfächer: selbst der winzige Raum eines Besteckkorbs verfügt über eine Schönheit, wenn die Choreographie des Bestecks im Raum der schwarzen eingeklebten Samtschatullen stimmt.

Und wie es so passiert.
Du schaust auf das eine und entdeckst das andere.

In der Ecke hat eine Spinne ihr Netz geknüpft. Der Mann ist fasziniert, denn gestern war es noch nicht da. Mit einer Postkarte und einem Schnapsglas fängt er die Spinne ein, das ist nicht leicht, weil die Spinne wachsam ist, aber er schafft es, und trägt die Spinne bis zu den Fliederbüschen. Dort wird sie ein neues Netz spinnen. Seit er sich erinnern kann, hat er die Spinnen so gefangen. Er kann sie nicht töten. Na ja, in den Badewannen manches Ferienhauses hat er Hausspinnen durch den Abfluss gespült, leicht schaudernd. Vielleicht waren sie durch die Abluftrohre in die Badezimmer gekrochen, er wusste es nicht. Aber immer wieder einmal saß eine Spinne in der Wanne, und das wollte er nun wirklich nicht haben. Er drehte dann das Heißwasser auf und das Tier verschwand. Bis er eines Tages im Fernsehen einen Film von Horst Stern über die Spinnen gesehen hat: War er vielleicht früher anfällig für eine *Arachnophobie*, für eine Angst vor Spinnen, so erlebte er diesen Film als eine Sternstunde im Sinn des Wortes. Er mochte den nuschelnden Naturerklärer im Fernsehen ohnehin, diesen Gegentypus telegener Welterklärer, aber er hat bis zum heutigen Tag nicht vergessen, was ihm Horst Stern über Spinnen damals erzählt hat. Seitdem tötet er keine Spinne mehr. Er geht behutsam mit dem Insekt um, redet ihm gut zu, versucht, ihm die Ängste zu nehmen, und bringt es in eine angenehmere Lage durch den Flug vom Balkon auf den Rasen. Spinnen fliegen dem Boden entgegen, weil sie kein großes Körpergewicht haben, oder er setzt sie in die Efeupflanze, die vom Nachbarn herüberwächst.

Dann entdeckt er in der Ecke des Gartenhauses einen feuchten Fleck. Er geht ihm auf die Spur. Wasser ist durch einen winzigen Spalt in der Holzwand eingesickert. Das Holz muss erst austrocknen, deshalb verzichtet er zunächst darauf, die Fuge zu schließen. Er stellt einen Heizlüfter davor auf.

Dann entdeckt er Moos und Flechten auf dem Dach. Beides sind Zeichen für eine gesunde Natur, aber beides will er auf dem Dach seiner kleinen Gartenlaube nicht dulden. Sehr vorsichtig hebt er kleine, topflappengroße Quadrate mit einem Spachtel ab, und er trägt sie unter die schattige Hecke am Baum.

Dann entdeckt er im Fußboden Löcher, die nur von einem Holzwurm stammen können. Über Holzwürmer hat Horst Stern nie einen Dokumentarfilm gedreht.

Der Mann aber hat seine Erfahrungen mit Holzwürmern gemacht. Er hat immer schon damit gerechnet, dass der Holzwurm auch seine Hütte entdeckt. Darauf war er vorbereitet. Vor langer Zeit hatte er seiner Frau die Holzskulptur eines Pferdes geschenkt, eine schöne Arbeit. Dann saß der Holzwurm im Pferd. Er hatte das Pferd in der Tiefkühltruhe eingefroren, da gab es mal eine Empfehlung im Fernsehen, und im Winter hatte er den Gaul dem Frost auf dem Balkon ausgesetzt. Endlich war das Pferd in der Wohnung wieder willkommen. Es dauerte nicht lang, bis vor der Skulptur wieder winzige Holzstaubhäufchen lagen. *Mission impossible.* Irgendwann hatten sie deshalb zusammen beschlossen, sich von dem Pferd zu trennen. Merkwürdig war, dass es niemand vermisste.

Der Mann kniet auf dem Boden der kleinen Holzhütte. Mit einer feinen Kanüle spritzt er eine Chemikalie in die Löcher des Holzwurms. Ihr fresst mir nicht meine Hütte zusammen, denkt er, und er gibt sich Mühe, dass der chemische Stoff nicht neben den kleinen Löchern verteilt wird.

Und dann stellt er fest, dass die Fenster einen Belag haben. Pollen, Staub, Ablagerungen vom Winter, Spuren des Sahararegens. Also müssen die Fenster geputzt werden.

Dann ist auch das geschafft. Es ist inzwischen Nachmittag. Der Mann hat keinen Hunger, heute hat er sich auch keine Jause mitgenommen. Eigentlich wollte er nicht weit von hier beim Vietnamesen Reis mit Gemüse bestellen. Der Reis ist körnig, das Gemüse knackig. Da bedarf es nicht zusätzlicher Portionen an gerösteten Hühner- oder Entenstückchen. Er hat seit einigen Tagen ohnehin gemerkt, dass er keinen Appetit hat. Heute Abend könnte er sich eine Suppe auftauen, aber selbst darauf hat er keine Lust. Vielleicht bin ich krank, denkt er, oder es ist so, dass mich anderes mehr beschäftigt als der Drang, mich zu ernähren. Der Mann hat solche Situationen in seinem Leben immer wieder erlebt. Es waren meist Krisenzeiten, in denen sich sein Appetit verflüchtigte wie der Nebel über der Salzach am frühen Morgen.

Nie hört er in seinem Garten Radio. Er liebt die Sendungen im Radio, aber hier draußen kommt es ihm geradezu pervers vor, Radio zu hören: Fußballreportagen, Nachrichten, Musik. Die Nachbarn halten es anders. Fällt ein Tor, brandet in den Gärten Jubel auf. Entsetzen. Geschrei. Das Konzertgeräusch einer formierten Gesellschaft. Er will horchen. Auf die Töne, die von der Altstadt herüberwehen, auf das Gezwitscher der Vögel, die er inzwischen ganz gut unterscheiden und vor allem bestimmen kann, auf den Wind in den Blättern und auf das Summen der Hummeln und Bienen, im Sommer auf das Zirpen und Schnarren der rotflügeligen Schnarrschrecke. Sie springt in die Höhe, kurz bevor sie ein Fußtritt erreicht, die hell- bis dunkelroten Flügel faszinieren den Mann, und er hat sogar schon Schnarrschrecken mit blauen Flügeln entdeckt.

Zu Hause, auf seinem Balkon, hat er sich an ganz andere Geräusche gewöhnt. Es ist in Ordnung, täglich zwischen der einen und der anderen Welt zu wechseln.

Abends steht er wieder dort.
Er denkt nichts.
Er empfindet nichts.
Er schaut in die Dunkelheit.

Es duftet nicht nach Flieder, nicht nach Maiglöckchen. Vergissmeinnicht gibt es später im Jahr auf den Märkten und in den Blumengeschäften, aber sie riechen nicht.
Es fängt an zu regnen.
Es ist gut, dass es schon wieder regnet.
Der Boden ist immer noch zu trocken.
Er schaut hoch zum Orion. Er ist trotz des Dunstes über der Stadt gut zu sehen. Was haben die Wissenschaftler Angst erzeugt. Der linke Stern, ganz oben über dem Dreigestirn-Gürtel, mit seinem seltsamen Namen Beteigeuze würde sterben, verglühen, vielleicht explodieren. Er ist viel dunkler geworden. Monate später am Abend hat er im Netz eine Meldung gefunden, die ihm Hoffnung macht: Beteigeuze strahlt wieder heller. Niemand weiß, wie diese Lichtschwankung entstand.

Ausgesandt worden ist sie vor langer Zeit, einer kleinen Ewigkeit, Hoffnung aber kann ganz schnell wachsen.

Er trinkt einen Schluck, horcht in die stille Nacht hinein, und sagt sich: Alles wird gut. Der Mond hängt ziemlich magersüchtig knapp oberhalb des Horizonts. Der Mann ist zufrieden, hier zu stehen am Ort seiner Nachtgedanken. Beteigeuze strahlt wie immer herab. Vielleicht hatte er eine Krise. Das wäre ja ganz normal.

Am Nachthimmel über seinem Balkon treiben weiße Wolken vorbei, spärlich vom Mondlicht und dem Lichtschein über der Salzburger Innenstadt aufgehellt. Sie erinnern ihn an eine Facharbeit in seinem Gymnasium. Er hatte sich ein spezielles Thema ausgesucht: Die Konstruktion und die Funktion einer Orgel. Viele Gespräche hatte er als Schüler mit einem Organisten geführt, der damals in Salzburg wegen seiner Konzerte sehr bekannt war. Er hatte Zeichnungen mit der technischen Konstruktion von Orgeln angefertigt, akkurat wie technische Konstruktionspläne, viele Stunden hatte er mit dem alten Kirchenmusiker über Orgeln geredet, ihre Besonderheiten und ihre Nicht-Vergleichbarkeit, über ihren Klang, ihre Geschichte, die bis auf Kaiser Karl den Großen zurückging, über ihre Technik und über die besonderen Eigenschaften des Metalls für die Orgelpfeifen und die akustischen Eigenheiten des Holzes. Seine in vielen Wochen entwickelte Arbeit fand große Anerkennung. Es gab einen Nachdruck in der Zeitschrift der Schule. Der Organist war gerührt, als er ihm ein Exemplar der Schulzeitschrift mitgebracht hatte und er sagte ihm: »Du kannst dir eines meiner Aquarelle aussuchen.« Er hatte ihm an diesem Tag viele Mappen aufgeblättert, der Schüler hatte sich aber für ein Bild entschieden, das er schon beim ersten Durchblättern der Kunstmappe entdeckt hatte. Eine flache Landschaft, darüber gelbe und blaue Wolken, die ihn an die Gemälde von Emil Nolde erinnerten. Er war damals begeistert von den Bildern Noldes. Erst später, Jahrzehnte später, hatte er gelesen, dass Nolde nicht nur ein großer Künstler gewesen war, sondern dass er auch mit den Nationalsozialisten sympathisierte. Die deutsche Bundeskanzlerin ließ nach den Veröffentlichungen ein Nolde-Gemälde, das hinter ihrem Schreibtisch im Bundeskanzleramt hing, entfernen. Es gab an diesem Platz dann aber kein neues Bild. Das war konsequent. Er hatte sich daraufhin das Aquarell des Organisten sorgfältig angesehen, der Künstler hatte Nolde wohl gekannt, sonst hätte er nicht die Wolkengewalt über dem flachen Land nachzuempfinden versucht.

Der Mann hatte das Bild des Organisten von der Wand abgenommen, in Packpapier verschnürt und in den Keller gebracht. Da war es lange gestanden. Eines Tages entdeckte er Schimmel. Und entsorgte das Aquarell.

Er empfindet es jetzt als Verlust, dass er sich von dem Bild getrennt hat. Vielleicht hätte man es retten können. Aber manchmal muss man sich von Dingen trennen, sonst trennen sie sich selbst von einem. Beides tut weh.

Der Himmel sieht aus, als habe der Organist, nicht Nolde, diesen nächtlichen diffusen Himmel mit seinen Wolken gemalt. Aber sein Bild ist nicht wirklich zerstört. Es ist in seinem Kopf.

Nun sollte niemand, der es nicht professionell tut, eine ganze Nacht den Mond und die Wolkenformationen um ihn herum betrachten, die von Westen über die Festung herübergetrieben wurden. Solche Beobachtungen wecken nur eine Sehnsucht nach fernen Räumen. Er muss solche Sehnsucht von sich fernhalten, weil es ihm unmöglich zu sein scheint, nach allen Reisen mit ihr jetzt allein aufzubrechen. Sprachlos, weil er ihr nichts mehr erzählen kann, ihr nicht mehr zuhören kann, hilflos, weil er sie nicht fragen kann, heimatlos, weil ihm sein Lebensfundament fehlt. Wer das weiß und wer sich trotzdem nicht aufgibt, muss solche Gefahren für die Psyche ausschließen: eine Nachahmung der Reisen, jede Nostalgie, die Orte und Länder wieder zu besuchen, in denen sie glücklich waren. Der Mann hatte sich das so überlegt: Erinnerung? Ja. Kopie? Nein.

In solchen Zeiten ungewollten Alleinseins ist es gut, einen Garten zu haben, oder wenigstens einen Balkon mit Pflanzen. Beides verpflichtet. Beides lehrt Geduld. Beides lehrt Stille. Nach außen, nach innen.

Natürlich gibt es in der Welt andere Reiseziele. Die meisten hat der Mann, obwohl sie in den letzten Jahrzehnten viel gereist sind, noch nie gesehen. Aber welchen Sinn hätte es, wenn alles wie früher wäre: die Vorfreude, die Freude an der Planung, die Diskussion über

Reisedauer und Reiseziele, die Leichtigkeit eines Seins ohne den täglichen Weg in das Büro, die Vertrautheit, mit seiner Frau zusammen zu sein, ihre Freude, endlich einmal wieder aus der gemeinsamen Lebenssituation ausbrechen zu können, um Neuland zu entdecken. Er reiste doch sehr gerne durch andere Länder, weil ihn ihre Begeisterung angesteckt hatte. Eigentlich hatte er sich seit seinen jüngeren Jahren zu einem eher häuslichen Typ entwickelt, obwohl es ihn in seinen Träumen immer wieder in die Ferne zog.

Sie verloren gemeinsam ihre Zeit, wenn sie in einem kleinen Strandrestaurant auf einer griechischen Insel in der Ägäis saßen, Tomatensalat mit weißen Zwiebelringen bestellten. Sie verloren alles, was sie sonst betrübte und belastete, das einzige Problem tagsüber waren die schwarzen Hornissen, die in den bambusgedeckten Sonnenschutzdächern ein Einflugloch suchten. Nachts aber schliefen sie. In kleinen Weinkännchen aus Metall, rosa, blau oder grün, kam der Retsina auf den Tisch. Nichts war zu tun, nichts war zu klären. Sie saßen dann, hörten den Wellen zu und dem Vergehen der Zeit.

Das würde doch alles fehlen. Das ist doch nicht ersetzbar.
Freunde hatten ihm geraten, endlich wieder einmal zu verreisen.

Du hast es doch geliebt, von Salzburg aus aufzubrechen!
Du warst doch immer so gern in der Welt unterwegs!
Du wirst sehen, dass es dir guttut, andere Länder zu sehen!
Du musst dich mal neu aufstellen!
Du brauchst mal einen Tapetenwechsel!
Du kannst eine Studienreise machen, da gibt es interessante Leute!
Du kannst!
Du sollst!
Er will das alles nicht. Jedenfalls nicht mehr.

Die vergangenen Jahre sind nicht wiederholbar. Schwimme nie im gleichen Fluss stromaufwärts! Es gibt kein Zurück. Es gibt die Erinnerung. Sie begleitet dich in deinen Garten. Sie umarmt dich, wenn du nachts auf dem Balkon stehst und in die Stille horchst. Die anderen schlafen wohl alle, nur im Seniorenheim sind einige Zimmer bis in den frühen Morgen hell beleuchtet. Er hat versucht herauszufinden, ob es sich um die Stationszimmer des Pflegepersonals handelt, aber diese Zimmer haben andere Deckenleuchten. Es muss Menschen geben, die nachts wach sind, weil sie die Dunkelheit nicht ertragen.

Im Erdgeschoß gibt es seit Kurzem einen Bewegungsmelder über der neuen Stahltüre. Weshalb sie eingebaut wurde, ist für den Mann nicht klar, obwohl er lange darüber nachgedacht hat. Sie ist da und das genügt. Der Bewegungsmelder lässt einen kleinen Scheinwerfer über der Türe aufleuchten.

Immer und immer wieder.

Der Mann hat aber noch nie eine Katze oder einen Igel oder einen Marder entdeckt, die den Kontakt ausgelöst haben könnten. Manche Technik pulsiert nach ihren eigenen Rhythmen. Jetzt ist es doch ziemlich kühl geworden. Städte am Fluss haben ein anderes Binnenklima als jene, die nicht an einem Gewässer liegen. Heute Nacht ist es ruhig. Der Wind hat gedreht. Von den Güterzügen in Freilassing weht kein Geräusch herüber wie in den anderen Nächten.

Morgen muss er sich in seinem Garten um die Möbel kümmern. Sie hatten sich zusammen einen Tisch, eine Bank und einen Stuhl im Internet bestellt, gefertigt aus dem Holz aufgegebener Boote in Asien. Schwere Möbel, die schön aussehen, aber nicht bequem sind. Der Mann hatte entdeckt, dass auf dem Stuhl, vielleicht durch die Frostnächte, Farbe abgeblättert war, und er hatte unter der Farbschicht ein helles Holz entdeckt, das niemals zu einem Boot auf einem Fluss oder auf einem Meer gehört haben kann. Es bleibt die Illusion. Es bleibt der Betrug. Die Realität ist eine andere. Er spürt, wie er sich ärgert. Morgen wird er sich den Stuhl genau ansehen.

Dann will er entscheiden, ob er das Falsifikat wirklich behalten will. Wenn man nichts weiß, ist es besser. Wenn man etwas weiß, ist es schwer, mit der Fälschung zu leben. Der Mann liebt Wahrhaftigkeit, er versucht, wo immer es ihm möglich ist, ehrlich zu bleiben. Ein paar hundert Mal, hat er gelesen, greift der Mensch täglich zur Lüge.

Wie geht es dir?
Danke, prächtig.

Hast du morgen Zeit?
Tut mir leid, morgen habe ich einen Arzttermin.
Kennst du mich noch?
Ich habe dich doch sofort erkannt. Du hast dich nicht verändert.

Morgen also: die Sache mit dem Stuhl und dem abgeblätterten Lack. Flieder schneiden. Er wünscht sich Flieder in seiner Wohnung.

23

Ich – Steiger.

Ich habe mich also entschieden.

Entscheidungen zu treffen fällt mir nicht schwer. Im Sender musst du dich vor allem schnell entscheiden. Du hast deine Sendung vorbereitet, dann gibt es auf einmal eine neue Nachrichtenlage. Der Chef muss entscheiden und improvisieren. Er muss ruhig bleiben, denn die anderen sind aufgeregt. Er muss klare Anweisungen geben, denn sonst entsteht Chaos. Da kommt es schon vor, dass du dann auch einmal falsche Entscheidungen triffst. Wer sich nicht schnell entscheiden kann, hat im aktuellen Journalismus nichts verloren. Fehler lassen sich korrigieren. Sich nicht entscheiden zu können bedeutet in der Sendung das Schweigen. Ein Loch, in dem alles versinkt.

Ich habe mich also entschieden.

Mein Freund aus Namibia hat mich ganz schön unter Druck gesetzt. Jeden Tag schrieb er mir eine E-Mail, dann wollte er mir in die Augen schauen – per Skype.

Dann rief er an. Immer drängender waren diese Anrufe, bis ich ihm an einem Abend, ich saß noch in der Redaktion, ziemlich laut sagte: »Du weißt, dass ich Zeit brauche. Bitte lass mich so lange in Ruhe, bis ich mich melde.« Er wurde dann auch laut.

Dann habe ich gesagt: »Mein Lieber, jetzt nervst du mich. Ich habe dich nie gebeten, für die Pacht oder den Kauf einer Farm die Papiere vorzubereiten. Das war allein dein Wunsch.« Und dann habe ich aufgelegt. Und dann brauchte ich einen Schnaps, weil ich richtig aufgebracht war.

Ich habe Sorge, dass er mich in München besucht. Wenn er mich nicht findet, kommt er vielleicht nach Salzburg, um mich zu überreden, eine Entscheidung für Namibia zu treffen. Ich bin mir nicht sicher, ob ich ihm die Salzburger Adresse gegeben habe.

Ich glaube, dass er mich mal gefragt hat, wo ich meine neue Wohnung in Salzburg habe. Er kennt die Stadt und er kennt das Salzkammergut, in seiner Jugend war er mit seinen Eltern in den Ferien oft da. Ich hätte ihm wahrscheinlich nicht sagen sollen, wo ich in Salzburg wohne. Die Münchner Adresse kennt er auswendig.

Das ist dann aber auch egal.

Ich mag ihn sehr, aber er hat sich in seine Idee verliebt. Und ich war am Anfang vielleicht etwas zu leichtsinnig. Das Finanzielle ist nicht das Problem. Aber ich bin nicht mehr der Jüngste, ich habe noch ein paar Jahre im Sender vor mir. Vielleicht werde ich auch noch Hörfunkdirektor für eine Übergangszeit. Das kann ich mir gut vorstellen. Aber wenn du dann älter wirst, bist du dankbar für ein dichtes Netz an Ärzten, Apotheken, Supermärkten, öffentlichem Nahverkehr (obwohl ich ihn im Augenblick nicht nutze), und natürlich an Biergärten. Und die Stadt ist ja sehr schön, also die Altstadt. Auch die Linzer Gasse und der Mirabellgarten, obwohl mir der fast als zu künstlich erscheint. Ich mag die englischen Parks eigentlich lieber als diese geometrischen Blumenrabatten und Baumreihen links und rechts von den geharkten Kieswegen.

In Salzburg gibt es wenigstens Schanigärten. Ich bin also hingefahren, mit dem Taxi dann zur Schlüsselübergabe im Büro der Hausverwaltung. Ein eleganter Laden. Hier unterschreiben, da unterschreiben. Das war es dann – irgendwann. Es hat schon recht lang gedauert.

Der Typ von der Hausverwaltung war Diplomingenieur, in Salzburg siehst du auf den Klingelschildern nur Titel. Mag., Prof., Dr., Univ.-Doz., manchmal entdeckst du auch noch einen Hofrat. Das sind dann alte Schilder. Der Typ also erzählte erst einmal, mit welchen Prominenten er persönlich bekannt ist. Ein Adabei der Immobilienbranche. Glatt, aber nicht unfreundlich. Ich schaute auf seine Armbanduhr, er auf die weiß-blaue Rosette des Bayerischen Verdienstordens bei mir. Die habe ich bewusst im Revers eingeknöpft, und sie schien für ihn eine gewisse Bedeutung zu haben. Er bot mir ein Glas Prosecco an. Ich war ja mit dem Taxi unterwegs. Da kann es nicht schaden, eine Schlüsselübergabe zu feiern. Er: »In welcher Branche arbeiten Sie?« Ich: »Ich bin Chefredakteur in München.« Da fragte er nicht mehr weiter.

Im Funkhaus arbeiten wir ja längst trimedial, zwar noch im Aufbaustadium, aber das wird schon. Deshalb sind wir vom Hörfunk jetzt auch im Fernsehen präsent. Ich habe mir gedacht: In München kennen dich viele Leute. Wenn sie dich ansprechen, dann grüßen sie dich nicht einfach, sie wollen etwas. Meist mosern sie herum. Das nervt. Und in Marktschellenberg kennen mich die Leute auch. Dem Steiger sein Bub, heißt es, nicht nur bei den Alten, die meine Eltern noch kannten. In Salzburg aber kennt mich niemand, und wenn, dann sind es Münchner, die zu den Festspielen angereist sind. »Ach, Sie sind hier? Wir hätten Sie hier gar nicht erwartet!« Damit kann ich umgehen, wenn es so kommt.

Weißt Du, ich musste die Entscheidung allein treffen. Ich habe nicht gewusst, wer mich beraten kann. Ich habe einmal mit Wolff am späten Abend im Funkhaus kurz darüber geredet, er hörte aufmerksam zu, sagte aber fast nichts. Es war ihm wohl zu privat. Aber es war gut, einmal mit jemandem zu sprechen, und ich weiß, dass Wolff verschwiegen ist. Er hat nur Rückfragen gestellt. Die waren nicht dumm. Aber er hat mir keinen Rat gegeben. Das ist sein gutes Recht. Aber mir hat dieser Abend trotzdem geholfen.

Dann bin ich also hingefahren. Adresse: Teufelsgasse. Kein schöner Name für eine Adresse, aber man hat mir gesagt, die Straße sei nach einer kleinen Klamm im Kaiserwinkel benannt. Gegend: ein schönes Wohnviertel leicht außerhalb der Stadt. Du musst auf der rechten Seite der Salzach flussaufwärts fahren, dann über die Brücke rüber und dann auf der Ausfallstraße Richtung Anif, aber nicht ganz so weit.

Da gibt es einen Tierpark. Und dann in diesem Viertel viele schöne Häuser. Ich frage mich, wie Tante Olga auf das Neubauprojekt gekommen ist.

Eine Traumwohnung. Aber das habe ich dir schon einmal erzählt. Und ich hatte jetzt den Schlüssel für diese Wohnung.

In den nächsten Monaten habe ich mich bemüht, die Wohnung einzurichten. Von Marktschellenberg habe ich mich getrennt, ein paar Erbstücke habe ich mitgenommen, den Rest nahm ein Nachbar in Kommission. Er ist sich sicher, dass er die gut erhaltenen Möbel verkaufen kann. Der Immobilienwert war in den letzten Jahren gewaltig gestiegen, das habe ich ja an der gestiegenen Grundsteuer gemerkt. Deshalb war ich mit dem Verkaufspreis recht zufrieden. Es ist ja nicht billig, eine völlig leere Traumwohnung einzurichten. So aber hat es schon gepasst.

Als die Bücherregale angeliefert und aufgestellt waren, habe ich in ein Fach meine eigenen Bücher gestellt. Da ist in den letzten Jahren schon einiges zusammengekommen. Es ist merkwürdig, da arbeitest du am Manuskript für ein Buch, ein Jahr oder zwei Jahre, dann kommt die spannende Zeit der Zusammenarbeit mit dem Lektor, dann kommen die Korrekturen, dann der Buchsatz, den du freigeben musst, und irgendwann ist das Paket mit den ersten Autorenexemplaren dann da. Du packst es aus, du entfernst die Zellophanverpackung, du riechst ein nagelneues Buch, auf dessen Titel dein Name steht, du blätterst die ersten Seiten auf. Ein fertiges Buch ist etwas anderes als ein PDF auf dem Bildschirm. Du überlegst dir, wem du als erstes das Buch schenken willst, welche Widmung du hineinschreibst, du legst Listen für potenzielle Rezensenten an, du schreibst E-Mails, du blätterst wieder in dem Buch. Später gibt es Lesungen in Buchhandlungen und Akademien. Da ist es schon schwieriger, die Texte für die Lesung auszusuchen. Denn kaum ist es erschienen, wird es dir fremd. Bei den Lesungen fragt dich niemand, was du in deinem Hauptberuf in den letzten drei Jahrzehnten geleistet hast, du bist jetzt nur der Autor, und der muss gefälligst akzeptieren, dass im Publikum Leute sitzen, die über ganz andere Fakten zu verfügen glauben als jene, über die du geschrieben hast.

Und dann, eines Tages, hat das Buch mit dir nichts mehr zu tun. Du verfolgst seine Spuren in den Medien, im Internet, entdeckst zum Teil sehr eigenartige Rezensionen von Leserinnen und Lesern und kannst dagegen nichts tun. Du erfährst die Präsenz anonymer Menschen in den sozialen Medien, die in Wirklichkeit so sozial nicht sind, und du verstehst ein bisschen manchen Vorbehalt, auf den deine eigene Arbeit in einer großen Rundfunkanstalt stößt. Du schickst das Buch jenen Kolleginnen und Kollegen, die sich dafür interessieren, aber meist hörst du nichts von ihnen.

»Ich habe im Sommer viel Zeit, dann widme ich mich sehr gerne Ihrem Buch und melde mich nach der Lektüre«, schrieb einer, der sich natürlich nicht mehr meldete. Ein bekannter Autor, der mir immer seine Neuerscheinungen schickte (ich habe ihm regelmäßig ausführlich geantwortet mit Anmerkungen zu dem fabelhaften neuen Werk), bat mich dringend um mein Buch. Ich schickte es ihm. Seitdem höre ich nichts mehr von ihm. Inzwischen sind mir meine Bücher fremd geworden. Fremd wie meine Jahre in Marktschellenberg. Jetzt stehen die Bücher im Regal, und ich blättere nicht in ihnen. Ich fasse sie nicht mehr an. Wenn mich aber ein Gast fragen sollte, was ich beruflich so gemacht habe, kann ich auf das Regal zeigen. Denn wie sollte ich ihm erklären, weshalb ich Jahrzehnte für das flüchtige Wort im Radio arbeite? Na ja, nicht wenige Produktionen haben ihren Weg in das Schallarchiv gefunden, aber meist ist es so, dass sie später den Weg an das Tageslicht, also in das Programm, nur in seltenen Fällen finden. Da bedarf es besonderer Jubiläen, historischer Termine und der Sehnsucht nach dem Rückblick auf die jüngere Geschichte. Aber diese Sehnsucht verkümmert. Und die Formate für Sendungen haben sich verändert. Allenfalls taugen die Sendungen, um später einmal als Steinbruch für Originaltöne benutzt zu werden. Da ist es doch handfester, auf ein Bücherbrett zu zeigen. Oder? Was meinst du? Ich rede zu viel. Aber du hast ja gesagt, dass du alles wissen willst. Das ist also okay, hoffe ich.

Jetzt bin ich schon eine ganze Weile Pendler zwischen München und Salzburg. Meist habe ich an den Wochenenden frei, dann bin ich dort. Im Übrigen arbeite ich so viel, oft bis in den späten Abend im Funkhaus, dass mich kein Mensch fragt, wenn ich in der Woche einmal zwei Tage nicht im Büro bin. Mein Sekretariat weiß immer, wo ich zu erreichen bin, wenn es mal brennt. Es brennt manchmal, aber nicht oft.

Das Appartementhaus ist sehr schön angelegt. Vorne Grünflächen, in Beton gefasst. Alles sehr sauber. Hinten ein Garten mit Büschen, Fichten, einer Weide und einigen Buchen, ein Platz mit Wäscheständer zum Trocknen, ein kleiner Kinderspielplatz (obwohl es zum Glück keine Kinder in der Anlage gibt), ein überdachter Abstellplatz für Fahrräder. Auf den Terrassen dezente Sonnenschirme und Markisen, nicht so knallbunte Kleingartenschirme. Die Briefkästen sind größer als bei uns, da könntest du eine amerikanische Wochenendzeitung locker hineinstecken.

Nach langer Zeit fühle ich mich wohl, es geht mir besser als in Marktschellenberg. Dort waren es Erinnerungen, die sich verlieren. Es tut weh, wenn sie verblassen und niemand mehr weiß, wie es früher im Viertel aussah. Wer hier mal gewohnt hat? Keine Ahnung. Drüben gab es einen Bäcker? Nie gehört. Wo jetzt das Gebäude der Sparkasse steht, war früher ein Wirtshaus? Kann schon sein.

Hier in Salzburg ist es die Zukunft, die mich fasziniert. Ich entdecke täglich etwas Neues, ersticke nicht an den Gedanken, wie es früher war. Es gibt sehr gute Radioprogramme, eine interessante Tageszeitung. Mir gefällt, dass die Lokalnachrichten als Extrabuch im Tabloid-Format beigelegt sind. Du tust dir leichter beim Lesen, wenn du im Café bist. Es gibt das Landestheater, aber das ist für mich nicht so wichtig, natürlich das Festspielhaus und die Universität. Ich kann dir das alles mal zeigen, wenn du nach Salzburg kommst. Im Vergleich zu München ist es natürlich eine Kleinstadt, aber von ihrem Selbstbewusstsein aus betrachtet ist Salzburg eine kulturelle Großstadt. Das glauben die Salzburger, und man muss ihnen ja nicht widersprechen. Und der Thomas Bernhard, dieser seltsame Vogel, geht jetzt auch nicht mehr durch die Stadt. Da haben sie doch neulich die Glasfenster vieler Geschäfte mit Thomas-Bernhard-Zitaten versehen, aufgeklebte durchsichtige Folien. Sie haben ihm sogar eine Straße gewidmet, weit draußen. Eine lächerliche Straße im Stadtteil Lehen. Ich finde das richtig. Der Bernhard-Kult ist schon etwas übertrieben, finde ich.

Mit Wolff habe ich kürzlich darüber diskutiert. Er sieht das anders. Aber er hat fast alles von Bernhard gelesen. Ich nicht. Aber eine Meinung habe ich trotzdem.

»Teufelsgasse«. Eine merkwürdige Adresse. Aber ich bin froh, dass ich nicht im »Himmelreich« wohne, draußen am Flughafen. Die Adresse passt ganz gut zu mir, oder?

24

Wenn sich nichts bewegt, musst du dich bewegen.

Nach dem Frühstück schlenderte Al Wolff durch die Linzer Gasse. Er blickte in die Schaufenster. Er erkannte in einem einen Mantel, der ihm schon vor zwei Jahren aufgefallen war. Es ist doch gut, dass manches geblieben ist, dachte er. Ihm begegneten viele junge Leute. Die einen dürften am Mozarteum studieren, sie lachten viel, gestikulierten, manche trugen Geigenkästen mit sich herum, zwei waren Cellisten, die sich mit ihrem Instrument langsamer und behutsamer bewegten. Die anderen könnten Naturwissenschaften studieren, Medizin zum Beispiel. Sie lachten weniger, sie gingen geradeaus, ohne sich von den Schaufenstern irritieren zu lassen. Waren sie zielstrebig? Wolff war sich nicht sicher, aber sie waren doch irgendwie ganz anders. Und dann gab es natürlich die vielen jungen Touristen, aber die schaute sich Wolff nicht an, er war ja selbst einer, wenngleich viel älter.

Am Ende der Fußgängerzone winkte er ein Taxi heran. »Teufelsgasse, bitte«, sagte er. Der Fahrer meinte nur: »Kenne ich nicht. Muss neu sein.« Dann gab er die Adresse in sein Navi ein. Sie fuhren links herum Richtung Schloss Mirabell, dann wieder links nahe der Bergstraße an der Galerie Thaddaeus Ropac vorbei. Dort hielt sich Wolff gerne auf, wenn er in Salzburg war. Er mochte das klassizistische Gebäude mit dem signifikanten Giebelfenster und den beiden Seitentrakten. Die großformatigen Bilder, nein: Metall-Stroh-Zweigwerk-Collagen, riesig und bleiern und blätternd, von Anselm Kiefer. Wolff hatte vor vielen Jahren die Werke von Kiefer in einer Ausstellung im

Hamburger Bahnhof in Berlin für sich entdeckt, dann eine fast größere Sammlung hier in Salzburg gefunden, die ihn begeisterte. Nie würde er sich ein Werk von Anselm Kiefer kaufen. Kein Platz, zu grau, zu traurig, aber grandios. Auch zu teuer. Dabei ist der Transport, wie er zufällig bei einem Verkaufsgespräch mit einem Sammlerehepaar gehört hatte, inklusive. Für Kiefer bedarf es schon eines Spezial-Transporters. Einen Kiefer kannst du nicht einfach in deinem Kofferraum mitnehmen. Aber mit 150 000 bis 300 000 Euro musst du schon rechnen. Da ist der Transport dann schon drin. Aber vielleicht hatte er sich auch verhört. Ganz langsam hatte er sich der Gruppe des Ehepaars und des Galerie-Mitarbeiters genähert, gleichsam angeschlichen, als würde er das Bild hinter ihrem Rücken betrachten wollen, und er hatte seine Ohren gespitzt. Das Vestibül einer Villa musste schon eine Höhe von zwei Stockwerken haben, um besagtes Werk dort unterzubringen. Und wie, fragte er sich, wie sollte es die Wand in einer Villa überhaupt tragen können?

Über die Staatsbrücke ging es zum Rudolfskai und dann weiter. Die Festung Hohensalzburg sah heute Morgen frisch aus, die durch Feuchtigkeit und Moos verdunkelten Mauern wirkten nicht mehr so traurig wie gestern in der Abenddämmerung. Es war ein guter Tag.

Es war ein freier Tag, den sich Wolff genommen hatte. Er wollte dorthin, wo Steiger gestorben war. Das war er ihm und sich schuldig, sagte sich Wolff. Und er wusste zugleich, dass er in einen Grenzbereich aufgebrochen war. Was gab es dort zu suchen? Was gab es dort zu finden? Wonach wollte er Ausschau halten? Er sah, dass es hier – wenige Kilometer außerhalb der Altstadt – viele Hunde gab, die an langen Leinen ihre Besitzer ausführten. Er sah, dass die Hunde das Tempo und die Pausen bestimmten. Das stimmte ihn heiter. Ja, es war ein guter Tag.

Bin ich eine Art Paparazzo? Ein Spanner? Ein Gaffer? Was treibt mich zu Steigers Wohnung, was geht mich das an? Er wusste, dass er – falls ihn einer seiner Bekannten oder Kollegen auf dem Weg ertappt hätte – darüber nichts hätte sagen können. Es war einfach so: Er musste dahin.

Er ließ sich am Anfang der Teufelsgasse absetzen. Immer wieder hatte das Taxi die Salzach überquert, bis sich Wolff nicht mehr auskannte, nach mehreren Passagen durch irgendeinen Kreisverkehr schaute er nicht mehr durch die Scheiben nach draußen, sein Blick ging in sein Inneres. Wenn jetzt jemand wüsste, dass ich Steigers Spuren verfolge, dachte er, ich könnte es immer noch nicht erklären. Ich bin kein Ermittler, kein Detektiv, ein Journalist bin ich schon. Aber das hilft auch nicht weiter. Steiger gab es nicht mehr, aber er war ihm nahe. Wolff wollte einen Ort finden, an dem er diese Nähe für sich festmachen konnte.

Wenn er dort ist, wird er sich umschauen. Und dann ist es gut. Dann wäre seine Geschichte mit Steiger abgeschlossen. Bisher war sie offen, und das beunruhigte ihn. Er mochte keine unvollendeten Absichten, Ideen und Realisationen von Plänen, die sich ihm aufdrängten.

Er schlenderte durch die Teufelsgasse und beschloss, Zigaretten und eine Zeitung in der Tabak-Trafik zu kaufen. Ein kleiner Laden, wie er sie liebte. Zeitungen, Tabak, Schreibwaren, Toto-Lotto, Klebstoff, Gummibärchen und Brausestäbchen. Wenn er mit seinen Eltern im Februar in Österreich Skiurlaub gemacht hatte, während seine Klassenkameraden in der Schule saßen, hatte er seinen Vater in solche Tabak-Trafiken begleitet. Immer durfte er sich dann einen Artikel für sich selbst aussuchen: Ein Siku-Modellauto, ein Wiking-Auto, oder ein Fix- und Foxi-Heft mit Lupo und Klarabella, im besten Fall ein Micky-Maus-Heft, mit dessen Sprechblasentechnik seine Eltern wenig anfangen konnten. Dann gab es in der Trafik auch noch Bücher mit goldenem Einband und traurigen Märchen; zwei davon, inzwischen verschlissen und eingerissen, besaß Wolff noch immer. Das aufgeklebte Titelbild auf dem goldenen Einband war verschwunden, aber Wolff wusste genau, was er dort gesehen hatte: Eine Burg, weiße Pferde und einen Prinzen. Bunte Fahnen. Jede Trafik war eine Schatzkammer voller Wunder.

Und jetzt war er wieder in einer solchen.

Er sagte: »Schöne Gegend hier!«

Die alte Dame hinter dem Verkaufstisch antwortete: »Passt schon!«

»Schon lange hier?«

»Früher war es schöner.«

»Warum?«

»Oje. Da gab es noch nicht so viele Häuser. Da waren überall Gärten.«

»Leben Sie auch hier in der Gegend?«

»Logo. Meine Eltern waren schon da. Schon ganz früher!«

Zum ersten Mal schaute sie ihn an.

»Ich habe einen Freund aus Deutschland, der hat bei Ihnen eingekauft.«

»Wie sah der aus?«

»Na ja, wenig Haare auf dem Kopf, recht blass, Trachtenjanker. Hat bei Ihnen sicher die *Frankfurter Allgemeine* gekauft?«

»Das kann sein.«

»Ende fünfzig, Anfang sechzig. Ein Bayer. Ein Münchner.«

»Ja freilich, ja freilich. Der ist sehr nett. Der kauft auch die *Süddeutsche Zeitung*. Und die *Salzburger Nachrichten*. Manchmal auch den *Kurier* und die *Kronen Zeitung*. Ist ein netter Kunde. Ein feiner Herr. Wissen Sie: ganz normal, nicht so hochgestochen.«

Und dann sagte sie: »Drei Euro achtzig«.

»Ach ja, noch eine Frage: Weshalb heißt diese Straße eigentlich Teufelsgasse?«

»Ach wissen Sie: wir werden ja nicht gefragt. Die Straße wurde neu angelegt, als die Neubauten entstanden. Dann haben sie einen Namen gesucht und einen, den es vorher in der Gegend hier gab, genommen. Weil alle unsere Berge hier außen herum haben schon ihre Straßen.«

Wolff steckte die Zeitungen und die Tüte mit den Brausestäbchen in die Tasche seines Mantels. Als er die Türe schloss, klingelte ganz leise ein Glockenspiel, das am Ausgang hing: kleine Metall- und Glasplättchen, die in der Zugluft aneinanderstießen. Auch diese leichten Metallharmonien klangen wie Erinnerungen an seine Kindheit.

Wer sollte in dieser grünen Straße, in dieser Gasse einen deutschen Chefredakteur erschlagen? Langsam schlenderte Wolff die

Teufelsgasse entlang. Steiger war hier entlanggegangen, immer wenn er aus München hergekommen war. Er hatte in der Trafik eingekauft. Das war sein Viertel, in dem Wolff nichts zu suchen hatte. Er fühlte sich wie ein Eindringling in die Privatsphäre und die Zukunftsträume jenes einsamen Chefredakteurs, den er gehasst, verachtet und später schätzen gelernt hatte, obwohl Steiger ideologisch und politisch immer ein Ultrakonservativer geblieben war. Konservativ zu sein muss wohl eine Art Bodenhaftung für ihn bedeutet haben, dachte Wolff. Was hatte er denn sonst schon an privaten Perspektiven?

Oder war es ganz anders gewesen? Vielleicht hatte sich ein Mensch aus Namibia, bitter enttäuscht von Steigers Absage an die Landübernahme in Namibia, bloßgestellt vor seinen Geschäftspartnern und Nachbarn, hierher begeben, um mit Steiger noch einmal zu reden? Um ihn zur Rücknahme seiner Absage zu bewegen?

War er ihm nachgereist nach Salzburg, weil ihm Steiger in München ausgewichen war?

Hatte dieser Farmer aus Namibia in dieser Trafik eingekauft, Guten Morgen gesagt, eine Zeitung bezahlt, und war dann weitergegangen bis zu Steigers Haus?

Hatte er am Eingang geläutet und Steiger, der ihn nicht in der Wohnung begrüßen wollte, hatte ihn durch die Gegensprechanlage wissen lassen: »Ich komme gleich runter!«

War es so gewesen, oder gab es eine ganz andere Geschichte?

War Steiger einem jungen Mann begegnet, der ihn um Geld anbettelte? Abgerissen, schwankend zwischen Drogenwirkung und Entzug, und Steiger ließ ihn stehen: »Sie wollen Geld von mir? Ich muss es mir hart verdienen. Machen Sie das auch, wenn Sie dazu in der Lage sind.« Und dann drehte sich Steiger abrupt um und ging weiter?

Oder war Steiger ein Zufallsopfer junger Krimineller, die in dieser offensichtlich wohlhabenden Gegend Diebe oder Einbrecher oder Handtaschenräuber oder irgendetwas in dieser Art waren?

Hatte Steiger, als er am Morgen sein Haus verließ, Streit mit einem Menschen, der zufällig vorbeikam, selbst schwer belastet mit Konflikten und Hoffnungslosigkeiten? Steiger konnte, wenn er stritt, grob sein. Auch gemein, später tat ihm das leid. Er entschuldigte sich nie, aber anderen gegenüber räumte er schon manchmal ein, dass er danebengelangt hatte. Das hatte er auch Wolff an einem Abend einmal erzählt: Ich bin kein Intellektueller, ich bin ein Emotionaler. Etikett drauf. Auseinandersetzung Ende. Es gibt ja viele Leute, dachte Wolff, die sich selbst gerne definieren, um andere nicht verstehen zu müssen. Ihre Sätze beginnen meist mit der Formel: Wissen Sie, ich bin ein Mensch, der … Wolff hätte niemals auf diese Weise über sich etwas erzählen können.

Schau dir die Häuser an!

Die Namen auf den Briefkästen bestehen meist aus Abkürzungen. F. S., A. M., U. R., Dr. E. Abkürzungen sind eine Art Tarnkappe. Der Postbote und die seltenen Gäste können wissen, wer hier wohnt, Fremde geht das nichts an. Garagen neben den Häusern. Manche sind so aufwendig errichtet, dass mindestens zwanzig Flüchtlinge unter dem Dach wohnen könnten, denn die Garagen sind beheizt. Swimmingpools – einige dezent hinter Hecken versteckt, manchmal demonstrativ, fast obszön, vor dem Haus den Himmel widerspiegelnd. Grillgeräte. Trampolins. Tischtennisplatten.

Exotische Bäume in Blumentrögen aus Terracotta. Hollywoodschaukeln. Eierförmige Strohkörbe mit Sitzpolstern, sie hängen an Ketten von den Decken der die Terrassen überragenden Balkone. Keine Namen auf den Klingelbrettern, die mit Hand geschrieben sind, keine aufgeklebten Streifen mit der Angabe, wer hier lebt.

Hier am Gartenzaun eine wellenförmig geschnittene Hecke, dort eine Parade von Buchsbäumen. Noch hat sie der Zünsler nicht vernichtet. Goldene Klingelknöpfe.

Ein paar Neubauten, dazwischen die alten Villen, die über mehr Patina verfügen.

Dann immer mehr Neubauten. Appartementhäuser vom Feinsten. Eines neben dem anderen. Die Wohnungen sind hell, die Balkone und Terrassen breit. Hier, etwas weiter hinten in der Teufelsgasse, gibt es keine alten Villen mehr, die vor 100 Jahren errichtet wurden, keine Siedlerhäuser, keine ausgebauten Gartenlauben, die in solchen Gegenden meist als Schwarzbauten errichtet worden waren.

Wolff sah, dass ab der Mitte der Teufelsgasse ein neues Anrainergebiet entstanden war, nicht einer alten Siedlungsstruktur entwachsen, sondern eingepflanzt in ein Areal, das vorher ganz anders ausgesehen haben musste. Er fand schließlich das Haus, in dem Steiger seine Zweitwohnung hatte. Er betrachtete am Eingang die wenigen Treppenstufen, links befand eine behindertengerechte Auffahrt für Rollstühle.

Steiger stand an seinem letzten Morgen wahrscheinlich hier.

Vielleicht hat er durch seinen Briefkastenschlitz geschaut, ob schon die Post da ist.

Vielleicht hat er sich eine Zigarre angesteckt.

Vielleicht hat er in seinem Handy die News von seinem Sender gesucht.

Vielleicht hat er sich auch nur am Kopf gekratzt oder eine Sonnenbrille aufgesetzt.

Wenn die Sonne über Salzburg scheint, kann das Licht grell sein.

Das Haus und die Wohnung im ersten Stock wollte sich Wolff nicht einprägen. Überall gab es solche Wohnungen, vorausgesetzt, man konnte sie bezahlen oder erbte sie. Steiger hatte dieses Glück geerbt, und Wolff einmal erzählt, wie ihn dieses Erbe in jeder Beziehung überrascht habe. Dann aber wollte er auf einmal nicht mehr darüber reden.

Diesen Himmel hatte Steiger also gesehen. Diese Bäume. Diese Straße, die sie »Gasse« genannt haben. Diese Nachbarhäuser und ihre Gärten. Er war glücklich, der engen Wohnung in Marktschellenberg entkommen zu sein, zumindest hatte er das einmal an einem weinseligen Abend zu Wolff gesagt, seine Tante Olga hatte ihm durch ihr Erbe, sagen wir, einen Immobilien-Aufstieg geschenkt, den Eintritt in eine Luxusgesellschaft, der sich Steiger nie zugerechnet hatte, obwohl er wahrscheinlich solche Leute beneidete. Nun war er selbst einer, der hier »residierte«. Denn viele Neubau-Appartementhäuser heißen heute »Residenzen« oder »Palais«. Der König ist tot, es lebe der König.

Wohin gehst du, wenn du nicht weißt, wohin du gehen sollst?

Die Frau in der Trafik hatte Wolff eine Information gegeben, die in ihm auftauchte: wie ein Blesshuhn, dachte er, das untertaucht und an anderer Stelle plötzlich wieder auf der Wasseroberfläche sichtbar ist. So verhielt es sich auch mit der Information aus der Trafik. Sie erzeugte eine Unruhe in ihm, unvermutet, alle anderen Gedanken verdrängend.

»Da waren überall Gärten«, hatte sie gesagt.

Er ging in die Trafik zurück. »Wir schließen über Mittag«, sagte ihm die Trafikantin, als er eingetreten war. »Aber Sie kann ich noch schnell bedienen.«

»Haben Sie vielleicht einen alten Stadtplan von Salzburg?«, fragte er.

Sie bückte sich, sie nahm Heftstapel aus dem Regal, murmelte vor sich hin. »Ich hatte hier irgendwo einen recht verstaubten Stadtplan, den ich nicht mehr verkaufen wollte. Der ist schon längst nicht mehr aktuell.« Wolff betrachtete inzwischen das Regal mit den Publikumszeitschriften. Sex. Kosmetik. Partnerschaftsprobleme. Gesundheitstipps. Gartentipps. Kochtipps. Freizeittipps. Tipps für die Pubertät. Tipps für das Alter. Reisetipps. Wandertipps. Einrichtungstipps. Filmtipps. Modetipps. Eine Gesellschaft, die so viele Tipps konsumiert, muss eine ratlose Gesellschaft sein, dachte Wolff und er fragte sich, über welche Kompetenz die vielen Beraterinnen und Berater in den Medien eigentlich verfügten, woher sie kamen, was sie gelernt hatten und weshalb sie in sich diesen Weltverbesserungsdrang spürten. Weltverbesserung: ein Wort, über das er seit zwanzig Jahren nicht mehr nachgedacht hatte. Damals war »Weltverbesserer« ein negativ besetzter Begriff, mit dem Gegner und Konkurrenten, vor allem die jüngere Generation, abschätzig bedacht worden war, um sie einer romantischen Blauäugigkeit zu bezichtigen.

»Jetzt habe ich das alte Ding gefunden!« Die Frau lächelte ihn an.

Sie wollte ihm den vergilbten Stadtplan nicht verkaufen. Aber Wolff legte fünf Euro auf den Verkaufstisch, bedankte sich für ihre erfolgreiche Suche und verließ die Trafik.

Er hörte, wie die kleinen Metall- und Glasplatten über der Ladentür leise klingelten, als wehte ein leichter Luftzug. Dann hörte er, wie sie abschloss und die Tür verriegelte. Mittagspause. Sie wird jetzt wahrscheinlich nach Hause gehen. Ob jemand für sie gekocht hat oder ob sie sich jetzt selbst ihr Mittagsessen zubereiten wird?

In den feineren Vierteln stehen keine Sitzbänke herum. Zudem gibt es keine Haltestellen, die mit Sitzbänken ausgestattet sind. Die feineren Leute sitzen in ihren Autos, parken in der Auffahrt vor der Garage oder fahren in die Tiefgarage, gleich sind sie in ihrer Wohnung und dann sitzen sie wieder. Sie brauchen keine Sitzbänke auf der Straße. Aber Wolff hätte sich gern hingesetzt, um den leicht modrig riechenden Stadtplan zu öffnen und nachzusehen, wo die Teufelsgasse zu finden sei. Da fiel ihm ein, dass es diese Straße anscheinend vor Kurzem nicht gegeben hatte. Den Namen der Hauptstraße, die sein Taxifahrer gewählt hatte, wusste er nicht mehr. Deshalb ging er ein paar hundert Meter zurück bis zur Straßenkreuzung. Es gab kein Schild, also schlenderte er weiter bis zur nächsten Kreuzung, die ausgeschildert war. Jetzt wusste er, wonach er im Stadtplan suchen musste. Natürlich hätte er auch über eine App in seinem Smartphone schnell herausgefunden, wo er sich befand, aber der Kauf des alten Stadtplans hatte ihn in eine ihm unbekannte Spannung versetzt. Etwas zitterte in ihm. Diese Wahrnehmung hatte er schon öfters gehabt, immer dann, wenn er auf ein Thema stieß, von dem er glaubte, es vor anderen, ganz exklusiv aufgespürt zu haben. Fast immer war es auch so, dass er einen Stoff, ein Thema entdeckte, das auf der Straße lag, aber niemand hatte sich gebückt, um es aufzuheben.

Er ging zurück zur anderen Kreuzung, dann bog er in die Teufelsgasse ein. Es war egal, wann er abends wieder nach München zurückfahren würde. Niemand erwartete ihn. Zu Hause würde er auch nicht mehr arbeiten. Den Bericht über die Konferenz im Landesstudio Salzburg könnte er in aller Ruhe morgen in seinem Büro schreiben. Er ließ sich Zeit und schlenderte weiter und weiter – bis in die Nähe jenes Appartementhauses, in dem Steiger gewohnt hatte. Er entdeckte eine niedrige Steinmauer, die einen Garten vom Gehweg trennte, und er setzte sich auf das Mäuerchen. Die Sonnenstrahlen fielen durch das frische Grün der Bäume, er hörte Amseln und Meisen zwitschern. Mauersegler sah und hörte er nicht.

Man könnte hier ewig sitzen, dachte Wolff, ein wunderbarer Platz. Sitzen, warten, die Sonne genießen, und der Bus kommt nicht. Er hält hier nie, weil er hier nie vorbeifährt. In Wien, das fiel ihm jetzt ein, hatte er eine Theaterinszenierung gesehen. Lot und seine Töchter. Er erinnerte sich nicht mehr daran, ob er sie im Theater im Rabenhof oder im Akademietheater gesehen hatte, es spielte auch keine Rolle, aber ein Bild war da: Wie sie an einer Haltestelle sitzen und warten. Die U-Bahnen rauschen vorbei. Die Welt um die Haltestelle ist wie eingefroren. Hier bewegt sich nichts. Stillstand. Im Stillstand entstehen die Katastrophen. Es war wohl doch im Akademietheater.

Er faltete den Stadtplan auseinander. Im Impressum entdeckte er das Erscheinungsdatum der Karte: 1985. An den Kanten bricht das Papier. Zum Glück gibt es keinen Wind. Er erinnerte sich, dass sein Taxi flussaufwärts gefahren war, also bewegte er seinen Finger auf der Karte flussaufwärts, bis er die Hauptstraße fand. Die Teufelsgasse gab es nicht. Das hatte er auch nicht erwartet. Eine winzige Nebenstraße führte zu einem grünen Areal, das in viele einzelne Parzellen aufgeteilt war. Es konnte eine Kleingartenanlage sein. Oder auch ein Park. Doch Wege im rechten Winkel durchzogen das ganze Gebiet. Es fehlte in dem alten Stadtplan jeder Hinweis darauf, worum es sich handelte. Wolff war sich ganz sicher: Das war eindeutig das Viertel, in dem die vielen Neubauten um ihn herum entstanden waren.

Es hatte sich verändert, radikal verändert. In alten Vierteln verändern sich einzelne Bauwerke, ein Mosaikstein wird aus dem Bild herausgelöst, ein neuer eingesetzt. An der Struktur aber ändert sich nichts. Hier aber war nichts geblieben wie es einst gewesen sein musste. Vielleicht die wenigen alten Bäume. Sie hatten wahrscheinlich die Zeiten erlebt, aus der der alte Stadtplan stammte.

Wolff, der Spaziergänger in München, hatte sich angewöhnt, die Bäume in den Straßen aufmerksam zu betrachten. Aus seiner Marotte, die mit Klebestreifen oder Reisnägeln befestigten Zettel zu entziffern, hatte er in vielen Jahren eine Leidenschaft entwickelt, die Stadt zu erkunden. Hier warb eine Kindertagesstätte für sich, dort eine Klavierlehrerin. Ein Fahrrad konnte billig gekauft werden. Jemand kündigte an, dass er eine Kommode zu verschenken habe. Es gab Hinweise auf Hinterhofflohmärkte, Zeugen eines Verkehrsunfalls wurden gesucht, einer hatte seinen Geldbeutel verloren. Eine junge Familie suchte im Stadtviertel eine bezahlbare Wohnung, die Streifen mit den Telefonnummern flatterten unter dem Text im Fahrtwind der Autos. Oft fehlten zwei, drei Streifen, andere Zettel hingen monatelang an den Bäumen, ohne dass jemand einen Streifen mit der Telefonnummer abgerissen hatte. Die Zettel am Schwarzen Brett der Supermärkte hatten Wolff nie interessiert. Hatte er die Kasse passiert, trieb es ihn aus dem Supermarkt, so schnell wie möglich. Die Baumbotschaften aber studierte er genau. Sie erschlossen ihm das Viertel, durch das er ging.

Er faltete den Stadtplan zusammen. Das ist eine Kunst. Denn selten wird ein Stadtplan so zusammengelegt, wie man ihn auseinandergenommen hat. Bei dieser alten Karte kam es aber darauf nicht an. Wolff stand auf, streckte sich, dehnte seine Schultern. Er fühlte sich wie versteinert, es war nicht so warm wie im Sommer. Er würde jetzt zur Hauptstraße zurückspazieren, mit dem Taxi oder einem Bus in die Innenstadt fahren, seinen Koffer in der Hotelrezeption abholen, zu seinem Auto gehen und heimfahren. Und auf dem Rückweg würde er in Ruhe über alles nachdenken.

Also ging er los.

Auf der Rinde der Bäume fand er keine Spuren von Zetteln, die hier einmal aufgehängt worden waren. Wer hier etwas mitzuteilen hat, postet es im Netz. So einfach ist das. Im Übrigen liebt man in solchen Vierteln die Diskretion. Laute Musik gibt es kaum, und wenn hier wirklich auch Kinder leben, so sieht man sie nicht. An den Garagentoren sind hier und dort Netze für das Basketballspiel angebracht, aber es kann ja sein, dass die Kinder längst ausgezogen sind. Es ist nicht alles so schön bunt hier, es ist ruhig. Gedämpft. Sediert. Man erschrickt, wenn irgendwo die Metalltüre zu den Mülltonnen geöffnet wird. Das Geräusch verstört, denn es passt nicht hierher.

Die Trafik ist noch geschlossen.

Wolff sieht an einem Baum auf der gegenüberliegenden Straßenseite der Teufelsgasse einen hellen Fleck, der ihn sofort interessiert. Er geht hinüber, auf den Autoverkehr braucht er nicht zu achten, es gibt hier keinen. Außerdem hätte er ein heranfahrendes Fahrzeug rechtzeitig gehört. Der Zettel am Baum ist zur Hälfte abgerissen. Das Papier ist verblasst, Wind und Regen haben eine wellenförmige Struktur hinterlassen. Wolff liest den Text.

PROTEST!
DIE STADT SALZBURG HAT UNS VERRATEN UND VERKAUFT!
WIR KLEINGÄRTNER WEICHEN NICHT DEN INVESTOREN!
WEHREN SIE SICH MIT UNS GEGEN DAS UNRECHT!
WIR WERDEN NICHT AUFGEBEN, WIR BLEIBEN!
UNSERE NATUR SOLL ZUERSTÖRT WERDEN, DAS GEHT ALLE AN!

Der Rest ist nicht zu entziffern.

Da muss es etwas gegeben haben, bevor die Neubauten errichtet wurden, denkt Wolff. Das interessiert mich. Ob Steiger das wusste, als er hier einzog? Nein, Steiger interessierte sich für solche Sachen nicht. »Wirtschaft ist gelebte Dynamik«, hatte er immer gesagt und manchmal auch geschrieben, »wer stehenbleibt, fällt zurück.«

Als Wolff, es war schon dunkel geworden, auf der Autobahn nach München fuhr, ließ er den Tag Revue passieren. Er fuhr entspannt, nicht besonders schnell. Wer schnell fährt, verbraucht zu viel Sprit und verschmutzt die Umwelt noch mehr als ohnehin. Anders als in früheren Jahren liebte er die Gelassenheit beim Fahren, er pflegte sie. Beim Kauf eines neuen Autos achtete er darauf, dass die Motorgeräusche gedämpft waren. Fährst du 120, maximal 130 Stundenkilometer, dann willst du das Autoradio nicht voll aufdrehen. Du möchtest gern informative Sendungen hören, möglichst von einem anderen Sender, damit du dich nicht bemüßigt fühlst, schon wieder Kritiker deiner Kolleginnen und Kollegen sein zu müssen. Er liebte die Reisesendung »Ambiente« des Hörfunkprogramms Ö1, er liebte an Samstagnachmittagen »Diagonal«, und er liebte kurz vor Mittag die Autorenlesungen.

An den Sonntagen amüsierte er sich über die Telefonquizsendungen. Das Format wirkte, als sei es älter als ein halbes Jahrhundert. Es gab intelligente und weniger intelligente Bewerber und Aspirantinnen für die Ratesendung, und Wolff riet gerne mit. Manchmal hätte er ohne Einschränkung alle Fragen richtig beantwortet und mindestens ein Geschenkpaket des Senders samt Mitgliedskarte im Club, Download-Berechtigung, einer Graphik und einer CD-Auswahl gewonnen, manchmal versagte er aber auch völlig. Wie gut, dass alle Versager, die wirklich an der Sendung teilnahmen, von den Moderatoren getröstet wurden, man duzte sich, und Wolff fühlte sich wohl mit diesem Format, das er in seiner eigenen Rundfunkanstalt ganz sicher verändert oder beendet hätte. Aber hier war es nicht notwendig. Denn erstens hatte er im ORF nichts zu entscheiden und zweitens fand er es gut, dass manches so blieb, wie es immer gewesen war.

Am Stadtrand von München schaltete er um. Denn in 15 Minuten kann sich die Welt verändern.

Er schätzte die Menschen im ORF, die – wie er fand – exzellente Programme entwickelten, Tag für Tag. Nicht unbedingt Stunde für Stunde. Es war eine Freude, viele von seinen Kolleginnen und Kollegen in Salzburg bei der Konferenz wiedergesehen zu haben. Wie seinem Chef zugesagt, hatte er in den bilateralen Verhandlungen über eine verstärkte Zusammenarbeit der Sender nichts entschieden, sondern um Verständnis dafür gebeten, erst mit Intendanz und Direktion darüber reden zu müssen. Es werde aber bald eine Entscheidung fallen.

Der Mittlere Ring in München war heute wenig befahren. Wolff kam zügig voran.

Wegen der starken Luftverschmutzung war die Höchstgeschwindigkeit auf 50 Stundenkilometer beschränkt worden. Er hatte es nun wirklich nicht eilig, obwohl er spürte, wie langsam eine Müdigkeit über seine Schultern fiel. Gleich würde er zu Hause sein.

Zwei Hochhäuser stehen an der Donnersberger Brücke. Auf dem nördlichen Hochhaus dreht sich der Stern eines Automobilherstellers. Vor Jahren musste er eine Zeitlang abmontiert werden, weil es für diese Werbung keine Genehmigung der zuständigen Behörden gab, die Lichtwerbung auf den Dächern nicht gestatteten.

Der findige Betreiber des Autohauses hatte den Stern abgenommen, aber auf dem Dach gelagert, eine Klage gegen den Bescheid zum vermeintlichen Schwarzbau eingereicht, den Stern wieder aufgerichtet und das Urteil abgewartet. Wer solche Autos fährt, befindet sich auf der Überholspur. Da kann keine Behörde, keine Justiz mithalten.

Das südliche Hochhaus war über lange Zeit in seinen Konturen von hässlichen gelben Neonröhren gegen den Nachthimmel gezeichnet worden, die durchaus faszinierende Architektur wirkte nach Einbruch der Dämmerung durch diese Beleuchtung wie ein Ramschladen entstellt. Dann wechselte der Eigentümer der Immobilie. Das Gelb verschwand, jetzt tauchte das Hochhaus in ein dunkles Blau und es tat ihm gut.

Wolff war zuhause.

25

Du kannst gewinnen.
Du kannst verlieren.
Weiß oder schwarz.
Es gibt keine Zwischentöne. Dazwischen ist nur das Nichts.

Der Mann hat verloren.

Wenn die Stadt Salzburg wirklich ihren Plan durchgesetzt hätte, auf dem Grundstück der Kleingartenanlage Amicitia Salzburg mietgünstige Wohnungen zu errichten – er hätte es verstanden, mit viel Mühe und Uneigennützigkeit verstanden, weil Logik und Gerechtigkeit dafürsprachen, der Wohnungsnot in dieser Stadt zu begegnen. In allen Städten wird der öffentliche Raum verdichtet, überall wird inzwischen der soziale Wohnungsbau in Wien bewundert, der seit Jahrzehnten ein Bollwerk gegen die Genderisierung der Stadtviertel und den Wahnsinn der horrenden Immobilienpreise und Mieten errichtet hat.

Wenn dann auch in Salzburg Opfer gebracht werden müssen, und wenn es keine andere Lösung gibt: dann bitteschön! Die Kommune ist für alle da, und die Kommune versucht als Exekutive, gerecht zu handeln: gegenüber allen. Die Welt besteht ja nicht nur aus Kleingärtnern.

Aber dass der Magistrat der Stadt Salzburg sein Sozialbau-Projekt aufgegeben hat, dass er entgegen allen seinen Beteuerungen das Grundstück einem privaten Investor überlassen hat, wobei die

Verträge nach dem Erbbaurecht vernünftig zu sein schienen und sorgfältig ausgearbeitet wurden, dies kann und will der Mann nicht verstehen. Sein Glaube an die Stadtverwaltung ist zerstört, seine Biografie als höherer Verwaltungsangestellter dieser Stadt ist mit ihren Idealen, die er sich jahrzehntelang offensichtlich nur eingeredet hat, zerbrochen: wie das Glas, das ihm eben aus der Hand gefallen ist. Jetzt kehrt er die Scherben auf den Tonplatten seines Balkons auf.

Er hat das Gefühl, die Scherben eines beinahe lebenslangen Selbstbetrugs zusammenzukehren, diese Splitter, die so tiefe Wunden in sein Selbstbildnis geschnitten haben.

Die Autos auf der Straße hat er heute nicht betrachtet, nicht ihre Farben unterschieden. Er hat die Fahrräder nicht gezählt, die unbeleuchtet durch die Straße fahren, er steht auf dem Balkon und weint. In den letzten Jahren konnte er nicht weinen. Na ja, es gab schon Gelegenheiten, dass ihm Tränen kamen. Allein im Landestheater zu sitzen. Allein im Kino. Da hatte er schon manchmal feuchte Augen, aber er hat nicht richtig geweint. Die Fähigkeit zu weinen war ihm abhandengekommen. Er hatte sich darüber nicht beklagt.

Jetzt aber, während der Mond hinter der Festung abtaucht, steht er in der Nacht auf seinem Balkon und weint, und das Weinen kommt ganz tief aus seinem Inneren, nicht nur aus seinen Augen, und es hört nicht auf, und er ist überrascht, dass er hier steht und seit Jahren zum ersten Mal weint.

Es tut weh, wenn die eigene Biografie nichts mehr gilt. Denn es ist die Biografie eines Mannes, der sich betrogen fühlt und der sich zugleich selbst betrogen hat.

Was ist dies bloß für eine Nacht?

Ein neue Bautafel ist aufgestellt worden.

Als Bauherr ist jetzt ein Immobilienkonzern ausgewiesen.

Leute, die grundsätzlich immer mehr wissen als die anderen Kleingärtner, berichteten aufgeregt darüber, dass hinter dem Immobilienkonzern eine Investmentfirma steht.

Salzburg hat uns verraten! heißt es auf einem Flugblatt von Aktivisten, die der Mann nicht kennt. Er hat sich von den spontanen

Versammlungen der Kleingärtner ferngehalten. Er weiß, dass es nur Verlierer oder Gewinner geben kann und nichts dazwischen. Denn es gibt keine Kompromisse, wenn sich Positionen so schroff gegenüberstehen. Ich bin ein Verlierer, hat der Mann ganz schnell verstanden.

Mitternacht ist längst vorbei.

Er hat sich ein neues Glas geholt. Man muss halt aufpassen, denkt er, und wischt sich die letzten Tränen aus den Augen. Ich will nicht schlafen, ich will hier auf meinem Balkon stehen und in die Nacht hinausschauen.

Dann kam der Bauzaun. Um das ganze Gelände außen herum. Ein eleganter Zaun, nicht nur die Fertigdraht-Module, deren Pfosten in Betonfüße gesteckt werden, auch kein primitiver Holzlattenzaun. Dort stand jetzt ein weißer Zaun mit leeren Flächen. Auf jedem zweiten Feld war zu lesen: PROJEKT RESIDENZ TEUFELSGASSE. HIER ERRICHTET IM AUFTRAG DES MAGISTRATS DER STADT SALZBURG … Der Zaun hatte keine Gucklöcher. Kein Igel, kein Marder hätte ihn überwinden können. Draußen die Welt der Investoren, drinnen die Vielfalt der bunten Gärten, der Gartenzwerge und blinkenden Kugeln, der kleinen künstlich angelegten Biotope, der Beete, der Büsche, der Hochbeete, der Holzhütten, die in Indien eine ganze Familie hätten beherbergen können. Und niemand wusste, wie es weitergehen würde. Denn wieder einmal passierte: nichts!

Dann kamen die Kündigungen.
Ihnen folgten die Einsprüche.
Ihnen wiederum folgten die amtlichen Bescheide.
Dann kamen die Klagen.
Dann kamen die Verfahren.
Dann kamen die Urteile der Richter.

Wir sind Verlierer, wusste der Mann.
Er weiß es auch heute Nacht.

Irgendwann wurde für einen Ausverkauf von Gartenpflanzen geworben. Der Mann hatte sich daran nicht beteiligt. Er goss seine Pflanzen, er schnitt die Büsche zurück, er sammelte die Schnecken ein und brachte sie nach draußen, denn das Tor im Bauzaun war nicht verschlossen.

Dann kam der Abschied.

Sie sangen Lieder, begleitet von der diatonischen Knopfharmonika.

Es gab ein kleines Feuerwerk.

Es gab die Hoffnung, einen Platz in einer anderen Kleingartenanlage angeboten zu bekommen.

Es gab Zusagen, die Holzhütten an einen neuen Ort zu bringen.

Es gab die Gärtner, die körbeweise Gemüse und Blumen nach Hause trugen.

Es gab die Kleintransporter, die das Mobiliar aus den Hütten wegbrachten, die Gartengeräte und Gießkannen und das Geschirr und die Kissen und die Liegestühle und die Sonnenschirme.

Es gab vom Morgen bis zum Abend eine Bewegung, die an Aufruhr erinnerte.

Es gab eine Sperrung der Wasserleitung.

Dann war alles klar.

Denn dann kamen die Baufahrzeuge.

Längst nicht alle Hütten waren weggebracht worden, längst nicht alle Gärten waren ausgeräumt. Lassen sich Gärten wirklich ausräumen?, denkt der Mann. Längst war nicht alles entfernt, was vorher das Leben so lebendig gemacht hatte. Irgendjemand hatte Michelangelos David aus Gips vergessen, der regungslos den verlorenen Garten betrachtete. In einer anderen Ecke kauerte ein Rehkitz, dessen Ohren abgebrochen waren.

Die gelben Planierraupen wurden auf Tiefladern nach umständlichen Manövern in der kleinen Straße herangebracht und abgeladen. Minibagger wurden ausgeladen.

Ein Sattelschlepper setzte Container ab: einen Raum für die Arbeiter mit Toiletten, Waschbecken, Kühlschrank und einer Sitzecke, einen anderen als Büro für die Bauleitung. Die wurden auf dem schmalen Streifen vor dem weißen Bauzaun platziert.

In sieben Tagen wurde die Schöpfung vollendet. In drei Tagen war ihre Welt zerstört. Diese kleine Welt der Gärten, in der so große Gefühle aufgeblüht waren. Die Parzellen waren eingeebnet, alle Hinweisschilder und Straßenbezeichnungen waren in den Baumüll-Container geworfen worden, zwischen Schutt und Erde gab es keine Abgrenzungen mehr, und die Summe aller individuellen Schöpfungen zeigte sich jetzt als ein eingeebneter Baugrund, dessen Aushub bald beginnen würde.

Roch es vorher an Regentagen nach feuchten Blättern und nasser Erde, stand jetzt nur Staub in der Luft. Wo waren die Schnecken geblieben? Die Holzwespen, die Spatzen, die Igel?

Schön blieb nur der weiße Bauzaun. Der Mann sah, dass die Schrift auf dem Zaun mit kalligraphisch-ästhetischen Lettern gestaltet war. Sie erinnerte ihn an das Willy-Fleckhaus-Gestaltungsprinzip für die Zeitschrift *twen*, die ihn in seiner Jugend begeistert hatte: schwere, schwarze, kleingeschriebene Buchstaben, und als Signet unter jedem Artikel eine liegende Trompete. Die Designer des Zauns verstanden ihren Job. Als die Tageszeitungen an ihrem engen Bleisatz mit den briefmarkenkleinen Pressefotos noch erstickten, bot *twen* leere schwarze Seiten mit einer Überschrift, ganzseitige Fotos, halbseitige Überschriften, die viel Platz kosteten. Der Mut zum leeren Platz im Magazin hatte den Mann fasziniert. *twen* war keine Zeitschrift, die den Raum nutzte, sie war ein Magazin, das Raum bot.

Jetzt war die Kleingartenanlage Amicitia Salzburg ein leerer Raum. Aber ihm fehlte das Layout. Er war nur leer. Es gab keine Gestaltung. Es gab keine Choreografie der Flächen. Es gab nur Vernichtung. Hier und dort ragten einige Wurzelstöcke aus dem Boden, aber sie waren nicht stark genug, um dem leeren Raum eine Kontur zu geben, irgendeine Linie, irgendeine kreative Idee.

Mit seinem Glas steht der Mann auf seinem Balkon.

Eigentlich hat er für seine Vorstellungen heute zu viel getrunken, aber darauf kommt es ihm jetzt nicht an. Er schwankt nicht. Er steht ruhig und blickt hinaus, hinunter, er weiß es nicht. Er schaut auf die Fassaden der Häuser gegenüber, die wenigen erleuchteten Fenster, aber er sieht sie nicht wirklich.

An der Ecke stehen fünf hohe Fichten. Er entdeckt jetzt, dass zwei davon schräg stehen. Es ist in den letzten Tagen stürmisch gewesen. Auch gestern ist ihm keine abweichende Linie aufgefallen. Jetzt aber neigen sich die Fichten zu einem Haus.

Sie stehen eindeutig schief. Er wischt noch einmal seine Augen mit einem Taschentuch ab. Ja, die Fichten stehen schief. Das ist neu. Man könnte sie mit Drahtseilen an den anderen, geradestehenden Fichten fixieren. Wahrscheinlich aber, dachte der Mann, werden sie umgesägt. Bäume, die sich auf die Häuser zubewegen, stellen ein Gefährdungspotenzial dar. Wenn sie umstürzen, will niemand die Verantwortung dafür übernehmen. Sachschaden. Personenschaden. Er ist sich sicher, dass die beiden Bäume in den nächsten Tagen nicht mehr dort stehen werden.

Dann wird es in den Fenstern unter den Fichten heller. Da werden die Nachbarn sich nicht groß über den Verlust der beiden Bäume beklagen.

Ich bin kein Gewinner, denkt der Mann.
Ich bin ein Verlierer.
Ich will kein Verlierer sein.

Er schenkt sich noch ein Glas ein. Der Wein ist inzwischen kühl und frisch. Der Sturm hat sich gestern schon gelegt. Jetzt in der Nacht ist es fast schwül, eine Tropennacht liegt über Salzburg. Nur der Mond sieht zerrissen aus, aber das liegt an den Wolken. Heute wirkt er nicht wie ein guter Mond.

Die Kleingärtner haben Klage auf Entschädigung für ihre Pflanzen und ihre Investitionen eingereicht, der Mann hat sich der Sammelklage angeschlossen, die ihn aber nicht besonders interessiert.

Er will kein Loser sein, keiner der verliert. Aber er weiß natürlich nicht, wie er das schaffen soll: zum Gewinner zu werden. Er stellt sich sein Blumenbeet vor. Das mit den violetten Farben. In der linken Ecke blüht die Verzweiflung, rechts oben die Resignation. In der Mitte die Hoffnung. Unten rechts und links, von der Leiter aus betrachtet, wachsen die dunkelblättrigen Blumen. Diese Ordnung hat er geschaffen, denkt der Mann. Wer so etwas geschaffen hat, kann es auch verändern. Die anderen haben Fehler begangen. Sie haben geklagt, geschimpft, protestiert, gejammert, gestritten, geschrien. Sie alle haben verloren. Er aber ist cool. Er wird es richtig machen. Nicht sofort, aber irgendwann.

Der Mann spürt, wie sich seine Trauer ganz leise, ganz vorsichtig in eine Wut verwandelt. Wut weckt Kraft zur Kreativität, denkt er, und er findet sein neu entdecktes Gefühl nicht unsympathisch. Du kannst nicht dauerhaft mit deiner Wut leben, sie braucht ein Ziel.

Die Wolken um den Mond haben sich verzogen, jetzt steht seine Scheibe schwer am Himmel gegenüber. Es ist ein Mond, der sich besingen lässt. Er ist jetzt wieder eine freundliche Projektionsfläche für die eigene Sehnsucht. Auch für die Sehnsucht, seine Wut irgendwann, irgendwo abliefern zu können.

Habe ich geweint, fragt sich der Mann, heute Nacht?

Das ist wohl vorbei. Er fühlt sich stark. Die Nacht ist frisch. Obwohl er zu viel Wein getrunken hat, denkt er klar. Ich habe ein Ziel, denkt er. Ich werde nicht mehr meinen Garten versorgen, der jetzt eine Wüste ist, ich werde mich um meine Wut kümmern und sie gut behandeln.

Er geht in seine Wohnung und schließt die Tür zum Balkon.

Einige kleine Glassplitter seines Weinglases, das ihm vor einer Stunde aus der Hand gefallen ist, blitzen im Mondlicht auf. Aber der Mann sieht das nicht.

26

Ich – Steiger.

Ich bin vielleicht etwas leichtsinnig gewesen.

Aber sich zu begeistern hat ja keine juristische Relevanz. Für Namibia kann ich mich immer noch begeistern, ich lese auch viele Bücher über die Zeit des einstigen Deutsch-Südwestafrika. Natürlich konnte ich mir gut vorstellen, in München meine Zelte vorzeitig abzubrechen und eine Farm in Namibia zu übernehmen, besonders weil die Konditionen so günstig waren.

Aber dann kam Salzburg dazwischen.

Das müssten meine Freunde in Windhoek verstehen, dass ich nicht dem Casanova-Prinzip verfallen bin: den Fuß ins Wasser zu tauchen und ihn schnell zurückzuziehen, statt zu schwimmen. Mit Feigheit hat meine Entscheidung wirklich nichts zu tun. Ich konnte doch nicht wissen, dass meine Tante Olga erstens vermögend war und mir zweitens in Salzburg eine Neubauwohnung vererben wird.

Über Nacht kann sich vieles verändern.
Das muss doch jeder verstehen.

Aber inzwischen mache ich mir Sorgen. Die Nachrichten aus Windhoek wurden immer drängender, zunehmend fehlten die freundschaftlichen Floskeln. In der letzten E-Mail wurde ich sogar massiv angegriffen.

Du musst!
Du darfst nicht!
Du sollst!
Wenn nicht, dann.
Hätte ich nie gedacht von dir.
Wir sind enttäuscht.
Du bringst mich jetzt in Schwierigkeiten.
Wie soll ich denn?
Wenn ich nichts von dir höre, dann komme ich.
Warum meldest du dich nicht mehr?
Hast du vergessen, was wir?
Damals sagtest du.
Ich kann aus der Sache nicht einfach aussteigen.

Dann kam der Kurztext: treffe morgen abend in münchen ein, bleibe länger. melde mich bei dir.

Er hat mich dann in der Chefredaktion mehrfach angerufen, aber mein Vorzimmer wusste, dass ich nicht erreichbar sein will. Auf dem Anrufbeantworter daheim der gleiche Terror.

Ich habe mir gedacht, dass ich am besten auf Tauchstation gehe. Deshalb bin ich nach Salzburg gefahren. Auf dem Klingelbrett fehlt mein Name. Der Postbote weiß Bescheid. Ich brauche keinen Namen an der Türe.

Aber seit ein paar Tagen werde ich beobachtet.

Tagsüber sehe ich den Mann nicht, vielleicht habe ich ihn gesehen, als ich in der Trafik Zeitungen kaufte. Vielleicht habe ich mich getäuscht. Aber abends steht ein Mann auf der Straße. Er bewegt sich nicht, er schaut nur zu mir herauf. Es könnte mein Freund aus Namibia sein, aber dort trägt er andere Klamotten. Deshalb bin ich nicht sicher.

Die Polizei?

Ich kann doch nicht die Polizei anrufen, nur weil ein Mann vor meinem Haus steht. Vielleicht schaut er ja gar nicht zu mir herauf, sondern zu einem anderen Fenster, hinter dem vielleicht seine Verflossene oder eine neue Liebschaft wohnt, die ihn nicht hereinlassen will. Oder er ist ein harmloser Spanner. Oder er leidet an Demenz, ohne es zu wissen. Ich habe keine Ahnung. Ich habe nur ein ungutes Gefühl. Der Mann steht immer im Schatten, man kann ihn kaum erkennen. Ich könnte ihn auch nicht beschreiben.

Soll ich hinuntergehen und ihn zur Rede stellen?

Nein, ich bin doch nicht von allen guten Geistern verlassen. Allein würde ich das sowieso nicht machen, aber ich kann ja niemanden bitten, mich zu begleiten. Am Schluss halten die mich dann für bescheuert. Außerdem kenne ich noch kaum jemanden in diesem Haus. Jetzt steht er wieder da. Dunkler leichter Mantel. Eine Baseball-Kappe auf dem Kopf. Er ist nicht groß, vielleicht eins siebzig. Genauso groß ist mein Freund aus Windhoek. Wenn er es ist, dann müsste er sich melden, wie er es angekündigt hat. Wenn er es nicht ist, dann muss ich mich nicht melden. In Namibia habe ich nie Angst, aber da bin ich auch selten allein.

Aber hier, in dieser zivilisierten Stadt, in dieser schönen Wohngegend verunsichert es mich schon ein wenig, dass da unten abends ein Mann steht. Wenn er einen Schlapphut tragen würde, dann würde ich auf einen Geheimdienstler tippen. Andererseits: Wenn der Geheimdienst etwas über mich wissen will, dann kann er auch anrufen. Ich bin ja nicht unbekannt in Bayern. Oder er schreibt mir eine E-Mail.

Es gab bei uns Kolleginnen und Kollegen im Sender, die durchgeknallt sind. Die fühlen sich ständig überwacht. Mal stand eine schwarze Limousine auf der Straßenseite gegenüber, mal spiegelte sich das Fernglas eines Agenten in der Dunkelheit, mal entdeckten sie im Rückspiegel auf der Fahrt in das Funkhaus, dass ihnen ein Fahrzeug folgt.

Bin ich jetzt auch schon verhaltensauffällig?
Die letzten Wochen waren schon brutal.

Chefredakteurskonferenz, Strukturreformkonferenz im Haus, Programmstrukturreform, Planungen für die Einsparungen, Personalfragen im Haus und bei unseren Leuten im Ausland. Dienstreise nach Berlin. Landtagsempfang. Podiumsdiskussion. Dann der Umzug von

Marktschellenberg nach Salzburg. Ausräumen. Einräumen. Abschiednehmen. Bürokratie. Da könnte man schon auf die Idee kommen, Gespenster zu sehen. Aber ich halte mich für robust und ich habe bisher mit Stress auch nie Probleme gehabt. Vielleicht sind die Gegensätze zu groß: im Sender ständiger Kontakt mit vielen Leuten, daheim dann das Gegenteil. Salzburg ist noch nicht ganz mein neues Zuhause geworden, das kommt sicher noch. Wenn ich telefoniere, hallt meine Stimme in der Wohnung. Viel Glas, Steinplatten auf dem Boden. Da fehlen Teppiche. Und Bilder an der Wand. Vielleicht sollte ich doch Vorhänge aufhängen, aber die stören natürlich die Klarheit der Architektur. Das hat noch Zeit. Aber wohnen kann ich hier schon richtig. Ich werde jetzt die Lampen ausschalten. Wenn es ganz dunkel ist, dann schaue ich noch einmal auf die Straße. Man kann mich dann nicht sehen.

Es ist eindeutig: Da unten steht ein Mann. Er stand gestern dort. Er wird morgen dort stehen. Das hat etwas zu bedeuten, was mir nicht gefällt. Aber ich weiß nicht, was es zu bedeuten hat. Auf jeden Fall gehe ich jetzt am späten Abend nicht vor die Haustür. Ich schließe die Fenster, ich lasse die Rollläden herunter. Draußen gibt es nichts zu sehen um diese Zeit. Es ist eine ruhige Wohngegend, niemand läuft um diese Zeit herum. Vielleicht einer, der seinen Hund ausführt. Die Tür muss abgesperrt werden. Jetzt ist mir wohler.

Ich gönne mir jetzt ein Glas Rotwein und dann werde ich das Buchmanuskript redigieren. Wir haben nämlich beschlossen, aus den Reportagen unserer Auslandskorrespondenten ein Buch zu machen. Das war die Idee eines Verlegers. Imagemäßig kann uns das nicht schaden, im Gegenteil. Ich habe die Arbeit unterschätzt, denn das gesprochene Wort kann nicht eins zu eins gedruckt werden. Jetzt gehe ich es mal an.

Und später schaue ich nach, ob der Typ immer noch da unten steht.

Ich könnte ihm ja einen Korb mit einem Glas Wein runterlassen, diesem standhaften Zinnsoldaten.

Man kommt auf verrückte Ideen in einer solchen Situation.

Aber der Mann da unten ist das Einzige, was mich hier in Salzburg stört. Er passt nicht hierher. Und wenn es doch mein Spezi aus Windhoek ist? Ich kann das ja nicht völlig ausschließen, aber es wäre mir sehr unangenehm, ihn ein paar Nächte dort unten stehenzulassen und mich dann bei ihm bemerkbar zu machen. Das wäre mir sehr peinlich. Aber ihm müsste es auch peinlich sein. Wenn er clever ist, und das war er bisher, dann würde er hier nicht herumstehen, es sei denn, dass er Vorleistungen für meine Farm in Namibia erbracht hat und jetzt klamm ist.

Ich habe ihn aber nicht beauftragt.
Da kann er nichts einklagen.
Da war er übereifrig.
Da ist er über das Ziel hinausgeschossen.

Außerdem hätte er sich ja melden können. Ich komme doch nicht aus Windhoek, erreiche den Chefredakteur in München nicht und stehe deshalb vor seiner Wohnung in Salzburg herum. Das ist doch hirnverbrannt. Der ist doch ein durchsetzungsstarker Typ. Das würde nicht zu ihm passen, dass er hier im Schatten der Nacht herumsteht. Was aber, wenn er einen Detektiv auf mich angesetzt hat?

Steht er jetzt noch da unten?
Im Schatten des Baumstamms?

Ich sehe seine Silhouette. Oder bilde ich mir das ein? Allmählich glaube ich, dass ein Spuk auf dieser Straße herumgeistert. Wie kann man eine Wohnstraße auch nur ausgerechnet »Teufelsgasse« nennen?

Mich beunruhigt nur eines: dass mich diese komische Geschichte beunruhigt.
Morgen werde ich darüber nachdenken und dann eine Lösung finden.

Das Weinglas kann ich morgen abwaschen. Es stört nicht, wenn es in der Küche steht. Sonst wasche ich abends immer das Geschirr und die Gläser ab. Wenn Besuch kommt, soll alles ordentlich aussehen.

Aber es kommt niemand.

27

Wolff lachte. Er hatte die Zügel schleifen lassen.

Dabei war er nur ein einziges Mal auf einem Pferd gesessen. Ein Studienfreund in Heidelberg, der Wolffs Goldfische betreute, wenn er zu seinen Eltern gefahren war, lud ihn zu einem Besuch auf ein Gestüt ein und sie waren gleich losgeritten. Sein Freund hatte sich totgelacht, als Wolffs Pferd sich unterwegs an den Baumstämmen im Wald scheuerte. Dummerweise hing Wolffs Bein herab, das linke, das rechte. Er war völlig erschöpft, als sie nach einer Stunde wieder zurückgekommen waren, aber – immerhin – er war nicht vom Pferd gefallen. Beide Beine waren mit Schürfwunden übersät, die Hosenbeine waren durchgescheuert. Die Goldfische waren später während eines Gewitters aus dem offenen Glasaquarium gesprungen. Sein Freund hatte ihm damals eine hübsch gestaltete Todesanzeige geschickt, die das Ableben der beiden Fische vermeldete und betrauerte.

Er müsste endlich seine Wäsche waschen.

Längst sollte er ein Testament verfasst haben.

Eine Patientenverfügung.

Eine Vollmacht für den Fall, dass er selbst nicht mehr handlungsfähig war.

Er sollte einen Essay für eine Zeitschrift schreiben, deren Redaktion ihn darum gebeten hatte. Es ging um *fake news* und die Vierte Gewalt, die Echokammern im Netz und den Qualitätsjournalismus, aber er spürte, dass ihm noch der Antrieb fehlte, um anzufangen.

Sein Schreibtisch im Funkhaus wuchs allmählich zu. Unterschriftenmappen. Briefe. Manuskripte. Pressespiegel, täglich eine neue Ausgabe. Dienstanweisungen. Er könnte ja am Sonntag in sein Büro fahren und den Berg abarbeiten. Es kommt nicht darauf an, dachte Wolff, es ist nicht dringlich.

Am gestrigen Nachmittag hatte er einen Kommentar zum Thema Heimat verfasst und später am Mikrofon gelesen. Er versprach sich nur ein einziges Mal. Der Toningenieur machte ihm sein größtes Kompliment: Passt schon! Der Kollege galt als nicht sehr gesprächig und er lobte nur selten. Genau genommen nie.

Wolff war auf ein Zitat von Christian Morgenstern gestoßen: *Heimat ist nicht, wo du lebst, sondern wo du verstanden wirst.* Stimmt das denn? Ihm ging das Zitat nicht aus dem Kopf. Vielleicht sollte er auf einen Sprung noch beim Philosophen vorbeischauen. Es tat immer gut, schweigen zu dürfen und den anderen zuzuhören. Und der Wein war in Ordnung.

Wenige hundert Meter vor dem Rotkreuzplatz, die Verkehrsampeln waren schon ausgeschaltet und die Straßenlaternen wie immer um 22 Uhr in ihrer Helligkeit gedimmt, kam ihm ein völlig neuer Gedanke. Heimat ist nicht, wo du verstanden wirst. Heimat ist dort, wo du dich selbst verstehst. Als Student hatte sich Wolff neben seinem Studium auch mit Existenzphilosophie und Existentialtheologie beschäftigt, am Rande, als Zaungast. Ein Satz des damals umstrittenen Theologen Herbert Braun hatte ihn bis heute nicht losgelassen. »Gott ist das Woher meines Umgetriebenseins.« Wolff hatte in den letzten Tagen diese Aussage für sich umgeschrieben: Steiger ist das Woher meines Umgetriebenseins.

Steiger hatte viele Heimaten gehabt. In seiner Partei. Im Ort seiner Jugend und seiner späten Aufenthalte: Marktschellenberg. Ganz sicher in Namibia. Wahrscheinlich auch bei seinen vielen Dienstreisen ins Ausland. Und zuletzt in seiner neuen Wohnung in Salzburg. Natürlich konnte er überall zu Hause sein, frei von Heimweh und Sehnsucht, unbeirrt von fremden Menschen und anderen Sprachen. Steiger war immer bei sich. Er war sich selbst Heimat genug. Das machte es anderen im Umgang mit ihm keineswegs leicht. Denn Steiger war einer, der sich selbst immer verstand.

Und ich?, fragte sich Wolff.

Ich kann mich nicht verstehen. Etwas treibt mich um. Wer umgetrieben wird, kann kein Gefühl entwickeln, zu Hause zu sein. Von Heimat will ich gar nicht reden. Das klingt zu pathetisch. Woran aber liegt es, wenn ich mich jetzt nicht verstehen kann? Wenn ich mir zunehmend fremder werde?

Er war dann beim Philosophen eingetreten, grüßte kurz in die Runde, sagte »Wie immer. Gerne!« und schwieg. Den Wein bestellte er nur in Achtelgläsern. Er wollte nicht so viel trinken.

Der Mensch, der Steiger erschlagen hatte, lief sicher nicht mit einem Vierkantholz durch die Straßen in Salzburg. Ein Drogenbeschaffungsdelikt eines Junkies kam deshalb nicht in Frage. Bei »normalen« Raubüberfällen verwendeten die Täter meist Waffen, die sie bei sich trugen. Ein Vierkantholz wäre zu auffällig. Schlagringe kamen schon vor, Messer sowieso, auch kurze Eisenstangen. Aber Steiger war ja nicht ausgeraubt worden. Er hatte seine Brieftasche im Sakko, die Polizei sagte, sie sei nicht angetastet worden.

Eine Affäre mit einer Frau würde Wolff bei Steiger ausschließen. Frauen interessierten ihn ebenso wenig wie Männer, niemand hatte Steiger je dabei erlebt, dass er jemanden anbaggerte. Seine Erotik war die Macht. Seine Sinnlichkeit erschöpfte sich im Bewusstsein, Macht auszuüben. Na ja, das bisschen Macht, über die ein Chefredakteur verfügt.

»Heute sehr nachdenklich?«

»Ja«, sagte Wolff. »Ich denke über vieles nach.«

»Über Ihren Kollegen?«

»Ja«, sagte Wolff.

»Ich auch«, sagte der Philosoph.

Die Dame mit dem Hund verabschiedete sich. Auf dem Tisch brannte eine große weiße Kerze. Sie wurde immer wieder durch eine neue ersetzt, wenn sie ausgebrannt war. Schatten flackerten über die Gesichter.

»Noch einen?«

»Ja, bitte!«, sagte Wolff und schwieg weiter.

Man ließ ihn in Ruhe.

Man kannte sich und konnte es respektieren, wenn einer mal nicht gesprächig war.

Er stellte sein Glas weiter in die Mitte des Tisches, nahe an die Kerze heran. Solch ein Glas wird schnell von einem Mantel oder einer Jacke, wenn jemand einen freien Stuhl in der Runde sucht, weggefegt. Wolff hatte das schon erlebt. Dann springen alle auf, dann gibt es Unruhe, alle sind hilfsbereit, aber am Ende kehrt der Philosoph die Scherben auf.

Schließlich saßen sie nur noch zu zweit am Tisch.

»Wenn Sie einen Garten haben«, sagte Wolff, »in so einer Kleingartenanlage, und dann wird die ganze Anlage zerstört, um einem Luxus-Immobilienprojekt zu weichen – was machen Sie dann?«

»Ich würde mich nach einem neuen Garten umschauen.«

»Aber wie geht es einem, dem das passiert?«

»Na ja, nicht gut.«

»Und?«

»Ich hätte eine saumäßige Wut«, sagte der Philosoph, »aber das hilft dann auch nicht weiter.«

»Hass?«

»Ja, schon möglich. Ich könnte das gut verstehen. Aber ich hatte nie einen Kleingarten und ich will auch keinen haben.«

»Danke«, sagte Wolff. »Ich gehe jetzt. Er legte mehrere Euromünzen auf den Tisch.

»Gute Nacht!«

»Ihnen auch!«

Er ging nach Hause.

Heute würde er nicht mehr aufräumen, nicht mehr abwaschen.

Es machte nichts, wenn er morgen etwas später in das Funkhaus käme. Betrat er zu früh sein Büro, war die morgendliche Liturgie seines Vorzimmers noch nicht beendet. Blumen gießen, Kaffee brühen, die Schreibtische ordnen. Darüber reden, was bisher geschehen war. Er hatte dann immer das Gefühl zu stören.

Kam er später, hieß es: »Da sind Sie ja endlich. Wir haben schon eine Telefonliste für Sie. Wir haben gesagt, Sie rufen zurück, wenn Sie im Haus sind.«

Aber jetzt war es noch nicht soweit.

* * *

Der Morgen war frisch, in der Nacht hatte es geregnet. Die Feinstaubwerte gingen in solchen Zeiten spürbar zurück, das Hochgefühl setzte ein. Wolff liebte den Morgen nach einer verregneten Nacht.

Er beschloss, weil es für seine Verhältnisse noch zu früh war, in das Funkhaus zu gehen, vom Rotkreuzplatz aus bis zum Sendlinger Tor zu fahren; dann könnte er durch die Fußgängerzone bis zum Hauptbahnhof schlendern, von dort waren es dann wenige Minuten bis zum Funkhaus. Gleich um die Ecke beim Stadtmuseum war das Antiquariat schon geöffnet. Er kannte den alten Buchhändler, der wie immer hinter Bücherbergen an einem Holztisch saß. Er habe schon einen Nachfolger, hatte ihm der alte Herr einmal anvertraut, der dem ältesten der sieben Zwerge von Walt Disney ähnlichsah. Wenn Wolff das Reprint eines alten Märchenbuches kaufte, die es zum Spottpreis gab, »Peterchens Mondfahrt«, »Peter Pan« und »Struwwelpeter«, dann stöhnte der Antiquar meist, als müsse er sich von einem geliebten Besitz trennen. War der Kauf aber abgeschlossen, bedankte er sich überschwänglich, freundlich und nahezu verliebt in seine jeweiligen Kunden. Draußen waren Schilder aufgestellt, Transparente hingen über dem Schaufenster, die einen TOTALAUSVERKAUF WEGEN GESCHÄFTSAUFGABE ankündigten. Wolff war bestürzt, als er die Nachricht zum ersten Mal las. Inzwischen aber hing das Transparent schon länger als zwei Jahre. Da ließ sich jemand Zeit mit dem Aufhören, oder er war ein so listiger wie alter Geschäftsmann. Wolff zog es immer wieder zu dem kleinen Laden, der noch winziger wirkte, wenn er die klagemauerähnliche Wand der Synagoge gegenüber betrachtete.

Er querte den Oberanger und ging durch eine kleine Gasse zur Sendlinger Straße. An der Ecke lag sein zweiter Lieblingsladen, ein

Lederwaren- und Koffergeschäft. Der Inhaber war ihm unsympathisch, er hatte mit ihm auch schon einmal wegen der falschen Preisauszeichnung eines Koffers heftig gestritten. Aber das war es nicht. Seine Faszination galt den auf den Schaufensterscheiben aufgeklebten Botschaften: RÄUMUNGSVERKAUF! ALLES MUSS RAUS! Die Farben der aufgeklebten Streifen wechselten, mal rot, mal weiß, dann pink, aber der Räumungsverkauf war offensichtlich eine mehrjährige Aktion oder das Produkt eines raffinierten Kundenfangs. Ein Ausverkauf war gesetzlich nicht mehr wie früher reglementiert. Wolff gefiel es, wie der Inhaber mehrerer Filialen in München die Passanten an der Nase herumführte. Wolff besaß genug Koffer. Silbergraue, stoßfeste Hartschalenkoffer, federleicht, angenehmes Design. Die karierten Stoffkoffer und einen schwarzen Rollenkoffer hatte er vor Jahren irgendjemandem geschenkt, der sich über die fast neuwertigen Gepäckstücke gefreut hatte. Die Hartschalenkoffer hatten allerdings ein Problem, das Wolff ärgerte: Es gab kein Außenfach für Reiseunterlagen und sein Mobiltelefon. Vor wenigen Tagen aber hatte er gelesen, dass es angeblich welche gäbe, die den Akku seines Handys aufladen könnten, also über eine eingebaute Ladestation sowie ein Fach für das Mobiltelefon verfügten.

Der Statue von Blasius, dem Spaziergänger, musste er heute keine Reverenz erweisen: Fast täglich brachte jemand dem immer noch unterschätzten Schriftsteller Sigi Sommer einen kleinen Blumenstrauß vorbei; im Winter hatte wahrscheinlich eine Verehrerin der Statue einen Norwegerpullover übergezogen. Der Winter in München kann kalt sein.

Er ging durch das Karlsplatz/Stachus-Untergeschoß, eine unterirdische Fressgasse, fuhr mit der Rolltreppe kurz zum Justizpalast hinauf. Dort oben hatte er einmal den Bayerischen Staatsminister der Justiz interviewt, aber das war sehr lange her.

Schließlich betrat er das Funkhaus durch die Drehtür, im elften Stock war sein Büro. Die wichtigsten Abteilungen seines Programmbereichs gruppierten sich um das Chefbüro herum. Er grüßte freundlich seine Mitarbeiterinnen im Vorzimmer, im Nachbarzimmer den neuen Volontär. Der Kaffee stand schon bereit.

Okay, sagte Wolff, ging in sein Büro, schloss die Tür zum Vorzimmer und sah erst einmal die sieben Zeitungen und auf dem

Bildschirm dann die wichtigsten Agenturmeldungen durch. Ich muss nicht springen, bloß weil andere gerade nichts anderes zu tun haben, als in meinem Büro anzurufen. Diesen Schildkrötenmodus der Verzögerung hatte er sich in den letzten Jahren angewöhnt. Je nervöser er in Wirklichkeit war, umso mehr wollte er Gelassenheit, Ruhe und sogar eine gewisse Lethargie ausstrahlen.

Ich will mich endlich selbst verstehen, dachte Wolff, dann hört meine Ruhelosigkeit auf. Er legte die Tageszeitungen auf den Papierstoß, setzte sich an seinen Computer und begann zu recherchieren. Nachdem er das Antragswesen für die Bewerbung um eine Gartenparzelle der Stadt Salzburg, die rechtlichen Voraussetzungen, die Vereinsstrukturen und allgemeine Beiträge aus der Presse über Schrebergärten gelesen hatte, stieß er auf eine Kurzmeldung, die im Lokalteil der Salzburger Nachrichten erschienen war.

Wütender Protest der Kleingärtner

Eigener Bericht. Nach dem heftigen Widerstand der Kleingärtner in der Salzburger Anlage Amicitia e.V. gegen den Beschluss des Magistrats, die ursprünglich für den sozialen Wohnungsbau vorgesehene Gartenanlage einem Investor zu übertragen, der hier Luxuswohnungen errichten will, hat die Stadtverwaltung die Räumung des Geländes veranlasst. Den Kleingärtnern wurden wenige Tage eingeräumt, ihre Pflanzen zu verkaufen und sämtliche Installationen in den Parzellen zu entfernen. Nach Ablauf der Frist wurde das Grundstück eingeebnet. Der Erdaushub solle demnächst beginnen, so ein Sprecher des Magistrats. Die Etatlage der Kommune habe den Magistrat veranlasst, seinen früheren Beschluss aufzuheben, wonach Wohnungen nach dem Modell des sozialen Wohnungsbaus errichtet werden sollten. Dafür habe es in allen Parteien mehrheitlich Zustimmung gegeben. Der Sprecher der Kleingärtner erklärte gegenüber dieser Zeitung, die Beschreitung des Rechtswegs sei sinnlos, da der Magistrat inzwischen durch die Zerstörung der Gärten irreparable Schäden verursacht habe. »Wir sind enttäuscht, bestürzt, wütend und entsetzt. Unser Vertrauen in die Politik ist dahin. Sie hat die kleinen Leute verraten.«

Die Zeitung meldete, dass sich der Magistrat darum bemühe, andere Grundstücke anzubieten, man sei noch auf der Suche.

In die Suchmaske gab Wolff jetzt einen anderen Begriff ein: »Teufelsgasse Salzburg«.

Er fand, was er erwartet hatte. Steigers Appartementhaus war nicht auf einer grünen Wiese gebaut worden.

Der Chefredakteur hatte offensichtlich von seiner Tante Olga eine Eigentumswohnung geerbt, vor Fertigstellung des Neubaus, der auf dem Grundstück einer früheren Kleingartenanlage errichtet worden war. Darüber hatte er nie geredet, und Wolff glaubte auch, dass Steiger das nicht einmal gewusst hatte. Und wenn er es gewusst hätte, wäre es für ihn nicht von Belang gewesen. Um solche Details kümmerte er sich nicht. Steiger war immer einer, der nicht zurückschaute. Wolff schaute oft zurück, und das tat ihm weh.

Er schloss die Lamellen der Jalousien am Fenster seines Büros. Das Licht blendete ihn. Der Bildschirm seines Computers stand vor dem Fenster, das widersprach einer europäischen Arbeitsschutzverordnung. Eines Tages war ein Gesundheitsbeauftragter erschienen und hatte sofort auf seinem Tablet den Verstoß notiert. »Wer hat diese gesundheitswidrige Anordnung von Schreibtisch und Computertisch getroffen?«, hatte er gefragt. Wolff hatte geantwortet: »Das sind reguläre Büromöbel der Inventarverwaltung, und – glauben Sie mir – ich habe sie nicht selbst hier heraufgetragen und aufgestellt. Das müssen Sie mit der Verwaltung intern klären.« Seitdem hatte er nichts mehr gehört, und jetzt waren schon vier Jahre vergangen.

Es ist klar, sagte sich Wolff. Ich muss noch einmal nach Salzburg fahren. Es geht mich nichts an, was dort geschehen ist, aber es betrifft mich. Ich bin es Steiger schuldig, mich noch einmal dort umzusehen. Er würde nichts entdecken, nichts finden, schon gar keinen Totschläger oder Mörder, aber er könnte sein »Umgetriebensein« zur Ruhe bringen, so hoffte er.

»Ich fahre morgen nach Salzburg«, sagte er seiner Assistentin. »Ich habe einen Verlagstermin. Bitte verschieben Sie alle Termine um zwei Tage.«

»Soll ich die Fahrkarte buchen?«

»Ich fahre mit dem Auto.«

»Einen Dienstreiseantrag?«

»Nein. Ach ja, wenn Sie so freundlich sind und mir einen guten Stadtplan von Salzburg suchen können und ausdrucken. Wenn es geht, bitte im Großformat.«

»Sehr gerne!«

»Es eilt nicht! Vielen Dank!«

Kurze Zeit später lag der Stadtplan auf seinem Tisch. Die Programmassistentin hatte ihn sogar laminiert. Da gab es in der Hausdruckerei ein Gerät zum Laminieren. Wolff warf einen kurzen Blick auf den Plan: Ja, die Außenbezirke von Salzburg waren zu sehen. Wolff entdeckte das Quadrat rund um die neue Teufelsgasse. Das Quadrat war grün. Die Gasse war nicht eingezeichnet. Wolff besaß jetzt neben dem alten Stadtplan aus der Trafik eine neuere Karte, nicht den aktuellsten Stadtplan, und das war gut. Die laminierte Karte war praktischer als der kompliziert zusammengefaltete Stadtplan, den die alte Dame in ihrer Trafik für ihn gefunden hatte. Und jetzt war er froh.

Es gab keinen ersichtlichen Grund dafür, aber es ist ja auch nicht verboten, ohne einen besonderen Grund froh zu sein.

Wolff freute sich auf einen ruhigen Abend, obwohl jeder Abend ruhig war. Er hatte sich ein geräuchertes Wammerl gekauft, Schinkenspeckwürfel und Suppengemüse. Heute Abend wollte er sich eine Linsensuppe kochen. Anders als sein Nachbar studierte er niemals Rezepte aus Kochbüchern, mit einer einzigen Ausnahme: Er hatte ein Rezept seiner Großmutter, die Ende des 19. Jahrhunderts geboren worden war. Schon seit Jahrzehnten war sie tot. In ihrer kleinen, sorgfältig mit Tinte geschriebenen Handschrift besaß er ein Rezept für die Herstellung von rautenförmigen Lebkuchen. Diese waren ihm auch tatsächlich gut gelungen.

Wolff verstand sich auf die Linsensuppe, manchmal schnitt er auch ein Paar Sacherwürstel in kleine Scheiben und gab sie hinzu. Die Sacherwürstel bekam man nur in einem einzigen Lebensmittelmarkt im Untergeschoß eines Kaufhauses. Sie waren natürlich teurer, aber auch etwas länger als die Wiener Würstchen. Ich muss keine Rezepte auswendig lernen, war Wolff überzeugt, ich setze auf den Duft des Topfs und auf meinen Geschmack. Manchmal streute er auch schwarzen, frisch gemahlenen Pfeffer in die Suppe. Das geräucherte Wammerl hatte er in Würfel geschnitten, und erst ganz spät, wenn die Suppe nicht mehr kochte, gab er eine Prise Origano und etwas Petersilie dazu.

Es duftete wunderbar. Wolff freute sich. Er wusste, dass er kein besonders guter Koch war, aber die wenigen Gerichte, die er kochen konnte, bekam er glänzend hin. Das Essen schmeckte ihm. Den Rest konnte er einfrieren.

Morgen Salzburg!

Morgen, so plante Wolff, würde er am Irschenberg einen Zwischenstopp einlegen und sich ein Pfund Kaffeebohnen in der Rösterei holen: Die Bohnensorte »Brasil«. Seinem Nachbarn könnte er ein Pfund »Verona« mitbringen. Dieser Kaffee war kräftiger. Aber Wolff liebte nur diesen »Brasil«-Kaffee, der nicht so aufdringlich schmeckte, eher mild. Und den gab es in den Redaktionen des Funkhauses viel zu selten, auch in den Kantinen und Casinos nicht. Die Dienstkaffees sind meist, Wolff war da kompromisslos, ein Verbrechen an der Menschheit. Nur in den USA machte es ihm nichts, wenn Kaffee aus Kannen nachgeschenkt wurde, die schon länger auf den Wärmeplatten standen. Die Glaskannen sonderten keinen Geschmack wie Thermoskannen ab, und der Kaffee war so leicht, dass er weder bitter war, noch zu streng schmeckte. Er würde sich am Irschenberg einen großen Cappuccino mitnehmen, das richtige Getränk am frühen Morgen für die Weiterfahrt nach Salzburg, und dann wäre er gegen 10 Uhr in der Teufelsgasse.

* * *

Als er an seinem Ziel angekommen war und einen Parkplatz gefunden hatte, ging er zur Trafik. Die Dame erkannte ihn und begrüßte ihn herzlich. Wolff sagte: »Guten Morgen! Schön, dass wir uns wiedersehen!«

28

Alles vorbei.

Der Mann erinnert sich an Claus Peymanns Inszenierung »Ein Fest für Boris« von Thomas Bernhard. Damals ist er nach München gefahren, um die Theateraufführung in den Kammerspielen München zu sehen. Den Satz »Alles vorbei!«, von Lola Müthel als Sterbender hinter dem Paravent in das Publikum mit erstickender Stimme hineingestöhnt, hat er nie vergessen.

Jetzt ist es so. Es ist alles vorbei.

Vorbei die Regel, jeden Tag seine Pflanzen in seinem Garten zu begrüßen.

Vorbei die Mühe, sie zu hegen und zu schützen und vor Schädlingen zu bewahren.

Vorbei die Entdeckung der Farben in seinem Garten.

Vorbei die Leidenschaft, Geduld zu haben, weil Natur Geduld verlangt.

Vorbei die Sorge am Abend, nichts am nächsten Tag zu vergessen.

Vorbei das wunderbare Gefühl, eine Aufgabe zu haben.

Vorbei seine Freude, plötzlich Triebe bei Pflanzen zu entdecken, die er als Opfer der Kälte längst aufgegeben, aber noch nicht entfernt hatte.

Vorbei das Wissen, hier am richtigen Ort zu sein: ohne glänzende Kugeln, Gartenzwerge, Rehkitze aus Drahtgeflecht oder Kunststoff und Hirsche aus Plastik, Igel-Eulen, die wie Eulen-Igel aussehen, und Gips-Trolle. Mit Angeln oder Laternen.

Ohne rot-weiß-rote Fahne am Mast und ohne den Klang einer diatonischen Knopfharmonika, die Nachbarn mit ihrem Klang einladen würde.

Vorbei seine Distanz zu den Nachbarn in den Parzellen, denn es gibt die Parzellen nicht mehr und somit auch nicht mehr die Nachbarn.

Alles ist vergangen.
Nein: Nicht alles ist vergangen.

Als Randbepflanzung des Appartementhauses haben sie drei, vier alte Bäume stehenlassen, eingefasst durch niedrige Betonmäuerchen. Das Wurzelwerk wird sich darauf einstellen müssen.

Dahinter das Haus aus Beton und Glas mit seinen Balkonen und Terrassen. Der Mann hat als Beamter des Magistrats der Stadt Salzburg immer gut verdient. Er war zufrieden. Aber er könnte sich diese neuen Wohnungen nicht leisten, auch nicht die kleinste mit 70 Quadratmetern. Ein Tiefgaragen-Stellplatz wurde kürzlich zur Vermietung angeboten: 110 Euro monatlich. Dabei gibt es in der Teufelsgasse genug Parkplätze unter den Laternen und Baumkronen.

Laternen ziehen nachts Insekten an, die sie wie in einem Todestanz umschwirren. Sie merken nicht, dass sie ihrem Ende entgegenfliegen. Aber vielleicht sind sie in einem Lichtrausch. Das Haus zieht den Mann magisch an. Er wollte niemals hierher wiederkommen, nur ein einziges Mal nachschauen, damit er weiß, welches Objekt den Platz der Kleingartenanlage eingenommen hat. Aber er kommt immer wieder vorbei. Erst alle paar Tage, dann täglich. Dann täglich zweimal. Der Weg ist ihm vertraut. Die Straße war früher ein Schotterweg, sie wurde verbreitert und asphaltiert. Eine Wohnstraße in einem Villenviertel.

Beim dritten Mal fällt ihm ein Mann auf. Er hat ihn schon einmal gesehen, sich dabei aber nichts gedacht. Jetzt erkennt er ihn wieder. Es muss sich um einen Münchner handeln, denn er steigt aus einer schwarzen Limousine mit einem amtlichen Münchner Kennzeichen. Dieser Mann trägt einen Trachtenjanker. Er zieht beim Gehen den

Kopf ein. Es sieht aus, als würde er sich ständig wegducken. Aber wovor? Als die Baugrube ausgehoben wurde, stand er davor, mit einem Bauplan in der Hand. Als das Erdgeschoß aus Betonfertigteilen und Ziegelwänden errichtet war, ist er wieder da, spricht mit dem Baustellenleiter. Aber vielleicht ist es auch der Architekt. Er inspiziert den Rohbau. Er kommt regelmäßig, man kennt ihn auf der Baustelle. Hin und wieder gibt es Anweisungen, die der Mann von seinem Beobachtungsplatz aus aber nicht versteht.

Vielleicht handelt es sich um den Investor. Den Bauherrn. Ganz sicher wird es der Investor sein. Architekten sehen anders aus. Seine Stimme ist heiser, aber laut. Er tritt auf wie einer, der genau weiß, dass seine Forderungen erfüllt werden. Er stiefelt durch den Rohbau, und irgendwann setzt er sich in seinen Wagen mit dem Münchner Kennzeichen. Dann telefoniert er. Dabei gestikuliert er mit seinem rechten Arm. So wird kein Tisch in einem Restaurant bestellt. Er fährt die Seitenscheibe herunter, dann fährt er sie wieder herauf. Er zündet sich eine Zigarre an und fährt die Seitenscheibe wieder herunter. Er grinst. Oder lacht er? Von hier aus ist das nicht genau zu erkennen. Irgendwann startet er dann. Er ist weg.

Wie ein Ritual wiederholen sich die Besuche des Münchners in dieser Weise. Wann immer der Mann in der Teufelsgasse steht, verdeckt durch den breiten Stamm einer uralten Platane, die hier immer schon stand, kommt der Mann aus München, dieser Investor.

Dieser Täter, der mit seinem Geld den Magistrat der Stadt Salzburg davon überzeugt hat, dass er der bessere, der richtige Bauherr ist. Und nebenbei gesagt: Der Magistrat kassiert und muss nicht selbst investieren. Das ist doch etwas, was man nicht hoch genug einschätzen kann. Seine Firma ist wahrscheinlich in München ansässig. Die Deutschen kaufen sich überall ein. Die Einheimischen können sich die Miet- und Immobilienpreise nicht mehr leisten, junge Leute schon gar nicht. Irgendjemand hat diese Investoren mit Heuschrecken verglichen. Diese Heuschrecke hier hat die Kleingartenanlage weggefressen. Dann kamen die Termiten und setzten ihren Bau auf die Fläche. Der Investor aus München ist Heuschrecke und Termite zugleich. Nicht einmal Feuer kann sie dezimieren, denn sie wissen sich vor solchen Gefahren zu schützen.

Irgendwann ist die *Appartement-Residenz Teufelsgasse* bezugsfertig.

Noch immer kommt der Münchner vorgefahren.

Noch immer beobachtet ihn der Mann hinter dem sich schälenden Stamm der uralten Platane. Sie hatten nicht den Mut, sie umzusägen.

Weshalb kommt der Investor immer noch zurück zu diesem Tatort?

Die ersten Wohnungseigentümer ziehen ein. Manche bringen ihre Möbel mit Leih-LKW hierher, andere haben Umzugsfirmen beauftragt. Junge Leute sind auch dabei.

Ein Paar, beide sehr modisch gekleidet. Es handelt sich aber, wie der Mann beobachtet, nicht um die Kinder eines Eigentümers, nein, er stellt fest, dass sie selbst in eine der Wohnungen einziehen. Man sagt, dass sich Heuschrecken gewaltig vermehren, so lange ihre riesigen Schwärme genug Futter finden, Blätter und Gräser und Blüten. Sie vermehren sich und fressen alles kahl. Sie haben auch die Kleingartenanlage kahlgefressen. Dieses junge Paar ist ein Heuschreckenpaar.

Der Investor zeigt sich seit Neuestem auf der Terrasse seiner großen Wohnung im ersten Stock links. Der Mann hat registriert, dass der Investor am Wochenende kommt und hier wohnt. An den Werktagen steht der Mann stundenlang herum, aber es gibt keine Bewegung in der Wohnung und auf der Terrasse, nur einmal hat er eine Zugehfrau beobachtet, die die Fenster putzte. Wenn der Investor an den Werktagen nicht hier in Salzburg ist, wird er wohl in seinem Büro in München sitzen und versuchen, neue Areale für seine Projekte ausfindig zu machen, in die er wieder investieren kann. Investoren fahren meist SUVs, die ganz großen Fahrzeuge, die sich neben den Klein- und Mittelklassewagen wie Panzer ausnehmen. Dieser Investor fährt eine schwarze Limousine der Mittelklasse, die Typenbezeichnung auf dem Kofferraumdeckel hat er entfernen lassen.

Der Mann hatte anfangs darüber nachgedacht, ob der Investor die große Wohnung vielleicht für seine Frau braucht: Sie wohnt in Salzburg, er in München, und am Wochenende kann man sich ja treffen. Montag bis Freitag geht man getrennte Wege. Aber es zog keine Frau hier ein. Da oben, in dieser großen Wohnung, deren Fenster nicht mit Vorhängen ausgestattet sind, in diesem Licht aus den

Halogenleuchten, sitzt der Investor. Es wird seine Zweitwohnung sein. Überall sind Wohnungen Mangelware, und hier steht eine Wohnung die ganze Woche über leer. Es reicht doch, über eine einzige Wohnung zu verfügen. Der Investor geht jetzt auf die Terrasse. Er hat keine Pflanzentröge aufgestellt. Alles, innen und außen, wirkt kalt. Sachlich. Unpersönlich. Aber, das weiß der Mann aus seiner Arbeit für den Magistrat, es gibt Menschen, die es nicht gemütlich haben wollen. Sie hassen den Begriff. Es könnte aber auch so sein, dass der Investor noch nicht komplett eingerichtet ist. Es kann lange dauern, bis eine Wohnung eingerichtet ist, und wenn alles fertig ist, sind die Räume zu voll. Dann trennt man sich von Möbelstücken und gibt sie zum Sperrmüll oder man verschenkt sie, wenn man weiß, wem solche Geschenke Freude machen.

Es wird kühl.

Heute ist kein einziger Stern zu sehen. Ein Wolkenschleier verdunkelt den Mond, von dem am schwarzen Himmel nur ein fahler Fleck zu sehen ist. Der Mann wird jetzt nach Hause gehen. Ihn stört die taghelle Innenbeleuchtung in der Wohnung des Investors. Wahrscheinlich wird er gerade den Wirtschaftsteil einer Tageszeitung lesen oder Bilanzen studieren. Jedenfalls flackert nicht wie in einigen anderen Wohnungen der Widerschein eines Bildschirms durch das Fenster.

Der Investor, das hat der Mann ebenfalls beobachtet, kommt meist am späten Freitagabend nach Salzburg. Mit einer Funksteuerung öffnet er die Einfahrt zur Tiefgarage. Wenige Minuten später schaltet er das Licht in der Wohnung ein. Der Mann schließt daraus, dass der Investor wenig Gepäck dabeihat, sonst hätte es länger gedauert, von der Garage in den ersten Stock zu gehen oder mit dem Aufzug hinaufzufahren. Kaum angekommen öffnet er eine Bierflasche. Mit dem Glas in der Hand geht er auf die Terrasse. Er telefoniert und zündet sich eine Zigarre an. Der Mann kann die Abläufe seiner Gewohnheiten inzwischen genau berechnen. Der Investor verfügt über ein inneres Ordnungsprinzip. Das braucht man wohl auch, wenn man Investor ist.

Am Samstagvormittag geht der Investor in die Trafik. Die alte Frau hat die Zeitungen für ihn schon hergerichtet: die »Salzburger Nachrichten«, die »Süddeutsche Zeitung« und die »Frankfurter Allgemeine«. Wahrscheinlich lässt er sich die Ausgaben von seiner Firma erstatten. Es gibt Berufe, in denen du fast nichts selbst bezahlen musst. Solche Leute hat der Mann auch in seiner Arbeit kennengelernt. Die aber, die am wenigsten selbst bezahlen mussten, waren die Geizigsten. Das muss ein Naturgesetz sein. Wer hat, gibt nichts. Wer nichts oder wenig hat, teilt gerne mit anderen.

Offensichtlich kocht der Investor nicht selbst. Jedenfalls hat er, soweit der Mann das sehen kann, keinen Container mit Lebensmitteln dabei, sonst hätte er ihn sicher auf die Terrasse gestellt. Außerdem kommt öfters der Fahrer eines Lieferdienstes vorbei, der ihm Pizza oder Essenskartons aus einem indischen Restaurant bringt. Der Fahrer weiß genau, welche Klingel er drücken muss, obwohl auf dem Schild kein Name angegeben ist.

Investoren bedürfen der Anonymität.

Wie wird er sein, so als Mensch?

Er ist bleich und kahlköpfig, aber dafür kann er nichts. Es ist eine Veranlagung, die durch das Alter noch verstärkt wird. Der Mann selbst verfügt auch nicht mehr über volles Kopfhaar, es ist dünn geworden. Dennoch hat er Vorbehalte gegenüber Glatzen, die im Sommer mit hässlichen Strohhüten bedeckt sind. Der Mann ist sich seiner Vorurteile bewusst. Aber der Investor ist ihm nicht sympathisch. Wenn er zur Trafik geht, ist sein Gang wichtigtuerisch. Wenn er mit dem Zeitungspaket unter dem Arm zurückkommt, sieht es so aus, als wolle er öffentlich demonstrieren, dass unter seinem Strohhut ein kluger Kopf steckt. Man kann ja Zeitungen auch in einem Leinenbeutel tragen. Wenn er auf seiner Terrasse telefoniert, dann sieht es aus, als gäbe ein Kapitän von der Brücke Anweisungen an die Schiffsbesatzung durch. Er ist ein Krawattenträger, auch an Samstagen und Sonntagen. Die Krawatten sind nicht gemustert, sie sind monochrom von hellgrün bis hellblau, violett bis beige, locker gebunden, und der Hemdkragen ist weit geöffnet. Die Manschetten sind umgeschlagen. Das ist die Demonstration von Dynamik in der Zweitwohnung des Investors.

Es macht süchtig, denkt der Mann, hier so oft zu stehen.

Es ist besser, als nachts vom Balkon hinauszuschauen, die geparkten Autos zu zählen und auf jeden Laut zu horchen, den der Wind heranträgt. Niemand wartet auf ihn, er muss keinen Garten mehr versorgen, und für die Pflanzen auf seinem Balkon hat er längst ein Bewässerungssystem installiert, das zuverlässig arbeitet. Der Investor – das ist sein Gegner. Nein, denkt der Mann, mein Feind. Denn er hat alles vernichtet, was wichtig war. Feinde muss man im Auge behalten, damit sie einen nicht überraschen. Feinden ist alles zuzutrauen. Feinde muss man bekämpfen.

Nicht zum ersten Mal fragt sich der Mann, ob er zu einem Paparazzo geworden ist, zu einem Beschatter ohne Kamera. Paparazzi sind indiskret und sie wollen durch ihre Indiskretion, die grundsätzlich keine Distanz, nichts Privates kennt, viel Geld verdienen. So einer ist er nicht, und so einer will er auch nicht werden. Denn wenn er freitags, samstags und sonntags hier hinter dem Stamm der uralten Platane steht, dann tut er dies nicht aus finanziellen Gründen.

Er ist anders.

Er ist ein *Spectator*, ein Beobachter. Als er noch ein Kind war, bekam er von einem Kinderbuchverlag eine goldene Nadel, weil er als *Späher* erfolgreich war. *Späher* mussten beobachten und ihre Berichte an den Verlag schicken. Ein Hingucker, kein Wegschauer. Es war eine Auszeichnung, ein *Späher* zu sein. Denn die *Späher* sahen, was Erwachsene nicht mehr sehen konnten. Sie beobachteten Igel und Vögel und Bienen und das Wachstum in der Natur. Sie zeichneten, was sie sahen, sie schrieben dem Verlag, was sie entdeckt hatten: Auf liniertem Papier, damit sich die Zeilen nicht wie Luftschlangen krümmten, und damit die Handschrift sich nicht aufblähte wie ein erhitztes Milchkännchen, das zu lange auf der Herdplatte steht. Er ist ein Beobachter, nicht mehr, nicht weniger.

Beobachter wissen genau, wonach sie Ausschau halten.

Der Mann weiß genau, weshalb er seine Aussichtsplattform auf dem Balkon mit dem Stehplatz unter der uralten Platane vertauscht hat. Es gilt, einem Feind näherzukommen. Irgendwann wird er ihn stellen, diesen Investor. Es wird sich zeigen, wann und wie dies erfolgt. Ich muss Geduld haben. Ich werde ihn zur Rede stellen. Ich werde ihn stellen. Ich werde …

Und deshalb hat der Mann kein schlechtes Gewissen. Es gibt dümmere Aufgaben im Leben als die, ein Beobachter zu sein, dem nichts entgeht: Keine Bewegung, keine Stimmung, kein Geräusch. Er kennt die Symmetrie von Wellen, die sich aufeinander zubewegen und sich, bevor sie brechen, kreuzen und schneiden. Er hat dies auch bei akustischen Wellen beobachtet. Aber er weiß: Treffen sich hohe Wellen aus verschiedenen Richtungen, kann daraus eine Riesenwelle mit zerstörerischer, alles vernichtender Kraft entstehen. Was den Regeln der Natur entspricht, das kann sich auch in den Bewegungen von Systemen und Menschen ereignen, und was daraus wird, weiß niemand vorher. In Thailand hat auch niemand gewusst, welche Katastrophe ein Tsunami auslösen würde.

Dieser Investor da oben: Er hat den Magistrat der Stadt Salzburg über den Tisch gezogen, er hat Natur zerstört, er hat uns vernichtet, und er sitzt bereits an neuen Strategien, um den finanziell klammen Kommunen Grund und Boden abzuschwatzen und ihnen sein neues Paradies zu verheißen. Er studiert die Nachrichten über Finanzskandale in Städten und Gemeinden. Überall haben die Verantwortlichen leichtfertig investiert, in guter Absicht, um die Steuereinnahmen gewinnbringend anzulegen, leichtfertig aber, weil sie vom Investment-Business nichts verstehen.

Dann kommt es wie immer: Das eingesetzte Kapital ist verbrannt, niemand will dafür verantwortlich gewesen sein, die Verantwortlichen hatten ja alle Investitionen unterschrieben, obwohl sie selbst nichts davon verstanden und den Stadtkämmerern blind vertrauten. Irgendwann ermittelt eine Staatsanwaltschaft, gelegentlich kommt es zu einem ordentlichen Gerichtsverfahren und manchmal auch zu einer Verurteilung. Aber das Geld ist und bleibt verloren. In solchen Zeiten sind Ideen willkommen, der Stadt von neuen Investitionen abzuraten und stellvertretend für sie zu investieren und zu bauen, natürlich auf öffentlichem Grund, und ihr eine ordentliche Rendite zu versprechen.

Und da oben sitzt nun einer, der sein Bier trinkt und wahrscheinlich seine Bilanzen durcharbeitet und sich ins Fäustchen lacht und sich zu alledem noch selbst seine Zweitwohnung hier in der Teufelsgasse leistet. Wenn du dein Leben lang korrekt und ethisch einwandfrei zu arbeiten versucht hast, wirst du solche Investoren nicht verstehen. Du wirst auch niemals verstehen, weshalb so viele Politikerinnen und Politiker ihnen auf den Leim gehen. Und ganz sicher niemals wirst du verstehen, weshalb sich die Gesellschaft nicht gegen solche Entwicklungen wehrt. Nicht in Leserbriefen und Resolutionen im Internet, nicht in nächtelangen Beratungen der Ortsausschüsse und lokalen Gremien. Du musst beobachten, genau hinsehen, du musst Erkenntnis gewinnen, dir Wissen aneignen. Und dann wirst du tun, wozu anderen der Mut fehlt.

Das ist doch ganz logisch, oder?

Er zählt die Fenster der *Residenz Teufelsgasse.* Im Kopf zeichnet er ihre Quadrate nach. Die vertikalen und horizontalen Linien. Der leere Raum, schwarz in den meisten Fenstern des Hauses, muss gestaltet werden. Nichts kann sich einfach vor sich hin entwickeln, alles bedarf der Gestaltung, der Ordnung. Pflanzen müssen zurückgeschnitten werden. Weshalb sollte man auf einen Rückschnitt von Fehlentwicklungen in unserer Gesellschaft verzichten? Ich bin kein Radikaler, denkt der Mann, ich bin konsequent. Und ich bin nun weiß Gott nicht dumm. Deshalb weiß ich: Der Tag wird kommen! Nur die Fenster des Investors sind taghell erleuchtet.

29

Ich – Steiger.

Ich erlebe, dass mir Salzburg guttut. Ich muss nicht durch die überfüllte Innenstadt spazieren. Das kann ich auch in München haben: größer, anders, noch voller am Marienplatz und auf dem Viktualienmarkt als in der Getreidegasse. Genauso dekadent in der Maximilianstraße wie auf dem Promi-Areal vor dem Festspielhaus.

Gestern habe ich etwas sehr Komisches in der Altstadt erlebt. In Salzburg ist die Einfahrt in die Gassen der Innenstadt durch in den Boden versenkbare Poller versperrt, nur Berechtigte wie Händler, Anwohner und Lieferanten können per Funk die Poller absenken.

Da sitze ich vor einer Kneipe, trinke mein Bier, und da kommt ein Lieferwagen.

Der Poller blinkt rot, dann grün, er senkt sich in den Boden und der Kleinlaster passiert die Zufahrt zur Kaigasse. Ihm folgt ein Citroen mit einem amtlichen Kennzeichen aus Frankreich. Der Kleintransporter fährt los. Der Franzose fährt hinterher. Es gibt plötzlich einen Knall, die Gäste an den Tischen neben mir erschrecken, als sei eine Bombe explodiert. Es war wirklich ein lauter Knall. Dann sehe ich, dass der Poller wieder nach oben gefahren ist, immer noch blinkend. Der große Citroen des Franzosen wurde von ihm hochgestemmt. Der Fahrer ist völlig irritiert, fast im Schockzustand, öffnet die Türe und sieht, dass er mit seinem Fahrzeug auf einer unvermuteten Hebebühne gelandet ist.

Ich hätte mich totlachen können, aber ich habe bemerkt, dass niemand an den Nachbartischen gelacht hat. Der Fahrer springt kreidebleich nach unten, der Wagen steht oben auf dem Poller. Ihm hätte ich solche Power gar nicht zugetraut. Salzburg ist eine Stadt voller Überraschungen.

Mir geht es hier besser als in Marktschellenberg.

Meine neue Wohnung ist noch etwas kahl, aber ich mag das. Nichts ist furchtbarer als inmitten von Bildern, Möbeln und Teppichen eingesperrt zu sein, sie dienen dir nicht, sie beherrschen dich. Deshalb liebe ich meine von Tante Olga geerbte Wohnung.

Vor zwei Tagen rief mich mein Hörfunkdirektor an.

Die Sitzung der Programmkonferenz soll nicht mehr ich leiten, die Aufgabe übernimmt Wolff, der Kulturmann. Ich bin aber der Chefredakteur. Er nicht. Es ist schon richtig, dass wir beide hierarchisch gleichgestellt sind, denn der Chefredakteur ist nur zuständig für Politik, Wirtschaft und Soziales sowie Aktuelles. Die Kultur führt ihr Eigenleben. Wolff hat sogar einmal gesagt: Weißt du, du bist Chefredakteur für Politik, ich für Kultur. Das war gemein, aber es ist nicht ganz falsch. In der Privatwirtschaft könnte man sich solchen Kompetenzwirrwarr nicht leisten. Den gibt es nur bei uns.

Wolff, mit dem ich eigentlich ganz gut klarkomme, obwohl er mir unheimlich ist, weil er so schnell denkt und sich so wenig um Rücksichten auf unsere Staatsregierung kümmert – vielleicht ist er sogar ein Krypto-Anarchist –, Wolff zieht immer mehr Kompetenzen an sich, die eigentlich mir zustehen. Ich bin auch verantwortlich für unsere Kolleginnen und Kollegen Auslandskorrespondenten, unter ihnen exzellente Journalisten (ich bin es leid, immer gendergerecht mit und ohne Sternchen zu formulieren), aber Wolff arbeitet mit jungen Leuten zusammen, die anders sind. Einer seiner Reporter erschien kürzlich im Funkhaus im Anzug eines Bienenzüchters mit verschleierter Kopfbedeckung. Ein anderer hatte sich in Berlin auf einem Flohmarkt ein FDJ-Hemd aus DDR-Zeiten gekauft und wollte tatsächlich zu einer Pressekonferenz der Jungen Union, der Nachwuchsorganisation der CSU, in diesem Outfit gehen. Wolff fing ihn gerade noch im Treppenhaus ab und forderte ihn unmissverständlich auf, sich sofort umzuziehen. »Weißt du«, hatte er mir bei unserem Dämmerschoppen gesagt, »wir lassen uns unser Image nicht durch ein Outfit zerstören, das es unseren Kritikern leicht macht.« Ich konnte das sogar ziemlich gut verstehen. Und Wolff hatte mir erzählt, dass er im Treppenhaus ziemlich lang mit seinem Mitarbeiter darüber gestritten hatte, wie viel Individualität einem Journalisten zusteht, der einen öffentlichen Auftrag wahrnimmt. Wolff hatte auf seiner Position beharrt: »Privat kannst du anziehen, was du willst. Wenn du jetzt zu einer Pressekonferenz gehst, dann machst du das im Auftrag unseres Senders. Es ist nicht in Ordnung, dass du diesen Auftrag mit deinem privaten Lebensstil verwechselst.« Der Kollege hatte kein Sakko dabei. Wolff bat einen freien Mitarbeiter, der gerade an dem Manuskript für seine Moderation saß, dem FDJ-Kollegen sein Sakko zu leihen, damit wenigstens das Parteiabzeichen auf dem Hemdsärmel verdeckt war.

Später hatten sich alle Beteiligten köstlich amüsiert, wenn die Rede auf den Garderoben-Austausch kam.

Wolff ist ein ganz raffinierter Typ. Schnell. Schlagfertig. Mutig. Und erfolgreich. Politisch tickt er anders. Solche Leute sind gefährlich, weil sie – wie ich oft sage – die zentrifugalen Kräfte in unserem Gemeinwesen verstärken, durch ihren Individualismus, ihre politische Naivität, vor allem aber durch ihre kulturelle Arroganz.

Inzwischen aber mag ich den Wolff ganz gern, obwohl wir politisch wirkliche Gegner sind. Aber ich diskutiere darüber mit ihm nicht mehr, weil ich so oft erlebt habe, dass er auf einem so hohen Niveau mit mir diskutiert, das mich nach dem zweiten, dritten Glas Wein überfordert. Das gebe ich ehrlich zu.

Jetzt aber mischt er sich in die Koordination des Gesamtprogramms ein. Das muss ich verhindern. Ich habe heute aus Salzburg viel telefoniert, mit meinem Hörfunkdirektor Klartext geredet. Das hat ihn aber nicht beeindruckt. Ich habe immer das Gefühl, dass er bei solchen Telefonaten mitschreibt, aber das kann ich natürlich nie beweisen. Ich muss das Gesamtprogramm nicht koordinieren, einen Scheißdreck muss ich das. Aber ich will auch nicht in meinem Sender in meiner Funktion beschädigt werden. Dann soll Wolff eben auch noch Programmkoordinator einer Welle sein. Meinetwegen.

Ich war nach dem Telefonat so sauer, dass ich mir zwei Gin-Tonic genehmigte.

Du stehst auf der Terrasse und dein Sender ist weit weg. Vielleicht kann man das eine oder andere Programm hier empfangen, aber ich habe das noch nicht ausprobiert. Es gibt ein viel besseres Rezept gegen den systemimmanenten Ärger in meiner Rundfunkanstalt. Früher habe ich die Kurzwelle eingeschaltet. Auf jedem Millimeter ein neuer Sender, ein anderes System. Aber überall die gleichen Probleme. Mutlose Chefs, intrigante Vorgesetzte, lähmende Strukturen, wenig Etat. Überall das Profil der Durchschnittlichkeit. Heutzutage hast du das im Netz. Du suchst und findest genug Radiostationen weltweit. Dann hörst du die Stimmen. Und hinter den Stimmen verbergen sich die Auseinandersetzungen des Tages, die Frustrationen über zu geringe Honorare, über mangelndes Vertrauen, über zögerliche Förderung von begabten jungen Radioleuten. Aber nach außen ist nichts zu spüren. Die Stimmen klingen professionell, durch die Aktualität gedopt, künstlich allein durch die Präsenz in der Öffentlichkeit aufgeputscht, als wäre die Sendung ein Fest fürs Leben, einschmeichelnde Stimmen in den Lebensberatungssendungen, die niemand braucht, die aber alle hören, und der schneidende Tonfall jener, die vor Ort aus den Katastrophengebieten berichteten. Dann auch noch die DJs und Nachtmoderatoren, die leise vor sich hinplappern: über die Trivialität ihres Alltags und die Informationen, die aus den PR-Texten der Musikindustrie stammen. Sie alle haben Chefs, die nicht kongenial sind. So ist das, nicht nur Krimis zeichnen solche Wirklichkeiten auf.

Wie gesagt: Ich habe mich sehr geärgert. In Marktschellenberg hätte ich mich nur besaufen können mit dem Restpersonal des alten Stammtischs, seit ich aber nach Salzburg umgezogen bin, komme ich besser klar. Ich stehe auf meiner wirklich wunderschönen Terrasse, denke an Tante Olga, nehme einen Schluck Gin Tonic mit Zitrone und Eiswürfeln und noch einen und nicht zu wenig, und dann spüre ich, wie ich innerlich ganz ruhig werde. München liegt hinter dem Berg, auf dem die Festung Hohensalzburg liegt, in einer guten Stunde kannst du dort sein, aber wenn du zu Fuß gehst, brauchst du gehörig länger. In solchen Situationen, wenn ich mich geärgert habe, würde ich nur zu Fuß nach München gehen.

Mein Essen bestelle ich meist, weil ich keinen Bock darauf habe, in der Innenstadt allein in einer Wirtschaft zu hocken. In einer Bar macht mir das nichts aus, da kommst du schnell ins Gespräch. Kochen will ich nicht. Wenn ich koche, was ich früher sehr gern gemacht habe, dann nur, wenn Freunde kommen. Es ist schwer, allein ein Genießer zu sein.

Wenn meine Kolleginnen und Kollegen aus dem Ausland zurückkommen, schwärmen sie oft von den kulinarischen Überraschungen, die sie dort erlebt haben. Ich glaube inzwischen, dass sie mit diesen Stories nur die tiefen Spuren der Einsamkeit von Reportern im Ausland zudecken wollen. Du kannst allein sein. Okay. Du kannst einsam sein. Okay. Wenn beides zusammenkommt: Dann hast du ein existenzielles Problem.

Ich habe es nicht.

Ich freue mich über eine Wohnung, die meine Ansprüche bei Weitem übertrifft.

Ich entdecke die Vorzüge einer Fußbodenheizung.

Ich freue mich, wenn ich die alte Frau in der Trafik wiedersehe.

Ich finde es prima, dass sie die Zeitungen hat, die ich lesen will.

Ich mag den Spaziergang dorthin.

Ich liebe die Luft in Salzburg, wenn der Föhn sich verliert und nur noch ein heiteres Gefühl heranweht.

Ich muss nie einen Parkplatz suchen.

Mit meinem neuen Herd in der Küche kenne ich mich noch nicht aus. Weshalb muss die Betriebsanleitung für die Waschmaschine so unverständlich formuliert sein? Das Thema werde ich am Montag in die Konferenz einbringen.

Ich freue mich, dass ich keine Pflanzen auf dem Balkon habe.

Pflanzen verpflichten. Du kannst sie nicht im Stich lassen, wenn du ein Mensch guten Willens bist.

Es ist topp hier.

Ich könnte die ganze Nacht auf der Terrasse stehen und mich über mein Glück freuen.

Da unten hinter dem Baumstamm der Platane steht wieder dieser Mann, dieser Schatten von einem Menschen. Erst habe ich gedacht, ich hätte Halluzinationen. Aber er ist immer da. Am Freitagabend. Am Samstag. Am Sonntag.

Vielleicht sollte ich das mal melden. Bei der Polizei. Oder sonst wo. Der Mann da unten kann ja auch an Demenz leiden. Wer weiß das schon? Dann muss ihm doch geholfen werden. Aber bin ich als Helfer geeignet?

Ich trinke jetzt noch ein Bier, schließe die Tür zur Terrasse.
Es wird allmählich kühl.

30

Es ist nicht sinnvoll, ziellos aufzubrechen.

Wolff hatte ja ein Ziel gehabt, als er sich in München entschloss, noch einmal nach Salzburg zu fahren, ohne Anlass, ohne Absicht. Weshalb aber hätte er auch nicht nach Salzburg fahren sollen? Hier gab es mehr zu sehen als in München, als wäre eine ganze Welt in den Straßen und Gassen der Altstadt von Salzburg komprimiert.

München ist weiträumiger, und den Marienplatz muss man ja nicht ansteuern. Dort finden kleine und große Demonstrationen statt, alle paar Schritte werden Unterschriften erbeten: auf Resolutionen der Tierversuchsgegner, der Kernkraftgegner, der uigurischen Opposition (hier hatte Wolff unterschrieben, weil er einmal ein paar Tage in Kashgar gewesen war und die Unterdrückung der Uiguren selbst beobachtet hatte), der Befürworter des Ausbaus von Radwegen, der Rundfunkgebührengegner, der Impfgegner, der Pelztierfarm-Gegner und vieler anderer Gruppen, die kleine Tische oder richtige Bühnen aufgebaut hatten, die jeweils ihrer erwarteten Klientel entsprachen. Nur ein buddhistischer Mönch verteilte kleine Bilder, ohne eine Gegenleistung zu erwarten. Einige Passanten drückten ihm aber verstohlen ein paar Münzen in die Hand. JESUS LEBT!, verkündeten andere.

Hier in Salzburg fehlten diese Aktivisten, oder es waren ihnen andere Plätze außerhalb der Altstadt, vielleicht am Ufer der Salzach, zugewiesen. Man sollte nicht vor Mozarts Geburtshaus stehenbleiben, weil es dort immer ein Gedränge gab, aber schon ein paar Meter weiter fühlte sich Wolff keineswegs von Touristen umzingelt. Touristen sehen wenig, sie fotografieren. Sie müssen unsicher sein, denn ständig schneiden sie schöne und seltsame Motive mit ihren Smartphones und Tabletts, die sie wie ein Brett vor dem Gesicht tragen, aus dem Gesamtbild aus und senden sie sogleich in die Welt, als müssten sie beweisen, wirklich hier gewesen zu sein.

Wolff hatte viele Jahre bewusst darauf verzichtet, seine Spiegelreflexkamera zu benutzen. Er wollte die Orte, die er besuchte, im Kopf behalten, nicht auf einem digitalen Speicher. Inzwischen war er milder geworden, hin und wieder knipste er, um Plakate, Aufschriften, Graffiti und Kuriositäten festzuhalten, damit er sie später betrachten konnte. Es waren Bilder, die er anderen nicht zeigte. Er holte sich an einem Imbissstand auf dem Alten Markt ein Paar Frankfurter und eine Semmel, und dann hatte er eine Idee. Er könnte in die Trafik gehen und mit der alten Frau noch einmal reden. Jetzt sah er ein Ziel.

* * *

»Ich kenne Sie doch«, sagte die Frau.

»Ja, Sie haben mir vor einiger Zeit einen Stadtplan von Salzburg verkauft.«

»Ach ja, der war aber sehr verstaubt. Der lag ja schon lange im Fach.«

Sie lachte.

»Hier hat bis vor Kurzem ein Kollege von mir gewohnt. Kennen Sie ihn? Er muss samstags immer bei Ihnen Zeitungen gekauft haben.«

Er zeigte ihr ein Pressefoto von Steiger.

»Haben Sie mich nicht schon einmal nach ihm gefragt?«

»Kann sein«, sagte Wolff.

»Ja, freilich, den kenne ich gut. Ein netter Herr. Aber eigentlich sind es zwei.«

»Zwei?«

»Da kam immer noch ein anderer Mann mit, der aber meist drüben auf der anderen Straßenseite stehenblieb.«

»Kannten sich die beiden?«

»Da kann ich nichts dazu sagen. Erst dachte ich, sie wären vielleicht gemeinsam unterwegs, aber sie sprachen nicht miteinander. Vielleicht war es auch ein Zufall. Ich bin mir fast sicher, dass die beiden Männer sich nicht kannten. Ihr Kollege jedenfalls hat den anderen Mann nicht beachtet, wenn ich das richtig gesehen habe. Der Mann lief eher wie ein Schatten hinter ihrem Kollegen her.«

Wolf spürte, wie es ihn schauderte. »Wissen Sie noch, wie der aussah?«

»Ja, freilich. Der sah aus wie ein Finanzbeamter. Ordentlich angezogen, eine schmale Aktentasche unter dem Arm. Na ja, wenn Sie mich so fragen: Er sah aus wie ein Rentner, dem es langweilig ist. Strickjacke unter dem Sakko. Ein grauer Regenmantel, so ein leichter, den Kragen immer hochgeschlagen.«

»Haben Sie sich einmal mit ihm unterhalten?«

»Nie. Niemals. Der kam ja nie in den Laden rein.«

»Können Sie ihn genauer beschreiben?«

»Na, groß war er jedenfalls nicht.«

»Hat mein Kollege den Mann gegenüber nicht einmal angesprochen?«

»Das habe ich nicht gesehen.«

»Wollten Sie nicht hinschauen?«

»Mit Wollen hat das nichts zu tun. Ich habe nichts beobachtet. Was denken Sie? Ich kann doch nicht den ganzen Tag andere Leute anschauen. Schon gar nicht, weil ich mit Ihrem Kollegen immer so nett geplaudert habe. Wie geht es ihm denn? Warum kommt er nicht mehr? Ist er verreist? Ich habe ihn schon seit längerer Zeit nicht mehr gesehen.«

»Er ist tot.«

Als Wolff dies gesagt hatte, schien es ihm, als vereise die Trafik. Die alte Frau drehte sich um. Sie schwieg auch, als sich Wolff verabschiedete, die Tür öffnete, das Glockenspiel klingelte leise und Wolff verließ die Trafik. Draußen war es wärmer.

Steiger war also beobachtet worden. Das stand fest. Es könnte sein, dass dieser Rentner mit der Aktentasche der Täter war. Zumindest glaubte Wolff nicht mehr, dass Steiger mit einem Passanten in Streit geraten war, der dann eskaliert war. Aber wer sollte ihn beschattet haben? Sein Bekannter aus Namibia oder ein von ihm Beauftragter? Aber wenn es so gewesen war, weshalb? Sollte es rechtsverbindliche finanzielle Zusagen von Steiger gegeben haben, wäre es doch völlig sinnlos, ihm nachzulaufen. Vom Freitagabend bis zum Sonntagabend. Ein Privatdetektiv etwa? Das ergab überhaupt keinen Sinn. Was hätte der denn entdecken sollen, wenn sich Steiger seine Zeitungen in der Trafik kaufte?

Wolff, wieder zurück in der Altstadt, entschied sich, hinter den Höfen der Abtei St. Peter vorbei am Friedhof den Fußweg zur Festung Hohensalzburg zu nehmen. Es würde ihm guttun, die vielen Treppen hinaufzusteigen. Oben könnte er einen Cappuccino trinken. Ganz sicher gab es oben ein Café. Sonst müsste er weitergehen bis zum Museum der Moderne auf dem Mönchsberg. Dort kannte er das Café. Man hatte von dort außerdem einen faszinierenden Ausblick auf die Dächer der Stadt, man konnte die Kuppeln zählen und der Blick ging bei gutem Wetter weit bis in das Salzkammergut oder in entgegengesetzter Richtung zu den Seen im Norden der Festspielstadt.

Wolff stapfte los.

Einige Male blieb er stehen und schaute zurück. Nein, ihm folgte niemand. Ich glaube, Peter Handke ging hier oben oft spazieren, dachte er. Oder war das drüben auf dem Kapuzinerberg? Er wusste es nicht mehr genau.

Auf dem Hotel Bristol flatterten Fahnen mit dem Signet des Hauses. Wolff empfand sie wie eine Gegenkulisse zu den Kuppeln, Türmen und steilen Dächern der Kirchen in der Altstadt. Er verstand es, dass die barocke Pracht, die auch manchen älteren Architekturen aufgezwungen worden war, säkularer Alternativen und Gegenansichten bedurfte. Der Turm des Rathauses könnte so entstanden sein. In der früheren Freien Reichsstadt Augsburg, jenem Ort zwischen den

Flüssen Lech und Wertach, die Thomas Bernhard, ohne die Stadt wirklich zu meinen, als »widerliche Lech-Kloake« bezeichnet hatte, hatten in der frühen Renaissance die Stadtväter in der Mitte der Achse zwischen dem Hohen Dom und der Basilika St. Ulrich und Afra ein Rathaus errichten lassen, dessen zwei Zwiebeltürme neben dem steil aufragenden Giebel so hoch in den Himmel hinaufwachsen sollten wie die Spitzen der beiden Domtürme und des Münsters am anderen Ende der Maximilianstraße. Zur Not konnten gegenüber des Kuppelensembles auch Hotelfahnen flattern, es sind ja keine tibetanischen Gebetsfahnen.

Wolff kam oben an.

Auf der Salzach startete gerade das kleine Flussschiff »Amadeus« mit einigen Touristen an Bord. Es kommt nicht weit den Fluss hinauf oder hinunter. Die Salzach ist ein Wildfluss und für die Schifffahrt nicht geeignet, allenfalls für kleine Schiffe. Mit Flößen käme man weiter, aber die Salzach war nicht die Isar, auf der die Floßfahrten im Sommer mobilen Sauftouren glichen, eingerahmt von weißblauen Wimpeln bayerischer Selbstvergewisserung. Wolff hatte die »Amadeus« gesehen, als das Hochwasser die Altstadt überflutet hatte. Die Wassermassen hatten die festgemachte »Amadeus« überrollt, sie konnte sich nicht aus ihrer festgezurrten Position befreien und kenterte halb. Später hob sie ein Spezialkran aus dem Wasser. Auch das hatte Wolff durch Zufall beobachtet.

Steiger war wahrscheinlich nie hier oben gewesen. Da unten, da drüben hatte er an seinen freien Wochenenden gelebt, befreit von der Enge Marktschellenbergs, losgelöst von den Konflikten in seinem Sender. Es war ein kurzes Glück.

Da unten, da drüben war er erschlagen worden. An einem normalen Samstagvormittag, als er aus dem Haus trat, um in der Trafik seine Zeitungen zu kaufen. Ein gewaltsamer Tod ohne bisher ersichtlichen Grund, ohne Tatmotiv und Täter. Die Polizei ermittelte jetzt schon ziemlich lang, aber sie kam offensichtlich nicht voran.

Wolff war weitergekommen.

Überall begannen die Glocken zu läuten. Es war 12 Uhr mittags. Er hörte keine Disharmonien, die Glocken klangen, als seien sie aufeinander abgestimmt. Erst begann das Geläute einer Kirche, dann setzte der Klang der Domglocken ein, dann wagten auch die anderen Kirchen, sich zu behaupten: kleine Glocken mit nervösem Schlag, große mit dunkler Gelassenheit. Wolff verspürte ein erhabenes Gefühl. Nicht alle Turmuhren ticken in synchroner Einigkeit.

Jetzt wusste er, was er unternehmen sollte. Gleich, wenn er wieder herabgestiegen war, würde er losgehen. Er wusste, wohin er gehen würde.

31

Es ist schwer, daran zu glauben, dass man früher ein anderes Leben hatte.

Der Mann hat heute am frühen Morgen wie jede Woche zur gleichen Uhrzeit Blumen zum Friedhof gebracht. Die alten verwelkten Rosen steckt er in eine Tüte, die er immer dabeihat, die neuen Rosen schneidet er an. In der Laterne tauscht er das Öllicht aus. Es muss immer ein Öllicht sein, denn andere Kerzen rußen und lassen die Glasscheiben der Laterne erblinden. Früher hatte er den Besuch von Friedhöfen, wann immer es ihm möglich war, kategorisch vermieden. Seinen Eltern war er nicht auf dem Friedhof nahe, nicht den vielen Bekannten und Freunden, die nicht mehr lebten, die ihm aber unvergesslich blieben, weil er sich an ihnen orientiert hatte, und weil er mit manchen auch, als er noch sehr jung war, gestritten hatte. Die einen wie die anderen – sie hatten den Rahmen seines Heimatgefühls bestimmt.

Aber wie oft hat er seine Frau auf Friedhöfe begleitet. Wie lange haben sie beide nach Gräbern gesucht: die Ruhestätten von Thomas Bernhard, Ernst Jandl und Ingeborg Bachmann. Ihr war es wichtig, an diesen Gräbern zu stehen. Ihn bedrückte immer die Wucht der auf den Grabsteinen vermerkten Namen und Lebensdaten, ihn überforderte das riesige Feld der Friedhöfe, das den Toten gehörte. Seine Toten waren ihm in der Erinnerung, in Häusern, in Zimmern präsent, nicht hier in den Alleen des Friedhofs mit seinem steinernen Meer aus Stalagmiten, die sich jeweils an der Kopfseite über den Gräbern erheben.

Jetzt ist es schon lange ganz anders.

Sie wäre unglücklich gewesen, wenn er das Grab nicht sorgfältig pflegt. Deshalb gibt er sich Mühe. Ein Licht sollte brennen. Blumen, frische Blumen sollten zeigen, dass sie nicht vergessen ist. Denn wenn du an jemanden denkst, der nicht mehr lebt, merkt das kein Mensch. Das ist nicht gut. Manchmal spricht er mit ihr, aber nicht auf dem Friedhof. Zu Hause, da kann er mit ihr reden. Aber sie antwortet nicht.

Das ist logisch. Aber es ist dennoch sehr schwer, es zu akzeptieren.

Wenn du auf dem Friedhof Blumen in die Vase stellst, sieht man, dass dieses Grab nicht vergessen ist. Das ist gut.

Wenn er an seine Jahre im Amt zurückdenkt, kommt es ihm vor, als sei das eine andere, eine völlig fremde Existenz in einer anderen Zeit. Er hat seine Kontakte zu den früheren Kolleginnen und Kollegen beendet. Sie leben nach anderen Prioritäten, die ihm zunehmend fremd geworden sind. Wenn er die eine oder den anderen zufällig trifft, streifen die kurzen Gespräche meist die Vergangenheit. Das mag der Mann nicht. Er sieht sich nicht in der Rolle eines Rentners, der über die früheren Zeiten sinniert.

Ihn interessiert die Zukunft, die – und das weiß er sehr genau – von Jahr zu Jahr für Menschen in seinem Alter immer kürzer wird. »Und morgen ist ein neuer Tag.« Der nächtliche Abschiedsgruß eines bekannten Moderators in einer News-Sendung im Fernsehen klang für ihn immer banal, schmeckte nach Marketing und softer Einschmeichelei beim Publikum, aber die Botschaft ist deshalb ja nicht falsch. Was morgen ist, hat Priorität, besonders dann, wenn die Vergangenheit wie ein Gletscher in der Sonne wegschmilzt und sich auflöst.

Der Mann erinnert sich an ein Gedicht von Albrecht Goes, das er als Jugendlicher auf einer Vinyl-Single immer wieder gehört hatte, und er hat den Schluss nie vergessen: »Sieben Leben will ich haben, hab ein einzig Leben nur.« Er hatte den Dichter verstanden, seine Lyrik berührte ihn. Seit Langem hat er festgestellt, dass er schon einige Leben hinter sich hat. Das Leben im Amt ist versunken. Deshalb hat er sich um einen Garten beworben. Der Tod sitzt auch in den Grashalmen und Büschen eines Gartens, Insekten und Pflanzen sterben, aber es liegt auf dem Garten die Hoffnung, dass nichts zu Ende ist. Ein Garten kann im Leben Mut machen. Er kann ein Wegweiser in die Zukunft sein, weil du immer darauf wartest, dass aus der Knospe eine Blüte wird, aus dem verholzten Gestrüpp ein leuchtender Busch und dass aus der winterblanken Erde wieder die Gräser wachsen.

Der Investor hat alle Hoffnungen brutal zerstört.

Er war es, er war brutal, nicht der Magistrat der Stadt, der ganz sicher eine falsche Entscheidung getroffen hat, der ihn aber als früheren Mitarbeiter in einer gehobenen Position niemals brüskieren, verstören oder verletzen würde. Im Amt gab und gibt es doch so etwas wie eine ethische Grundhaltung, die jeder akzeptiert. Er glaubt nicht, dass er sich geirrt hat. Die Obrigkeit ist gut, aber nicht jeder einzelne unter ihrem Dach muss ein guter Mensch sein. Man muss an die Ordnung glauben, auch an die Gerechtigkeit, denn sonst fällt einem die Ungerechtigkeit nicht auf. Du würdest sie gar nicht spüren, wenn du nicht deine Moral in dir hast. Die Obrigkeit würde eines Tages schon noch merken, welches Unrecht sie begangen hat, als die Kleingartenanlage vernichtet wurde, um Luxuswohnungen zu errichten. Der Magistrat kann nicht alles wissen. Er muss sich darum kümmern, dass die Kommune finanziell nicht in den Abgrund rutscht. Aber irgendwann wird sie verstehen, was sie falsch gemacht hat.

Der Mann hat sich für den weiteren Tag nichts vorgenommen.

Er räumt wieder einmal seinen Keller um. Von manchem wird er sich endlich trennen müssen. Er braucht dies alles nicht mehr. So packt er erst eine Kiste voll, dann einen Karton und noch einen. Nächste Woche wird er dies alles zum Recyclinghof oder zu einem Flohmarkt fahren. Ein altes Kinderbett. Den Holzdeckel einer Nähmaschine, deren Untergestell längst irgendwo eine Glasplatte trägt und zu einem modischen Tisch gehört. Die verstaubten Theaterprogrammhefte. Die Backformen für die Zeit vor Weihnachten. Er wird nicht backen. Die alten Fahrradpumpen. Die Gartenstühle, die auf seinem Balkon keinen Platz finden, weil er sich dort anders eingerichtet hat. Er hatte sie bei der Räumung seines geliebten Gartens aus seinem Gartenhaus mitgenommen. Es ist schwer, sich von vertrauten Möbeln zu trennen. Vielleicht wird er sie doch noch einmal auf seinem Balkon aufstellen, aber bald ist er sich sicher: Die Möbel müssen weg! Auf seinem Balkon hat er keinen Platz. Einen Teil der Gartenmöbel hat er schon früher entsorgt, als auch der Platz im Gartenhaus knapp wurde.

Er räumt und packt und schwitzt.

Dann findet er ein Tischbein. Ein schweres Stück aus Tropenholz. Es hatte zu dem Tisch in seiner Gartenhütte gehört, von dem er sich bereits vor Längerem getrennt hatte. Das abgeschraubte Bein hatte er wohl damals übersehen und es war erst beim Ausräumen der Hütte wieder aufgetaucht. Der Mann weiß nicht, warum er es mit in seinen Keller genommen hat.

Ein massives Stück Holz. Es passt nicht in die Kiste, nicht in die Kartons, die ohnehin keinen Platz mehr für größere Teile haben. Der Mann hat gesehen, dass in der Teufelsgasse immer noch ein Container steht, angefüllt mit Bauholz. Die Baufirma, die das Appartementhaus errichtet hat, hat ihn bisher nicht abgeholt. Irgendwann werden sich die neuen Wohnungseigentümer beschweren. Aber noch steht der Container, 20 Meter vom Neubau entfernt, neben dem Gehweg.

Dorthin kann er das Tischbein bringen. Dann ist wenigstens wieder ein Stück aus seinem Keller entsorgt. Mit einem einzelnen Tischbein lässt sich nichts Vernünftiges machen. Natürlich will er nicht beobachtet werden, wenn er das Holz dort hineinwirft. Aber in diesem Viertel sind ohnehin nur wenige Menschen unterwegs. Er packt das Tischbein in eine Folie ein, die er ebenfalls in einer Kellerecke gefunden hat. Ihre Transparenz ist einem gelben, blinden Belag gewichen. Er kann sie vielleicht auch im Container entsorgen. Steter Tropfen höhlt den Stein, und der Keller muss entrümpelt werden. Es ist Selbstbetrug, wenn man sich vor einer solchen Arbeit drückt.

Er zieht seinen dünnen Regenmantel an.

Dann geht er los.

Es ist bald zehn Uhr vormittags. Als er an der *Residenz Teufelsgasse* vorbeikommt, öffnet sich die Türe des Appartementhauses. Der Mann geht auf die gegenüberliegende Straßenseite. Er schaut hinüber. Da kommt er. Der Mann, den er so lange beobachtet hat. Dieser selbstgefällige Investor, der immer grinst, sobald er auf die Straße tritt, dieser unsympathische Mensch, der sich für seine Wochenenden in Salzburg wahrscheinlich den Trachtenjanker gekauft hat, den er jetzt trägt, um seine Existenz als Münchner hier in Salzburg zu tarnen. Alle, die nach Salzburg kommen, tarnen sich. Selbst Japaner tragen inzwischen Trachtenjacken und Dirndl, weil sie glauben, man müsse sich hier dem Adaptionswettbewerb der Festspielstadt stellen. Der da drüben also auch. Aber das hat er ja früher schon gesehen.

Das Tischbein ist schwer. Niemand würde erkennen, was er unter dem Arm trägt. Es könnte ein Fernrohr sein, eine Tapetenrolle oder eine zusammengerollte Leinwand, um Dias oder Filme zu projizieren. Da steht jetzt dieser Investor drüben und telefoniert. Er lacht. Er spricht mit lauter Stimme. Er ist keiner, der irgendeine Rücksicht auf seine Umgebung nimmt. Das wird er nie gelernt haben. »Eine schlechte Kinderstube«, hätte seine Großmutter gesagt. Er kratzt sich am kahlen Kopf. Er spuckt auf die Straße. Er verhält sich, so empfindet es der Mann, wie ein unsäglich ordinärer Mensch. Er brüllt in sein Smartphone. »Wie? Die Verbindung ist sehr schlecht! Ich verstehe Sie nicht!« Er schreit, als müsse die Nachbarn interessieren, was er hier auf der Straße zu besprechen hat. Weshalb sagt ihm das niemand? Hat denn keiner die Courage, einen solchen Menschen in seine Grenzen zu weisen?

Der Mann überquert die Straße.

Er denkt im Augenblick nicht an den Baucontainer, in den er das Tischbein hineinwerfen will. In ihm ereignet sich ein Gefühlsausbruch wie eine Explosion, nur dass sie nicht hörbar ist. Er fühlt sich wie bei einem plötzlichen Fieberschub. Er sieht nur diesen Investor, dem er sich nähert. Da steht er. Und er, der Mann, geht auf ihn zu.

»Was wollen Sie?«

»Ich habe nur eine Frage, entschuldigen Sie.«
»Wenn es unbedingt sein muss. Ich habe zu tun.«
»Ganz kurz nur, bitte!«
»Wer sind Sie überhaupt?«
»Das tut nichts zur Sache.«
»Dann verschonen Sie mich bitte mit Ihrer Aufdringlichkeit!«
»Sie wohnen hier?«
»Was geht Sie das an?«
»Ich habe früher hier gewohnt.«
»Hier gab es früher nichts!«
»Doch: Es gab genau hier eine wunderbare Kleingartenanlage, die vernichtet wurde.«
»Sie sind ein komischer Vogel! Was geht mich die Kleingartenanlage an!«
»Sie kommen aus München?«
»Jetzt hören Sie auf! Ich rufe gleich die Polizei, wenn Sie mich weiter belästigen.«
»Entschuldigung. Aber Sie haben hier mitgeplant?«
»Ja, natürlich, ich habe im Rohbau ganz genau vorgegeben, wie meine Wohnung aussehen soll.«
»Planen Sie immer so genau?«
»Jetzt lassen Sie mich endlich in Ruhe, Sie Penner. JA! Ich plane mein ganzes Leben sehr genau! Und jetzt scheren Sie sich fort.«

Der Mann schert sich nicht fort.

32

Ich – Steiger.

Ich gehe jetzt zur Trafik und hole mir die neuen Zeitungen. Bei uns im Sender haben sie die Ibiza-Affäre von Heinz-Christian Strache völlig verpennt, erst als die Ösis die neuen Ausgaben der Süddeutschen Zeitung *und des* SPIEGEL *gelesen hatten, wurden sie aktiv. Wir aber noch lange nicht. Es gibt ja viele gute Gründe, weshalb wir keine richtige investigative Redaktion haben. Na ja, wir beteiligen uns an den Recherchen anderer, verbreiten ihre Ergebnisse, aber wir müssen als öffentlich-rechtlicher Rundfunk keineswegs selbst »undercover« recherchieren. Das ist jetzt eine Mode geworden, die nichts mit unserem Programmauftrag zu tun hat. Wir schnüffeln nicht, wir berichten. Wir zitieren. Und dann kommentieren wir. Und wir dokumentieren. Mehr kann man von uns nicht verlangen. Aber so krumme mediale Überfälle, wie sie in Ibiza stattfanden, solche Fallen zu entwickeln, da machen wir nicht mit.*

Das Medium ist die Botschaft, sagte Marshall McLuhan, und er hat Recht. Man stellt Fallen auf, die Opfer tappen hinein, und dann hat man eine neue Faktenlage, über die sich gut berichten lässt, ob sie stimmt oder nicht. Den Strache mag ich nicht. Er ist mir zu populistisch. Um populistisch zu sein, muss man das Format von Franz Joseph Strauß haben, oder auch das von Jörg Haider. Der war ein ganz anderes Kaliber. Seine FPÖ hatte erkannt, worauf es ankam: Den Kampf anzusagen gegen das völlig verrottete System der Altparteien. Der Haider war intelligenter als der Franz Schönhuber mit seinen Republikanern bei uns, die von Abweichlern aus der CSU begründet worden waren. Einmal war Haider, ich erinnere mich genau, als Gast im Internationalen Presseclub e.V. in München eingeladen. Das kann man ja machen. Die Medien müssen auch mit solchen Politikern sprechen. Man kann sie doch nicht ignorieren, nur weil sie ein bisschen kantiger als die Politiker bei uns sind.

Der Wolff, und darüber habe ich lange mit ihm geredet, war entsetzt, dass der Presseclub den Haider zu einem internen Pressegespräch lud, zu dem keine externen Gäste zugelassen waren. Der Wolff rief sogar den Vorsitzenden des Presseclubs, einen Kollegen aus unserem Haus, an und warf ihm eine grenzenlose und fahrlässige Naivität vor. Das hat unseren Vorsitzenden sehr verletzt. Wir waren sehr stolz, dass der Landeshauptmann von Kärnten zu unserem Treffen exklusiv nach München kam. Der hatte nicht einmal seine berüchtigten Taferln dabei, die er sonst so gerne in die Kameras hielt. Der hatte Charme, dieser junge Typ. Unglaublich. Keiner Frage von uns wich er aus.

Es ist ein Jammer, dass dieses Talent so jung, so früh sterben musste. Na ja, er hätte ja weniger trinken können, aber wem sage ich das? Man soll ja keine Steine werfen, wenn man im Glashaus sitzt.

Der Haider war ein Charismatiker. Der hat mich fasziniert. Irgendwie habe ich ihn bewundert, weil er Mumm in den Knochen hatte. Und über die Epigonen seiner Lebensmenschen und der Nachfolger müssen wir ja nicht reden. Was mir aber gefällt, ist die Tatsache, dass die heutigen Freiheitlichen nicht so weich sind. Bei uns in der Partei sind sie inzwischen alle so kuschelzart geworden. Die haben keinen Biss mehr. Die haben nichts gelernt vom großen FJS.

Jetzt gehe ich zur Trafik. Und heute kaufe ich auch mal den Falter, obwohl ich das Magazin wegen seiner ideologischen Stereotypen nicht mag. Und den Kurier *und die* Kronen Zeitung. *Gerhard Schröder hat als Bundeskanzler angeblich mal gesagt: Ich brauche nur* BILD *und die Glotze, um zu regieren. Die* Frankfurter Allgemeine *hat er wahrscheinlich heimlich unter der Bettdecke gelesen. Oder die Süddeutsche. Bei unserem Intendanten lag im Vorzimmer immer nur die* BILD. *Bei seinem Vorvorgänger gab es die* Neue Zürcher Zeitung, *den* Basler Tagesspiegel *und unsere deutschen Tageszeitungen, und er hatte sie alle schon gelesen. Die Zeitungen waren alle zerknittert und überall waren Kaffeeflecken auf dem Papier.*

»Mach's gut, ich muss jetzt los. Bis bald. Servus.

Hast du Zeit am späten Sonntagabend?

Okay, dann ziehen wir ums Viertel.

Ich denke, dass ich am Sonntag spätestens um 21 Uhr in München bin. Ich fahre immer erst, wenn die Welle des Rückreiseverkehrs abebbt.

Servus, ich rufe dich dann an. Baba!«

33

Es gibt viele Gründe, Salzburg fluchtartig zu verlassen.

Es gibt aber auch manchen Grund, länger als geplant in Salzburg zu bleiben.

Die Stadt ist unschuldig.

Es ist die eigene Einstellung, die den Unterschied macht. Denn die Stadt ist auch eine Projektionsfläche für Verachtung wie für Sehnsucht. Allenfalls die Menschen, die sich im Sommer vor dem Festspielhaus oder auf der Pernerinsel in Hallein, im Winter auf dem Christkindlmarkt und zu jeder Tageszeit in der Getreidegasse schieben und drängeln, können eine Salzburg-Allergie auslösen, auch die Preisschilder in den Schaufenstern und Speisekarten oder die rustikale Jodel-Ästhetik der Mode, aber Wolff hatte auch wahrgenommen, dass sich die Angebote der Modeshops inzwischen international, italienisch und damit zu einer Eleganz hin entwickelt hatten. Es muss ja nicht immer Loden sein.

Wolff wusste, dass Steiger in den letzten Monaten meist erst am Montagvormittag nach München zurückgefahren war. Wenn er dann zu Mittag das Sekretariat der Chefredaktion betrat, entschuldigte er sich kurz bei den Damen im Vorzimmer mit den vielen offiziellen Abendterminen, den vielen Dienstreisen und den Sitzungen, die manchmal bis weit über die offizielle Arbeitszeit hinaus andauerten. In seiner Funktion aber wäre er ohnehin niemandem eine Auskunft schuldig gewesen. Führungskräfte arbeiten nicht nach der Stechuhr.

Wolff könnte jetzt noch einmal die Bibliothek der Juridischen Fakultät besuchen. Als er von den Fresko-Malereien mit den frühen Weltkarten erfahren hatte, musste er sehr lange den Eingang suchen. Niemand war auf dem Weg zur Bibliothek, er hatte auch kein Hinweisschild entdeckt. Als er durch einen Innenhof der Universität irrte, sprach er einen Studenten an, dem er ein Jurastudium zutraute. Er hatte sich nicht getäuscht. Der junge Mann hatte ihm präzise den Weg beschrieben. In einem der oberen Stockwerke saß hinter der Tür des barocken Treppenhauses eine Dame, die ihn hereinbat. »Sie können sich gerne umsehen«, sagte sie. Zwei, drei Studierende saßen an den Tischen der Bibliothek, es war ruhig, nur gelegentlich war das Getrappel der Pferde zu hören, die durch die Gassen die Touristenkutschen zogen. Und hier oben an den Wänden diese bunten, manchmal auch verblassten Weltwunder. Da hatte ein Salzburger Fürsterzbischof die Welt in seine neue Residenz hereingeholt, die Kontinente und Meere und die Tiere der Meere und der Lüfte. 1614 war die Landkartengalerie vollendet, aber der Bauherr hatte drei Jahre zuvor seine Residenz verlassen müssen. Man weiß, dass Wolf Dietrich von Raitenau die Prunkräume gegen ein dunkles Verließ auf der Festung Hohensalzburg tauschen musste. Sein Nachfolger litt an Depressionen. Sein Machtanspruch und sein Selbstverständnis waren nicht so weltinteressiert ausgeprägt. Und jetzt, dachte Wolff, sitzen Studierende unter den Fresken und befassen sich mit dem Lernstoff der Rechtswissenschaften, und sie nehmen sich nicht die Zeit, nach oben zu schauen und America, Indien und andere ferne Länder zu betrachten und wenigstens für ein paar Augenblicke zu träumen.

Ein neuer Tag. Wolff wusste, dass Steiger gelegentlich vor dem Abend sein Haus verlassen hatte, um sich zu bewegen. Also musste er noch einmal zur Teufelsgasse aufbrechen. Er genoss den Spaziergang entlang der Salzach, überquerte eine Brücke, kaufte unterwegs ein Croissant und einen Becher Cappuccino, betrachtete die Fassaden der klassizistischen Villen, die – je weiter er ging – immer mehr ihre Originalität verloren und sich den Glasanbauten der architektonischen Moderne unterordneten. Hier wohnte niemand mehr, hier befanden sich die Büros der Kanzleien, Versicherungsagenturen, Arztpraxen, Notare und Wirtschaftsprüfer. Dann wurden auch diese

Kombinationsbauten aus alt und neu seltener, das Stadtbild erschien ihm unaufgeräumter, nüchterner und weniger elegant. Hier die erste Tankstelle, dort der erste Supermarkt auf seinem Spaziergang. Erst ein Stück weiter wartete das grüne Villenviertel auf ihn, mit der Trafik an der Ecke und dem Appartementhaus von Steiger in der Teufelsgasse.

Wolff ist da.
Und der Mann ist da.

Der Mann steht unter der uralten Platane gegenüber dem Eingang des Appartementhauses, in dem Steiger gewohnt hat. Korrekt gekleidet, eine Aktentasche unter dem Arm. Heute ist Sonntag. Niemand muss eine Aktentasche unter dem Arm tragen. Ein grauer Regenmantel. Der Kragen ist hochgeschlagen.

Wolff geht sehr langsam auf ihn zu.

»Entschuldigen Sie, darf ich Sie kurz ansprechen?«

»Selbstverständlich!«

»Wohnen Sie hier?«

»In der Nähe.«

»Kennen Sie sich hier aus?«

»Ein wenig.«

»Dann können Sie mir sicher sagen, ob es hier einmal eine Gartenanlage gegeben hat.«

»Die hat es gegeben. Aber die gibt es nicht mehr.«

»Warum?«

»Schauen Sie selbst. Da drüben steht ein Neubau.«

»Und der Park wurde zum Baugrund?«

»Das war kein Park. Das war eine Kleingartenanlage.«

»Hier in dieser Straße, in der Teufelsgasse?«

»Die Gasse gab es nicht. Da war nur ein Schotterweg, damit man zu den Gärten fahren konnte.«

»Wo sind die Kleingärtner geblieben?«

Der Mann zuckt mit den Schultern.

»Vertrieben. Rausgeworfen. Enteignet. Also hinsichtlich ihrer Pflanzen enteignet.«

»Wem gehörte die Anlage?«

»Der Stadt Salzburg.«
»Es gab keine Garantie, die Kleingartenanlage als Biotop zu erhalten?«
»Doch, aber die Garantie war wertlos.«
»Gab es Widerstand?«
»Zu wenig!«

Wolff stellt fest, dass ihm der Mann sehr ruhig antwortete. Er zeigt keine Emotionen, aber er blickt ihn auch nicht an. Er fixiert die Eingangstüre gegenüber.

»Wer waren die Kleingärtner?«
»Ich kannte sie kaum.«
»Einige aber schon?«
»Kann sein.«
»Kannten Sie die Anlage gut?«
»Ja, das würde ich schon sagen.«
»Als Spaziergänger?«
»Wie man es nimmt.«
»Was heißt das?«
»Ich kannte jede Parzelle.«
»Hatten Sie auch eine?«
»Schon möglich.«
»Wie darf ich das verstehen?«
»Wie Sie wollen.«
»Wurden Sie auch gekündigt?«
»Weshalb wollen Sie das wissen?«
»Nur so. Ich mag die Kleingärten. Bei uns werden sie Schrebergärten genannt.«
»Es ist egal, wie man sie nennt.«
»Warum?«
»Weil es sie nicht mehr gibt. Da brauchen sie keine Namen mehr.«
»Aber es gab einen Namen?«
»Schon.«
»Ich habe auf meinem Balkon einige Töpfe mit blauen Hortensien und Clematis.«

»Und?«

»Die Clematis haben zwei, drei Jahre kümmerlich geblüht, aber in diesem Jahr blühen sie gewaltig. Und die Hortensien sind in einer Nacht angefroren, als es so kalt war. Ich habe sie nicht weggeworfen, und jetzt treiben sie neu.«

»In der Natur muss man warten können.«

»Verstehen Sie etwas von Pflanzen?«

»Schon. Ja.«

»Die neuen Blätter der Hortensien rollen sich an den Rändern ein, sehen wie vertrocknet aus und werden schwarz. Können Schädlinge oder ein Pilz die Ursache dafür sein?«

»Das ist normal. Es war zu kalt. Schneiden Sie die Blätter ab, es wachsen neue nach.«

»Sie lieben Pflanzen?«

»Man muss sie pflegen.«

»Das ist viel Arbeit.«

»Es dauert lang. Man muss Zeit haben. Die Natur ist langsam. Nur wenn es lange regnet, ist sie schnell.«

»Was haben Sie in Ihrem Garten angepflanzt?«

»Habe ich gesagt, dass ich einen Garten hatte?«

»Ich habe Sie so verstanden.«

»Wenn Sie meinen.«

»Ich verstehe nicht viel von Gärtnerei.«

»Das kann man lernen.«

»Ein Garten ist eine eigene Welt. Ein Universum im Kleinformat.«

»Das ist so. Aber Sie brauchen viel Geduld. Sie müssen arbeiten. Und lernen. Und beobachten. Und warten können.«

»Sie können das?«

»Schon.«

»Sie können beobachten?«

»Man muss Geduld haben. Aber das sagte ich schon.«

Zum ersten Mal blickte der Mann Wolff an. Hellgraue Augen, das hatte Wolff selten gesehen. Müde Augen. Er kannte diesen Schleierblick nur von älteren Menschen, die an irgendeinem Star litten, grün oder grau, Wolff konnte das nicht unterscheiden.

»Wie sah Ihr Garten aus?«

»Was soll ich sagen? Ich habe die Beete und Rabatten monochrom angelegt. Einfarbig. Gelb hier, blau dort. Und violett vor den Büschen.«

»Hatten Sie auch ein kleines Haus, eine Hütte?«

»Man braucht Hütten. Sie müssen ja die Gartengeräte irgendwo unterbringen.«

»Kleingärten können ja auch sehr kitschig sein.«

»Da haben Sie recht. Meiner war nicht kitschig.«

»Kein Gartenzwerg?«

Wolff lacht.

»Kein Gartenzwerg. Ich hasse Gartenzwerge.«

»Gemüse?«

»Ja, natürlich. Das ist vorgeschrieben.«

»In der Kleingartenordnung?«

»Jeder braucht eine Ordnung. Auch ein Garten.«

»Aber es halten sich nicht alle daran?«

»Nicht alle.«

»Sie schon?«

»Ich war Beamter. Und Sie sind?«

»Ich bin Journalist.«

»Bei einer Zeitung?«

»Beim Rundfunk.«

»Aber nicht hier in Salzburg?«

»Nein, in München.«

»Die Münchner sind überall. Auch da drüben in dem Haus.«

»Wer wohnt da eigentlich?«

»Keine Ahnung. Aber der Investor hat eine Wohnung.«

»Der Ihren Garten zerstören ließ?«

»Wenn Sie das so sagen.«

»Haben Sie einen neuen Garten?«

»Nein.«

»Und die anderen?«

»Manche ja, manche nein. Sie können einen Garten nicht einfach austauschen.«

»Fehlt er Ihnen?«

»Was wollen Sie eigentlich von mir?«

»Ich finde es sehr interessant, mit Ihnen zu reden.«

»Alle reden. Aber niemand tut etwas.«

»Wie meinen Sie das?«

»Wie man das halt so sagt. Und jetzt entschuldigen Sie mich bitte. Ich muss jetzt gehen.«

»Sie haben es eilig?«

»Ja.«

»Aber vorher hatten Sie es nicht eilig? Sie standen doch hier unter der Platane.«

»Möglich. Aber jetzt ist es Zeit. Guten Tag.«

Der Mann dreht sich um.

Wolff fotografiert ihn mit seinem Smartphone.

»Entschuldigen Sie, ich habe noch eine letzte Frage!«, sagt er, und macht ein Foto, als der Mann sich umdreht.

»Können Sie mir freundlicherweise sagen, weshalb diese Straße hier Teufelsgasse heißt?«

»Da gibt es auf 1100 Meter Höhe oberhalb von Kirchdorf und Gasteig in Tirol eine kleine Schlucht, die so heißt.«

»Und die ist so wichtig hier in Salzburg?«

»Na ja, die Namen der Berge sind ja alle schon verbraucht.«

»Vielen Dank.«

Jetzt wendet sich der Mann mit seiner Aktentasche Richtung Hauptstraße.

Er ist keiner, der für einen Passanten als besonders bemerkenswert erscheinen könnte. Aber außer Wolff gibt es ohnehin keinen Passanten in der Teufelsgasse. Sehr vorsichtig folgt er dem Mann. Jetzt ist er sein Schatten und darf nicht entdeckt werden. Aber der Mann dreht sich kein einziges Mal um. Sie gehen jetzt schon etwa eine Viertelstunde durch das Wohnviertel. Wie lange dauert das noch? Er hat doch gesagt, dass er in der Nähe wohnt. Da steuert der Mann einen

Hauseingang an. Er zieht seinen Schlüsselbund aus der Hosentasche. Bevor er den Schlüssel in das Schloss steckt, öffnet er die Klappe des Briefkastens und schaut durch den Schlitz. Keine Post. Wolff sieht genau, welcher Briefkasten zu dem Mann gehört.

Wolff wartet, bis das Licht im Treppenhaus erlischt. Er zieht sein Handy heraus.

Schnell fotografiert er das Schild auf dem Briefkasten, die Hausnummer des Gebäudes und ein Straßenschild. Der Mann hat seine Anonymität verloren. Er hat eine Adresse. Er hat einen Namen. Er hat eine Geschichte, die Wolff aber noch nicht genau kennt. Irgendwann kann er diese Geschichte vielleicht erzählen.

34

Es gibt merkwürdige Begegnungen.

Viele sind flüchtig und bedeutungslos. Aber plötzlich stellt man fest, dass eine von ihnen im Kopf herumgeistert.

Der Typ, der ihn vor dem Haus in der Teufelsgasse angesprochen hat, interessiert ihn nicht. Ein zufälliger Kontakt. Aber weshalb beunruhigt ihn jetzt das Gespräch, das ihm dieser Journalist aufgedrängt hat? Er muss erst einmal die Blumen gießen.

Heute untersucht er nicht, ob es erste Spuren von Mehltau gibt oder ob er wieder unter den Blättern diese Käfer findet, die auf dem Rücken einen Schild wie ein Ritter tragen. Mit einem Glas und einer Postkarte fängt er diese Käfer ein, dann schüttelt er sie über die Balkonbrüstung nach unten. Sie sollen eine Chance haben. Morgen sind sie wieder da, aber das macht nichts. Mit den Ameisen hält er es auch so. Er bläst sie vom Geländer nach unten, auch sie können wiederkommen. Aber sie werden lange für den Aufstieg brauchen.

Balkonblumen sind inhaftiert.

Sie sind nicht vergleichbar mit dem Pflanzenwuchs im Garten. Dort können sie sich frei entfalten. Hier oben sind sie in ihrem Wachstum begrenzt. Es ist ein künstlicher Versuch, auf dem Balkon die Anmutung eines Gartens herzustellen. Viele Pflanzen sind Massenware, die in Gewächshäusern irgendwo in Europa gezüchtet werden.

Nach drei Tagen verdorren sie, oder sie lassen ihre Blätter hängen. Nur jeder vierte Blumentopf, den er bisher erworben hat, gedeiht auf dem Balkon.

Es wird allmählich Abend. Hinter der Festung liegt ein violetter Lichtstreifen, gegenüber rollt die Dunkelheit heran. Aber heute interessiert ihn das nicht.

Er steht auf seinem Balkon, ohne sich zu bewegen.

Sein Blick geht in die Ferne, aber er sieht nichts, weil er nichts sehen will. Er schaut nach innen und horcht auf seine Unruhe.

Es ist doch nichts passiert.

Nichts, worüber er jetzt nachdenken müsste.

Aber er denkt darüber nach.

Er weiß, dass der Investor am Vormittag sein Haus verlassen wird. Oft genug hat er diesen schrecklichen Münchner beobachtet. Und jetzt kommt er wieder aus dem Haus, wahrscheinlich um seine Zeitungen in der Trafik zu holen. Einmal hin, einmal zurück. Dieser Mensch geht keinen Umweg, weil ihn Umwege nicht interessieren.

Er stellt sich ihm in den Weg.

Er will ihn endlich zur Rede stellen. Man kann lange warten, aber dann kommt der Augenblick, in dem es sich nicht vermeiden lässt, eine Entscheidung zu treffen.

Die Plastikfolie, in der er das Stuhlbein eingepackt hat, raschelt, als er die Straße überquert.

»Sie wohnen hier?«

»Das geht Sie nichts an. Lassen Sie mich in Ruhe, bitte.«

»Ihnen gehört hier oben eine Wohnung?«

Der Investor wird laut.

»Das geht Sie einen Dreck an.«

»Ich habe einen Anspruch darauf, dass Sie meine Frage beantworten.«

»Einen Dreck haben Sie! Und jetzt gehen Sie mir aus dem Weg.«

Der Investor schiebt ihn grob auf die Seite, aber der Mann lässt sich nicht auf die Seite schieben.

»Ich rufe die Polizei!«

»Das hätte ich damals auch gerne gemacht, als Sie unseren Garten vernichtet haben.«

»Sie sind wohl nicht ganz richtig im Kopf, Sie verwechseln mich.«

»O nein, ich weiß genau, wer Sie sind.«

»Das ist schön für Sie. Aber jetzt lassen Sie mich in Ruhe!«

Der Investor zieht sein Mobiltelefon aus der Tasche.

»Ich rufe jetzt die Polizei.«

Im Leben gibt es Sekunden, die nicht zufällig sind.

Der Mann glaubt nicht an irgendeinen Zufall.

Hinter allem steckt ein Plan.

Aber jeder Plan kann durchkreuzt werden, wenn man den Plan kennt und weiß, wie sich Menschen verhalten.

Der Mann löst vorsichtig das Stuhlbein aus der Verpackung.

In der linken Hand hält er die Folie, in der rechten das Stuhlbein.

Seine Finger umklammern das Holz.

Der Investor wählt eine Nummer.

»Ist da die Polizei?«

Der Mann weiß jetzt, was er zu tun hat. Und er tut es.

Dein ganzes Leben glaubst du, dass es eine Ordnung geben muss. Man kann sich gegen sie wehren, man kann ihr davonlaufen, Ordnungen können verändert werden. Aber sie existieren.

Wenn sie aber nicht mehr existieren, wenn Ordnung nur bedeutet, dass die Starken Recht bekommen und die Schwachen auf der Strecke bleiben, dann gilt diese Ordnung nicht mehr. In seiner Arbeit war dem Mann die Ordnung unverzichtbar, ihr System der Tradition und der Ausführungsbestimmungen, die er in seinem Postfach fand und säuberlich im Ordner »Dienstanweisungen« abheftete. Eine Stadt wie Salzburg kann ohne Ordnung nicht existieren.

Wenn jeder parkt, wo er will, das geht doch nicht.

Wenn jeder macht, was er will, das geht doch nicht.

Wenn einer den anderen betrügt und der Magistrat bemerkt das nicht, das geht doch nicht.

Irgendwann ist die Ordnung krank. Sie hat keine Kraft mehr. Wenn sie schwach ist, darf man nicht mehr an sie glauben. Dann muss man sich aufraffen, um selbst eine neue Ordnung zu schaffen. Man muss kein Revolutionär werden, kein Held sein, dem die Medien nachlaufen oder dem man einen Gedenkstein errichtet. Mozart wäre entsetzt, wenn er erlebt hätte, wie der deutsche Künstler Markus Lüpertz seinen Kopf auf einen nackten weiblichen Torso setzte und das Ganze »Mozart – eine Hommage« nannte. Dabei gab es doch längst schon die Mozartskulptur von Ludwig von Schwanthaler in dieser Stadt. Den Lüpertz-Torso haben dann beherzte Bürger geteert und gefedert, weil es Sekunden im Leben gibt, in dem man sich entscheiden muss. Wenn die alte Ordnung marode wird, muss man eine neue schaffen.

In Bamberg standen ebenfalls einige Skulpturen von Lüpertz herum. Eine wurde dann enthauptet. Eine Nacht- und Nebelaktion. Manchmal muss eben gehandelt werden, wenn die Ordnung nicht mehr funktioniert. Ordnung muss auch für die Kunst gelten. Zum Glück sehen das viele Bürgerinnen und Bürger so.

Und wenn Natur vernichtet wird, wie in dem Kleingartenverein Amicitia Salzburg e.V., dann gilt die Ordnung nichts mehr, an die er sein Leben lang geglaubt hat. Man muss sie zerschlagen. Sonst treibt sie weiter ihr Unheil. Ein Staat muss gerecht sein, aber wenn er die Gerechtigkeit als seine Grundlage aufgibt, dann muss man selbst Gerechtigkeit schaffen.

Der Mann hat dies alles nicht richtig durchdacht, aber er fühlt, dass die Ordnung nicht mehr da ist und dass es ohne Ordnung auch keine Gerechtigkeit geben kann. Man muss handeln, weil man auf der richtigen Seite steht. Wenn die Gerechtigkeit wiederhergestellt ist, muss man nicht groß darüber schwadronieren. Das ist dann erledigt. Stempel. Ablage.

Als der Investor ihn erneut grob zur Seite stößt, weiß der Mann, was zu tun ist. Er spricht kein Wort, er ist nicht erregt. Er stellt Gerechtigkeit her.

Danach geht er weiter. Jetzt ist nichts mehr zu tun. Er hat seine Aufgabe erfüllt.

Er verspürt kein Herzklopfen. Er schwitzt nicht. Aus und vorbei. Jetzt muss er das Stuhlbein, wie er es vorhatte, zum Container mit dem Bauschutt bringen. Es kann ja nicht noch länger in seinem Keller herumliegen.

Dieser Mensch heute Nachmittag, dieser Journalist, wenn er denn einer ist. Weshalb spricht er mich an? Was will dieser Typ?

Es ist egal. Die Stadt ist ruhig. Der Mann horcht in die Nacht hinein. Die Windrichtung hat wohl gewechselt, denn er hört nicht wie sonst die Güterzüge und das Rauschen von Autos, die unterwegs sind. Er hört nichts. Er wird jetzt ein Glas Grünen Veltliner trinken. Unten stehen Fahrzeuge am Straßenrand wie weiße Quader. Es werden immer mehr, denkt der Mann, früher waren die Autos schwarz oder grau oder silbern lackiert. Wenn es wärmer wird und sich das Klima weiter aufheizt, dann ist es sicher vernünftig, in einem weißen Auto zu sitzen. Schwarze Autos sind dann Brutkästen.

Er holt sich aus der Küche das Weinglas.

Morgen wird er darüber nachdenken, seine Balkonpflanzen zu entsorgen. Er kann sie zum Recyclinghof bringen. Er erinnert sich, wie er vor vielen Jahren am Strand von Saint-Jean-du-Doigt in der französischen Region Finistére abends zum Laternenfest gegangen ist. In den schmalen Nebenstraßen parkten die Autos. Die meisten stammten aus der Region, nur wenige Touristen hatten den Weg hierher gefunden. Auf dem weiten Sandstrand, der bei Ebbe beinahe grenzenlos wirkte, waren Zelte und Buden aufgebaut. Auf der Bühne wechselten sich mehrere Bands ab. Die Leute tranken Bier oder Wein, die Jüngeren härtere Getränke. Deshalb hatte sich das Sanitätszelt mit jungen Leuten gefüllt, die zu viel Alkohol konsumiert hatten. Hier und dort roch es nach Haschisch. In der Bretagne dauert die Dämmerung viele Stunden an. Als es ganz dunkel geworden war, wurden in Hunderten von Papierballons Lichter angezündet, vielleicht waren es sogar

Tausende, die langsam zum schwarzen Himmel aufstiegen, bis sie sich mit den Sternen zu vereinen schienen: bunte Lichtpunkte, die immer kleiner wurden. Nur wenige Lampions stürzten ab, weil der Nachtwind ihr Licht ausgeblasen hatte. Eigentlich waren diese Feuerballons verboten, aber für den Strand hatte es eine Ausnahmegenehmigung gegeben, und die Feuerwehr war in Bereitschaft. Er verspürte ein Glücksgefühl, als trügen die Lichter seine Sorgen und Ängste hinauf zum Firmament, er fühlte sich frei wie nie zuvor.

Morgen muss er endlich entscheiden, ob er seine Pflanzen aus ihrer Gefangenschaft befreit. Er muss dann wenigstens nicht mehr über die Einschränkung ihrer Freiheit nachdenken. Die Balkonpflanzen werden ihn dann nicht mehr bedrücken. Dann wäre alles getan, was getan werden musste. Er empfindet seine Überlegung wie die Entdeckung einer neuen Freiheit. Es würde keine Terrakotta-Töpfe mehr geben, deren Pflanzen er bewässern und pflegen muss, keine Blumenkästen, die nach Schädlingen untersucht werden müssen, er kann dann auch an heißen Tagen vergessen, das gesammelte Regenwasser in die Gießkanne umzufüllen. Es kommt ihm vor wie die Anstrengung eines Schmetterlings, seiner Verpuppung zu entkommen und davonzuschweben, irgendwohin, und dauere das neue leichte Leben nur einen Augenblick.

Er weiß jetzt nicht, ob der Investor wieder in seiner luxuriösen Wohnung sitzt. Es ist ihm auch egal. Der Investor hat seine Lektion erfahren, und die neue Ordnung gilt. Was jetzt kommt, spielt keine Rolle. Er hat diesem Münchner gezeigt, was in Ordnung ist und was nicht in Ordnung ist. In die Teufelsgasse geht er jetzt nicht mehr oft.

Es ist still hier, in diesem Salzburger Viertel.

Ein Pizzabote auf dem Fahrrad taucht links in der Straße auf, er überquert die Kreuzung. Der leere Kunststoffbehälter klappert laut. Wenn es so still ist, zerschneidet das Klappern auf dem Kopfsteinpflaster der Straßenkreuzung die Ruhe. Objektiv gesehen ist das Geräusch nicht laut.

Der Mann aber erschrickt.

35

Es ist schwer, sich Wissen anzueignen.
Es ist schwerer, sein Wissen mitzuteilen.

Wolff hatte nicht in seinem Hotel gefrühstückt. Er musste, nachdem er sich gewaschen, rasiert und etwas Eau de Cologne in seinem Gesicht verteilt hatte, das Haus verlassen. Ein Croissant fände er überall, dazu einen Verlängerten. Im Mirabellgarten setzte er sich auf eine Bank.

Es dauerte sehr lange, bis er telefonisch bei der Kriminalpolizei in der Alpenstraße erreicht hatte, mit dem zuständigen Beamten der Mordkommission verbunden zu werden. Zum Glück hatte er über Nacht den Akku seines Mobiltelefons aufgeladen. Er sah hinüber zur Sommerresidenz der Fürsterzbischöfe, die hier über mehr Luft und Licht verfügen konnten als in der alten Innenstadtresidenz, er sah alte Frauen, die die Tauben fütterten, obwohl sie genau wussten, dass es nicht gut war, er sah japanische Touristen mit und ohne Mund- und Nasenschutz im Gesicht, er schaute den Kellnern im Café am Landestheater zu, die zu Fuß weite Wege zwischen der Küche und den Tischen im Park für einen Espresso oder einen Verlängerten gehen müssen.

In prägnanter Kürze, wie er glaubte, stellte er sich als Kollege und distanzierter Freund des Münchner Chefredakteurs vor, der in Salzburg erschlagen worden war, er gab preis, was er über die bisherigen Ermittlungen der zuständigen Kommission wusste, und er deutete an, dass er durch Zufall auf eine neue Spur gestoßen sei, die für die

Kriminalpolizei interessant sein könnte. Nein, er sein kein Querulant, kein Wichtigtuer, er verfüge über Notizen und Fotos, die bei den Ermittlungen helfen könnten. Mehrfach war Wolff kurz davor, das Telefongespräch zu beenden. Ich bin heute ab Mittag auf dem Rückweg nach München, sagte er, Sie müssen wissen, ob Sie vorher mit mir sprechen wollen.

Schließlich hatte er einen Termin mit dem Chefermittler vereinbaren können. Nein, ich komme nicht zu Ihnen, ich biete Ihnen Informationen zu meinen Konditionen an. Es gibt in der Linzer Gasse das Cafè Isaak, dort finden Sie mich ab 12 Uhr, ganz hinten, dort wo die Tageszeitungen auf der Kommode liegen. Seine Personalien hatte er mit allen Details benannt, seine Funktion im Münchner Sender, den Grund seines Salzburgaufenthalts, und er hatte die Nummer seines Reisepasses und seines Presseausweises durchgegeben. Mehr kann man doch nicht tun.

Im Café Isaak bestellte er Rührei mit Speck, dazu einen Cappuccino. Von der Kommode griff er sich die *Salzburger Nachrichten*, am *Kurier* und der *Kronen Zeitung* hatte er heute kein Interesse. Den Kriminalbeamten erkannte Wolff, als er eintrat und sich suchend umschaute. Wolff winkte ihm kurz, begrüßte ihn, wies sich aus und lud ihn zu einem Verlängerten ein. Der Beamte, grau im Gesicht und grau angezogen, musterte ihn und hörte ihm zu. Seine Krawatte hatte ein graues Karomuster. Kriminalbeamte können sich nicht tarnen. Man erkennt sie auf Anhieb.

Wolff berichtete ihm sehr sorgfältig, weshalb er nicht an die Namibia-Spur glaube, auch nicht an eine Tat im Affekt, und er zeigte dem Ermittler, was er inzwischen herausgefunden hatte, ohne es wirklich zu wollen. Der Beamte schien sogar zu verstehen, weshalb Wolff sich auf die Spur seines Kollegen und Chefredakteurs gemacht hatte. Die anfängliche Skepsis des Beamten nahm ab, Wolff spendierte ihm einen weiteren Kaffee. Der Polizist schrieb mit. Er bat darum, ihm die Fotos auf sein Handy weiterzuleiten. Nach wenigen Sekunden waren die Bilder auf dem Mobiltelefon des Polizisten angekommen. »Sie halten sich an Fakten«, sagte Wolff. «Das müssen Sie auch. Ich als Journalist bin an Motiven interessiert. Deshalb glaube ich, dass Sie meine Spur ernsthaft verfolgen sollten.«

Beide Männer am Tisch des Restaurants tauschen ihre Visitenkarten aus.
»Ja, ich bin ab heute Abend wieder in München.«
»Können wir Sie telefonisch erreichen?«
»Halten Sie sich bitte zur Verfügung.«
»Ich danke Ihnen für Ihre Geduld.«
»Ja, wir bleiben in Verbindung.«
»Sie können mich auch jederzeit im Sender anrufen.«

So verlaufen solche Dialoge.

Wolff merkte, dass ihm der graue Beamte sympathischer wurde, je länger sie miteinander sprachen. Er fühlte sich verstanden, und der Kriminalbeamte war nicht aufdringlich, eher sensibel, zuhörend, schweigend, gelegentlich fragend. Jede Frage traf den Kern. Gekleidet war er fürchterlich, aber darauf kam es jetzt nicht an. Es ging darum, dem Beamten seine Logik zu erklären.
Am Abend, wieder zurück in München, schaute Wolff im Kaffee- und Weinladen des Philosophen vorbei.

»Neues?«
»Na ja«, sagte Wolff. »Ich komme gerade aus Salzburg.«
»Sie werden es mir zu gegebener Zeit erzählen«, sagte der Philosoph.
»Das werde ich«, sagte Wolff.
Als er nach Hause kam, war er müde, sah aber seine E-Mails und SMS durch. Der Hörfunkdirektor bat ihn, möglichst morgen bei ihm vorbeizukommen.

Wolff kam am nächsten Mittag bei ihm vorbei.

»Es gibt Neues im Fall Steiger …«, begrüßte ihn sein Chef.
»Aha«, sagte Wolff.
»Stimmt es, dass du den Salzburger Behörden den entscheidenden Hinweis auf einen potenziellen Täter gegeben hast?«
»Ich weiß nicht«, sagte Wolff.

Der Polizeipräsident hat sich heute Morgen beim Intendanten ausdrücklich bedankt für unsere aktive Mithilfe bei der Aufklärung des Verbrechens.

»Unsere Mithilfe? Ah, ja.«

»Ich habe heute Morgen mit den Behörden dort telefoniert. Die sind sich sicher, dass sie den Täter ermittelt haben! Ein durchgeknallter Typ, der Steiger offensichtlich mit dem Mann verwechselt hat, der seinen Kleingarten abräumen ließ.«

»So etwas kommt vor«, sagte Wolff.

»Jetzt wissen wir endlich, was Steiger in Salzburg passiert ist.«

»Das ist gut«, sagte Wolff.

»Mein Lieber, das ist eine ganz große Story. Die musst du unbedingt publizieren!«

»Das muss nicht sein«, antwortete Wolff.

»Soll ich das für dich machen?« fragte sein Chef. »Ich mache das gern für dich. Das haben wir exklusiv. Ich werde das sofort mit Gottfried besprechen.«

Gottfried war Kommunikationschef des Senders.

Der Bürokaffee war wie immer ungenießbar, der Chef wippte auf seinem Bürosessel hin und her, und Wolff fand, dass ihn das alles nicht sehr interessierte. Er spürte, dass er sein Gegenüber nicht mehr lange aushalten würde.

Als einer der beliebtesten und bekanntesten Moderatoren des Hauses verstorben war und Wolff die Traueransprache halten sollte, auf diesen Kommunisten in seinen Jugendjahren, auf diesen wunderbar gelassenen Wiener Moderator und Menschenskeptiker im Alter, hatte sein Chef in der Kapelle den Sargdeckel angehoben, um nachzuschauen, ob der Kollege wirklich im Sarg lag. Wolff war damals angewidert von diesem würdelosen, pietätlosen Verhalten gewesen, obwohl sein Chef ihn in seinem Dienstwagen zum Friedhof mitgenommen hatte.

Im Haus war inzwischen bekannt, wer Steigers Nachfolge antreten würde.

Es müssten jetzt nur noch die Gremien dem Personalvorschlag des Intendanten zustimmen, eine reine Formsache.

»Wie hast du das herausgefunden?«, fragte sein Chef, und er stocherte auf seinem Smartphone herum.

»Es hat mich interessiert. Mehr kann ich nicht sagen.«

»Tolle Leistung. Ich werde das in die Hand nehmen.«

»Muss das sein?«

»Du bist naiv, wenn du diese Gelegenheit nicht wahrnimmst. Lass mich nur machen.«

Wolff erfuhr, dass nach seinem Gespräch mit dem grauen Kriminalbeamten mehrere Streifenwagen zum Haus des Mannes gefahren waren. Er hatte keinen Widerstand geleistet. In seinem Flur entdeckten sie viele Pflanzen, die er in einen großen Müllsack geworfen hatte, bunte Blüten und Farne und Efeu und Rosenbüsche. Er müsse die jetzt zum Recyclinghof bringen, hatte der Mann gesagt, denn jetzt gelte eine neue Ordnung. Er müsse jetzt unbedingt zum Recyclinghof fahren, danach habe er viel Zeit für die Beamten. »Es ist alles getan«, sagte er, »alles geklärt.« Die Beamten hatten ihn festgenommen und seine Wohnung durchsucht. Das Tatwerkzeug fanden sie nicht. Der Container mit dem Bauschutt war gestern abgeholt worden.

»Da musst du etwas daraus machen, auch für uns!«, sagte sein Chef. »Das ist die Story überhaupt!«

»Das werde ich nicht tun«, antwortete Wolff.

»Bist du verrückt?«

»Ich glaube nicht.«

»Nimm dir ein paar Tage frei, ich genehmige dir das.«

»Danke, ich brauche das nicht.«

Wolff stand auf. Er verließ die Hörfunkdirektion.

Zum ersten Mal seit langer Zeit wusste er nicht, wohin er gehen sollte. Im Weinladen in der Kurfürstenstraße müsste er reden, beim Philosophen in der Volkhartstraße könnte er schweigen, und in sein Büro wollte er nicht gehen, obwohl seine Damen ihn dringend gebeten hatten, sich endlich zu melden.

Nichts ist dringend, dachte Wolff.

Ihr alle habt nicht verstanden, was es bedeutet, tot zu sein.

Vor dem Funkhaus schrieb eine Politesse Strafzettel für Fahrzeuge aus, deren Parkschein abgelaufen war oder die keinen Zettel aus dem Automaten auf das Armaturenbrett gelegt hatten. Vielleicht hatten sie sich unter der App FlexParken eingeloggt, aber das System funktionierte noch nicht richtig.

Erst aufschreiben, dann prüfen, ob alles richtig ist.
Sehr ordentlich, dachte Wolff.
Man kann Einspruch einlegen.
Aber das ist meist völlig sinnlos.

Wolff schlenderte zu dem kleinen Café in der Nähe des Circus Krone, in dem ihm einst kurz vor Geschäftsschluss das Leben gerettet worden war, seine Existenz damals nach dem stundenlangen Anstehen vor dem Zirkus in Frost und Eis. Immerhin hatte er die Karten bekommen.

Jetzt bestellte er sich einen Cappuccino und ein Croissant und blickte aus dem Fenster

Drüben standen die Leute schon wieder an, um sich Zirkuskarten zu kaufen.

Manchmal stand man dort sehr lange an.
Heute aber war es nicht so kalt.
Und die Schlange war auch nicht so lang wie damals.

Anmerkung des Autors

Alles, was hier erzählt wird, ist frei erfunden. Ähnlichkeiten mit lebenden Personen und existierenden Institutionen sind zufällig, schweben wie ein Traum durch das Unbewusste und sind dennoch nicht nur ein Produkt der Fantasie.

Dank

Für sein Vertrauen, das er in den Autor setzte, danke ich dem Geschäftsführer des Verlags Anton Pustet Salzburg, Herrn MMag. Gerald Klonner sehr herzlich.

Ein besonderer Dank gilt auch meiner Lektorin Frau Mag. Martina Schneider, die mit großer Sorgfalt und Energie allzu Flüchtiges korrigierte und wertvolle Anregungen gab.

Christoph Lindenmeyer, geboren 1945 in Berchtesgaden, ist Journalist, Dozent und Autor.

Nach seinem Studium der evangelischen Theologie in Erlangen, Heidelberg und München war er Leitender Redakteur im Bayerischen Rundfunk, u.a. als Kulturchef im Hörfunk. Er ist Honorarprofessor für Christliche Publizistik (Universität Erlangen) und Mitglied des deutschen PEN-Zentrums. Im Verlag Anton Pustet erschienen: *Rebeller. Opfer. Siedler. – die Vertreibung der Salzburger Protestanten* (2015 und 2016 2. Auflage), *Der Birnbaum im Pfarrgarten – eine evangelische Gemeinde im Nationalsozialismus* (2019).